Weitere Titel der Autorin:

Das Feuer der Wüste
Das Herz der Savanne

Titel in der Regel auch als E-Book erhältlich

Über die Autorin:

Karen Winter studierte Ethnologie und Sprachen. Ihre Liebe zu fremden Ländern und Kulturen lässt sie immer wieder auf Reisen gehen. Heute arbeitet sie als freie Autorin und lebt in der Nähe von Berlin.

Karen Winter

SEHNSUCHT NACH RIGA

Roman

BASTEI LÜBBE TASCHENBUCH
Band 16760

1. Auflage: Januar 2013

Dieser Titel ist auch als E-Book erschienen

Originalausgabe

Dieses Werk wurde vermittelt durch die Literarische Agentur
Thomas Schlück GmbH, 30827 Garbsen

Copyright © 2013 by Bastei Lübbe GmbH & Co. KG, Köln
Textredaktion: Dr. Arno Hoven, Düsseldorf
Titelillustration: Sandra Taufer, München unter Verwendung
von Motiven von © Marta Benavides/iStockphoto;
debra hughes/shutterstock
Umschlaggestaltung: Sandra Taufer, München
Satz: Urban SatzKonzept, Düsseldorf
Gesetzt aus der Garamond
Druck und Verarbeitung: GGP Media GmbH, Pößneck
Printed in Germany
ISBN 978-3-404-16760-9

Sie finden uns im Internet unter
www.luebbe.de
Bitte beachten Sie auch:
www.lesejury.de

Der Preis dieses Bandes versteht sich einschließlich
der gesetzlichen Mehrwertsteuer.

Erster Teil

Erstes Kapitel

Gut Zehlendorf (Lettland), 1894

Die Maulschelle klatschte der schmächtigen Marenka so heftig ins Gesicht, dass sie gegen den Kamin taumelte, zu Boden stürzte, aufschrie und sich sogleich die Hand gegen die geschlagene Stelle drückte.

»Du wagst es zu schreien?« Freiherrin Cäcilie von Zehlendorf kniff die Augen zusammen, die wie zwei schmale dunkle Schlitze aus ihrem kalkweißen Gesicht schauten. Ihre Unterlippe zitterte, der Busen bebte. Die geballten Fäuste presste sie fest an ihre Schenkel. Immer wieder rang die Freiherrin nach Luft, und die Haushälterin Ilme stand bereit, ihre Herrin sofort aufzufangen, falls sie ohnmächtig werden sollte.

Das geschlagene Kindermädchen wimmerte auf, duckte sich und legte die Arme schützend über den Kopf. Gleichzeitig versuchte sie, den Knopfstiefeletten der Freiherrin auszuweichen, die wutentbrannt nach ihr trat.

»Nicht!«, jammerte Marenka. »Bitte nicht.«

Ein Tritt traf die Brust der jungen Frau, der nächste landete zwischen ihren Rippen.

»Nicht, bitte nicht«, flehte Marenka weiter, doch schon wurde sie wieder getroffen, diesmal an der Schulter. Das Kindermädchen heulte auf. »Ich kann doch nichts dafür!«

Das Gesicht der Gutsherrin war weiß, der Mund zur Grimasse verzerrt. »Und ob du etwas dafür kannst, du Trampel.

Deine Aufgabe ist es, auf die Kinder aufzupassen. Und was hast du gemacht?«

Ihre Stiefelspitze zielte jetzt auf Marenkas Bauch.

Die Haushälterin rang die Hände. Noch nie hatte sie ihre Herrin so außer sich erlebt. In ihrer Verzweiflung ging sie dazwischen, packte die Freifrau bei den Handgelenken und sagte beruhigend: »Pscht, pscht. Davon wird's nicht besser.«

Sie führte Cäcilie von Zehlendorf zu einem Sessel, legte ihr eine Decke über die Beine und goss ihr einen Sherry ein. Dann nahm sie ein kleines braunes Fläschchen, das hinter den Flaschen der Bar verborgen war und die Aufschrift »Laudanum« trug. Zehn Tropfen davon ließ sie in das Sherryglas fallen. Dann wandte sie sich an die Kinderfrau, die noch immer auf dem Boden vor dem Kamin lag und leise schluchzte. »Ruf den Arzt, schnell.«

»Den Arzt?«, fragte Marenka. »Wieso denn? Den brauchen wir doch nicht mehr. Soll ich nicht lieber nach dem Bestatter schicken?«

Ilme sah das Kindermädchen drohend an und legte einen Zeigefinger auf ihre Lippen. Mit dem Kinn deutete sie auf die Freifrau, die halb von Sinnen in ihrem Sessel hing. »Mach schon. Tu, was ich dir sage!«

Die Geschlagene rappelte sich auf und stürzte aus dem Salon.

Ilme, eine dicke Frau in mittlerem Alter, die stets ein weißes Kopftuch und eine weiße Schürze über ihrem blauen Kleid trug, tätschelte der Freifrau die Hand. »Nu trinken Se mal.«

Cäcilie von Zehlendorf leerte das Glas, dann schlug sie die Hände vor das Gesicht und begann heftig zu weinen. »Mein Gott, was für eine Tragödie. Was für eine furchtbare Situation! Was sollen wir nur tun?«

»Nu, nu«, murmelte Ilme und zwinkerte die Tränen weg, die in ihr hochgestiegen waren. Sie hatte das Gefühl, als ob ein schwarzer, dunkler Stein sich auch auf ihre Brust gelegt hätte. Nur mit Mühe konnte sie einen langen verzweifelten Seufzer zurückhalten. »Dr. Matthus wird kommen«, sagte sie.

»Wo ist sie?« Die Freifrau zog ein Spitzentaschentuch aus ihrem Ärmel und sah Ilme mit einem so verzweifelten Blick an, dass die Haushälterin wegschauen musste.

»Nu, ich glaub, sie ist im Kinderzimmer. Mit dem jungen Herrn.«

»Wie bitte? Mit Ruppert?« Die Freifrau sprang auf. »Wie kann man diesen Teufel mit Ruppert allein lassen?«

Sie eilte aus dem Salon und hetzte die Treppe hinauf zum Kinderzimmer. Ilme folgte ihr.

Im Kinderzimmer saßen ein kleines Mädchen im weißen Musselinkleid und ein etwas größerer Junge auf dem Boden und malten. Als ihre Mutter die Tür aufriss, fuhren sie zusammen, das offene Fenster schlug mit einem Knall gegen den Rahmen.

»Ruppert!«, rief Cäcilie von Zehlendorf und breitete die Arme aus. »Ist dir etwas passiert? Hat sie dir auch etwas angetan?«

Der sechsjährige Junge schüttelte stumm den Kopf. Seine Miene zeigte keinerlei Regung. Nur Ilme sah, wie er ein Blatt, das er augenscheinlich gerade bemalt hatte, in der Faust zerknitterte und hinter seinem Rücken verbarg.

Das kleine Mädchen rappelte sich vom Boden hoch und stürzte der Mutter entgegen. Auf seinem Gesichtchen waren Tränenspuren zu erkennen. Das hellbraune zerzauste Haar ringelte sich bis auf seine Schultern, und einer seiner kleinen

Schuhe lag achtlos auf dem Boden. Es wollte sich seiner Mutter in die Arme werfen, doch die wandte sich ab.

»Geh weg«, zischte sie voller Abscheu. »Geh weg von mir. Du bist nicht mehr meine Tochter, du bist ein Teufel!«

Zweites Kapitel

Gut Zehlendorf (Lettland), 1894

Als der Freiherr Wolfgang von Zehlendorf sich in seine Kutsche begab, versank die Sonne hinter den Dächern von Mitau. Er legte sich eine Reisedecke über die Beine und seufzte. Von der Versammlung der lettländischen Ritterschaft hatte er sich einiges erhofft, doch seine Erwartungen waren enttäuscht worden. Der Freiherr seufzte noch einmal und dachte an seinen Sohn. Ruppert war mittlerweile sechs Jahre alt, und Wolfgang von Zehlendorf hielt es für geboten, ihn in eine Schule zu schicken. In den Schulen von Mitau aber gab es seit einiger Zeit nur Unterricht in russischer Sprache. Dazu kam, dass seit dieser Neuerung die Schulen von Russen bevölkert wurden, von ungezähmten kleinen Jungen ohne Manieren und Wertgefühl. Und die deutsche Ritterschaft hatte es nicht vermocht, vom Zaren die Genehmigung für eine einzige deutsche Schule zu erhalten. Also blieb nur der Privatunterricht. Wolfgang schauderte, wenn er daran auch nur dachte. Grässliche Gouvernanten in langweiligen dunklen Kleidern und mit spitzen Gesichtern würden zu Mittag bei Tisch sitzen. Schweizer Bonnen, die nach Kampfer und Hustenbonbons rochen, würden mit ihrem komischen Dialekt das Haus füllen, und sein Sohn würde nie aus diesem von Frauen dominierten Haushalt herausfinden.

Wenn Wolfgang von Zehlendorf ehrlich zu sich war – und

das war er meist, wenn er allein in seiner Kutsche durch die baltische Landschaft fuhr –, so musste er zugeben, dass Ruppert nicht so geraten war, wie er sich das für seinen Erben erhofft hatte.

Wolfgang von Zehlendorf sah aus dem Fenster und erblickte eine Gruppe junger Birken. Dahinter erstreckte sich fruchtbarer Boden, über dem der Abendnebel hing. Knapp zwanzig Werst lag Gut Zehlendorf von Mitau entfernt. Mit der Kutsche brauchte er, je nach Witterung, gut zwei Stunden von der Stadt bis nach Hause. Zeit genug, um eine Entscheidung über die Zukunft des Jungen zu treffen.

Er muss aus dem Haus, entschied der Freiherr. Es geht nicht an, dass die Frauen ihn noch mehr verwöhnen. Er muss mit Gleichaltrigen zusammen sein. Gut möglich, dass er es schwer haben wird in den ersten Monaten. Möglich sogar, dass seine Mitschüler ihn so manches Mal verprügeln. Aber, Herr im Himmel, es ist das Beste für den Jungen.

Wolfgang von Zehlendorf hatte Rupperts Entwicklung im letzten Jahr mit Sorge betrachtet. Einmal war er dazugekommen, als der Junge ein neugeborenes Kätzchen quälte, indem er versuchte, dessen Schwanz anzuzünden. Ein anderes Mal hatte Ruppert mit der Peitsche auf einen Stalljungen eingeschlagen, weil dieser sich geweigert hatte, dem Sechsjährigen ein Pferd zum Ausritt zu satteln. Hinter dem Rücken seiner Kinderfrau schnitt er Fratzen, doch kaum kamen seine Mutter oder sein Vater hinzu, wurde aus Ruppert der liebste Junge der Welt.

Es tat weh, aber Wolfgang von Zehlendorf musste sich eingestehen, dass der Junge einen Hang zur Hinterhältigkeit und Niederträchtigkeit hatte. Die Ursache hierfür lag natürlich darin, dass seine Gattin Ruppert unmäßig verwöhnte.

Zudem wurde sie nicht müde, dem Jungen zu erklären, welch unendlich großen Besitz und welche Reichtümer er einmal erben würde und welche Macht sein Wort den Dienstboten gegenüber heute schon hatte.

Wolfgang würde es nicht wagen, seiner Frau zu erklären, welche Fehler sie im Umgang mit dem Jungen beging, oder ihr gar Vorschriften zu machen. Die Kindererziehung war Sache der Frauen, trotzdem machte er sich Sorgen. Außerdem scheute er die Auseinandersetzungen mit Cäcilie von ganzem Herzen, denn sie wusste stets sehr genau, was gut und richtig war, wer etwas zu tun oder zu lassen hatte. Manchmal schien es dem Freiherrn geradezu, als ob in der Brust seiner Gattin statt eines Herzens ein Verhaltens- und Regelbüchlein für alle Lebenslagen schlug. Ihr gegenüber kam sich Wolfgang oft ein wenig beschränkt vor, ein Mann vom Lande, nur wenig besser als ein Bauer.

Der Freiherr wusste, dass es ihm an städtischem Schick mangelte, den Cäcilie im Gegensatz zu ihm in ihrer Jugend in Riga wie Nektar eingesogen haben musste. Stets beherrscht, lächelte sie über seine Ungeschicklichkeit mit der Austernzange hinweg und legte ihm bei Tisch eine Hand auf den Unterarm, wenn er die Gäste mit seinen Theorien zur besseren Bestellung der Landwirtschaft langweilte. Sie war es gewesen, die nach ihrer Heirat vor sieben Jahren wertvolles Porzellan angeschafft hatte, die Kristallgläser aus Italien und Champagner und Foie gras aus Frankreich kommen ließ. Und sie war es auch gewesen, die ihm eine Zigarettenspitze aufgenötigt und einen Humidor für seine Zigarren angeschafft hatte. Seit sie dem Haushalt vorstand, gab es die merkwürdigsten Gerichte mit den seltsamsten Zutaten und mit unaussprechlichen französischen Namen. Fingerschälchen, Messerbänkchen und

Damastservietten kannte Wolfgang selbstverständlich aus seiner Kindheit, aber Schneckenzangen und silberne Olivenstäbchen hatte es zuvor auf Gut Zehlendorf nicht gegeben.

Alles in allem bewunderte Wolfgang seine Gattin für ihren gesellschaftlichen Schliff und ihre untrügliche Sicherheit in allen Dingen des Lebens. Nur manchmal kam ihm der Gedanke, dass auch Cäcilie nicht mit jedem Problem so leicht fertig wurde, wie es den Anschein hatte. Insbesondere dann, wenn die kleine Marie-Luise ihrer Mutter Fragen stellte, die mit »Warum« oder »Woher« begannen. Woher weiß die Sonne, dass es Morgen ist und sie aufgehen muss? Warum muss ich abends und morgens die Zähne putzen, auch wenn ich in der Nacht gar nichts esse?

Cäcilie betrachtete ihre Tochter dann mit einem Blick, als würde sie das kleine Mädchen überhaupt nicht kennen und auch nicht wissen, wie das Kind vor ihre Füße gekommen war. Sie zog die Augenbrauen nach oben und antwortete mit ungewöhnlicher Schärfe: »Weil das nun einmal so ist und auch du es nicht ändern wirst.«

Marie-Luise. Immer wenn Wolfgang von Zehlendorf an seine kleine vierjährige Tochter dachte, umspielte ein Lächeln seine Lippen. Ihr Haar war so fest und dick, als würde man in einen Handfeger fassen, während Rupperts Haar eher fein und seidig an seinem Kopf lag und nur mit Mühe die Ohren verdeckte. Malu hatte weiße ebenmäßige Zähnchen, die sie beim Lachen zu gern zeigte, während Ruppert die langen Zähne – ein Erbe der Familie seiner Mutter – meist hinter der vorgehaltenen Hand versteckte. Malus Augen wirkten mal grau, mal grün und mal braun, doch stets waren sie groß, rund und wissbegierig, während Rupperts blaue Augen eng beieinanderstanden und seine Blicke flink wie Frettchen hin und her huschten.

Malu, das Sonnenkind. Malu, die so viel von ihm hatte. Sie war mehr Land- als Adelskind und mit ihrer unbekümmerten Fröhlichkeit schon jetzt eine Herzensdiebin. Vielleicht, dachte Wolfgang, hatte er Malu stärker ins Herz geschlossen, weil Cäcilie immer etwas an dem Kind auszusetzen hatte. Stets war ein Fleck auf Malus Kleid oder ein Halm im Haar, und oft verlor sie ihre Schuhe, weil sie lieber das Gras unter ihren kleinen Fußsohlen spüren wollte, als eingezwängt in den engen Schuhen zu laufen. Malu liebte Tiere, näherte sich ohne Furcht oder Abscheu den Rindern und Schweinen, jagte die Hühner über den Hof oder trieb die Gänse mit ausgebreiteten Armen vor sich her. Bei Tisch zappelte sie herum und sprach schon mal mit vollem Mund, weil sie zu aufgeregt war, um erst hinunterzuschlucken. Sie biss herzhaft in einen Pfirsich, statt ihn sich von der Kinderfrau mit Messer und Gabel in Stücke schneiden zu lassen. Sie trank Wasser aus dem nahen Bach, aß Beeren ungewaschen direkt vom Strauch und schlief jede Nacht so tief und fest wie ein Bärenjunges.

»Malu.« Wolfgang flüsterte den Namen der Kleinen zärtlich vor sich hin. Mit ihr würde er keine Sorgen haben. Sie würde ihren Weg gehen. Schon jetzt galt ihre ganze Liebe den einfachen Dingen. Sie würde einen Gutsherrn heiraten und mit Freude ihr Haus führen. Sie würde Anteil nehmen am Gedeih und Verderb der Güter, würde zupacken, wenn es darauf ankam, und stets das tun, was gerade nötig war.

Die Kutsche durchquerte das große schmiedeeiserne Tor mit dem Wappen derer von Zehlendorf. Knirschend rollte sie über die kiesbestreute Auffahrt, umrundete das Rondell vor der Freitreppe und kam schließlich mit einem Ruck zum Stehen.

Wolfgang von Zehlendorf warf die Decke von sich, als der Kutscher den Schlag aufriss, und stieg aus.

Er blickte an der Fassade des Hauses empor. »Was ist hier los?«, fragte er. »Es sind beinahe alle Zimmer erleuchtet. Gibt meine Gemahlin heute Abend eine Gesellschaft?«

Der Kutscher schüttelte den Kopf. »Ich weiß von nix, jnädiger Herr. Is' auch nich meine Sache. Soll ich in der Küche fragen?«

»Nein, geh ruhig nach Hause, warst lange genug auf den Beinen.«

Der Kutscher riss sich die Mütze vom Kopf. »Danke, Herr. Ein' schön' Abend auch.«

Wolfgang nickte. Dann stieg er langsam die Freitreppe hinauf und unterdrückte dabei ein schlechtes Gewissen, denn Cäcilie hasste es, wenn er zu spät kam und die Gäste warten ließ.

Im Vestibül war jedoch alles ruhig. In der Garderobennische hingen keine fremden Mäntel, und in der Silberschale auf der kleinen Nussbaumanrichte lagen keine Visitenkarten. Nur die Blumen in einer Vase verloren mit einem zarten Geräusch die ersten Blütenblätter. Und doch brannten alle Petroleumlampen. Sogar der schwere Deckenlüster war mit frischen Kerzen bestückt und malte Schatten an die Wände. Aus der Küche, deren Tür offen stand, drang nicht das kleinste Geräusch. Im Herd glomm ein Feuerrest, die kupfernen Töpfe, Kessel und Pfannen hingen blank geputzt an ihrem Gestell, der schwarz-weiß gefliese Boden war sauber gewischt, der Holztisch mit Sand gescheuert.

Wolfgang beruhigte sich ein wenig. Lag die Küche verlassen, dann gab es keine Gesellschaft, und er hatte folglich nichts verpasst.

Überhaupt herrschte im Haus eine so ungewohnte Stille, dass Wolfgang von Zehlendorf nun doch eine dunkle Ahnung überfiel. Meist waren die Kinder zu hören, die irgendwo im Haus spielten, oder die Dienstmägde, welche die letzten Arbeiten des Tages verrichteten. Heute aber hörte Wolfgang keinen Laut. Das Haus lag still. Totenstill. Ob etwas passiert war? Er spürte sein Herz rascher schlagen. War jemand erkrankt? Hatte es einen Unfall gegeben?

Er öffnete die Tür zum Salon und fand seine Frau auf einer der beiden dunkelroten Récamieren. Sie hatte die Füße angezogen und hielt sich eines der Kissen vor den Bauch. Auf einem kleinen Tisch neben ihr stand das Fläschchen Laudanum.

Cäcilie war sehr blass, beinahe schon durchsichtig. Schon immer hatte ihr Anblick Wolfgang den Atem geraubt. Selbst nach über sieben Jahre Ehe konnte er es nicht fassen, dass ausgerechnet diese schöne Frau sich in ihn verliebt hatte. Sie trug ihr volles braunes Haar zu einem kunstvollen Knoten aufgesteckt, das schmale Gesicht mit den griechischen Zügen war nun von Dunkelheit überschattet. Unter der edlen Nase zitterte der volle Mund ein wenig, als ob Cäcilie nur mühsam einen Schrei unterdrücken konnte. Ihre schiefergrauen Augen glänzten, und die Lider waren geschwollen.

Wolfgang eilte auf seine Frau zu, kniete sich vor ihr auf den Boden und griff nach ihrer Hand. »Zilchen, was ist?«, fragte er. Sanft strich er über ihren Arm. So schwach und verletzlich hatte er sie noch nie gesehen. Ihr Anblick schmerzte ihn. »Was, in aller Welt, ist geschehen?«

Cäcilie öffnete den Mund, doch die Worte erstarben ihr auf der Zunge. Schließlich schüttelte sie den Kopf und läutete mit einer Glocke nach Ilme.

Die Haushälterin kam, nahm ihrem Herrn den Hut und den

Mantel ab. Sie tat dies mit einem Seufzen, ohne wie üblich zu lächeln oder ihn zu begrüßen.

»Jetzt sagt mir endlich, was hier los ist«, verlangte der Freiherr. »Euren Blicken nach zu urteilen, ist jemand gestorben.«

»So ist es auch«, hauchte die Freifrau. »Ilme, erzähle du ihm alles. Ich ... ich fühle mich zu schwach dafür.«

Die dicke Haushälterin trat von einem Bein auf das andere. »Nu, wie soll ich anfangen?«

»Am besten mit dem Anfang«, erwiderte Wolfgang von Zehlendorf. »Setz dich hin dabei.«

Ilme ließ sich auf der vordersten Stuhlkante nieder, in den Händen knüllte sie ein Putztuch. Sie senkte den Blick, dann begann sie zu sprechen: »Herr, een Unjlück ist passiert. Die Tante, unsere gnädige Freifrau Camilla, sie ist tot. Aufjebahrt liejt sie, drüben, im kleinen Salon. Die Totenwäscherin wird wohl jleich kommen.«

»Oh, das ist wahrhaft traurig«, erklärte Wolfgang von Zehlendorf. Er erhob sich und goss sich an der kleinen Bar einen Wodka ein. »Du auch?«, fragte er die Haushälterin. Deren Blicke huschten zur gnädigen Frau, die mit geschlossenen Augen auf der Récamiere lag.

»Nu, auf den Schreck.« Ilme streckte die Hand aus.

Als beide getrunken hatten, sagte Wolfgang: »Das ist schade, wirklich jammerschade. Die gute Camilla. Fast neunzig Jahre lebt so ein Mensch, und doch kommt sein Tod unverhofft. Na ja, man hätte es wohl erwarten können.«

»Das ... das ist noch nicht alles«, murmelte Ilme.

»Was denn noch?«

Stumm streckte die Haushälterin ihrem Herrn das leere Schnapsglas entgegen. Wolfgang zog die Augenbrauen hoch, dennoch schenkte er ihr nach. »Na, wir woll'n mal nicht übermütig werden, Ilme. Du trinkst doch sonst nichts.«

»Am besten, Sie jießen sich auch noch einen ein, Herr«, murmelte Ilme. »Sie werden's brauchen können.«

»So, jetzt aber raus mit der Sprache!«

Cäcilie von Zehlendorf schluchzte auf.

»Die Malu, die Kleine, sie war's«, nuschelte Ilme.

»Was war Malu?«

»Sie ... sie hat unsere gnädige Freifrau Camilla umgebracht.«

»Was?« Wolfgang von Zehlendorf brach in Gelächter aus. »Was ist denn das für ein Unsinn? Malu ist vier Jahre alt!«

Cäcilie richtete sich ein wenig auf. »Camilla ... Sie wollte ausfahren. Gerade war sie im Begriff, die Kutsche zu besteigen. Das Kind hat mit einem Katapult auf die Pferde geschossen. Die gingen durch, Camilla stürzte, und nun ist sie tot.« Ihre letzten Worte gingen in Schluchzen unter.

Wolfgang von Zehlendorf ließ sich in einen Lehnstuhl fallen. »Was?«, fragte er und schüttelte ungläubig den Kopf. »Wie bitte?«

»Ja! So war es! Du kannst es ruhig glauben, mein Lieber. Deine Tochter ist eine Mörderin. Noch so klein und doch schon so böse. Oh, Herr im Himmel, warum hast du mich einen solchen Satan zur Welt bringen lassen? Warum strafst du mich so? Hättest du sie nicht in meinem Leib sterben lassen können?« Cäcilie fiel zurück auf das Sofa und schluchzte haltlos.

Wolfgang schüttelte noch immer den Kopf. »Warum?«, fragte er. »Wie ist Malu auf den Gedanken gekommen, mit einem Katapult zu schießen?«

»Der Teufel steckt in dem Kind, der hat's ihr eingegeben.« Cäcilies Stimme war nur noch ein leiser Hauch.

»Unsinn!« Wolfgang von Zehlendorf sprang auf. »Ein Kind ist ein Kind und kein Teufel. Kinder sind niemals von Grund auf böse, und Malu am allerwenigsten.« Seine Stimme klang barsch. Er zeigte mit dem Finger auf Cäcilie. »Ich möchte nicht, dass du so über unsere Tochter redest. Hast du gehört?« Selten hatte er mit seiner Frau in diesem Ton gesprochen.

Er betrachtete sie mit einem unwilligen Blick, dann eilte er aus dem Salon. Mit energischen Schritten stieg er die geschwungene Doppeltreppe hinauf in den ersten Stock, in dem die Schlafzimmer lagen. Vor Malus Zimmer hielt er inne. Sie wird schon schlafen, dachte er. Ich sollte bis morgen warten. Doch dann überlegte er es sich anders und drückte die Klinke herunter.

Das Kindermädchen fuhr mit einem Schrei hoch, als er die Petroleumlampe entzündete.

»Herr, was ist?«, fragte sie verschlafen und sah nach Malu, die wie ein Engel in ihrem Bett lag, den Daumen der rechten Hand im Mund.

»Warst du dabei, als es passiert ist?«, fragte Wolfgang von Zehlendorf barsch. Die Kinderwärterin Marenka, ein Mädchen aus dem Dorf, setzte sich auf und presste die Zudecke fest an die Brust. Ihr langes Haar, das sie gewöhnlich zu einem geflochtenen Kranz um den Kopf trug, fiel ihr lose über die Schultern, ihre Wange war leicht geschwollen. »Ich war in der Küche ... habe für den jungen Herrn eine heiße Schokolade geholt.« Sie begann zu weinen. »Hätte ich gewusst, was passieren würde, dann wäre ich geblieben.« Sie schüttelte den Kopf. »Der junge Herr, er hatte den Katapult. Ich wollte ihn wegnehmen, aber der junge Herr sagte, er gibt ihn mir erst, wenn ich ihm eine Schokolade hole.«

»Ruppert hatte das Ding?«

»Ja. Und ich hab ihm noch gesagt, dass er es auf gar keinen Fall der Kleinen geben soll.«

»Was hast du gesehen, als du zurückgekommen bist?«

Marenka wischte sich mit dem Handrücken den Rotz von der Nase. »Mausetot. Den Kopf im Nacken, die Augen starr geradeaus, der Mund eine Handbreit offen – so lag sie auf dem Boden, die gute Freiherrin. Die Kutsche war umgekippt. Ein Pferd hatte sich losgerissen und rannte wie wild über das Gelände, das andere wieherte laut und schleifte die Kutsche hinter sich her.«

»Und die Kinder?«

»Malu hatte den Daumen im Mund und lutschte daran, so wie sie es immer tut, wenn etwas sie ängstigt.«

»Und Ruppert?«

»Ich weiß es nicht mehr, gnädiger Herr.« Marenka heulte auf. »Es ging alles so schnell. Ich weiß es einfach nicht mehr. Er muss wohl neben ihr gestanden haben.«

Wolfgang von Zehlendorf blickte zu seiner Tochter, die im Schlaf ein Brummen von sich gab. Sie ist noch so klein, dachte er. Wie kann ein so kleines Kind mit einem Katapult so fest schießen, dass die Pferde durchgehen? Ein Kind mit geballten Fäustchen, die nicht größer sind als eine Aprikose. Man braucht Kraft dazu, mehr Kraft, als Malu haben kann.

»Was hat Ruppert getan?«, wollte Wolfgang wissen.

»Geschrien hat der junge Herr, dass man glauben konnte, das ganze Haus steht in Flammen. Mit dem Finger hat er auf das kleine Fräulein gezeigt und gebrüllt: »Die war's! Die da war's! Die hat den Katapult abgeschossen. Ich hab's genau gesehen.«

Wieder betrachtete Wolfgang von Zehlendorf seine schlafende Tochter. Er trat zu ihrem Bett und hob die Hand, um ihr eine Haarsträhne aus der Stirn zu streichen. Malus Lider zitterten sanft. Sie spitzte das Mündchen, sog an ihrem Daumen und seufzte friedvoll. Er ließ die Hand sinken. Sein Gesicht wurde düster, verzerrte sich im Schmerz. Ein herzzerreißender Seufzer entrang sich seiner Brust. Dann wandte er sich rasch ab. »Hat Malu etwas gesagt?«

Die Kinderwärterin schüttelte den Kopf. »Nein. Nichts hat sie gesagt. Nur geschaut mit ihren großen Augen, als ob sie gar nicht verstünde, was geschehen war.«

»Wie sollte sie auch?«, empörte sich Wolfgang. »Mein Gott, sie ist noch so klein! Ein kleines unschuldiges Mädchen, das ist sie.«

Die Wärterin duckte sich ein wenig unter den heftigen Worten. »Lieb gehabt hab ich sie immer, Herr. Sogar jetzt noch.«

»Was?« Mit einem einzigen Schritt war Wolfgang am Bett der jungen Frau und gab ihr eine heftige Kopfnuss. »Das musst du auch«, zischte er. »Malu muss man einfach lieb haben. Und wenn du das plötzlich nicht mehr kannst, dann sag es, nimm deine paar Sachen und geh!«

Wieder weinte Marenka heftig. »Aber...«, schluchzte sie. »Aber die gnädige Frau hat...«

»Was hat die gnädige Frau?«

Marenka schniefte und sah ihren Herrn verzweifelt an. »Gesagt hat sie, von nun an soll ich die Kleine warten und nicht mehr.«

»Was heißt das?«

»Ich soll sie waschen, anziehen, füttern, zu Bett bringen. Mehr nicht.« Marenka schlug die Hände vor ihr Gesicht und heulte laut auf. »Schmusen soll ich nicht mit ihr, keine Märchen ihr mehr vorlesen, keine Spaziergänge unternehmen, sie nicht herzen und küssen. Nicht einmal auf den Schoß darf ich sie heben, wenn sie weint. Weil sie des Teufels ist, sagt die gnädige Frau. Am liebsten wäre es der Herrin wohl, wenn wir das Kind einsperren würden.«

»Hat sie das so gesagt?«

Marenka schüttelte den Kopf, legte sich nieder und schluchzte so steinerweichend, dass Wolfgang von Zehlendorf hilflos das Zimmer verließ.

Seine Frau wartete im Salon auf ihn, aber er hatte nicht die Kraft, ihr unter die Augen zu treten. Plötzlich fühlte er sich unsagbar müde und erschöpft. Er ließ sich auf der obersten Treppenstufe nieder, stützte die Ellbogen auf die Knie und den Kopf in die Hände. In seinem Kopf herrschte ein unbeschreibliches Durcheinander, seine Gedanken wimmelten umher wie Ameisen. Malu, die Kleine, der Sonnenschein, sollte getötet haben. Was wog sie wohl gerade? Zwanzig Kilogramm? Nein, das war sicher zu viel. Vor sechs Wochen, an ihrem Geburtstag, hatte er sie gemessen und in den Türrahmen eine Kerbe geschnitten. Exakt einen Meter war sie damals groß gewesen. Vielleicht wog sie nur fünfzehn oder sechzehn Kilogramm. Wie viel Kraft konnte sie schon haben?

Wolfgang schüttelte den Kopf. Nein. Nie und nimmer. Er wollte und konnte nicht glauben, was seine Frau ihm erzählt hatte. Kraftlos wie ein alter Mann richtete er sich auf, fasste nach dem Geländer und schlurfte die Treppen hinab, als drücke eine ungeheuer schwere Last auf seine Schultern.

»Ich glaube es nicht«, erklärte er müde und setzte sich auf einen Sessel gegenüber der Récamiere, auf der noch immer seine Frau ruhte.

»Ja. Ich weiß. Es ist furchtbar. Wir müssen uns damit abfinden, dass wir einen Teufel aufgezogen haben. Eine wilde, böse Bestie. Eine Kalamität.« Cäcilie von Zehlendorf ließ keinen Zweifel daran, dass Malu für sie die Täterin war.

»Was ist mit Ruppert?«

Wolfgang hatte die Frage leise gestellt. Doch kaum hatte er die Worte ausgesprochen, da überzog sich das blasse Gesicht seiner Frau mit Dunkelheit. Sie kniff ihre Augen zu Schlitzen zusammen, ihre Nasenflügel bebten.

»Nein!«, zischte sie. »Diese Frage will ich nicht gehört haben. Reicht es nicht, eine Bestie zur Tochter zu haben? Brauche ich noch einen Ehemann, der mir den Sohn schlechtreden will?« Sie warf die Arme nach oben. Die Ärmel ihres Kleides rutschten und gaben den Blick auf ihre zarte Haut frei. »Lieber Gott!«, rief sie verzweifelt. »Warum strafst du mich so? Was habe ich getan? Nicht Ruppert. Nicht auch noch Ruppert.«

Dann warf sie sich in die Kissen und weinte haltlos. Ihre Schultern bebten, der ganze Körper zitterte wie im hohen Fieber. Plötzlich entriss sich ein Schrei ihrer Kehle, der Kopf sank hinab, die Augen fielen zu.

»Cäcilie!« Wolfgang sprang auf und rüttelte seine Frau, die wie ein Sack Wäsche hin und her fiel. »Ilme! Schnell!«

Die Haushälterin schien hinter der Tür gestanden zu haben. Sie holte aus ihrer Kittelschürze ein Riechfläschchen und hielt es Cäcilie von Zehlendorf unter die Nase.

»Das war alles zu viel für sie«, murmelte die ältere Frau. »Mein Jott, was für ein Unjlück!«

Als Cäcilie sich leise regte, sagte Ilme zu ihrem Herrn: »Sie braucht Ruhe. Nichts darf sie aufrejen. Das hat schon der Arzt jesacht. Sie hat doch so eine zarte Jesundheet.«

Wolfgang nickte. Vorsichtig setzte er sich auf den Rand der Récamiere und nahm seine Frau in die Arme. »Alles wird gut, mein Liebling. Alles wird gut.«

Sie sah ihn an, und Wolfgang erschrak über den Schmerz in ihren Augen. In diesen Augenblick begriff er, dass er alles nach ihrem Willen tun musste, um sie nicht zu verlieren. Sie würde sterben. Einfach die Augen schließen und sterben, wenn er ihr noch größeren Schmerz zumutete. Einmal schon hatte er sie so gesehen. Damals, als der Junge zur Welt gekommen war. Beinahe wäre sie an ihm gestorben. Sie hatte so viel Blut verloren. Der Arzt hatte betroffen den Kopf geschüttelt und Wolfgang eine Hand auf die Schulter gelegt. »Es ist Zeit, Abschied von ihr zu nehmen«, hatte er gesagt, und Wolfgang war es, als würde Gott eigenhändig sein Herz zerreißen. Doch dann hatte Ilme der Todkranken den Jungen gezeigt, hatte ihre Hand auf den kleinen Kopf des Säuglings geführt und ihn gleich darauf an Cäcilies Brust gelegt. Und während Wolfgang gefürchtet hatte, der Junge würde mit der Milch auch den letzten Rest Lebenskraft aus Cäcilie heraussaugen, war genau das Gegenteil eingetreten. Der Junge hatte ihr die Kraft zum Weiterleben gegeben. Damals. Und heute? War es jetzt anders?

Sanft strich er mit dem Zeigefinger über ihre Wange. »Es tut mir so leid«, flüsterte er und wusste dabei nicht, ob er Cäcilie, Malu oder sich selbst meinte. »Mein Liebling, es tut mir so unendlich leid.« Tränen stiegen in ihm auf; er hatte nicht die Kraft, sie zurückzuhalten. Er presste seine Frau an sich, ließ die Tränen in ihr Haar rollen, während der Schmerz in seiner Brust ihn in Stücke riss.

»Ruppert?«, flüsterte Cäcilie nach einer Weile mit blasser Stimme. »Was ist mit Ruppert?«

»Nichts ist mit ihm, mein Herz. Gar nichts. Es war so, wie du meinst. Malu hat die Tante getötet. Es war ein Unfall. Und Ruppert konnte nichts dagegen tun.«

Drittes Kapitel

Gut Zehlendorf (Lettland), 1895

Seit dem Tod der Tante vor knapp einem Jahr kränkelte Cäcilie von Zehlendorf. Matt lag sie in einem Liegestuhl unter dem Apfelbaum, das Gesicht so bleich wie der Leinenstoff. Bei der kleinsten Bewegung geriet sie in Atemnot, der Kopf schmerzte beinahe ständig. Auch mit ihrer Verdauung stand es nicht zum Besten. Doch am schlimmsten war ihre Nervosität. Beim kleinsten Geräusch zuckte Cäcilie zusammen. Lärm war ihr ein Gräuel, plötzliche Bewegungen verursachten eine Krisis. Sie litt an einer schweren Chlorosis, auch Bleichsucht genannt.

Dr. Matthus kam beinahe jeden Tag. Er hatte erklärt, dass es Cäcilie an roten Blutkörperchen mangelte. Um dies zu beheben, hatte er zu einer Diät aus Roter Bete und roten Früchten geraten. Außerdem verschrieb er ihr immer wieder Laudanum und viel Ruhe, doch nichts half. Selbst ein Kuraufenthalt an der Küste bei Jūrmala hatte keinen Erfolg gebracht. Selten konnte sich Cäcilie noch zu irgendeiner Tätigkeit aufraffen, selbst das Blättern in der *Rigaschen Hausfrauenzeitung* war ihr meist zu schwer. Nur für Ruppert nahm sie sich nach der Mittagsruhe stets ein halbes Stündchen Zeit. Dann fragte sie ihn nach den Fortschritten beim Lernen, lachte über seine Abenteuer und streichelte dem Jungen über Rücken und Haar.

Für Malu hatte sie keinen Blick übrig, kein Wort, keine Berührung. Fremden konnte es scheinen, als gehöre das Kind einer der Mägde oder gar Ilme, der Hofmutter, obwohl diese längst zu alt für ein so kleines Mädchen war. Sah die Herrin nicht hin, schaukelte Ilme die Kleine auf dem Schoß. Ruhte Cäcilie von Zehlendorf in ihren Gemächern, wühlte Malu mit der Wäschemagd in Stoffen und Stoffresten und spielte mit den bunten Knöpfen. Bald sprach sie die lettische Sprache ebenso gut wie die deutsche, kannte den Unterschied zwischen einer geraden und einer Zickzack-Naht.

Am liebsten aber war es ihr, wenn sie mit Nina, der Wäschemagd, in der kleinen Nähstube sitzen konnte. Während Nina die schadhafte Wäsche ausbesserte, erzählte sie der Kleinen Geschichten aus der eigenen Kindheit, und Malu schmiegte sich dann eng an sie. Manchmal, wenn Nina ein wenig Zeit hatte, nähte sie gemeinsam mit Malu eine Puppe.

Sie nahm Stroh, knetete es zu einer festen Kugel und zog einen Strumpf darüber. »Schau, das ist der Kopf«, erklärte Nina. »Und jetzt nähen wir Augen dran.« Sie ließ Malu zwei Knöpfe aus der bunten Knopfschachtel aussuchen und nähte sie an den Kopf.

»Und jetzt der Mund!«, verlangte die Kleine. »Sie soll lachen!«

Nina nahm roten Faden und nähte dem Puppenkopf einen Mund an, der wie bei einem Clown lachte. Danach durfte Malu Stoff aus der alten Kiste für ein Puppenkleid aussuchen. Anschließend lachte Nina, drückte die Kleine an sich und gab ihr einen Kuss auf das Haar. »Du hast ein Händchen für Stoffe, kleine Lady. Immer suchst du dir die teuersten aus.«

Malu schüttelte den Kopf. »Ich nehme doch nur die, die

sich am besten anfühlen«, erklärte sie. »Und die schön fallen.«

Die Wäschemagd nickte und erwiderte: »Das wird dir im Blut liegen. Auch deine Großtante hatte ein Händchen für Stoffe und Zierrat.«

War Nina zu beschäftigt, um mit Malu zu nähen oder in den Stoffkisten zu wühlen, dann stromerte Malu über das Land. Niemand, außer dem Verwalter und ihrem Vater, kannte das Gut besser als sie, und keiner war fremder darauf als sie.

Wolfgang von Zehlendorf sah manchmal nach ihr, strich über das gelockte Haar und seufzte. Da bekam Malu jedes Mal Angst. Er seufzte, als hätte sie etwas Schlimmes getan, über das er sich nicht trösten könnte. Und die Mutter tat, als gäbe es sie nicht. Malu war zu klein, um zu verstehen, was vorgefallen war, aber sie hatte begriffen, dass sie von einem auf den anderen Tag anders geworden war, nicht mehr zugehörig, allein. Manchmal war da ein Druck auf ihrer Brust, schwer wie ein Stein, den sie nicht loswerden konnte. Dann weinte sie, ohne zu wissen, warum. Aber bald schon tröstete sie sich. Sie lief zu den Milchmädchen in den Stall und sah ihnen beim Melken zu, stippte den Finger in die Teigschüssel eines Küchenmädchens, das gerade Kuchen backte, oder spielte mit dem Staubwedel eines Stubenmädchens.

Eines Tages starb der alte Pfarrer, und wenige Wochen später zog ein neuer in das Pfarrhaus ein und brachte seine Familie mit. Pastor Mohrmann war ein stiller, ernster Mann, der es sehr mit der Gerechtigkeit hielt. Seine Frau aber, eine Lettin, sprühte vor Lebensfreude und Lebenslust. Das helle Haar umspielte ihr Gesicht wie ein Heiligenschein, und ihr lautes Lachen drang bis zum Herrenhaus. Sie schlug gern jedem wohlwollend auf die Schulter und ging mit ihren beiden Kindern so natürlich um, als wäre sie zur Mutter geboren. Constanze war so alt wie Malu; ein eher schüchternes Kind, von dem man meinte, die Mutter habe all seine Lebendigkeit in sich vereint. Am Anfang beobachtete Malu ihre Altersgenossin aus einem Busch heraus, wenn diese im Pfarrgarten spielte. Constanze hatte meist eine Puppe bei sich, die wunderschönes langes Haar besaß, aber, wie Malu fand, ein schreckliches Kleid trug.

Wie schön wäre die Puppe in einem roten Rock, dachte Malu, und nahm sich vor, gleich morgen in der großen Stoffkiste nach etwas Passendem zu suchen.

Am nächsten Morgen konnte sie es kaum erwarten, dass Nina Zeit für sie hatte. »Wir müssen ein Puppenkleid nähen«, erklärte sie der Wäschemagd. »Ein rotes. Und lang muss es sein, damit die Puppe nicht an den Beinen friert.«

Nina strich ihr über den Kopf. »Ach, Mädelchen. Die gnädige Frau hat verlangt, dass wir ihre Winterkleidung vom Boden holen und frisch machen. Ich habe wirklich keine Zeit dafür. Kann das nicht bis nächste Woche warten?«

Malu kniff die Lippen zusammen und schüttelte ernsthaft den Kopf. »Nein. Kann es nicht. Es wird kälter. Die Puppe wird frieren. Ich brauche das Kleid jetzt.«

Nina legte den Zeigefinger an ihr Kinn und überlegte. »Wie wäre es, wenn du einmal allein ausprobierst, ob du schon ein Kleid nähen kannst? Wir haben das Papiermuster vom Kleid deiner Puppe. Such dir einen roten Stoff, schneid ihn zu, und dann rufe mich.«

Malu bekam vor Aufregung glühende Wangen. »Darf ich wirklich?«, fragte sie und hüpfte von einem Bein auf das andere.

»Wenn du mit der Schere gut achtgibst. Und stich dich bloß nicht an den Nadeln.« Nina strich ihr noch einmal über den Kopf. »Wenn etwas ist, dann ruf einfach nach mir. Aber ruf laut, denn es kann sein, dass ich auf dem Dachboden bin.«

Schon wühlte Malu in der Stoffkiste. Sie fand ein altes Tuch, das ihre Mutter früher einmal an kalten Abenden über den Schultern getragen hatte. Es war rot, und auf den Stoff waren winzige gelbe Blumen gestickt.

Malu hockte sich auf den Boden, die Schneiderkreide in der einen, die Schere in der anderen Hand. Sie breitete das Tuch sorgsam vor sich aus, legte den Papierschnitt darüber und trennte den Stoff vorsichtig durch. Die Kleine arbeitete so konzentriert, dass ihre Zunge immer wieder zwischen die Zähne rutschte. Sie war gerade fertig, als Nina nach ihr sah.

»Na, wie sieht es aus. Kommst du voran?«

»Hier! Sieh nur, ich bin fertig.«

Nina begutachtete die Stücke. »Das hast du prima gemacht. Fast wie eine richtige Schneiderin. Als Wäschemagd könntest du dich jetzt schon verdingen.« Sie lachte. »Willst du die Stücke zusammenheften? Nimm weißen Faden dafür, und mach die Stiche ruhig größer. Dann zeig mir, wie das Kleid geworden ist. Danach können wir es auf der Maschine nähen.«

Kaum zwei Stunden später war Malu mit dem Heften fertig. Mit dem Kleid in der Hand stieg sie hinauf zum Dachboden. Ilme lüftete gerade die Pelze ihrer Herrin, und Nina kontrollierte die Winterkleider auf Mottenlöcher.

»Was hast du denn da?«, fragte Ilme.

Malu strahlte. »Das Kleid, es ist fertig. Es muss nur noch genäht werden.«

Ilme betrachtete die Arbeit, zeigte Malu eine Stelle, an der sie nicht sorgfältig geheftet hatte, und lobte sie dann überschwänglich.

Aber Malu war damit nicht zufrieden. »Es muss jetzt genäht werden, das Kleid. Die Puppe kann nicht länger warten. Sie erfriert sonst.«

Nina seufzte und wollte zu einer weiteren Erklärung ansetzen, doch Ilme unterbrach sie: »Es ist schon gut, Nina. Näh mit Malu das Kleid fertig. Ich schaffe das hier oben auch alleine. Und morgen ist auch noch ein Tag.«

Malu jubelte, packte Nina bei der Hand und zog sie die Treppen hinunter in die Nähstube.

»Willst du es einmal allein probieren?«, fragte Nina und nahm die Haube von der Nähmaschine. »Es ist nicht schwer. Ich trete unten, und du musst nur das Rad an der rechten Seite drehen und zusehen, dass die Nadel genau auf die Heftlinie trifft.«

Malu nickte nur, vor Aufregung brachte sie kein Wort heraus. Sie setzte sich auf den Nähstuhl und bedauerte sehr, dass ihre Beine noch nicht bis hinunter zu der Metallplatte reichten, um die Maschine anzutreiben. Aber da hatte Nina schon den Faden in die Nadel gesteckt und forderte Malu auf, das Rad zu drehen. Malu war mit solchem Eifer bei der Sache, dass ihre Wangen sich rot färbten und die Zunge immer wieder zwischen den Zähnen hervorlugte. Viel zu schnell für ihre Begriffe war das Kleid fertig. Als Nina die Nähmaschine unter der Haube verbarg, war Malu beinahe traurig darüber.

Aber Nina nahm sie in die Arme. »Herzlichen Glückwunsch zum ersten Kleid. Das hast du wirklich gut gemacht. Wenn du magst, können wir ja in der nächsten Woche gemeinsam ein paar neue Kissen für dein Zimmer nähen.«

»Danke, Nina!« Die Kleine umarmte die Wäschemagd, dann holte sie sich ihre Jacke und rannte hinaus bis zum Zaun, der das Gut vom Pfarrhof trennte. Eine Weile stand sie da und beobachtete das blonde Pfarrersmädchen, das wieder mit seiner Puppe allein spielte. Schließlich nahm Malu ihren ganzen Mut zusammen. »Ich habe ein Kleid für deine Puppe genäht!«, rief sie über den Zaun. »Willst du mal sehen?«

Das Mädchen sah auf. Zögernd kam es näher, blieb stehen und zog an seinen Zöpfen.

»Komm doch!«, rief Malu. »Oder hast du etwa Angst vor mir?«

Das Mädchen schüttelte zaghaft den Kopf, trat dann an den Zaun und reichte Malu die Hand. »Ich heiße Constanze«, sagte es leise. »Und wie heißt du?«

Von Stund an spielten die beiden Mädchen jeden Tag zusammen. Meist bestimmte Malu das Spiel, und die ruhigere Constanze tat, was sie ihr sagte. Aber manchmal saßen die beiden Mädchen auch nur still zusammen oder wühlten gemeinsam in den Stoffkisten des Gutes.

Constanze hatte einen zwei Jahre älteren Bruder namens Johann. Als Malu ihn zum ersten Mal sah, wusste sie sogleich – sie fühlte es ganz deutlich –, dass Johann gekommen war, um ihre Einsamkeit zu beenden. Johann. Der Große, der Starke. Aber genau wie Ruppert beachtete der Junge das kleine Mädchen nicht weiter. Manchmal, wenn sie sich begegneten, fragte er, wie es ihr ginge, doch kaum wollte sie ihm ein neues Puppenkleid zeigen, schürzte er verächtlich die Lippen und ging weiter. Meist verschwand er im Wald. Malu hätte zu gern gewusst, was er dort anstellte, aber es war ihr verboten, allein in den Wald zu gehen.

Einmal aber tat sie es doch. Sie schlüpfte durch den Zaun,

lief barfuß über die Felder und hinein in den Wald, immer weiter und weiter. Schließlich kam sie an einer Lichtung vorbei, wo sie den schweren Duft der Felder und zugleich den leichten Geruch der Kiefern und des Sandbodens roch. Spinnweben hingen zwischen den Ästen, und als die Sonne dorthin schien, sah das Gewebe wie feinstes Geschmeide aus. Verzückt blieb Malu stehen und betastete vorsichtig das Gespinst. Einen Stoff müsste es geben, der so fein und zart ist wie Spinnweben, dachte sie. Wenn ich einmal groß bin, kann ich mir daraus ein wunderschönes Kleid nähen.

Sie war so fasziniert, dass sie immer weiter in den Wald hineinging, immer den Spinnweben hinterher. Nach einer Weile blieb sie stehen und sah sich um. Der Wald hatte sich verändert, ohne dass es ihr aufgefallen war. Der Mischwald, der hinter den Feldern anfing, hatte sich in einen reinen Kiefernwald verwandelt. Dichtes Unterholz lag vor ihr, so dicht, dass kein Durchkommen war. Von fern hörte sie einen Eichelhäher rufen. Sie wandte sich um, doch nichts hier kam ihr bekannt vor. Sie rannte ein Stück zurück, aber auch hier tat sich plötzlich vor ihr dichtes Unterholz auf. Malu drehte sich nach links und nach rechts. Überall standen meterhohe junge Kiefern so dicht nebeneinander, dass am Boden zwischen den Bäumen völlige Dunkelheit herrschte. Es roch nach Pilzen und nach etwas, das Malu noch nie gerochen hatte. Irgendwie modrig, irgendwie dunkel und beängstigend. Und nun wurde ihr klar, dass sie sich verlaufen hatte, dass sie ganz allein wer weiß wo in diesem Wald war und nicht einmal wusste, in welche Richtung sie gehen sollte, um zurück zum Gut zu kommen.

Tränen stiegen in ihr auf, aber sie wischte sie kräftig mit den Fäusten weg. Sie wollte nicht weinen. »Weinen hilft nicht«, sagte ihr der Vater immer, und auch Ilme, die Hausmutter, hatte ihr erklärt, dass Tränen zwar einen Schmerz lindern können, aber keine Probleme lösen.

Also formte Malu mit den Händen einen Trichter vor ihrem Mund und rief, so laut sie konnte: »Hallo! Ist da wer? Ich habe mich verlaufen!«

Doch niemand antwortete. Nur der Wind rauschte in den Bäumen, und die Stimmen des Waldes murmelten.

Noch einmal und noch einmal rief Malu. Sie schrie und brüllte sich die Lunge aus dem Hals, doch niemand hörte sie. Zu Malus Angst kam jetzt die Erschöpfung. Sie musste stundenlang durch den Wald gelaufen sein. Die Dämmerung hatte eingesetzt, und Nebelfetzen hingen zwischen den Bäumen. Malu hockte sich hin, umklammerte mit ihren Armen die Knie und weinte nun wirklich. Die Tränen flossen ihr über das Gesicht, und sie konnte kaum atmen, so sehr weinte sie. Das ist bestimmt die Strafe für das, was ich gemacht habe, dachte sie. Jeder Teufel kommt einmal in die Hölle.

Und sie weinte und schluchzte so sehr, dass sie nicht hörte, wie ganz in der Nähe Zweige knackten.

»Malu, da bist du ja!« Johann stand vor ihr. Als er ihr tränenüberströmtes Gesicht sah, hockte er sich hin, nahm sie in die Arme und streichelte ihr beruhigend über den Rücken. »Wir haben dich gesucht. Alle haben dich gesucht«, flüsterte er. »Wie gut, dass ich dich gefunden habe. Alle haben sich Sorgen gemacht.«

»We-her denn?«, schluchzte Malu.

»Na, alle eben. Nina und Ilme, dein Vater und der Kutscher Will, Constanze und meine Mutter. Sie hat dich übrigens in den Wald gehen sehen. Als du ewig nicht wiederkamst, ist sie rüber zum Gutshaus gelaufen. Schwarzrock, der Verwalter, hat für sich und deinen Vater die Pferde gesattelt. Der Förster

Schneider hat die Hunde geholt, und wir anderen laufen seit einer Stunde durch den Wald und rufen nach dir. Aber jetzt bist du ja da. Ich bin so froh.«

Malu sah auf. »Bist du wirklich froh? Ich dachte immer, ich gehe dir auf die Nerven.«

Johann lächelte und drückte sie noch einmal an sich. Dann zog er seine Jacke aus und hängte sie Malu über die Schultern. »Alle kleinen Mädchen gehen den großen Jungs auf die Nerven. Wengistens tun sie so. Aber ich mag dich halt und will nicht, dass dir etwas geschieht.«

Malu lächelte das erste Mal seit vielen Stunden. »Hat Ruppert auch nach mir gesucht?«, wollte sie wissen. »Ihm gehe ich nämlich auch auf die Nerven.«

Johann wich ihrem Blick aus. »Er wird auf dem Gut zu tun haben«, erwiderte er leise.

Aber Malu schüttelte den Kopf. »Nein, das ist nicht wie bei dir. Ihm gehe ich wirklich auf die Nerven. Er hat schon oft gesagt, dass mich niemand auf Zehlendorf braucht und dass ich allen nur Unglück bringe. Wie der Tante Camilla, die ich auf dem Gewissen habe. Ihm wäre es bestimmt lieber, wenn mich die wilden Tiere fressen würden. Und meiner Mutter auch.«

Johann erwiderte nichts. Er wischte Malu nur zart die Tränen von den Wangen und zog sie hoch. »Komm, wir müssen uns beeilen. Bald wird es dunkel. Du hast bestimmt Hunger.«

Hand in Hand liefen sie durch den Wald, der Malu jetzt gar nicht mehr bedrohlich erschien.

Johann brachte sie bis zum Gut. Dort nahm er noch einmal ihre beiden Hände und sagte ernst: »Wenn du mal einen richtigen Bruder brauchst, Kleine, dann ruf nach mir.«

Malu nickte und lächelte schüchtern. Immer wenn sie später an dieses Erlebnis zurückdachte, behauptete sie stets, das sei der Tag gewesen, an dem sie sich in Johann verliebt hatte.

Von da an war Johann ihr bester Freund, so wie Constanze ihre beste Freundin war. Johann war derjenige, der sie beschützte, ihr die Tränen abwischte, wenn sie gestürzt war und weinte, während die eigene Mutter nur angewidert das Gesicht verzog. Und Johann war es auch, der ihr das Pfeifen auf zwei Fingern beibrachte und das Kirschkernspucken, der sie spielerisch an den Zöpfen zog und beim Baden im See untertauchte, ganz so, als ob sie ein richtiger Junge wäre.

Manchmal beneidete Malu ihre Freundin um Johann. Einen Bruder wie ihn hätte sie zu gern gehabt. Aber sie hatte eben nur Ruppert: einen gemeinen Jungen, der grob an ihren Zöpfen riss, der ihr Stöcke zwischen die Beine schob und sie beim Essen in die Rippen stieß, sodass sie die Suppe verkleckerte. Aber jetzt, da Johann auch eine Art Bruder für sie war, fühlte sie sich beschützt und gemocht. Beschützt sogar vor ihrem leiblichen Bruder. Mochte Ruppert, so viel er wollte, mit der Mutter tuscheln, mochte sie ihm nur immer wieder über das Haar streichen. Malu hatte jetzt neben dem Vater, Nina und Ilme auch noch Constanze und Johann. War das nicht viel mehr?

Gut Zehlendorf war nicht besonders groß für lettische Verhältnisse, gerade mal vierhundert Hektar. Doch der Boden war fruchtbar, die Wälder voller Wild, der Fischteich übervoll. Ilme, die Hofmutter, teilte jeden Morgen den Mägden die Arbeit zu. Ihr Ehemann war der Kutscher Will, der wie sie aus der Nähe von Mitau stammte. Herr Schwarzrock, der

Verwalter, überwachte die Knechte, die Arbeit auf den Feldern und in den Ställen. Markus Schneider, der Förster, der sich um das Wild und die Fische kümmerte, kam aus Deutschland.

Am Rande des Gutes befanden sich die Gesindehäuser. Es waren so viele, dass sie einem Dorf glichen. Dort gab es eine eigene Schänke, eine Schusterei, eine Schneiderei und sogar einen Gemischtwarenladen.

Wolfgang von Zehlendorfs Vater hatte die Gesindehäuser bauen lassen, und Malu kannte sich in ihnen bald besser aus als im Gutshaus. Ständig hing der Geruch der Paraffinlampen in ihren Haaren, und oft spielte sie mit den Kindern des Gesindes an der einzigen Pumpe mitten im Gutsdorf, wobei Johann stets ihr Anführer war. Malu ging jedoch nicht nur ins Dorf, um zu spielen, sondern schaute sich auch mit kindlicher Neugier an, wie das Leben dort ablief. Sie beobachtete, wie die Frauen sich am Brunnen trafen, dort Neuigkeiten austauschten und hernach die vollen Eimer zu den Wasserfässern hinter ihren Häusern schleppten. In den Häusern fielen der Kleinen vor allem die Schlafstellen auf. So standen in manchen die russischen Kachelöfen mit den breiten Ofenbänken, auf denen im Winter, mit Fellen bedeckt, die Familien schliefen. In anderen Häusern gab es Betten, in denen mehrere Familienmitglieder auf einmal nebeneinander schliefen.

Gut Zehlendorf – das waren für Malu jedoch nicht nur das Gesindedorf und Johann, sondern auch die Ställe, der Wald, der See, der Wäscheplatz, die Gemüsefelder, die Obst- und Beerensträucher, die Scheunen, Speicher, Rauch- und Vorratskammern. Am liebsten waren Malu die Waschtage. An diesen Tagen blieb der Liegestuhl unter dem Apfelbaum leer, denn die Mutter konnte den Gesang der Wäscherinnen nicht ertragen.

Wenn gewaschen wurde, gelang es nicht einmal Johann, Malu zum Spielen zu überreden, und auch Frau Mohrmanns Streuselkuchen lockte sie nicht. Schon Tage vorher durfte Malu der Hofmutter helfen, die Seifenlauge herzustellen. Mit einem Korb in der Hand durchstreifte sie mit Ilme die Wiesen auf der Suche nach Seifenkraut. Danach sah sie zu, wie die Waschfrauen, die extra zum Waschen aus dem Dorf aufs Gut gekommen waren, unter Gesang die Wurzeln in Stücke schnitten und zum Trocknen auslegten. Ilme, die die Lauge aus Seifenkraut für die feinen Kleider von Malus Mutter brauchte, überwachte jeden Arbeitsschritt, kochte dabei eine deftige Pilzsuppe mit Speck und sang mit ihrer brüchigen Stimme die Strophen der Waschlieder mit. Wenn die Wurzelstücke getrocknet waren, füllte Malu sie in ein Säckchen und hängte es in einen Kessel. In diesem Sud wurden später die Kleider und Wäsche ihrer Mutter geweicht. Während der Sud zog, durchstöberte Ilme alle Truhen und Schränke im Haus und wählte die Wäschestücke aus, die zu reinigen waren. Anschließend bereitete sie für die weiße Leinenwäsche und die Tisch-, Bett- und Nachtwäsche eine Brühe aus schwarzbraunen Kornrade-Samen zu. Manchmal fuhr sie Malu an, wenn die Kleine mit ihren Händchen in der giftigen Brühe planschen wollte. Zum Schluss stellte Ilme noch eine Brühe aus Efeublättern her, die für die dunkle Wäsche gedacht war, weil Efeu, wie sie Malu erklärte, die Farben auffrischte.

Der Waschtag selbst begann im Morgengrauen. Von diesem Zeitpunkt an stand Ilme mit geschürzten Röcken, aufgekrempelten Ärmeln und ihrem weißen Kopftuch am Waschzuber in der Waschküche, wo ihr ein Dutzend Frauen aus dem Dorf halfen. Zu Mittag gab es auf dem Gut nur einen Eintopf, weshalb es Wolfgang von Zehlendorf meist so einrichtete, dass er mit seinem Verwalter Schwarzrock nach Mitau fuhr, um dort im Goldenen Schwan Pelmeni – mit Schweinefleisch gefüllte Teigtaschen – in ungeheuren Mengen zu essen.

Während die Frauen zwischen Waschstube und Trockenplatz hin- und hereilten und die ersten Bügeleisen auf den heißen Herd stellten, saß der Gutsherr nach dem Mittagessen mit dem Verwalter in seiner Mitauer Stammkneipe. Dort diskutierte er mit Gleichgesinnten über die politische Weltlage, die nationalen Getreidepreise und das regionale Wetter. Wenn die Frauen am Abend die saubere und gebügelte Wäsche zwischen Leinensäckchen mit Lavendel in Truhen und Schränken verstauten, sangen der Gutsherr und sein Verwalter bierselig in der Kutsche Trinklieder, und der Kutscher gab den Takt mit der Peitsche dazu.

An diesen Tagen vergaßen die Erwachsenen die Kinder, und Malu konnte so lange aufbleiben, bis die letzte Waschfrau gegangen war. Vorher wurde sie in einen Zuber mit heißem Wasser auf den Hof gestellt und von ihrer Kinderfrau abgeschrubbt. War noch Zeit, so spülte ihr Marenka das Haar mit Kamille, war Eile geboten, wurde Malu nur mit einem Eimer Wasser übergossen, eingeseift und abgespült wie ein Wäschestück.

Arbeit und Spiel, Sonne, Staub und Tiere – das war Malus Gut Zehlendorf.

Gut Zehlendorf – das waren für Ruppert der Kricketplatz, der Tenniscourt und die Fliederlaube, dazu kamen vielleicht noch die Sammlung Majolika, die in Glasschränken ausgestellt wurde, und die Ahnengalerie, die sich an den Treppenwänden entlang nach oben zog.

Als der Sommer zur Neige ging, waren Malus Haare strohblond gebleicht, ihre Arme und Beine braun gebrannt und von Kratzern übersät. Ruppert hingegen war noch immer blass wie ein Fischbauch, hatte stets reine Hände und manikürte Nägel. Und während seine Schwester bedauerte, dass es immer kühler wurde, war er glücklich, den heißen, langweiligen, sonnendurchglühten, schläfrigen Tagen endlich entkommen zu sein.

Die ersten Herbststürme bogen die Birken vor dem Haus und rissen an ihren Blättern, als Wolfgang von Zehlendorf es wagte, seine Frau um ein Gespräch zu bitten.

»Die Kinder müssen zur Schule«, erklärte er, während er sich ihr gegenüber in den Sessel setzte. »Ruppert ist überfällig. Sieben Jahre ist er, beinahe ein Jahr zu spät schon, während Malu noch etwas Zeit hat, sie ist immerhin zwei Jahre jünger als Ruppert. Wir müssen ihn endlich auf ein Internat schicken. Ich habe an Riga gedacht. Das ist nicht zu weit; er kann so manches Wochenende, die Feiertage und die Ferien hier verbringen.«

»Nein!« Cäcilies Stimme, ansonsten klein und blass, entwickelte mit einem Mal eine nahezu erschütternde Kraft. »Der Junge bleibt hier. Er ist noch zu klein, um aus dem Haus zu gehen.«

»Nun, meine Liebe, da bin ich anderer Meinung. Sieh ihn dir doch an: bleich, schwächlich, ungeübt in allen Dingen, die Jungs in seinem Alter tun. Er muss heraus – muss unter Gleichaltrige. Nicht einmal mit Johann, dem Pfarrerssohn, spielt er. Er sei ihm zu grob, hat er mir gesagt. Dabei ist Johann ein ganz normaler, richtiger Junge.«

»Johann ist nicht von Adel! Ein ganz ordinärer Junge ist er, der sich geehrt fühlen sollte, wenn Ruppert ihn auch nur einmal ansieht. Nein, mein Sohn bleibt hier!«

Cäcilie von Zehlendorf richtete sich von ihrer Récamiere auf und griff nach dem Laudanumfläschchen. Ihr Blick war waidwund, und Wolfgang von Zehlendorf zerriss es das Herz, doch dieses Mal gedachte er, seinen Willen durchzusetzen.

»Wir müssen nicht streiten, Liebling. Ich habe bereits alles in die Wege geleitet. Am Montag werde ich ihn auf die höhere Schule nach Riga begleiten. Ilme hat Anweisungen, seine Sachen zu packen.«

»Nein!« Dieses Mal klang das Wort wie ein Schrei. Cäcilie begann zu zittern, ihre Schultern bebten, die Brust hob und senkte sich in raschen Stößen. »Warum willst du mir noch den Sohn nehmen, wo ich schon die Tochter verloren habe?«

Wolfgang von Zehlendorf sah auf seine Hände hinab, die sich in seinem Schoß zu Fäusten geballt hatten. »Du hast deine Tochter nicht verloren«, erwiderte er leise. »Malu ist da. Du kannst mit ihr sprechen, sie berühren, sie hören und sehen.«

Seine Gattin schloss die Augen und ließ sich gegen die Lehne sinken. »Die, die du meinst, ist nicht meine Tochter.«

»Meine Güte, Cäcilie! Warum kannst du ihr nicht vergeben?«

»Mord verjährt nicht. Auch in meinem Herzen nicht.«

»Mord. Du bist die Einzige, die das so nennt.« Wolfgangs Stimme war lauter geworden. »Alle anderen bezeichnen es als ›Unfall‹ oder ›Unglück‹. Sie war vier Jahre alt, Herrgott! Sie wusste nicht, was sie da tat.«

Cäcilie seufzte. »Wir müssen nicht darüber sprechen. Es

ist bekannt, dass wir in diesem Fall verschiedener Ansicht sind.«

»Du irrst dich, Cäcilie. Wir müssen darüber sprechen. Ich dulde es nicht länger, dass du Malu ignorierst, sie anschaust, als wäre sie ein besonders ekliger Wurm, und im Gegenzug Ruppert nach Strich und Faden verwöhnst. Du tust beiden Kindern damit nichts Gutes.«

Cäcilie lächelte schmerzlich. »Was willst du tun, Wolfgang? Ein Herz lässt sich nicht befehlen. Das müsstest du doch von uns allen am besten wissen.«

Wolfgang von Zehlendorf zuckte unter diesen Worten zusammen wie unter einem Schlag. Obwohl seine Frau es nicht ausgesprochen hatte, wusste er, was sie ihm zu verstehen geben wollte – dass sie ihn niemals geliebt hatte.

Er senkte den Kopf, fühlte sich plötzlich kraftlos und müde. So müde, dass er glaubte, nicht mehr aus dem Sessel aufstehen zu können. Er hatte früher gedacht, er wäre ein starker Mann, ein echtes baltisches Mannsbild mit breiten Schultern und der Kraft, einen kleinen Bullen auf der Weide umzustoßen. Er hatte früher gedacht, nichts könnte ihm Angst bereiten, vor nichts und niemandem würde er den Kopf einziehen. Doch da hatte er Cäcilie noch nicht gekannt. Jetzt war sie es, die seinem Leben eine Bedeutung gab. Sie – die Schöne, die Kultivierte. Sie allein hatte die Macht, ihn zu erheben oder in den Staub zu stoßen. Seit Jahren kämpfte er um ihre Liebe. Ein Lächeln von ihr machte ihn glücklich, eine Berührung selig. Seit er mit ihr verheiratet war, besaß er keine eigene Kraft mehr. Klein, dumm, unzulänglich. Genau das war er. Mit einem Blick konnte sie ihn vernichten, mit einer Geste zum Zwerg schrumpfen lassen.

Sie hob die Arme und strich sich mit den Händen über das

aufgesteckte Haar. »Nun, so ist es also beschlossen. Wir werden für Ruppert einen Lehrer suchen, der ihn hier unterrichtet. Er wird selbstverständlich nicht nach Riga gehen.«

»Und die Kleine?«

Cäcilie zuckte verächtlich mit den Schultern. »Soll sie machen, was sie mag. Möglichst so, dass ich sie nicht sehen muss.«

Wieder fühlte sich Wolfgang, als hätte er einen Schlag bekommen. Doch dieser Schlag ging nicht nur gegen ihn, sondern gegen Malu, sein Sonnenkind – und sie musste er unbedingt schützen.

Er stand auf, straffte die Schultern und reckte das Kinn. »Ich komme dir entgegen, meine Liebe. Ich werde einen Hauslehrer finden. Aber der Unterricht wird nicht allein für Ruppert abgehalten. Er braucht Altersgenossen. Ich werde Pfarrer Mohrmann fragen, ob er seine und unsere Kinder zusammen unterrichten kann.«

Cäcilie schrak hoch und öffnete den Mund, um etwas zu erwidern. Doch Wolfgang von Zehlendorf brachte sie mit einer Hand zum Schweigen.

»Du bist still jetzt!«, herrschte er sie an. »Ich bin der Herr im Hause, und ich bestimme, was geschieht.«

Mit diesen Worten verließ er den Salon und schlug die Tür fest hinter sich ins Schloss.

Malu stand am Fenster, die Ellbogen auf die Fensterbank gestützt, und sah hinaus in den Sturm. Hinter ihr hängte Ilme die frisch gewaschenen Musselinkleidchen in den Schrank.

»Sag, Ilme, sind der Wind und die Bäume sich gram?«, fragte Malu.

Ilme schloss die Schranktür und trat neben das Kind. »Warum fragst du das? Beide gehören zur Welt. Wind und Bäume sind weder gut noch böse. Sie *sind* einfach.«

Das Kind zog die Stirn in Falten. »Ich bin der Wind«, sagte sie. »Und die gnädige Frau ist die Birke.«

»Die gnädige Frau? Meinst du deine Mutter?«

Malu schüttelte mit großem Ernst den Kopf. »Nein, Mutter darf ich nicht mehr sagen, denn die gnädige Frau hat keine Tochter mehr. ›Früher vielleicht einmal‹, hat Marenka gesagt, ›aber nun nicht mehr.‹ Ich soll sie gar nicht ansprechen. Niemals. Und wenn ich über sie rede, soll ich ›gnädige Frau‹ sagen.«

Ilme seufzte. Sie zwinkerte die Tränen weg, strich der Kleinen über den Kopf und drückte sie kurz an sich. »So etwas sollte kein Kind sagen müssen«, murmelte sie, bevor sie fragte: »Du bist also der Wind?«

Malu nickte ernsthaft. »Ja, der Wind. Das bin ich. Und die Birke, das ist die gnädige Frau. Wenn ich nicht da bin, dann steht sie still und schön und ist ganz ruhig. Ihre Blätter wispern vor sich hin, singen ein Lied. Wenn aber der Wind kommt und an ihren Blättern rupft und reißt und die dünnen Zweige abbricht und den Stamm beugt, dann ist es wie manchmal bei der gnädigen Frau. Wenn sie mich sieht, bekommt sie einen nervösen Anfall. Wegen des Windes ist alles gesträubt und biegt sich hierhin und dorthin. Und niemand kann helfen, niemand kann den bösen Wind vertreiben, der doch der Birke so wehtut. Und wenn er weg ist, der Wind, dann hat die Birke keine Schönheit mehr. Ganz still steht sie, genau wie die gnädige Frau hernach, und muss sich von dem schrecklichen Wind erholen und Angst haben, dass er wiederkommt und sie wieder zaust und zu Boden biegt.«

Jetzt rannen Ilme die Tränen aus den Augen. »Wer sagt denn so etwas, Kind?«

»Keiner, Ilme. Das weiß ich. Ich bin der Wind, der alles durcheinanderbringt und alles zerstört.« Die Kleine sah die Hofmeisterin an. »Ich bin böse, weißt du. Aber ich bin es nicht mit Absicht. Jeden Tag gebe ich mir solche Mühe, kein Wind zu sein. Ich gehe weg, wenn ich die gnädige Frau sehe. Ich schließe die Augen, wenn sie mich zufällig ansieht, ich halte mir die Ohren zu, wenn sie singt. Aber manchmal fährt das Böse wie der Wind in mich herein und macht alles kaputt.« Malu fasste vorsichtig nach Ilmes Hand. »Du musst nicht weinen, Ilme«, sagte sie leise. »Der Wind ist zwar böse, aber er ist auch stark. Viel stärker als die Birke.«

Viertes Kapitel

Gut Zehlendorf (Lettland), 1905

Immer endete das Jahr auf dem Gut mit einem prunkvollen Silvesterball. Wenn Cäcilie von Zehlendorf auch sonst große Gesellschaften scheute, auf den Silvesterball bestand sie, war er doch eine der wenigen Gelegenheiten, die neue Garderobe aus Riga vorzuführen. Die Nachbarn waren eingeladen, es gab Sekt und um Punkt Mitternacht ein Feuerwerk. Die Mägde hatten in den Tagen zuvor das gesamte Anwesen mit Fackeln geschmückt. In den mit Eis überzogenen Ästen der Obstbäume hingen rote Äpfel aus Holz, die mit Öl zum Glänzen gebracht worden waren. Selbst die Kinder durften an diesem Tag bis Mitternacht aufbleiben. Constanze, Johann und Malu mussten dem Ball selbstverständlich fernbleiben, aber Ilme hatte ihnen heißen Früchtepunsch in die Küche gestellt, während Ruppert im großen Saal die Damen herumschwenkte und sich ganz als kleiner Kavalier fühlen durfte.

Das Fest war gerade erst vorbei, im Garten lagen noch die Reste der Feuerwerkskörper, da holten die Mägde wieder die Leitern und nahmen die Äpfel und Sterne ab, verstauten sie in Kisten und brachten sie auf den Dachboden. Auch der Tannenbaum im Salon, der über und über mit glänzenden Kugeln und silbernen Fäden bedeckt war, wurde abgeschmückt, die Kerzenhalter, Kugeln und die Spitze ordentlich in Zeitungspapier gehüllt und in Kisten verstaut, denn das russisch-orthodoxe Weihnachtsfest, welches viele der Bediensteten feierten und das in der Nacht vom sechsten auf den siebenten Januar stattfand, war ebenfalls vorüber. Das Gut kehrte langsam zum Alltag zurück.

Auf dem Rasen glitzerte der Reif in der blassen Sonne, immer wieder wirbelte der Wind ein paar Schneeflocken auf, und die Auffahrt war zu beiden Seiten von einem meterhohen Schneeberg begrenzt. Es war kalt im Baltikum. Die Temperaturen lagen weit unter dem Gefrierpunkt. In allen Räumen waren die Kachelöfen geheizt, aus dem Kamin stieg der Duft von glühenden Buchenscheiten auf. Die Menschen waren in dicke wattierte Jacken gehüllt. Die Männer trugen Fellmützen auf dem Kopf, die Frauen hüllten Kopf und Schultern in warme Tücher. Jeder, der hatte, steckte die Hände in dicke Handschuhe. Die weniger begüterten Leute umwickelten ihre Füße mit Lappen oder Zeitungen, ehe sie in ihre Stiefel stiegen. Verließ man das Haus, so bildete der Atem eine dichte weiße Wolke vor dem Mund. In den Bärten der Männer bildeten sich winzige Eiszapfen, an besonders kalten Tagen konnte man sogar sehen, wie der Atem gefror.

Malu und Ruppert hatten Anweisungen, das Haus nicht zu verlassen, wenn es nicht unbedingt sein musste. Sie hockten den halben Tag auf der Bank, die sich rings um den Kachelofen zog, und spielten mit der Kinderwärterin Karten. Cäcilie von Zehlendorf verließ tagsüber nicht einmal mehr zu den Mahlzeiten ihr Gemach, sondern ließ sich nur regelmäßig heißen Tee mit Honig von Ilme im Samowar zubereiten.

Abends bekam Malu ein Fell über ihr dickes Federbett und eine kupferne Wärmflasche an die Füße. Das geschah gegen neun Uhr. Danach schloss die Kinderwärterin Marenka ihre

Tür; und Malu hatte ihr Zimmer bis zum Morgen nicht mehr zu verlassen. Denn nur am Abend gelang es ihrer Mutter unter den größten Anstrengungen, sich für eine Stunde oder zwei hinunter in den Salon zu begeben, um von ihrem Mann die neuesten Nachrichten aus St. Petersburg und Riga zu hören.

Seit Monaten schon grummelte es im gesamten Land. Und in den ersten Januartagen waren in ganz St. Petersburg Streiks ausgebrochen. Werften, Manufakturen, Webereien, sogar die Putilow-Werke standen still. Cäcilie bekam Angst.

»Was, um Gottes willen, hat das alles zu bedeuten?«, fragte sie ihren Mann.

Wolfgang von Zehlendorf strich sich über den Backenbart. »Die Menschen in der Stadt leben lange nicht so gut wie wir hier auf dem Land. Im Vergleich zu den Arbeitern der Putilow-Werke geht es unserem Gesinde wie im Himmel. Die Arbeiter haben es satt, wie Tiere behandelt zu werden. Sie wollen menschenwürdige Lebensbedingungen, genug Brot auf dem Tisch und eine Zukunft für ihre Kinder. Die Bauern verlangen Agrarreformen, und allesamt sind sie für die Schaffung einer Volksvertretung.«

»Eine Volksvertretung? Was soll das sein?« Cäcilie von Zehlendorf schüttelte empört den Kopf. »Meinen sie etwa, jeder Dahergelaufene könnte über die Geschicke vieler bestimmen? Das ist unmöglich. Diesen... diesen Leuten da, denen fehlt es doch an allem. Sie haben keine Bildung, keine Kultur, keine Manieren.« Sie hob beide Hände. »Der Herr möge verhüten, dass jemals einer, der gerade mal seinen Namen schreiben kann, über uns bestimmt. Und die Agrarreformen. Was hat das zu bedeuten?«

»Zilchen, bitte beruhige dich. Noch ist nichts entschieden.

St. Petersburg ist weit. Ich glaube nicht, dass wir hier im Baltikum etwas von den Unruhen spüren werden.«

»Was hört man heute aus St. Petersburg? Bist du sicher, dass dies alles spurlos an uns vorübergeht?«

»Ein orthodoxer Priester, Vater Georgi Gapon, soll Zehntausende von Arbeitern durch die Stadt auf einem Marsch zum Winterpalais geführt haben. Doch sie kamen nicht bis zum Zaren Nikolaus II. Schon am Narva-Tor wurden die Demonstranten von der Palastwache und den Soldaten aufgehalten.« Seine Stimme wurde leiser, und er legte seiner Frau eine Hand auf den Unterarm. »Sie haben in die Menschenmenge geschossen. Es hat Tote gegeben und Verletzte. Einige wollten über die Newa fliehen und sind im Eis eingebrochen.«

»Wie bitte?« Cäcilie von Zehlendorf schrie leise auf. »Tote? Wie viele Tote gab es?«

Ihr Mann zuckte mit den Schultern. »Niemand weiß es genau. Einige sprechen von über hundert Toten, andere berichten von der fünffachen Anzahl.«

»Das ist furchtbar. Das ist schrecklich. Die Wilden werden außer Rand und Band geraten!« Cäcilie griff nach der Klingel und läutete.

Kurz darauf erschien die Hofmeisterin Ilme. »Was wünscht die gnädige Frau?«, fragte sie und musste dabei ein Gähnen unterdrücken.

»Hast du von den Aufständen gehört?«, verlangte Cäcilie zu wissen.

»Ja, gnädige Frau. Niemand spricht von etwas anderem.«

»Aha. Also ist das Gesinde auch schon mit diesen unsinnigen Gedanken infiziert?« Cäcilies Stimme klang hoch und schrill. »Was wollt ihr? Na los, sag es schon. Was willst du,

Ilme? Meinen Schmuck? Meine Kleider? Oder hast du es auch auf unser Haus und die Kutsche abgesehen?«

Die Hofmeisterin wich zurück und warf hilfesuchende Blicke auf Wolfgang von Zehlendorf.

»Beruhige dich doch, Zilchen. Uns geschieht nichts. Pssst.« Er stand auf und holte das Fläschchen mit dem Laudanum, gab zwanzig Tropfen auf einen Löffel und reichte ihn seiner Frau.

Cäcilie schluckte, schüttelte sich, dann zeigte sie mit dem Finger auf Ilme. »Jetzt weiß ich, was ihr plant. Jetzt habe ich euch Gesindel durchschaut. Ihr wollte es machen wie die in St. Petersburg. Unser Leben wollt ihr, euch in unseren Kissen wälzen, von silbernen Löffeln wollt ihr essen. Meine Tochter eine Mörderin! Meine Dienstboten heimtückische Verbrecher!« Sie schlug die Hände vor das Gesicht, heulte laut auf und zitterte am ganzen Körper.

»Schluss jetzt!« Wolfgang von Zehlendorf schlug mit der flachen Hand auf den Tisch. »Es ist gut, Cäcilie. Es gibt keinen Grund für uns, Misstrauen gegen Ilme und die anderen Angestellten zu hegen. Sie haben uns immer treu gedient. Ich denke, du solltest dich jetzt wieder hinlegen, der Abend war anstrengend genug für dich.«

Er schickte Ilme mit einer Handbewegung weg, dann kümmerte er sich um sein Frau und brachte sie zu Bett. Er half ihr beim Auskleiden, löste ihr das Haar und striegelte es behutsam mit einer Bürste, doch Cäcilie weinte noch immer. »Ach, meine Liebste, ich kann es nicht ertragen, wenn du weinst. So beruhige dich doch.«

»Wie soll ich mich beruhigen, wenn ringsum die ganze Welt in Scherben fällt?« Cäcilie von Zehlendorf sah ihren Mann mit verschwollenen Augen an. »Was hast du für Vorkehrungen getroffen? Wie willst du für unsere Sicherheit sorgen? Ich habe Angst! Begreife das doch endlich.«

Der Freiherr seufzte. »Ich weiß, meine Liebe, ich weiß. Seit Jahren leidest du unter den verschiedensten Ängsten. Und glaube mir, ich werde alles tun, um dich in Sicherheit zu wissen. Mach dir keine Sorgen, ich habe bereits Anweisungen erteilt. Der Verwalter und der Förster gehen nicht mehr ohne Waffen aus dem Haus. Selbst Will hat einen Vorderlader unter seinem Kutschbock liegen. Es wird dir nichts geschehen. Und was unsere Leute angeht: Sie sind bestimmt nicht gefährlich.«

»Dein Wort in Gottes Ohr«, erwiderte Cäcilie und maß ihren Mann mit einem verächtlichen Blick. »Ich bin müde. Hör auf mit der Bürsterei. Ich muss schlafen.«

Sie nahm ihm die Bürste aus der Hand und warf sie auf die Frisierkommode. Dann legte sie ihren Morgenmantel ab, stieg ohne ein Wort in ihr Bett, drehte sich zur Seite und schloss die Augen.

Am nächsten Morgen gingen Ruppert und Malu wie gewohnt zu Pfarrer Mohrmann ins evangelische Pfarrhaus, um mit dessen beiden Kindern Johann und Constanze gemeinsam unterrichtet zu werden. Für die beiden Jungen hatte vor knapp einem Jahrzehnt der Privatunterricht begonnen, und zwei Jahre später waren Malu und Constanze hinzugekommen. Ruppert und Johann würden in Riga ihr Abitur ablegen und die Mädchen dort einen Abschluss machen, der sie dazu befähigte, Hauslehrerin, Krankenpflegerin oder Gouvernante zu werden oder die Buchhaltung und die Hauswirtschaft eines Gutes zu führen. Auf jeden Fall aber hatten die

Mädchen die Grundlagen für alle Anforderungen erhalten, die eine Ehe an sie stellen würde.

Malu hatte immer gern gelernt. Die Stunden außerhalb des Herrenhauses schienen ihr wie ein Ausflug in die Freiheit. In den ersten Jahren wurde sie neben dem Ehepaar Mohrmann von einem jungen Hauslehrer names Voigt unterrichtet. Voigt war ein leidenschaftlicher Naturwissenschaftler, und seine Begeisterung griff auf Malu über, während sie Ruppert nicht einmal als leiser Hauch streifte.

Malu war sieben Jahre alt, als sie durch Voigt erfuhr, dass ihr Körper zum größten Teil aus Wasser bestand. Ungläubig ging sie mit ihrer Freundin und Mitschülerin Constanze nach dem Unterricht zum kleinen See auf dem Gutsgelände. »Wir sollen fast nur aus Wasser bestehen, aber wir gehen unter, wenn wir nicht schwimmen«, sagte sie und schüttelte ungläubig den Kopf.

»Glaubst du es nicht?«, fragte die blondzöpfige Constanze.

Malu zuckte mit den Schultern. »Hier, nimm meinen Arm. Wring ihn aus, als wäre er ein Putzlumpen. Wenn im Arm so viel Wasser drin ist, dann müsste es doch wenigstens tropfen.«

Constanze tat, wie ihr geheißen. Sie drehte und knetete an Malus Arm, bis ihre Freundin vor Schmerz das Gesicht verzog. Aber es rann kein Wasser aus dem Arm.

»Was jetzt?«, fragte Constanze mit vor Anstrengung rotem Gesicht.

Malu rieb sich den schmerzenden Arm. »Wir haben es falsch gemacht. Du musst in meinen Arm hineinschneiden, dann erst kann Wasser kommen.«

Constanze schürzte die Lippen. »Glaubst du das wirklich?«

Malu nickte ernst. »Wahrscheinlich ist es bei uns wie bei den Enten. Sie haben eine Fettschicht, damit sie im Wasser nicht nass werden. Das hat mir mein Vater erklärt.« Sie wühlte in ihrer Schulmappe herum und reichte Constanze ein rotes Taschenmesser mit abgebrochenem Korkenzieher, das ihr einer der Knechte geschenkt hatte. »Schneid mir in den Arm.«

Constanze versteckte die Hände hinter ihrem Rücken. »Das kann ich nicht. Man darf keinem anderen wehtun.«

»Unfug«, bestimmte Malu. »Das hier ist etwas anderes. Du tust mir ja nicht absichtlich weh.«

Zaghaft setzte Constanze das Messer an, den Blick dabei zur Seite gewandt, und kratzte ein wenig auf dem Arm ihrer Freundin herum.

»Fester!«, forderte Malu. »Du musst fester zudrücken. Die Haut muss zertrennt werden.«

Constanze biss die Zähne zusammen, doch noch immer kratzte das Messer nur ein bisschen an der Hautoberfläche.

Da riss Malu der Freundin das Messer aus der Hand, atmete tief ein und schnitt sich entschlossen in den Arm, sodass Blut herausquoll. »Jetzt, Constanze! Jetzt musst du den Arm noch einmal wie einen Lappen auswringen«, befahl sie.

Aber die Freundin warf nur einen kurzen Blick auf die blutende Wunde und lief davon. Malu drückte, knetete und riss nun selbst, aber das Wasser, von dem der Assessor Voigt gesprochen hatte, kam nicht. Seit dieser Zeit glaubte Malu nur das, was sie selbst sehen konnte.

Zwei Jahre später sollten die Schüler einen Aufsatz über die großen Erfinder schreiben. Johann schrieb über Gutenberg, den Erfinder des Buchdruckes. Ruppert hielt sich selbst für einen Erfinder, der unbedingt Erwähnung finden sollte, und berichtete über eine Spardose, bei der man mithilfe eines Magneten das gewünschte Rubelstück aus dem schmalen Schlitz fischen konnte. Malus Aufsatz handelte vom Erfinder der Nähmaschine. Constanze aber schrieb einen Aufsatz über Otto Kolonsch, den sie für den Erfinder des Parfüms hielt. Das Lachen Voigts gellte ihr noch monatelang in den Ohren und auch das unterdrückte Kichern, als er ihr schließlich erklärte, was der Begriff »Eau de Cologne« bedeutete. Seitdem schwieg Constanze im Unterricht des Assessors, und dieser sah sich schließlich gezwungen, die Väter der Mädchen an einen Tisch zu bringen.

»Vielleicht«, überlegte er laut, »haben Mädchen mit der Wissenschaft doch nichts am Hut. Da schreiben sie bei wissenschaftlichen Erfindungen über Parfüm und Nähmaschinen!« Er schüttelte verständnislos den Kopf. »Was hat das denn mit Wissenschaft zu tun, frage ich mich? Die Jungen, die haben verstanden, um was es geht. Johann hat über Gutenberg geschrieben, und Ruppert, na ja, über seine eigene Erfindung. Im Grunde hat dieses Thema auch nichts mit Wissenschaft zu tun, aber Kenntnisse darüber kann man immerhin auf einem Gut gebrauchen.« Er seufzte tief.

Der Pfarrer lächelte. »Ich finde es durchaus richtig, dass sich die Mädchen mit Dingen befassen, die sie in ihrem Leben später einmal gebrauchen können. Nun ja, wenn Sie meine Frau fragen, würde sie Ihnen sagen, dass Parfüm und Nähmaschinen sehr bedeutend und wichtig sind.«

Auch Wolfgang von Zehlendorf lachte. »Der Pfarrer hat recht, Assessor. Sie wollen bei den Mädchen zu hoch hinaus. Sie denken wie ein Mann, und wie sollten Sie auch anders denken, da Sie ja einer sind. Wir sollten den Mädchen und auch Ihnen die Strapazen des naturwissenschaftlichen Unterrichts ersparen.«

Er stellte eine Schweizer Bonne ein, die Malu und Constanze in Französisch, Etikette und Stil unterrichtete, derweil sich Voigt weiterhin mit den Jungs abmühte. Während Johann mit dem gleichaltrigen Ruppert Mathematikaufgaben löste, übten sich die ebenfalls gleichaltrigen Mädchen mit schwierigen Stickereien.

Später stand der Quadrilletanz mit der Schweizer Bonne auf dem Lehrplan. Der Tanzunterricht wurde im Ballsaal auf dem Gut abgehalten. Die Bonne saß am Klavier und gab herrische Anweisungen. Malu und Constanze ließen sich kichernd abwechselnd von Ruppert und Johann führen, wobei Ruppert eine hochmütige Gelassenheit an den Tag legte und alle Figuren so tanzte, als hätte er sein Leben lang nichts anderes getan, während Johann mit rotem Kopf schwitzte und meist eine Drehung in die falsche Richtung ausführte.

»Monsieur!«, rief die Bonne. »Den Rücken gerade.«

Und Johann streckte sich und schnaufte und setzte doch jedes Mal den falschen Fuß in die richtige Richtung.

»Mademoiselle!«, rief die Bonne und blickte mit strenger Miene auf Malu. »Sie haben keinen Baumstamm vor sich, sondern einen schmiegsamen Mann.«

Und dann kicherte Malu, bis sie die hochgezogenen Brauen der Bonne sah. Anschließend versuchte sie, zierlich Schritt für Schritt zu setzen, während Constanze über das Parkett glitt, als wäre sie dafür gemacht. Constanzes Drehungen waren anmutig, ihre Haltung von großer Vornehmheit, und ihre Füße bewegten sich im Takt der Musik. Die Damenmühle führte sie mit solcher Grazie aus, dass die Bonne anerkennend nickte, während sie für Malus Versuche nur ein ärgerliches Zungenschnalzen übrig hatte.

Übersetzten die Jungen lateinische Texte, unterwies Frau Mohrmann die beiden Mädchen in der Hauswirtschaft. Sie brachte ihnen die Vorratshaltung bei, erklärte, welches Gemüse zu welcher Zeit zu verarbeiten ist und was man aus den Früchten des Gartens und der Felder alles machen konnte.

Einmal fragte Constanze ihre Mutter: »Warum muss Malu das alles wissen? Sie wird immer Bedienstete haben, die diese Dinge für sie erledigen.«

Doch bevor Frau Mohrmann antworten konnte, erwiderte Malu: »Wie kann ich wissen, ob die Bediensteten alles richtig machen, wenn ich nicht weiß, wie es geht? Mein Vater sagt immer, auf einem Gut muss ein Gutsherr jede Arbeit beherrschen, damit er seinen Angestellten etwas vormachen kann. Genauso wird es im Hause sein.« Sie nahm den Kochlöffel, fischte ein paar gekochte Äpfel aus dem Kessel und rührte sie in der Flotten Lotte zu Brei.

Allerdings ging es im Unterricht bei Frau Mohrmann sehr viel lustiger zu als im Nachbarraum bei den Jungen. Während sie Pilze trocknete oder einlegte, erzählte die Pfarrersfrau den Mädchen in ihrem komischen lettischen Akzent Geschichten aus ihrer Kindheit. Sie brachte den Mädchen bei, sich die Haare nach Art der lettischen Frauen zu flechten, ein anderes Mal hielt sie einige Lektionen im Nähen ab. Schon bald kannte Malu die unterschiedlichen Stoffe besser als je zuvor. Hatte sie es im Gutshaus vornehmlich mit Organza, Samt, Seide und Brokat zu tun gehabt, so lernte sie jetzt die einfachen Stoffe wie Leinen und Tuch kennen. Manchmal stahl sie aus dem Kleiderschrank ihrer Mutter ein lange nicht getragenes Kleid, um es gemeinsam mit Frau

Mohrmann und Constanze abzuändern. Malu fieberte diesen Stunden regelrecht entgegen. Nina, die Wäschemagd, konnte hervorragend mit der Nähmaschine umgehen, doch Frau Mohrmann besaß einen Geschmack, der Malus Kleiderträumen entgegenkam. Sie wusste stets, wo man noch eine Falte stecken musste, damit das Kleid eleganter fiel, wo noch eine Borte, eine Stickerei oder ein besonders schöner Knopf anzusetzen war. Und sie war es auch, die die Mädchen ermunterte, das erste eigene Kleid zu schneidern.

»Ich werde mir ein weißes Kleid machen«, erklärte Constanze. »Im Mai werde ich damit auf der Maifeier des Dorfes tanzen. Es soll Rüschen haben und Stickereien und Falten.«

Frau Mohrmann schüttelte den Kopf. »Du willst zu viel auf einmal, Constanze. Entweder Rüschen oder Stickereien. Schau, Sticksachen sind manchmal die reinsten Kunstwerke. Wenn du dazu noch Rüschen nimmst, dann stiehlst du der Stickerei die Aufmerksamkeit. Also, entscheide dich.«

Constanze verzog das Gesicht ein wenig, denn sie hasste es, gescholten oder kritisiert zu werden. Schon als kleines Kind war sie immer gleich beleidigt gewesen, wenn es an ihr etwas auszusetzen gab, und diese Verhaltensweise hatte sie beibehalten, obwohl sie beinahe schon erwachsen war. Und so schob sie die Unterlippe nach vorn und schwieg für die nächsten Stunden.

Malu dagegen entschied sich für ein Sommerkleid. »Es muss bequem sein«, betonte sie. »Rüschen und Stickereien brauche ich nicht. Ich möchte mich darin bewegen können, möchte laufen und rennen können, ohne dass mich der Stoff dabei behindert.« Sie überlegte einen Augenblick. »Aber natürlich muss es auch so sein, dass niemand Anstoß daran nehmen kann. Ich glaube, ich werde mir ein hellgrünes Kleid machen, wie es die alten Griechinnen getragen haben. Natürlich mit bedeckten Schultern, aber unterhalb der Brust soll es weich nach unten fallen, ohne dass es irgendwo einschnürt.«

»Gut!« Frau Mohrmann nickte ihr zu. »Dann werden wir demnächst einmal alle drei nach Mitau fahren, damit ich euch zeigen kann, wie man Stoffe auswählt.«

Zwei Wochen später war es so weit. Malu hatte ihren Vater überreden können, ihnen die Kutsche samt Will, dem Kutscher, zu überlassen. Die ganze Fahrt über verspürte Malu Herzklopfen. Ob es dasselbe Herzklopfen war wie das, von dem die Mägde immer sagten, dass sie es verspürten, wenn sie von einem Knecht ins Heu geworfen wurden?

Später im Stoffgeschäft wich Malu nicht von Frau Mohrmanns Seite, während Constanze sich zunächst alleine umschaute. Sie interessierte sich mehr für die Knöpfe, Borten, Gürtel und Schleifen als für die Unterweisungen ihrer Mutter.

»Du musst den Stoff zwischen Daumen und Zeigefinger nehmen«, sagte Frau Mohrmann zu Malu. »Und ihn dann reiben. Wenn er knittert, so lege ihn zurück. Fällt er danach wieder glatt, kannst du ihn getrost kaufen. Bei Seide allerdings musst du dem Stoff lauschen. Knistert der Stoff leise wie beim ersten Schneefall, dann ist die Qualität gut, und du kannst die Seide nehmen. Brokat dagegen musst du dir über den Arm legen und dir anschauen, wie der Stoff fällt. Ach ja, und bei Leinen solltest du besonders aufpassen. Sieh genau hin, ob das Webmuster gleichmäßig ist. Entdeckst du winzige Knötchen, so lass den Stoff liegen und gib lieber einen Rubel mehr aus für eine bessere Qualität.«

Malu hatte vor Aufregung rote Wangen bekommen. Von ihrem Vater war sie reichlich mit Geld ausgestattet worden, und so konnte sie nun so viel Stoff kaufen, dass es sogar für zwei Kleider reichte. Sie wählte für ihr Sommerkleid hellgrünen Musselin und dazu ein dunkelgrünes Samtband. Und für das zweite Kleid kaufte sie einfaches blaues Tuch, das sie mit Stickereien versehen wollte.

Constanze dagegen ließ sich bei der Wahl sehr viel Zeit. Nach einer Weile wollte sie nach Seide für ihr weißes Kleid suchen und musste sich von ihrer Mutter erklären lassen, warum dieses Material für ein Kleid nicht passte.

»Seide schmiegt sich eng an den Körper. Es ist ein dünner Stoff. Jede Kurve wird darunter zu sehen sein. Auch das Mieder wird sich durch den Stoff drücken. Ich rate dir zu einem festeren Material.«

Wieder zog Constanze einen Schmollmund. Wenig später legte Malu ihr weißen Musselin vor, und als Constanze sah, mit welcher Andacht die Freundin über den Stoff strich, war sie mit dieser Wahl einverstanden.

Da beide Mädchen mittlerweile fünfzehn Jahre alt waren, sollten sie im Mai die Konfirmation feiern und hernach als erwachsen gelten. Doch weder Constanze noch Malu fühlten sich als Frauen.

»Blutest du schon?«, wollte Malu einmal von ihrer Freundin wissen.

Constanze wurde bis über beide Ohren rot und schüttelte verschämt den Kopf. »Hast du schon mal geküsst?«, fragte sie zurück.

Malu lachte auf. »Wen denn? Den Stallburschen vielleicht? Du weißt doch, dass ich das Gut nur verlassen darf, um zu euch zu kommen. Wen soll ich da küssen?«

»Aber nach der Konfirmation wirst du Debütantin sein. Du wirst ein Abendkleid tragen, auf Bälle gehen und dich vor Verehrern kaum retten können. Erzählst du mir, wie das ist?«

Malu zog die Stirn in Falten. »Ich weiß nicht, ob mein Vater für mich einen Ball ausrichten lässt. Meine Mutter. Sie hat es nicht so gern, wenn ich im Mittelpunkt stehe.« Dann schwieg Malu auf eine Art, dass Constanze es nicht wagte, nachzufragen.

Manchmal gesellte sich Johann zu den Mädchen. Er war ein heller Kopf, lernte leicht und schnell. Während Ruppert sich mit der einfachen Bruchrechnung schwertat, löste Johann bereits die ersten Aufgaben, die ein Buchhalter zu bewältigen hat. Quälte sich Ruppert mit den lateinischen Texten, so las Johann bereits ein Buch im französischen Original. Doch wenn die Jungs Pause hatten, änderte sich das Verhältnis. Aus dem zurückgebliebenen, schwerfälligen Ruppert wurde mit einem Mal ein junger Mann, der genau wusste, was er wollte, und der andere zu manipulieren verstand. Hinter dem Ziegenstall der Mohrmanns rauchte er Maispapirossy und schüttete sich aus vor Lachen, wenn Johann sich vor lauter Husten krümmte.

Auf dem Nachhauseweg ließ Ruppert keine Gelegenheit ungenutzt, um Malu zu ärgern. Mal bewarf er ihr Kleid mit Mist, sodass sie zu Hause von Ilme ausgeschimpft wurde. Mal steckte er ihr beim Laufen einen Stock zwischen die Beine, sodass sie stolperte und hinfiel. Und stets lachte er sich dabei kaputt. Er war mittlerweile achtzehn Jahre alt und hätte eigentlich bald das große Examen in der Tasche haben sollen – so wie Johann, der im Sommer in Riga seine Abiturprüfungen machen würde. Doch Ruppert schlug sich immer noch mit dem Stoff der achten Klasse herum.

Eines Tages – es war so kalt, dass Malu die Hände vor das Gesicht hielt und ihren heißen Atem darauf blies – blieb Ruppert auf dem Heimweg plötzlich wie angewurzelt stehen. Er stöhnte gottserbärmlich, hielt sich den Bauch, dann verdrehte er die Augen und fiel mit verdrehten Gliedern zu Boden.

Sofort eilte Malu zu ihm. »Was ist los, Ruppert? Was ist?« Ihre Stimme war voller Angst. »Ruppert, so sag doch etwas!« Sie kniete sich neben ihn, rüttelte an seinen Schultern und strich ihm über das Gesicht, doch der junge Mann rührte sich nicht. Malu brach in Tränen aus und rief lauthals um Hilfe. Noch immer gab Ruppert kein Lebenszeichen von sich. Schließlich beugte sie sich über ihn, öffnete seinen Mund und blies ihren Atem hinein. Gleichzeitig presste sie ihm beide Hände auf die Brust.

»Lass mich mal!« Eine Hand griff ihre Schulter, Johann war gekommen.

Er kniete sich neben Ruppert in den Schnee und drückte auf dessen Brustkorb. Als Johann tief Atem holte, schlug Ruppert mit einem Mal die Augen auf und wollte sich wieder einmal totlachen über die Gutgläubigkeit seiner Schwester. Doch als er Johanns Blick sah, erstarb das Lachen in seiner Kehle.

»Wenn du das noch ein Mal tust, dann schlage ich dich windelweich«, drohte Johann.

Ruppert verzog den Mund. »Du? Du willst mich schlagen? Hast du vergessen, dass ich dein Herr bin, dass du von meinem Geld lebst? Du gehörst mir – genau so, wie mir die Pferde in unserem Stall gehören, die Hunde auf dem Hof und die Wäsche auf der Leine. Schon morgen kann ich dich und deine Familie vom Hof jagen, schließlich wohnt ihr auf unserem Grund. Ich könnte Vater auch überreden, die Pfarrstelle gänzlich einzusparen. Wenn du Hand an mich legst, sorge ich dafür, dass man dich tötet.«

»Ruppert! Wie kannst du so etwas sagen!« Malu blickte ihren Bruder entsetzt an.

Aber Ruppert zuckte nur verächtlich mit den Schultern. »Ich kann alles sagen, was ich will. Ich bin der Erbe von Gut Zehlendorf. Und Mutter werde ich erzählen, dass du mich um ein Haar hier draußen in der Kälte hättest sterben lassen.«

»Aber das ist nicht wahr!«, rief Malu. »Du hast nur getan, als ginge es dir schlecht.«

Wieder zuckte Ruppert verächtlich mit den Schultern. »Na und? Wem wird man glauben? Mir oder dir?«

Er stand auf, spuckte vor ihr in den Schnee und lief davon.

Fünftes Kapitel

Gut Zehlendorf (Lettland), 1905

Sieh dich vor, Malu. Er ist hinterhältig.«

Malu ließ sich von Johann auf die Beine helfen und nahm dankbar sein Taschentuch entgegen. »Er ist mein Bruder«, schluchzte sie. »Größere Brüder sind nun einmal so. Sie ärgern ihre Schwestern.«

Johann schüttelte den Kopf. »Nicht so, Malu. Nicht so wie Ruppert. Große Brüder necken ihre Schwestern, aber sie beschützen sie auch. Hat Ruppert dich jemals beschützt?«

»Nein«, flüsterte Malu. »Du hast mich beschützt, hast früher die Jungen verhauen, die mich geärgert haben. Du hast mich getröstet, wenn ich mir wehgetan habe.« Sie blickte ihn verwundert an. »Immer wenn ich einen großen Bruder gebraucht habe, warst du da. Schon damals, als ich mich im Wald verlaufen hatte.«

Zum ersten Mal fiel ihr dies auf. Sie musste daran denken, wie Johann ihr das Fahrradfahren auf dem Rad von Verwalter Schwarzrock beigebracht hatte. Und wie er ihr geholfen hatte, die verletzte Krähe zu pflegen. Wie lange tat er das schon? Malu kniff die Augen zusammen und erinnerte sich an einen heißen Tag im August. Sie hatte draußen gespielt, mit Constanze und Johann. Ihre Mutter hatte auf ihrem Liegestuhl unter dem Apfelbaum gelegen und laut aufgestöhnt, sobald die Kinder ein wenig Lärm machten. Dann waren sie im Teich auf dem Gutsgelände schwimmen gegangen, und Malu war mit nacktem Fuß auf einen kleinen spitzen Stein getreten, der sich tief ins Fleisch gebohrt hatte. Ihre Mutter lag in Sichtweite, doch als Malu nach ihr rief, hielt sich die Freifrau einfach nur die Ohren zu und verzog unwillig das Gesicht. Da nahm Johann sie auf den Arm und trug sie zu Ilme in die Küche. Er hielt ihre Hand, als die Hofmeisterin ihr das Steinchen aus dem Fuß zog und Jod auf die Wunde tröpfelte. Und er sagte ihr, wie tapfer sie gewesen sei. Seither war Johann stets an ihrer Seite gewesen, immer da, wenn sie ihn gebraucht hatte. So wie jetzt.

Malu blickte ihn an, als sähe sie ihn zum ersten Mal. Das schmale Gesicht mit den Augen, die wie der See an einem heißen Sommertag glänzten. Das harte helle Haar, das nach allen Seiten abstand und sich auch mit Zuckerwasser nicht bändigen ließ. Die etwas zu lange Nase, auf der sich ein paar Sommersprossen zeigten. Seine Schultern, die breiter geworden waren seit dem letzten Sommer. Und die immer noch viel zu langen Arme und Beine, die an ihm herumschlenkerten, als wäre er eine Marionette.

»Danke«, sagte Malu leise.

»Wofür?«

»Danke, dass du so bist, wie du bist.« Dann drehte sie sich um und rannte zum Gutshof.

Als sie das Vestibül betrat, liefen ihr die Stubenmädchen über den Weg.

Ilme stand auf der zweiten Stufe der geschwungenen Treppe und erteilte schreiend Anweisungen: »Lenka, das Silber musst du in Ölpapier wickeln, dann trag es zu den Knechten; sie sollen es im Garten vergraben. Mascha, pack den Schmuck der gnädigen Frau in Samt. Alles, ja, jedes Stück. Leg mir die Sachen in die Küche. Und das gute Geschirr, Krystyna, das verstau in den Kisten mit der Holzwolle. Mein Mann wird sie nachher auf dem Dachboden verstecken. Ach ja, der Weinkeller muss vernagelt werden. Und die Würste aus der Räucherkammer, die müssen auch noch weg.«

Malu betrachtete das Gewimmel staunend. »Was ist los, Ilme? Verreisen wir?«

»Ach, Kind, ich habe keine Zeit jetzt. Frag deinen Vater; er ist in seinem Arbeitszimmer. Pack du nur zusammen, was dir wertvoll ist, und sag mir Bescheid, dann werden wir deine Schätze auch verstecken.«

»Verstecken? Ostern ist noch Wochen hin.«

»Bitte keine Scherze, dazu ist die Lage viel zu ernst. Frag deinen Vater, ich kann jetzt nicht.«

Ilme wandte sich ab und begann erneut zu schreien: »Um Gottes willen, Marenka, wo willst du denn mit den Pelzen der gnädigen Frau hin?«

Malu zuckte mit den Schultern und begab sich in das Arbeitszimmer, das neben der Bibliothek hinter dem Salon lag.

Wolfgang von Zehlendorf stand an seinem Schreibtisch und ordnete Papiere. Der Tresor, der normalerweise unter einem Landschaftsbild verborgen war, stand weit offen. Auch der Waffenschrank war geöffnet, und auf einem Tisch lagen Schachteln mit Munition.

»Was ist los, Vater? Was geht hier vor? Ilme schreit, als wäre sie in Gefahr. Und du? Du hast den Waffenschrank geöffnet.«

Wolfgang von Zehlendorf fuhr herum. »Es wird ernst, Malu. Die Ausschreitungen von St. Petersburg haben auf Lettland übergegriffen. Wir müssen gewappnet sein.«

Malu ließ sich in einen ledernen Clubsessel fallen. »Ausschreitungen?«, fragte sie. »Was haben wir damit zu tun? Ich dachte, die Arbeiter in St. Petersburg streiken.«

»Nicht nur dort. Auch in Riga gab es Streiks und Demonstrationen. Und auch in Riga wurde geschossen. Wie viele Tote es gab, das weiß ich nicht. Und gestern haben sich die Landarbeiter, Knechte und Dienstmägde erhoben. In Mitau haben sie dem Bürgermeister eine Erklärung vorgelegt. Sie wollen mehr eigenes Land, wollen Agrarreformen, wollen ihre eigene Religion leben. Außerdem verlangen sie, dass sie weniger Abgaben leisten müssen und Lettisch als Sprache anerkannt wird.«

Malu verstand immer noch nicht, welche Auswirkungen diese Ereignisse auf ihr eigenes Leben und das ihrer Familie hatten. »Was haben wir damit zu tun? Auf Gut Zehlendorf ist doch alles in Ordnung. Den Leuten geht es gut, sie sind zufrieden. Großvater hat ihnen sogar ein eigenes russisch-orthodoxes Gebetshaus bauen lassen. Ich hatte wirklich nie den Eindruck, als müssten die Leute leiden. Im Gegenteil.«

Ihr Vater seufzte. »Malu, so einfach ist das nicht. Natürlich müssen sie nicht leiden. Manchmal reicht das aber nicht aus, damit die Leute friedlich bleiben. So gut es ihnen auch gehen mag, wir sind bessergestellt als sie. Keine von den deutsch-baltischen Frauen arbeitet. Unsere Kinder bekommen die beste Schulbildung, die teuersten Ärzte. Der Reichtum ist es, der sie lockt. Sie können nicht wissen, wie teuer wir für diesen Reichtum bezahlen.« Seine Stimme klang erschöpft.

»Aber was haben wir damit zu tun?«, wiederholte Malu. Ihr Gesicht hatte sich zusammengezogen, die Augen waren zu Schlitzen geworden, ihr Mund war zu einem Strich zusammengepresst. Sie hatte plötzlich Angst, wusste jedoch nicht zu sagen, woher diese Angst rührte.

»Ein Gut in der Nähe von Mitau, keine zwölf Werst von hier«, fuhr ihr Vater mit gepresster Stimme fort. »Es hat gebrannt dort. Das Gesinde hat das Herrenhaus in Flammen aufgehen lassen. Die Besitzer sind nur mit dem nackten Leben davongekommen. Und dabei können sie noch von Glück sagen. Andere Gutsherren, auch hier in der Gegend, wurden hingemordet.«

Malu riss die Augen auf. »Das glaube ich nicht. Die anderen, ja. Sie haben ihre Leute schlecht behandelt, haben sie vielleicht sogar geschlagen. Aber doch nicht wir, Vater. Nicht wir.«

»Du hast dich nie sonderlich für Politik interessiert, Malu, und die Politik ist auch kein Thema für junge Mädchen. Ich habe immer versucht, alles Unliebsame von dir und deiner Mutter fernzuhalten. Es grummelt schon seit einiger Zeit im Lande, und jetzt hat der Unfrieden auch das Baltikum erreicht. Niemand weiß, was in den nächsten Tagen und Wochen geschehen wird, aber wir müssen auf alles vorbereitet sein.«

Malu biss sich nachdenklich auf die Unterlippe. »Meinst du, uns droht Gefahr? Gefahr von unseren eigenen Leuten?«

Wolfgang von Zehlendorf senkte den Blick und schlug mit der Hand leicht auf einen Stapel Papier. »Ich weiß es nicht. Jedenfalls habe ich Mutter heute Morgen nach Jūrmala geschickt.«

»Ah. Das ist gut«, erwiderte Malu. Sie wusste genau, dass sich der Zorn der Zehlendorfer Bediensteten, wenn es einen solchen denn gab, zuerst gegen ihre Mutter richten würde. Cäcilie von Zehlendorf hatte nicht immer die passenden Worte und selten nur den freundlich-bestimmten richtigen Ton finden können. Sie hatte Marenka geschlagen, und sicher nicht nur sie, hatte über Ilme gespottet und alle anderen spüren lassen, dass sie zwar Menschen waren, aber eben nur Menschen zweiter Klasse.

»Auf dem Antonien-Gut haben die Mägde die Gräfin gezwungen, ihnen heiße Schokolade zu kochen. Verkehrte Welt haben sie gespielt. Einen ganzen Tag lang lümmelten die Mägde im Salon und zwangen die Gräfin, sie zu bedienen«, erklärte Wolfgang von Zehlendorf.

Malu kicherte, als sie das hörte, doch dieses leise Lachen diente eher dem Zweck, die eigene Angst zu verdrängen. »Ich sehe sie vor mir, die Gräfin Antonien, wie sie mit einem Gesicht von der Farbe gekochten Schinkens die schweren Tabletts mit der Schokolade serviert. Ich wette, sie hat dabei geschnauft wie eine Dampflok. Womöglich ist ihr nun der ganze Hochmut abhandengekommen.«

Malu stand auf, trat ans Fenster und sah auf das Rondell und die Auffahrt. Ein Stubenmädchen mit einer vollen Schürze tauchte auf, schaute sich nach rechts und links um und rannte dann hinüber zum Gesindedorf. Unter dem Arm klemmte eine riesige Schinkenseite.

»Sie bestehlen uns«, teilte Malu ihrem Vater mit. Noch immer konnte sie nicht glauben, dass sich die Bediensteten eines Tages gegen ihre Herrschaft stellen würden. Aber wie ihr Vater schon sagte: Sie hatte keine Ahnung von Politik. Auch wusste sie im Grunde genommen nicht, was die Leute auf dem Gut beschäftigte, was sie für Wünsche und Träume hatten und welche Sehnsüchte sie hegten.

»Ja, das tun sie. Wir würden es wohl nicht anders halten. Sieh darüber hinweg. Wir haben ohnehin mehr, als wir brauchen.«

Malu drehte sich um. »Meinst du wirklich, uns geschieht etwas?«

Der Vater hob die Schultern. »Ich weiß es nicht, Kind. Wir wollen beten, dass nichts passiert.«

Wolfgang trat neben seine Tochter ans Fenster, und beide sahen mit besorgter Miene hinüber zum Gesindedorf. Nach einer Weile fragte Malu: »Hast du Ruppert auch nach Jūrmala geschickt?«

Zehlendorf schüttelte den Kopf. »Zum Gesindehof habe ich ihn geschickt. Er soll sich in jedem Haus erkundigen, ob etwas fehlt.«

Malu lachte auf. »Das hast du gemacht?«

Wolfgang von Zehlendorf lächelte zum ersten Mal an diesem Tag. »Ja.«

»Sie werden ihn verprügeln.« Malus Stimme war ohne Mitleid.

»Das hoffe ich.«

»Herr! Herr!« Johann Mohrmann hetzte die Auffahrt hinauf mit rudernden Armen und schrie dabei.

Wolfgang riss das Fenster auf. »Was ist los, Johann? Warum schreist du so?«

»Mein Vater!«, brüllte Johann. »Russische Soldatenmilizen sind gekommen, haben die Haustür eingetreten und Vater verprügelt. Jetzt sind sie auf dem Weg hierher.«

»Komm rein!« Wolfgang von Zehlendorf hastete ins Vestibül.

Malu folgte ihm. »Wie geht es deinem Vater?«

Johann schüttelte den Kopf. »Ich weiß es nicht. Er hat mir befohlen, hierher zu laufen.«

Wolfgang von Zehlendorf runzelte die Stirn. Schließlich deutete er auf Malu und Johann. »Schnell, nehmt euch jeder ein Gewehr. Wir müssen zum Pfarrhaus. Ilme wird den Knechten Bescheid sagen, sie sollen uns zu Hilfe kommen.«

Er hielt kurz inne. »Am besten nur den Knechten, die evangelisch sind wie wir, denn ihnen können wir wahrscheinlich noch am ehesten vertrauen. Kann gut sein, dass die orthodoxen Priester die einfachen Leute angestachelt haben, so wie es in St. Petersburg geschehen ist.«

Dann stürmte er voran in sein Arbeitszimmer. Bevor er das Haus verließ, gab er Ilme noch rasch ein paar Anweisungen, und wenig später waren er, Malu und Johann beim Pfarrhaus angelangt. Schon von Weitem hatten sie die Zerstörungen gesehen. Der kleine Jägerzaun lag zerbrochen am Boden, Frau Mohrmanns Gemüsebeete waren zertrampelt, die Scheiben des Gewächshauses eingeworfen. Der Holzstapel neben der Haustür war niedergerissen, und die Scheite lagen wie Wurfgeschosse über das ganze Grundstück verteilt. In der Haustür, die nur noch lose in den Angeln hing, steckte ein Beil.

Malu stockte der Atem. Furcht kroch in ihr hoch. Noch nie hatte sie solche Verwüstungen gesehen. Erst jetzt wurde ihr klar, dass ihr Heim nicht vor den Unruhen gefeit war.

Wolfgang von Zehlendorfs Gesicht war bleich geworden. Malu meinte, ihn mit den Zähnen knirschen zu hören.

»Vater!« Johann stieß die lose Tür zur Seite und stürzte auf Pfarrer Mohrmann zu, der im Flur auf dem Boden lag. Blut lief über sein Gesicht, beide Augen waren zugeschwollen, die Oberlippe eingerissen. Er hielt sich den Kopf und stöhnte.

»Vater! Was tut dir weh?« Johanns Stimme klang schrill.

Wolfgang von Zehlendorfs Gesicht war wie von einer dunklen Wolke überzogen. »Lauf ins Gutshaus zurück, Malu!«, befahl er mit strenger Stimme. »Ruf Dr. Matthus an. Er soll herkommen, aber schnell.«

Malu nickte und eilte zurück. Im Weglaufen hörte sie noch, wie Pfarrer Mohrmann röchelte: »Meine Frau und Constanze. Sie sind im Keller.«

Wie von Teufeln gejagt hetzte Malu ins Gutshaus. Sie erledigte den Anruf, schnappte sich das Laudanumfläschchen ihrer Mutter und räumte die Hausapotheke aus, ohne groß zu schauen, was sie da zusammenpackte. Dann rannte sie zurück zum Pfarrhaus. Ihre Seiten schmerzten, und ihr Atem ging pfeifend, als sie endlich wieder bei Mohrmanns war. Der Pfarrer lag noch immer auf dem Boden, hatte jetzt aber ein Kissen unter dem Kopf und war mit einem großen Schaffell bedeckt. Johann kniete neben ihm und tupfte ihm die Wunden im Gesicht sauber. Jedes Mal, wenn er dabei den Arm seines Vaters streifte, schrie der Verwundete auf.

Malu reichte ihm die mitgebrachten Sachen. »Wo sind die anderen?«

Johann sah kaum auf. »In der Küche. Ihnen fehlt nichts.«

Malu eilte in die Küche, wo sie Frau Mohrmann und Constanze fand. Sie waren über und über mit Staub und Erde bedeckt. Spinnweben hingen ihnen im Haar und im Gesicht, und über Constanzes Wange zog sich eine blutige Schramme.

»Geht es dir gut?« Malu stürzte auf die Freundin zu und nahm sie in die Arme. »Fehlt dir etwas? Bist du verletzt?«

Constanze schüttelte den Kopf. »Mutter und ich waren im Keller. Wir haben uns in der Kartoffelmiete versteckt. Geschehen ist uns nichts. Nur dreckig sind wir geworden.«

»Gott sei Dank!« Malu ließ Constanze los und wandte sich an Frau Mohrmann. »Und Sie? Ist mit Ihnen alles in Ordnung? Kann ich irgendwie helfen?«

Frau Mohrmann fuhr Malu flüchtig über das Haar. »Alles

ist gut, Kind. Mach dir keine Sorgen. Constanze hat recht; wir sind nur schmutzig. Wenn du etwas tun möchtest, heiz den Samowar an. Ich glaube, einen Tee können wir jetzt alle gut gebrauchen. Auch Dr. Matthus.«

Malu tat, wie ihr geheißen. Aus dem Küchenfenster sah sie ihren Vater, der mit dem Gewehr über der Schulter vor dem Pfarrhaus auf- und abschritt wie die Palastwache des Zaren. Nach einer Weile sah sie von Weitem einen sich nähernden Reiter. »Der Doktor kommt!«, rief sie.

Frau Mohrmann faltete kurz die Hände, sah zur Decke und flüsterte: »Danke, Herr!«

Johann und Wolfgang von Zehlendorf trugen Pfarrer Mohrmann behutsam in das Wohnzimmer und legten ihn auf das Sofa. Dann stellte Matthus mehrere Rippenbrüche, einen Arm- und Kieferbruch sowie eine leichte Gehirnerschütterung fest.

»Was der Mann jetzt braucht, ist absolute Ruhe«, befahl der Arzt.

Langsam, die Gewehre geschultert, gingen Malu und ihr Vater zum Gutshaus zurück. »Was wirst du mit denen machen, die Pfarrer Mohrmann das angetan haben?«, fragte sie.

Zehlendorf schüttelte sich ein wenig. »Tja. Ich werde hart durchgreifen müssen. Eine Belohnung setze ich aus auf die Ergreifung der Verbrecher. Und dann? Ach, Kind, ich weiß es nicht. Gewalt ist mir ein Gräuel. Aber wende ich sie nicht an, tanzt mir bald jeder auf der Nase herum.«

Den Rest des Weges schwiegen sie. Kaum hatten sie die Auffahrt betreten, sahen sie, dass sich das Gesinde vor dem

Herrenhaus versammelt hatte. Ein paar drohten mit den Fäusten, andere riefen Parolen. Oben, im Schlafzimmer von Wolfgangs Frau, schlug Ilme laut krachend die hölzernen Läden zu.

»Jetzt ist es so weit«, bemerkte Malu und blieb stehen. Die Angst kroch ihr über den Rücken. Die Haare an ihren Armen stellten sich auf, und ihr Atem ging rascher. Sie schluckte. »Was sollen wir tun, Vater?«

Wolfgang von Zehlendorf war noch bleicher geworden. Er presste den Mund fest zusammen, dann seufzte er tief. »Wir müssen da durch, Malu. Jetzt hilft uns nur noch Gottvertrauen.«

»Denkst du, sie werden uns etwas tun?« Ihre Stimme klang klein und blass. Sie fühlte sich wieder so einsam und verloren wie damals, als sie sich im Wald verlaufen hatte. Die Leute da, die vor dem Herrenhaus standen, das waren doch ihre Freunde! Sie sah Nina unter ihnen. Nina, die Wäschemagd, auf deren Schoß sie früher so oft gesessen hatte. Und da war Will, der Kutscher, der ihr immer über das Haar strich, wenn sie an ihm vorüberlief. Jetzt hatten sie zugesperrte Gesichter, verkniffene Münder und geballte Fäuste. Malu konnte nicht glauben, was sich da vor ihren Augen abspielte.

Der Vater nahm ihr das Gewehr ab und stellte es zusammen mit seinem an einen Baum. »Wir werden ihnen unbewaffnet gegenübertreten. Sie sind brave Leute und tun jetzt nur, was alle anderen auch tun.«

Seine Stimme zitterte ein wenig bei diesen Worten, und Malu verstand, dass auch er nicht ohne Angst war. Ruhig bahnten sie sich einen Weg durch die aufgebrachten Menschen.

Wolfgang von Zehlendorf schritt die Freitreppe hoch und blieb oben stehen. »Nu, was ist? Was wollt ihr mir sagen?«, rief er in die Menge.

»Eene Revolution wollen wir. Jenau wie in Riga und in St. Petersburg!«, rief der Obermelker, schüttelte die Faust und trat vor.

»Un wie haste sie dir vorjestellt, die Revolution?« Wolfgang verfiel in den Dialekt der Gegend. Ruhig blickte er den Obermelker an, bevor er weiterfragte: »Nu, sprich, watt soll anders sein?«

Der Obermelker spitzte den Mund und sah sich hilflos um. »Wir wollen auch in seidenen Kissen schlafen!«, rief er.

»Datt lässt sich wohl machen, wenn es denn unbedingt soll sein. Watt für ein Seidenkissen hätteste denn jerne?«

Der Obermelker schüttelte den Kopf. »Ich selbst will ja jar keines. Aber leben wollen wir wie Ihr, gnädijer Herr.«

»Auch dett kannste haben, Melker. Dann musste schreiben und lesen, dann biste verantwortlich für alle die, die hier stehen. Musst dafür sorjen, datt sie zu essen und zu trinken haben, datt die Kinder een Arzt kriejen, wenn sie krank sind. Und du musst gucken, datt alles auf dem Jut so läuft, dass es Jeld abwirft. Bestimmt hast du schon jesehen, datt abends bei mir die Lampe lange brennt, oder?«

»Jo, dett haben wir alle jesehen. Ich sache ja ooch nich, datt der jnädige Herr nich fleißig ist. Ich sache nur, datt wir och mal een janzen Braten haben wollen.«

»Darüber lässt sich reden. Wir können ein Rindvieh schlachten und es am Spieß braten. Dazu kann et Bier jeben. Aber watt is, wenn ihr nächste Woche wieder Rindsbraten essen wollt? Und in der Woche danach und immer so weiter? Watt soll ich dann verkaufen? Wenn wir alles aufessen, kriejen wir auf dem Viehmarkt kein Jeld. Haben wir kein Jeld, kann ich euch nicht bezahlen. Also, ihr könnt entscheiden: Soll ich ein Rind schlachten und am Spieß braten, oder wollt ihr am Jahresende euern Lohn, so wie es üblich ist?«

Wolfgang von Zehlendorf hatte ruhig gesprochen. Jetzt entstand Gemurmel unter seinen Leuten. Die Männer redeten auf den Obermelker ein, einige Frauen standen stumm, andere keiften.

Eine trat vor und rief: »Un watt ist mit die jnädige Frau? Darf sie uns schlagen und beschimpfen?«

Wolfgang von Zehlendorf schüttelte den Kopf. »Nein, das darf sie nicht. Aber ihr wisst alle, dass meine Frau krank ist. Wenn ihr Beschwerde über sie führen wollt, so kommt zu mir.«

»Un der junge Herr? Darf er uns befehlen, wie er lustig ist?«

»Eines Tages wird er das Jut übernehmen. Dann müsst ihr ohnehin tun, was er sagt. Ist besser, ihr jewöhnt euch jetzt schon daran.«

Wieder entstand Gemurmel. Malu, die am Fuße der Treppe das Geschehen beobachtet hatte, stieg nach oben und stellte sich neben ihren Vater. »Du musst ihnen etwas zugestehen«, riet sie ihm leise. »Sie sind aufgebracht, die Revolution hat auch sie ergriffen. Wenn sie hier nichts erreichen, werden sie noch unzufriedener.« Malu verstand zwar nichts von Politik, aber sie kannte die Leute, ihre Art und ihr Temperament. Sie hatten sich hier versammelt und würden nicht mit leeren Händen von hier weggehen wollen. Irgendetwas musste ihr Vater tun, damit die stolzen Letten ihr Gesicht behielten.

»Was schlägst du vor?«, fragte ihr Vater.

Malu zuckte mit den Schultern. »Am besten etwas, was ihnen ebenso dient wie uns.«

Wolfgang von Zehlendorf lächelte seine Tochter an. »Ich wusste gar nicht, dass du wie ein Mann denken kannst.«

Malu wischte die Bemerkung mit einer Handbewegung fort. »Es gibt einiges, das du nicht von mir weißt«, erwiderte sie ruhig.

Zehlendorf trat eine Stufe nach unten und hob beschwichtigend die Hände, damit die Leute ihn hören konnten. »Im letzten Winter waren viele eurer Kinder krank. Ich werde in den nächsten Tagen Dr. Matthus zu euch schicken. Er soll eure Kinder untersuchen und ihnen, wenn nötig, Medikamente verschreiben. Ich werde das bezahlen. Und von nun an wird der Doktor einmal im Jahr kommen und sich um euch kümmern. Dazu bekommt jede Familie täglich einen Liter Milch frei, und zu Weihnachten erhält ein jeder Wolle für Socken, Schals oder Pullover. Seid ihr damit einverstanden?«

Für einen Augenblick stand die kleine Menge ratlos da. Dann tuschelten sie miteinander, schüttelten die Köpfe, nickten, zuckten mit den Schultern.

Schließlich trat der Obermelker vor: »Wir sind einverstanden.« Dann drehte er sich zu seinen Leuten um, reckte die Faust in die Höhe und rief: »Unsere Revolution hat jesiegt! Die Petersburger können noch lernen von uns.«

Sechstes Kapitel

Gut Zehlendorf (Lettland), 1905

Du musst ihn aufhängen. Gleich hier vor dem Haus. So, dass alle ihn sehen können!« Ruppert war weiß vor Wut und Hass.

»Ich wusste ja nicht, dass Pfarrer Mohrmann dir so nahesteht«, stellte Wolfgang von Zehlendorf fest.

»Ach was! Es geht nicht um den Popen. Es geht darum zu zeigen, wer hier der Herr ist. Schlimm genug, dass du dem Gesindel Zugeständnisse gemacht hast. Jetzt musst du zeigen, wer das Sagen hat. Häng ihn auf! Öffentlich. Das Gesindel soll zuschauen, damit sie gleich wissen, was denen passiert, die hier aufmucken.«

Wolfgang von Zehlendorf saß in der Bibliothek in einem Ledersessel, in der Hand ein Glas Weinbrand. Ruppert saß ihm gegenüber, die langen Beine wie ein Geck übereinandergeschlagen.

»Was sagst du dazu, Malu?«

Ruppert richtete sich auf. »Du wirst sie doch nicht ernsthaft fragen! Sie ist ein Weib. Schlimmer noch: Sie hat selbst Blut an den Händen.«

»Schweig! Malu ist meine Tochter, so wie du mein Sohn bist. Es steht dir nicht zu, über sie zu urteilen. Und im Gegensatz zu dir schätze ich ihren Rat. Also?«

»Hängen?«, entgegnete Malu. »Einen Menschen töten?

Ich weiß, die Russen halten es so. Sie haben Menschen im Überfluss, ihr Wert ist nur gering. Aber wir sind doch anders als sie. Reicht es nicht, ihn einem Gericht auszuliefern?«

»Pah!« Ruppert warf sich gegen die Sessellehne. »Du hast ja keine Ahnung. Es gibt kein Recht und Gesetz mehr. Überall werden die kleinen Leute frech und anmaßend. In St. Petersburg musste der Zar auf sie schießen lassen. Auch in Riga gab es Tote. Wir sind im Krieg! Da herrschen andere Regeln.« Er wandte sich an seinen Vater. »Du musst ihn aufhängen; du hast gar keine andere Wahl, wenn du nicht als Schlappschwanz gelten willst. Schließlich hat er einen von uns schwer verletzt. Auch wenn es nur der Pope war. Beim nächsten Mal sind wir dran, wenn du nichts tust.«

Wolfgang nahm einen weiteren Schluck aus seinem Glas. »Gewalt widerstrebt mir.«

»Es geht in dieser Stunde nicht um deine Befindlichkeiten, Vater. Auf dem Antonien-Gut wurde der Herr hingemeuchelt. Soll uns dasselbe widerfahren? Denk wenigstens an Mutter.«

Malu betrachtete ihren Vater aufmerksam. Auch sie dachte an Cäcilie von Zehlendorf. Dick war sie geworden in den letzten Jahren, die einst so schöne Freifrau. Dick und übellaunig und kränklich. Ihr Körper war aufgeschwemmt. Manchmal dachte Malu, dies käme von den vielen ungeweinten Tränen, die sich nun in ihrem Körper Platz schafften. Und der schmale Mund, stets zum Strich gepresst, wäre so, um die Schreie, die in der Freifrau gellten, zurückzuhalten. In den ersten Jahren hatte sie gelitten unter der Zurückweisung der Mutter, vor allem unter ihrem Schweigen. Seit einiger Zeit tat Malu das nicht mehr. Im Gegenteil. Das Schweigen, die Missachtung, die leeren Blicke – all das langweilte sie unsäglich. Sie fühlte sich nicht mehr bestraft, sondern belästigt. Unerträglich belästigt. Jahrelang hatte sie die stummen und weniger stummen Vorwürfe ertragen. Jahrelang hatte sie nur verletzt zu Boden geschaut, wenn die Mutter von ihr sprach. Die »Kalamität« hatte sie Malu genannt. So oft, dass Malu vor Jahren geglaubt hatte, dieses Wort wäre ihr Name. Sie konnte sich nicht mehr genau an den Tag erinnern, als ihre Tante Camilla gestorben war. Und sie wusste nichts von einem Katapult, mit dem sie auf die Kutschpferde geschossen haben sollte. Doch wenn alle sagten, dass es so gewesen sei, dann hatte es sich wohl auch so ereignet. Und eine Mörderin würde nie frei sein von Schuld, ihr ganzes Leben lang nicht. Aber war es die Aufgabe ihrer Mutter, sie ständig daran zu erinnern? Jeden Tag, jede Stunde, jeden einzelnen Atemzug lang? Womöglich war das Gottes Gerechtigkeit, trotzdem konnte sie nichts gegen das Gefühl der Belästigung und des Überdrusses tun.

Seit sie denken konnte, träumte sie von ihrer Großtante Camilla. Es war immer derselbe Traum. Sie sah die stürzende Frau, hörte das Wiehern der Pferde, den Aufschrei des Kutschers. Und sie sah den letzten Blick der alten Frau. Er war voller Verwunderung und Schmerz. Jedes Mal wachte sie dann schweißgebadet auf und weinte sich hinterher zurück in den Schlaf, weil es so schwer war, mit dem Wissen zu leben, eine Mörderin zu sein. Wie oft hatte sie Gott um Vergebung gebeten, wie oft war sie heimlich zu Camillas Grab geschlichen, hatte jedes einzelne Unkraut herausgezupft und der Toten Blumen gebracht! Trotzdem verging kein einziger Tag, an dem Malu nicht voller Schuldgefühle daran dachte. Und ihre Mutter ließ keine Gelegenheit aus, sie an ihre schreckliche Tat zu erinnern.

Doch inzwischen war sie es, die ihrer Mutter aus dem Weg ging, sie mied, wo sie nur konnte. Malu floh regelrecht, und jeder Gedanke daran, wie sie das Herz ihrer Mutter für sich zurückerobern konnte, war verflogen. Sie war froh, dass Cäcilie immer öfter im Kurbad weilte.

»Was hat die Hinrichtung des Russen mit Mutter zu tun?«, fragte sie.

Ruppert verdrehte die Augen, als hätte sie eine ganz und gar unsägliche Frage gestellt. »Willst du das wirklich wissen? Willst du, dass ich es ausspreche?«

»Ich bitte dich darum.«

»Nun, dann soll es so sein. Mutter leidet unter Vater.« Er wandte den Blick von ihr ab und sah Wolfgang von Zehlendorf in die Augen. »Ja, du hast recht gehört, Vater. Sie hätte einen starken Mann an ihrer Seite gebraucht. Doch geheiratet hat sie einen Schwächling. Jetzt könntest du beweisen, dass du fähig bist, die Deinen vor Leid und Ungemach zu schützen.« Er deutete herausfordernd auf seinen Vater.

Wolfgang stand auf. »Es tut mir sehr leid, dass deine Mutter nicht glücklich ist«, erklärte er steif. »Gott weiß, ich würde alles geben, um sie wieder lachen zu sehen. Ich vermag es offenbar nicht. Aber ich werde nicht töten, um deiner Mutter eine Freude zu bereiten. Wenn du es willst, so tu es. Eines Tages wirst du ohnehin der Herr von Zehlendorf sein. Aber mich lass aus dem Spiel.« Tief gekränkt verließ er das Zimmer.

Ruppert sah ihm nach und schnaubte verächtlich. Er stand auf und goss sich von dem französischen Weinbrand reichlich ein, den Wolfgang von Zehlendorf hütete wie den eigenen Augapfel. »Er ist jämmerlich, Malu. Heute und gestern und wahrscheinlich morgen auch noch. Kein Wunder, dass Mutter so an ihm leidet.«

Malu stützte sich auf den Schreibtisch ihres Vaters. Sie fand dessen Haltung richtig, doch sie wusste, dass sie Ruppert nicht überzeugen konnte. Wolfgang von Zehlendorf mochte vielleicht ein Feigling sein, aber er war ein Mann mit Anstand und Gewissen.

»Was wirst du tun? Wirst du den Mann, der Pfarrer Mohrmann verprügelt hat, hängen lassen?«

Ruppert hob das Glas und betrachtete die goldene Flüssigkeit darin. »Was denkst du denn? Natürlich werde ich das. Und das ganze Gesindel soll dabei zusehen.«

Am nächsten Vormittag ließ Ruppert den Mann vor das Herrenhaus führen. Seine Hände waren mit Stricken gebunden, selbst um die Fußgelenke trug er Kälberfesseln, sodass er sich nur mit trippelnden Schritten vorwärtsbewegen konnte. Seine Bluse war zerfetzt und schmutzig, die Hose hing an ihm herunter wie ein Sack. Das dunkle Haar fiel in Strähnen in sein Gesicht; das Kinn war von einem verfilzten Bart überwuchert. Die Knechte hatten ihn gleich nach dem Anschlag im Wald gefunden, als er versuchte, zurück zu seinen Kameraden zu kommen. Der Russe hatte seine Tat nicht geleugnet und auch kein Fünkchen Reue gezeigt. Trotzdem hatte Pfarrer Mohrmann sich für ihn eingesetzt und ihm sogar vergeben. Aber Ruppert hatte Blut gerochen. Er war es, er allein, der den Mann tot sehen wollte. Und da er der künftige Herr auf Zehlendorf war, konnte er tun und lassen, was er wollte. Seit die Unruhen begonnen hatten, waren Recht und Gesetz außer Kraft. Kein Gericht würde den jungen von Zehlendorf für diese Tat belangen.

Der Mann sah Ruppert trotzig aus blutunterlaufenen

Augen an und spuckte ihm vor die Füße. Seine Augen rollten wild, und er bleckte die Zähne wie ein Pferd. »Unsere Sache wird siegen. Wir werden die deutschen Barone vertreiben und das Land Mütterchen Russland wieder einverleiben. Schon bald werden die Arbeiter der Putilow-Werke hier ihre Sommerfrische verbringen.«

Sogleich holte Ruppert aus und versetzte ihm mit der beringten Hand einen Schlag ins Gesicht. Seine Lippe platzte auf, und Blut verfing sich in seinem Bart.

Am Rande des Rondells hatte Ruppert das Gesinde Aufstellung nehmen lassen. Einige der Frauen beteten, die Männer standen starr da, die Hände in den Hosentaschen zu Fäusten geballt. Das Gesinde bestand zum größten Teil aus Letten, es gab keinen einzigen Russen unter ihnen. Es war sogar so, dass die Letten und die Russen sich wahrlich nicht sonderlich gut verstanden. Die Russen, so hieß es, wären Wilde und Barbaren, die schon als Kinder nichts anderes als Wodka tranken, die Schinkenkeulen ohne Besteck aßen, mit beiden Händen das Fleisch packten und ganze Stücke mit den Zähnen herausrissen. Die während des Essens grölten und fluchten, ihre Weiber schlugen und schändeten und jedem, der ihnen nicht passte, mit den bloßen Händen die Gurgel umdrehten. Und doch standen die Dienstleute nun da und blickten voller Empörung auf Ruppert – und nicht auf den Russen.

»Ihr alle wisst, was dieser Mann, diese Kreatur, getan hat!«, rief er über den Platz. »Und dafür soll er nun seine gerechte Strafe erhalten. Ihr werdet zusehen, wie ich an ihm ein Exempel statuiere. Das soll euch eine Lehre sein. Ein jeder, der sich nicht an die Regeln hält, wird ebenso bestraft werden wie diese Kalamität hier.«

Malu hatte am Fenster gestanden, nur schlecht von einem Vorhang verborgen. Als sie Ruppert »Kalamität« sagen hörte, zuckte sie zusammen und ging hinunter in die Bibliothek. Dort verstopfte sie sich die Ohren mit Watte und blätterte in einem Buch. Ruppert hatte einen gewalttätigen Russen, der Sachen zerstört und einen Menschen brutal zusammengeschlagen hatte, mit demselben Ausdruck bedacht, den die Mutter für sie verwandte. Malu musste schlucken und die Tränen zurückhalten. Dieser Mann da draußen, er war ein Verbrecher, er hatte den Pfarrer bewusstlos geschlagen, ohne dass der ihm etwas getan hatte. War sie wirklich nicht besser als dieser Gewalttäter?

Derweil hatte Ruppert seinem Gefangenen einen Strick um den Hals gelegt und führte ihn zu einem Baum. Er zwang ihn auf einen Stuhl und warf den Strick über einen Ast.

Zwei der Frauen schluchzten auf, die Männer hatten ihre Kappen abgenommen und kneteten sie in den Händen. Ihre Gesichter waren verschlossen.

Der Obermelker trat hervor. »Gnädiger Herr, wir bitten um das Leben dieses Mannes«, sagte er.

»Warum?« Ruppert behielt den Strick in den Händen und stellte sich breitbeinig vor den Obermelker. »Was ist dir das Leben dieses Mannes wert?«

»Er ist ein Mensch«, erwiderte der Melker.

Ruppert zuckte mit den Schultern. »Also gut. Wenn du nicht willst, dass er gehängt wird, steht es dir frei, seinen Platz einzunehmen.«

Der Obermelker riss die Augen auf, dann sagte er leise: »Gott wird Sie strafen«, und verschwand wieder in der Menge. Gemurmel kam auf, Flüche wurden geflüstert, Ängste in leise Worte gefasst.

Ruppert ließ seinen Blick über das Gesinde schweifen. Und jeder, den dieser Blick traf, schaute zu Boden. Am Ende spuckte Ruppert aus. Dann drehte er sich um und schlang den Strick um einen weiteren Baum. Das Seil straffte sich, sodass der Verurteilte schon nach Luft schnappte und den Kopf hin- und herdrehte. Ruppert verknotete den Strick am Baum, ging zu dem Russen und stieß mit einem Fußtritt den Stuhl weg. Die Leute schrien auf, und schon hing der Mann in der Luft. Seine Beine zappelten, das Gesicht färbte sich rot und blau. Er riss die Augen weit auf, auch der Mund war zum Schrei geöffnet, doch der Mann starb nicht. Röchelnd hing er vom Ast herab und zappelte mit den Beinen, die Augen quollen ihm aus den Höhlen.

»Jetzt tut doch etwas, gnädiger Herr!«, rief eine Frau.

Aber Ruppert stand wie angenagelt da und blickte auf den zappelnden Russen, der sich die Hosen nässte. Aus den Hosenbeinen tropfte es auf die Erde, und der Mann zappelte noch immer mit herausquellenden Augen und aufgerissenem Mund.

Ruppert war grau geworden im Gesicht. Er sah plötzlich klein und hilflos aus.

Die Menge hinter ihm wurde lauter. Gemurmel erhob sich, einzelne Worte waren dieses Mal zu verstehen.

»Das ist grausam!«, rief eines der Milchmädchen.

Will reckte sich, wedelte mit seiner Kutschermütze und schrie: »Die Russen sind unsere Feinde, aber sie sind doch Menschen!«

»Geben Sie ihm wenigstens den Gnadenschuss!«, rief der Obermelker. »Das ist unmenschlich, grausam.«

Doch Ruppert konnte sich nicht bewegen. Er starrte auf den Zappelnden, hörte sein Röcheln und wusste, er würde dieses Röcheln noch lange hören.

Da wurde im Herrenhaus ein Fenster aufgerissen. Wolfgang von Zehlendorf erschien. Er legte ein Gewehr auf das Fensterbrett, zielte und schoss. Der Gehängte zuckte zusammen, dann hing er still.

Wolfgang legte das Gewehr beiseite und schloss das Fenster. Ruppert sah beschämt zu Boden. Der Zorn hatte sein Gesicht rot gefärbt, auf seiner Stirn schwoll eine Ader blau an. Das Gesinde zerstreute sich, und obwohl Ruppert den Blick nicht vom Boden nahm, konnte er die Verachtung der Leute spüren. Ihre Blicke brannten in seinem Nacken.

Ein Windstoß fuhr durch die Auffahrt und ließ den Gehängten leise erzittern. Der Obermelker, der noch immer seine Kappe in den Händen hielt, gab dem Leichnam einen Stoß, sodass dieser zur Seite schwang und mit den Knien gegen Ruppsperts Kopf stieß.

Der Getroffene schrie auf und sah mit irrem Blick um sich. »Das wirst du mir büßen!«, brüllte er den Obermelker an.

Doch der zuckte mit keiner Wimper. »Ich weiß nicht, wer von uns beiden am Ende mehr Buße tun muss«, erklärte er, dann ging er davon.

Ruppert blieb allein neben dem Leichnam stehen. Als er bemerkte, dass niemand mehr in der Nähe war, rief er: »Kommt zurück! Zwei Männer müssen zurückkommen und den Mann vom Baum nehmen. Na los doch, zwei Männer zu mir.«

Doch die Leute trotteten bedrückt weiter, als hätten sie ihn nicht gehört. Sie gingen zurück an ihre Arbeit und ließen Ruppert mit dem Leichnam allein.

Siebtes Kapitel

Baltikum, 1906

Die Unruhen im Baltikum flauten langsam ab. Nur hin und wieder war noch von einzelnen Übergriffen zu hören. Die Politik fand in St. Petersburg statt, während das Leben auf den lettischen Gütern wie bisher weiterging.

In manchen von ihnen wohnte, wie auf Gut Zehlendorf, eine junge Dame, die sich bald zum ersten Mal der Gesellschaft präsentieren sollte. Während in den anderen Gutshäusern ringsum die Schneiderinnen wie Ameisen durch das Haus wimmelten und die Debütantinnen von einer Anprobe zur nächsten hetzten, spürte man auf Gut Zehlendorf nichts von der Einführung einer jungen Dame in die Gesellschaft. Malu hatte von ihrer Mutter lediglich ein paar grundlegende Dinge erfahren: zum Beispiel, dass beim ersten Ball ein weißes Kleid Pflicht sei, welches selbstverständlich von einer ganz bestimmten Rigaer Schneiderin angefertigt werden müsse. Auch zieme es sich nicht für eine junge Dame, Gespräche über die Unruhen auf dem Lande zu führen, und frivoles Benehmen werde nicht geduldet. Sie selbst, die Mutter, würde nicht zu den Bällen mitgehen, das müsste schon der Vater tun; sie halte ihre Pflicht in dieser Hinsicht für erfüllt, und der Termin bei der Schneiderin in Riga wäre nächsten Mittwoch um halb drei. Sie solle der Schneiderin nicht widersprechen und einfach nur tun, was diese ihr sage. Alle anderen Kleider könne sie hernach selbst aussuchen, allerdings müssten sie den gesellschaftlichen Normen gehorchen.

Malu hatte zu jedem Satz genickt und dabei den Blick auf den Boden gerichtet, weil Cäcilie von Zehlendorf es nicht ertragen konnte, von ihrer Tochter gemustert zu werden. Dann hatte sie Malu mit einer Handbewegung, als wolle sie eine lästige Fliege verscheuchen, zu verstehen gegeben, dass die Audienz beendet sei. Malu hatte sich bedankt, wenn sie auch nicht genau wusste, wofür eigentlich. Am nächsten Mittwoch war sie dann nach Riga gefahren und hatte ihr Kleid, eine überladene Scheußlichkeit mit Rüschen, Puffungen, Spitzen und Schleifen, angezogen und gehofft, der Eröffnungsball wäre schon vorüber.

Jetzt fuhr sie in der Kutsche ihres Vaters zum Gut des Grafen Wehrheim, bei dem die Eröffnung der Ballsaison stattfinden sollte. Es war noch kühl, und sie hatte sich eine Pelzstola um die Schultern gelegt.

»Bist du aufgeregt?«, fragte der Vater.

Malu zerrte an einer der Rüschen und schüttelte den Kopf. »Warum sollte ich?«

Wolfgang von Zehlendorf lachte leise. »Weil du, wenn alles nach Plan läuft, den Mann deines Lebens auf einem der Bälle treffen wirst. Der Mann, der deine Zukunft ist.« Dann griff er in die Innentasche und drückte Malu ein kleines Paket in die Hand.

»Ein Geschenk? Für mich?«

Er nickte. »Pack es aus.«

Hastig wickelte Malu das Papier ab und enthüllte ein in rotes Safianleder gebundenes Büchlein. Sogleich schlug sie es auf. »Oh, ein Kalender. Wie hübsch. Ich hatte noch nie einen Kalender.«

»Es ist mehr als das, meine Kleine. Ich habe mir erlaubt, in diesen Kalender bereits alle Balltermine und Abendgesellschaften einzutragen. Hinter den Datumsblättern sind leere Seiten, auf die du deine Erlebnisse schreiben kannst.« Er lächelte. »Ich habe gehört, junge Mädchen tun dergleichen.«

Malu hatte noch nie Tagebuch geführt. Sie wusste auch jetzt nicht, was sie auf die leeren Seiten schreiben könnte, doch die Geste ihres Vaters rührte sie. Sie drückte seine Hand. »Danke schön. Das ist sehr aufmerksam von dir.«

Wolfgang von Zehlendorf betrachtete seine Tochter nicht ohne Stolz. »Ich wünsche dir eine erfolgreiche Saison, meine liebe Malu. Und ich bin sicher, du wirst zahlreichen jungen Männern das Herz brechen.«

Malu lächelte ein wenig schmerzlich. Sie würde ihren Vater enttäuschen, das wusste sie jetzt schon. Sie machte sich nichts aus Bällen und fühlte sich noch viel zu jung, um eine feste Bindung mit einem Mann einzugehen. Das wollte sie ihrem Vater natürlich nicht sagen, und so dachte sie angestrengt nach, was sie auf seine Äußerung erwidern könnte. Doch ehe sie die richtigen Worte fand, fuhr ihre Kutsche vor der großen Freitreppe des Wehrheimschen Anwesens vor.

Diener rissen den Wagenschlag auf und halfen ihr beim Aussteigen, während an der Seite der Auffahrt zahlreiche Neugierige Aufstellung genommen hatten, um die Ankunft der Debütantinnen nicht zu verpassen. Am Arm ihres Vaters betrat sie den großen Saal, der, wie Malu auf den ersten Blick sah, mit viel Geschmack geschmückt worden war. Um die Säulen waren seidene Girlanden gewickelt worden, auf den Tischen standen wundervolle Blumenarrangements, und an den Decken leuchteten funkelnde Lüster.

Ein Zeremonienmeister verkündete ihr Eintreffen: »Marie-Luise, Freiin von Zehlendorf.«

Für einen Augenblick spürte sie die Blicke aller Anwesenden auf sich und wurde verlegen.

Ihr Vater beugte sich zu ihr herunter. »Nicht den Kopf senken! Straff den Rücken, lächle, und nicke nach allen Seiten.«

Malu tat, wie er von ihr verlangt hatte, war aber doch gottfroh, als sie sich endlich an ihren Tisch gesetzt, die Tischnachbarn begrüßt und ein wenig Konversation betrieben hatte. Nach dem Diner zogen sich die Väter der Debütantinnen in den Rauchsalon zurück, und die Damen schöpften auf der Terrasse frische Luft, während das Personal rasch Tische und Stühle zur Seite räumte, um die Tanzfläche freizumachen.

Malu sah sich um. Die Debütantinnen standen in kichernden Grüppchen zusammen und äugten nach den jungen Männern, die sich betont lässig gegenseitig Zigaretten anboten und sich die größte Mühe gaben, beim Rauchen das Husten zu unterdrücken.

Was für eine alberne Veranstaltung, dachte Malu. Hier ist es nicht besser als auf dem Viehmarkt.

Doch schon erklangen von drinnen die ersten Takte eines Walzers, und die jungen Damen und Herren strömten aufs Parkett. Ehe sich Malu versah, stolperte sie am Arm eines schmalen jungen Mannes mit schlaksigen Armen und Beinen über die Tanzfläche. Vom Arm des Schlaksigen wanderte sie in den Arm eines kleinen dicken Grafen, dem vor Aufregung der Schweiß auf der Stirn stand und der während des gesamten Tanzes kein einziges Wort mit ihr sprach. Von ihm wurde sie an den nächsten, dann an den übernächsten und anschließend an den überübernächsten Tänzer weitergereicht. Das ging so weiter, bis ihr am Ende der Nacht die Füße brannten, die Schultern schmerzten und sie sich erschöpfter fühlte, als hätte sie den ganzen Tag an der Nähmaschine gesessen.

Die restlichen Bälle zogen an Malu vorbei, ohne dass sie dessen gewahr wurde. Sie trug eng geschnürte Korsetts, die ihr die Luft zum Atmen nahmen, und altmodische Krinolinen, mit denen sie überall anstieß. Am Handgelenk war ein kleines Blumensträußchen befestigt, das von Minute zu Minute gerupfter aussah, bis ihm schließlich alle Blüten fehlten. Ihre Tanzkarte war zu Cäcilies Ärger, die sich von ihrem Mann regelmäßig über Malus Fortschritte und Eroberungen informieren ließ, eher mäßig gefüllt, denn schon nach dem ersten Ball wurde geflüstert, dass die Zehlendorf-Tochter sich nichts aus dem Tanzen machte. Und tatsächlich: Malu hasste die Quadrillen mit den Damenmühlen. Sie wusste noch immer nicht, wann sie nach links und wann sie nach rechts treten musste, hob stets den falschen Arm oder drehte sich in die entgegengesetzte Richtung. Sie fühlte sich plump und vollkommen fehl am Platze, und immer wieder fiel ihr das Gespräch zwischen ihren Eltern ein, das sie heimlich belauscht hatte.

»Hübsch ist sie nicht«, hatte Cäcilie von Zehlendorf behauptet, und Malu konnte vor ihrem geistigen Auge sehen, wie die Mutter abschätzig den Mund verzog. »Nun, sie hat es zwar nicht verdient, aber im Alter wird sie es leichter haben als die Hübschen. Während die Hübschen ihrer verloren gegangenen Schönheit nachtrauern und ihre Entstellungen nicht wahrhaben wollen, wird sie sich schon lange an ihr Äußeres gewöhnt haben.«

»Sprich nicht so, Cäcilie«, hatte der Vater erwidert. »Malu ist hübsch. Sie hat wundervolles Haar und schöne Augen.«

»Als ob das ausreicht!« Cäcilies Stimme klang, als würde sie mit den Tränen kämpfen. Malu wusste, dass die Mutter von sich selbst sprach. Und sie war sich sicher, dass auch ihr Vater dies wusste.

»Ich wünsche ihr Gelassenheit«, sagte er. »Es gibt wohl kein größeres Glück, als im Alter heiter zu sein.« Obwohl der Vater so tat, als spräche er von seiner Tochter, wusste Malu, dass auch seine Worte ihrer Mutter galten.

Ärger war in ihr aufgestiegen. Inzwischen war es ihr nur recht, dass die Mutter für sie keinen Platz in ihrem Leben hatte. Aber es ärgerte sie, dass ihre Mutter die Aufmerksamkeit, die der Vater ihr schenkte, auch noch für sich beanspruchte.

Wieder hörte sie Cäcilie von Zehlendorf seufzen. »Sie ist eben ganz der Vater.« Malu wusste, dass sie mit diesen Worten den Vater kränken wollte. »Die Kalamität glaubt, dass es regnet, weil sie traurig ist, der Sturm draußen tobt, weil es in ihr tobt; und sie glaubt, dass die Missernten aus ihrer mangelnden Liebenswürdigkeit entstehen.«

Wieder sprach die Mutter von sich selbst, aber Malu war sich nicht sicher, ob ihr dies auch bewusst war.

Der Vater jedenfalls entgegnete: »Sie ist hübsch, sie ist klug, und im Gegensatz zu dir bin ich stolz darauf, ihr Vater zu sein und sie in die Gesellschaft einzuführen.«

»Nun, irgendwer muss es auch machen. Die Hauptsache ist, dass wir sie schnell verheiraten. Glaube mir, mein Lieber, das wird schwerer werden, als du dir vorstellen kannst.«

Dass Malu trotz ihrer Abneigung die Bälle besuchte, war keineswegs auf das Drängen ihrer Mutter zurückzuführen, die es offenbar kaum abwarten konnte, Malu zu verheiraten oder wenigstens zu verloben. Nein, Malu liebte Stoffe und war ihnen auf den Bällen näher als sonst irgendwo. Das Changieren der Seidenkleider im Kerzenlicht rief ihr Entzücken hervor. Sie liebte das Rascheln, wenn sich die Tänzerinnen bewegten, befühlte hin und wieder den Stoff des Kleides einer Freundin, betrachtete Nähte, Schnitt und den Fall. Das Kleid für ihren Abschlussball hatte sie mit Frau Mohrmanns Hilfe selbst genäht, den Stoff dafür aus Riga kommen lassen. Und nur in diesem Kleid fühlte sie sich ganz als sie selbst.

Dieses himmelblaue, selbst geschneiderte Kleid holte sie jeden Tag aus dem Schrank und ließ es durch ihre Finger gleiten. Viele Wochen hatte sie daran gesessen, hatte zuerst einen Schnitt gezeichnet, dabei unzählige Entwürfe in den Papierkorb geworfen, bis sie endlich zufrieden war. Und dieses Kleid war das einzige, in dem sie atmen und sich frei bewegen konnte, denn es hatte – im Gegensatz zu ihren anderen Kleidern – kein Korsett, das mit Fischstäben verstärkt war und aus festem Jacquardgewebe bestand, versehen mit einer Verzierung aus Seidenspitze an der oberen Kante und mit Strumpfhaltern an der Vorderseite. So jedenfalls sah das Korsett aus, das sie zu den anderen Bällen trug. Ihr himmelblaues Kleid aber war anders. Sie hatte im *Journal der Moden*, das Wolfgang von Zehlendorf seiner Frau zur Zerstreuung aus Riga mitgebracht hatte, geblättert und darin eine Kreation des Pariser Kleidermachers Paul Poiret gesehen. Dieses Festkostüm – denn ein richtiges Kleid war es nicht – hatte ihr so gefallen, dass sie es nachschneiderte und variierte, bis es zu ihr passte. Das ärmellose Überkleid war unter der Brust gerafft und mithilfe eines Reifens leicht ausgestellt.

Es bestand aus himmelblauer Seide mit silberner floraler Stickerei, bei der Constanze ihr geholfen hatte. Darunter trug Malu einen Rock aus silbernem Seidenstoff, der gerade weit genug war, um beim Tanzen ein wenig zu schwingen, und zugleich zu eng, um eine Krinolie darunter zu tragen. Um den Kopf band sich Malu ein ebenfalls silbernes Seidentuch, das sie über der Stirn mit einer großen Brosche befestigte. Und in jedes einzelne Stück stickte sie ihren Namen. Sie wusste nicht so recht, warum sie das tat. Vielleicht, weil sie sich oft nicht sicher war, ob es sie auch tatsächlich gab, denn wie sollte jemand existieren, der für die eigene Mutter nicht existent war. Wenn sie aber ihren Namen in den Kleidungsstücken sah, wusste sie, dass sie lebte, denn wenn es ein Kleid mit ihrem Namen gab, dann gab es auch sie.

Cäcilie von Zehlendorf war in Ohnmacht gefallen, als sie das Gewand das erste Mal sah. Das Riechfläschchen in Reichweite hatte sie hernach verkündet, sie würde ihre Tochter in diesem Aufzug niemals begleiten, dass aber von einer Kalamität ja auch nichts anderes zu erwarten gewesen sei.

Am Abend vor dem Ball, als Malu das Gewand zum letzten Mal im Hause der Mohrmanns anprobierte, um den Sitz jeder einzelnen Falte zu überprüfen, stürzte Johann in das Nähzimmer seiner Mutter. Als er Malu erblickte, hielt er inne und starrte sie mit großen Augen an.

»Du bist wunderschön, Malu«, sagte Johann mit rauer Stimme.

Er sprach so leise, dass man die Worte kaum hören konnte, doch Malu verstand jede einzelne Silbe. Und sie begriff in diesem Augenblick, dass Johann der einzige Mann war, dem sie gefallen wollte. Als er, vor Verlegenheit hochrot, aus dem Zimmer stürzte, ohne zu sagen, was er gewollt hatte, zog Malu ihr Gewand aus, verpackte es vorsichtig in Seidenpapier und erklärte: »Ich werde zu keinem der anderen Bälle mehr gehen. Alles, was dort zu erreichen ist, interessiert mich nicht.«

Als Malu diese Entscheidung ihrem Vater mitteilte, seufzte er und nahm ihre Hand. »Diese Bälle sind Tradition, und sie sind für Mädchen vom Stande die beste Gelegenheit, sich einen Mann zu suchen, der zu ihnen passt.«

Malu schüttelte verzweifelt den Kopf. »Aber ich will noch gar keinen Mann. Ich weiß nicht einmal, ob ich jemals einen Mann heiraten möchte. Jedenfalls bestimmt keinen von den Ballherren dort.«

»Nicht?« Wolfgang von Zehlendorf zog die Stirne kraus. »Aber was willst du dann?« In seiner Stimme klang Hilflosigkeit mit.

Malu schluckte. »Am liebsten würde ich Schneiderin werden.«

Bei diesem Satz verzog sich das Gesicht des Vaters, als hätte er auf eine Zitrone gebissen. »Marie-Luise. Du bist kein einfaches bürgerliches Mädchen. Du bist eine Freiin. Der Name von Zehlendorf verpflichtet dich dazu, standesgemäß zu heiraten, und Ruppert dazu, eines Tages das Gut zu übernehmen.«

»Aber...«

»Schweig still!« Wolfgang von Zehlendorf schnitt ihr das Wort ab. »Ich war dir nie ein gestrenger Vater, aber diesen kindischen Wunsch werde ich dir nicht erfüllen. Du wirst die Ballsaison bis zum Ende durchstehen, wie alle anderen Mädchen deines Standes auch.«

Die Stimme des Vaters war bei diesen Worten laut geworden, sein Gesicht so bestimmt, wie Malu es nur selten gesehen hatte. Also nickte sie, senkte betroffen den Kopf und murmelte: »Ja, Vater. Ich werde zu jedem Ball gehen und hoffe, dir keine Schande zu bereiten.«

Malu hielt ihr Versprechen und tanzte sich mit ungelenken, pickligen Jungs durch den Winter. Einmal war ihr, als erblicke sie Johanns Gesicht hinter einem der Fenster. Doch als sie hinausrannte, war niemand da.

Da es für eine junge Dame von ihrem Stand unmöglich war, zwei Mal dasselbe Kleid zu tragen, und Cäcilie von Zehlendorf sich überhaupt nicht um die Festgarderobe kümmerte, zog Malu auch die Kleider an, die sie im Schrank ihrer Mutter fand und für passend hielt. Cäcilie war eine Frau mit feinem Geschmack. Zwar waren ihre Roben schlicht und entsprachen nicht immer der neuesten Mode, wohl aber den Konventionen der Baltendeutschen. Daher schleppte sich Malu durch die Ballabende mit dem Gefühl, in einem Käfig aus Fischstäben, Krinolinen und Stoff zu stecken.

Sie tanzte mit ihrem Bruder, weil es sich so gehörte; doch Rupperts Gesicht zeigte nicht das geringste Anzeichen von Freude, seine Schwester über das Parkett zu führen. Er war, wie schon die Mutter, unzufrieden mit ihr. »Kannst du nicht mal lächeln?«, maßregelte er sie. »Warum flirtest du nicht? Hast du denn überhaupt keine Anmut? Es ist eine Schande, dass ich meine Freunde überreden muss, mit dir zu tanzen.«

Malu tat, als würde sie sich an solchen Sätzen nicht stören, doch insgeheim blutete ihr Herz. Welche junge Frau wollte schon hören, dass niemand sie begehrte? Sie fand noch nicht einmal das Wohlwollen ihres Bruders. Wie immer in seiner Gegenwart fühlte sie sich wie mit einem Makel behaftet. Zwar sprach Ruppert nur sehr selten über den Tod der alten Tante Camilla, und während des Tanzes bemühte er sich sogar um eine Art Konversation, trotzdem blieb Malu befangen, wusste mit einem Mal nicht mehr, wie sie ihre Füße setzen sollte. Sie kam sich plump, ungeschickt und dümmer vor als das ungebildetste Milchmädchen. Wahrscheinlich, dachte sie, schämt Ruppert sich für mich. Wahrscheinlich hat er das schon immer getan, und ich darf es ihm nicht verdenken, denn schließlich habe ich ja Schuld auf mich geladen.

Wenn der Tanz mit ihm zu Ende war, fühlte sie sich stets erleichtert und flüchtete mit einem Lächeln in den Arm des nächsten jungen Mannes.

Als die Saison ihrem Ende entgegenging, hatte Malu noch immer keinen Verehrer. Nicht einer der jungen Männer kam ins Haus, um bei ihrem Vater vorstellig zu werden. Doch Malu war es recht so.

Zum großen Abschlussball der Saison durfte jede Debütantin eine Freundin mitbringen. Malu, im himmelblauen Paul-Poiret-Ensemble, brachte Constanze mit. Auch für sie hatten sie ein Kleid geschneidert. Es war ganz im Stile eines Schäfermädchens mit engem Mieder und weit fallendem Rock. Den Stoff dafür hatten sie aus einem Kleid, das Malus Mutter nicht mehr trug. Nur zu gern hätte Malu jedes einzelne Kleid, das sie während der ganzen Ballzeit getragen hatte, nach ihren Wünschen geändert, doch die Zeit dafür reichte einfach nicht aus. Zu unsicher war sie noch, was ihren Geschmack betraf, und zu wenig gewandt, um aus einem schon bestehenden Kleid in kurzer Zeit ein gänzlich neues zu machen. Für Constanzes Kleid aber hatten sich die Mädchen viel Zeit genommen. Das Oberteil war über und über mit einem zarten Blumenmuster bestickt, während der Rock nur am Saum eine Spitzenborte trug.

Constanze hatte sich das Haar geringelt und sah so lieblich aus wie ein Mädchen auf den Bildern des vorigen Jahrhunderts: still, sanft, romantisch. Sie war so erfreut gewesen über Malus Einladung, dass sie entgegen ihrer Gewohnheit um den Tisch getanzt war. Sie liebte Bälle, konnte sich nicht satthören an Komplimenten, und – Malu hatte es seit einiger Zeit bemerkt – sie sah den Jungen nach. Constanze konnte stundenlang unter einem Baum im Gras liegen und sich ihren zukünftigen Ehemann in allen Einzelheiten ausmalen. Ja, sie wusste sogar schon die Namen ihrer zukünftigen Kinder. Manchmal hatte Malu das Gefühl, es wäre besser gewesen, wenn sie als Constanze Mohrmann das Licht der Welt erblickt hätte und ihre Freundin als Marie-Luise von Zehlendorf. Constanze liebte und interessierte sich für alles, was eine Frau von Stand wissen sollte. Malu dagegen hätte lieber in einem Pfarrhaus gelebt und später als Schneiderin gearbeitet. Umso mehr freute sie sich nun, gemeinsam mit Constanze zum letzten Ball der Saison gehen zu dürfen.

Kaum betraten Malu und Constanze den Saal, setzte Getuschel ein. Junge Männer steckten ihre Köpfe zusammen, und die übergewichtigen Mütter, die auf der Empore, dem sogenannten Drachenfelsen, hockten und sich mit Seidenfächern Luft zufächelten, lächelten beifällig und nickten huldvoll. Die Saaldiener bedachten Constanze mit liebenswürdiger Aufmerksamkeit, und sogar die älteren Herren, die es normalerweise spornstreichs in den Rauchersalon zog, blieben bei ihrem Anblick stehen und betrachteten die junge Dame mit Wohlgefallen.

»Ich bin so aufgeregt«, flüsterte Constanze der Freundin zu. »Hoffentlich mache ich nichts falsch. Ich habe Angst, dass ich dich blamiere.«

Malu lachte. »Du mich blamieren? Keine Sorge, das habe ich schon vom ersten Ball an ganz alleine geschafft. Du wirst sehen, deine Tanzkarte wird bald bis zum obersten Rand gefüllt sein.«

Und so war es auch. Während Constanze anmutig die Quadrille tanzte und sich mit schwingendem Rock nach allen Seiten drehte, standen die nächsten Tänzer schon am Rande des Parketts bereit.

Ruppert tat sich hervor, als wäre Constanze seine Schwester. Immer wieder kontrollierte er ihr Tanzkärtchen, strich den einen oder anderen Namen und setzte seinen eigenen an dessen Stelle. Und Constanze ließ es geschehen, ließ auch geschehen, dass Rupperts Arm bei jedem Tanz ein Stück weiter von ihren Schulterblättern in Richtung Po glitt. Sie ließ geschehen, dass er an ihr roch, sie behandelte, als wäre sie sein Besitz. Es war das erste Mal, dass er Constanze Beachtung schenkte und sie nicht als etwas betrachtete, das selbstverständlich zu seinem Besitz gehörte wie die Milchmädchen. Früher, beim gemeinsamen Unterricht, hatte er kaum das Wort an sie gerichtet. Doch nun war sie nicht nur eine junge Dame, sondern eine der schönsten auf diesem Ball, und Ruppert schmückte sich mit ihr.

Malu schüttelte den Kopf, stand an eine Säule gelehnt und betrachtete Lieselotte von Grevenbruchs Kleid, verfolgte den Schwung der Röcke, sah auch, wie Annemarie Behender in ihrem eng geschnürten Korsett kurzzeitig die Sinne schwanden, ehe sie von ihrer resoluten Mutter wiederbelebt und zurück auf die Tanzfläche geschleift wurde. Malu sah das alles, aber es berührte sie nicht. Die Leute ringsum, die sie von Kindesbeinen an kannte, waren ihr fremd. Das Lachen klang falsch in ihren Ohren, die Musik war voller verkehrter Töne, und selbst ihr Vater war nicht der, den sie von zu Hause kannte.

Einmal kam er zu ihr, die weiße, gestärkte Hemdbrust nach vorn gewölbt, strich ihr über die Schulter und sagte: »Kneif dir in die Wangen, Liebes. Ich möchte dich gern dem jungen Freiherrn von Ansternhau vorstellen.«

»Warum soll ich mir dafür in die Wangen kneifen?«

»Damit du hübsch und frisch ausschaust«, erwiderte der Vater und zog sie mit sich fort.

Unablässig behielt Malu die Uhr im Auge, starrte auf den Zeiger, der sich viel zu langsam bewegte. Constanze hatte rote Wangen, ihre Augen glänzten. Malu sah ihr an, wie schön und begehrenswert sie sich fühlte. War sie neidisch? Sie wusste es nicht. Wusste nur, dass sie es ungerecht fand, dass Constanze so umschwärmt wurde, während sie an der Säule lehnte. Mit einem Mal schlugen zwei Herzen in Malus Brust. Zwar wollte sie eigentlich keinen der jungen Männer hier geschenkt haben, doch wenn sie ehrlich war, hatte sie sich doch nach ein wenig mehr Beachtung gesehnt. Aber kam jemand zu ihr und forderte sie auf, so schüttelte Malu stumm den Kopf und biss sich vor Unglück auf die Lippe. Sie wollte nicht tanzen, keine Komplimente hören, nicht fremde Hände auf ihrem Körper spüren – und sehnte sich zugleich nach nichts anderem mehr.

Endlich schlug die Uhr Mitternacht. Die Gesellschaft begab sich in den Garten. Sekt von der Krim wurde gereicht, und am Himmel stieg ein Feuerwerk auf. Es war Mai, die Nacht noch kühl, aber nicht kalt.

Malu schlang sich ein Schultertuch um und begab sich in den Garten. Kaum war sie außer Sicht, zog sie ihre Schuhe aus und stellte sich in den feinen Seidenstrümpfen auf den frischen Rasen. Sie schöpfte tief Luft. Von fern hörte sie das Gelächter der Gesellschaft, das kleine Orchester spielte jetzt einen Walzer. Sehnsüchtig und zugleich erleichtert sah sie zu den hell erleuchteten Fenstern des Ballsaals.

»Darf ich um diesen Tanz bitten?«

Malu fuhr herum. Hinter ihr stand Johann. Er trug seinen besten Anzug und reichte ihr einen kleinen Strauß Maiglöckchen.

Ein Lächeln erblühte auf Malus Gesicht.

Sie fragte nicht, wie Johann hierhergekommen war, sie wusste nur, dass sie mit ihm in dieser Mainacht nach Walzerklängen auf dem taunassen Gras tanzen wollte. Sie lehnte sich in seinen Arm, sog seinen Duft nach Wiese ein und blickte in sein Gesicht, das im Mondlicht wie mit Silber übergossen aussah. Wie schön er war! Seine Gesichtszüge waren wohlproportioniert, seine Haare hatten den perfekten Fall, und die Augen glitzerten wie Strasssteine. »Du bist schön«, sagte sie leise.

Johann lachte, während er sie nach rechts schwang. »Aus dir wird nie eine junge Dame der feinen Gesellschaft«, flüsterte er ihr ins Ohr.

»Ich weiß«, erwiderte Malu.

»Und weißt du auch, warum?«

»Nein«, antwortete sie. »Weißt du es denn?«

»Weil eine junge Frau deines Standes niemals einem Mann ein Kompliment über dessen Aussehen machen darf. Das ist das Vorrecht der Männer. *Ich* muss dir sagen, wie schön du bist. Das heißt, falls du mich dazu kommen lässt.«

Malu warf den Kopf in den Nacken und lachte. Jetzt war sie glücklich. Jetzt war alles so, wie es sein sollte. Sie brauchte keine Bälle und keine Tanzkärtchen. Sie brauchte nicht die taxierenden Blicke vom Drachenfelsen, und sie brauchte auch nicht die Hilflosigkeit der pickligen jungen Männer. Sie brauchte allein Johann, der mit ihr auf der nächtlichen Wiese tanzte.

»Ich höre«, sagte sie gespielt kühl.

»Also, mein gnädiges Fräulein, ich bewundere Ihre Augen. Sie sind wie Sonnenflecke auf einem Teich. Ihre Haut, Gnädigste, fühlt sich so glatt an wie reifes Gemüse. Und Ihr Haar, Mademoiselle, ist so weich, wie ich es nie gefühlt habe. Wäre ich ein Vogel, ich würde mir ein Nest darin bauen und dieses niemals mehr verlassen.«

»Du bist verrückt!« Malu kicherte und schmiegte sich glücklich in Johanns Arme.

Plötzlich hörten sie Stimmen. Johann ließ Malu los, lauschte in die Dunkelheit.

»Du bist so lecker wie ein Marzipanschweinchen. Ich könnte glatt in dich hineinbeißen«, hörten sie mit einem Mal Rupperts Stimme.

»Komm!« Johann zog Malu hinter einen Busch.

Schon kamen Ruppert und Constanze hinter einer Wegbiegung zum Vorschein. Ruppert hatte den Arm um Constanzes Schulter gelegt und zog sie an sich, im Gehen küsste er ihren Hals.

Constanzes Haar war in Unordnung geraten. Ihre Wangen glänzten rot, doch in ihren Augen stand ein Ausdruck, der nicht von Freude zeugte. »Du hast gesagt, ich soll mich nur ein wenig abkühlen, weil rote Wangen nicht damenhaft sind. Jetzt wird mir kalt. Also lass uns bitte wieder hineingehen.«

Ruppert kniff ihr in die rechte Wange. »Nein, mein Herz, du glühst noch immer. So, wie du jetzt ausschaust, wird dich jeder für die Wäschemagd halten. Du willst doch die Zehlendorfs nicht ins Gerede bringen, oder?«

»Natürlich nicht.« Constanze war stehen geblieben und sah zu Boden. Malu wusste, dass die Schamesröte ihre Wangen noch dunkler gefärbt hatte.

Ruppert drückte Constanzes Kinn nach oben, sodass sie ihm in die Augen blicken musste. »Oder langweilst du dich etwa mit mir? Willst du deshalb wieder hinein?«

Constanze schluckte. Malu und Johann waren hinter dem Strauch nur wenige Meter von den beiden entfernt, sahen jedes Zucken im Gesicht, hörten jedes Wort.

»Nein, natürlich langweile ich mich nicht mit dir«, sagte Constanze leise. »Trotzdem möchte ich wieder hinein. Mir ist einfach kalt.«

»Dann weiß ich ein Mittel, das dir einheizen wird«, verkündete Ruppert selbstbewusst und presste seine Lippen hart auf Constanzes Mund.

Sie wollte zurückweichen, doch Ruppert hatte ihr eine Hand auf den Hinterkopf gelegt, sodass sie seinen rohen Kuss erdulden musste. Doch schon im nächsten Moment riss sie den Kopf zur Seite und befreite so ihren Mund. »Lass mich los!«

Sie stemmte die Hände gegen seine Brust und stieß ihn mit aller Kraft von sich. Dann holte sie aus, um ihm eine Ohrfeige zu verpassen, doch Ruppert fing ihre Hand ab, bevor sie ihn traf.

»So nicht, meine Liebe. Nicht so und nicht mit mir«, zischte er. »Hast du vergessen, wer du bist? Du wohnst auf *meinem* Land, dein Vater wird von *uns* bezahlt. Du gehörst mir. Und wenn ich einen Kuss von dir will, so ist das mein Recht, verstehst du?«

Selbst im Mondlicht sah Malu, wie auf Rupperts Stirn eine Ader anschwoll.

»Allein uns Zehlendorfs hast du es zu verdanken, dass ein Pfarrerstrampel wie du auf einem Ball tanzen darf«, fuhr er fort. »Glaubst du nicht, du solltest mir dafür ein wenig dankbar sein?« Er zog Constanze zu sich heran, um sie wieder zu küssen.

Malu spürte, wie sich in Johanns Körper alle Muskeln anspannten. Er wollte aus dem Gesträuch herausspringen und Ruppert direkt an die Kehle. Aber Malu umklammerte sein Handgelenk. »Noch nicht«, flüsterte sie. »Er wird ihr nichts tun; Ruppert ist feige. Constanze kann sich selbst helfen. Wenn du dazwischengehst, machst du dir einen Feind fürs Leben.«

Schon stieß Constanze erneut Ruppert von sich. Ihr Gesicht war hochrot vor Wut. »Nichts habe ich dir zu verdanken! Malu hat mich zu diesem Ball eingeladen. Ich gehöre dir auch nicht.« Sie sah Ruppert hasserfüllt an. »Lass mich in Ruhe! Ich sage es nicht noch einmal!«

Ruppert sah sie verwundert an. Dann griff er sich ans Herz und verzog den Mund.

Constanze zog die Augenbrauen ein Stück in die Höhe. »Was soll das jetzt?«

Ruppert stöhnte, krümmte sich zusammen und presste hervor: »Es ist nichts. Du hast recht. Geh nur zurück zu den anderen.« Wieder ächzte er zum Gotterbarmen. Dann sah er Constanze mit weit aufgerissenen Augen an, stieß einen Schrei aus und sank zu Boden, wo er mit verdrehten Gliedern und geschlossenen Augen liegen blieb.

Constanze stieß einen leisen Schrei aus und presste eine Hand vor den Mund. Dann ging sie neben Ruppert auf die Knie. »Was hast du?«, rief sie voller Angst. »Ruppert, so sag mir doch, was du hast!« Aber Ruppert rührte sich nicht, gab keinen Laut von sich. Gehetzt sah Constanze sich um. »Hilfe!«, rief sie zuerst leise, dann lauter. »Hilfe! Ist denn hier niemand?«

»Dieses Schwein«, flüsterte Johann, riss sich aus Malus Griff los und stürzte zu seiner Schwester, die sich gerade anschickte, ihren Kopf auf Rupperts Brust zu legen, um den Herzschlag zu testen.

»Geh weg von ihm!« Johanns Stimme klang wild und rau.

Er sah sich um. Als er den kleinen Brunnen hinter sich erblickte, packte er Ruppert bei den Armen und zerrte ihn zu dem Brunnen. Er hievte ihn hoch und stieß ihn roh ins Wasser.

Malu trat aus dem Gebüsch und streichelte Constanzes Schulter. »Das hast du nicht verdient, Constanze, dass dich Ruppert so behandelt.«

»Jaja«, erwiderte die Freundin, aber Malu hatte den Eindruck, dass sie ihr gar nicht richtig zuhörte. »Was macht ihr da?«, jammerte Constanze. »Was machst du mit ihm, Johann? Er ist krank, er ist bewusstlos. Wir brauchen einen Arzt.«

»Nein, ich glaube nicht, dass hier ein Arzt helfen kann«, entgegnete Malu. »Johann weiß, was er tut. Ein bisschen Abkühlung bewirkt bei Ruppert manchmal Wunder.«

In diesem Augenblick tauchte der junge Zehlendorf mit klatschnassen Haaren am Brunnenrand auf. Er warf Johann einen so hasserfüllten Blick zu, dass es Malu kalt den Rücken herunterlief.

»Das wirst du mir büßen, Mohrmann. Das schwöre ich bei Gott!« Festen Schrittes stampfte Ruppert davon.

Zweiter Teil

Achtes Kapitel

Baltikum, 1914

Die dramatischen politischen Geschehnisse im Sommer des Jahres 1914 hatten zur Folge, dass sich das Schicksal von vielen Millionen Menschen in Europa veränderte. Auch das Leben von Malu und ihrer Familie, von Johann und Constanze sollte einen tiefgreifenden Wandel erfahren – so einschneidend, wie sie es sich noch im Frühjahr dieses Jahres niemals hätten vorstellen können.

Constanze hatte sich mittlerweile als Gouvernante auf einem der Nachbargüter verdingt. Sie war noch immer hübsch und klug, doch hier, in Lettland, wollte sich offensichtlich kein Mann für sie finden. Und ihre Chancen wurden von Jahr zu Jahr geringer.

Zumindest sagte sie das, sooft sie danach gefragt wurde. Doch Malu glaubte, dass es einen anderen Grund gab, weshalb sie immer noch ledig war. Viel zu oft hatte sie gesehen, wie sich Constanze am Abend in das Herrenhaus schlich, in Rupperts Zimmer verschwand und Stunden später mit den Schuhen in der Hand wieder zurück zum Pfarrhaus huschte.

Einmal hatte Malu versucht, mit ihrer Freundin darüber zu sprechen. »Du meinst wirklich, Ruppert wird dich eines Tages heiraten?«, fragte sie.

Constanze zuckte mit den Schultern. »Warum nicht? Was

spricht dagegen? Seit dem Abschlussball sind wir ein Paar. Zwar nur ein heimliches, wegen eurer Mutter, aber wir sind ein richtiges Paar.«

Malu biss sich auf die Unterlippe. Wusste Constanze wirklich nicht, was Ruppert tat, wenn er in Riga oder Mitau war? Hatte sie noch nie die Mägde reden hören? Ahnte sie wirklich nicht, dass er eine nach der anderen ins Heu warf und ihnen das Herz brach?

»Er ist dir nicht treu«, wandte sie ein.

»Na und? Kein Mann ist treu. Von unseren Vätern einmal abgesehen. Wir sind eine andere Generation; wir wissen, dass die Männer Abwechslung brauchen. Und schließlich kommt er ja immer wieder zu mir zurück.«

Malu seufzte. »Er behandelt dich schlecht.«

Constanze zog die Augenbrauen nach oben. »Findest du?«

Malu nickte.

»Nun, dann lass dir gesagt sein, dass dies ein Zeichen seiner echten Liebe zu mir ist. Bei mir kann er sein, wie er wirklich ist. Er muss kein starker Gutsbesitzer sein, er muss sich nicht an eure Konventionen halten; er kann sein, wie es ihm ums Herz ist. Ich liebe ihn auch, wenn er schlechte Laune hat. Ich liebe sein Wesen, sein Inneres.«

Von da an hörte Malu auf, Constanze vor Ruppert zu warnen. Sie begriff, dass die Freundin Ruppert nicht sah, wie er war, sondern so, wie sie es sich wünschte. Es tat Malu jedes Mal weh, wenn Constanze mit verweinten Augen herumlief, aber ihr war klar, dass sie ihr nicht helfen konnte.

Sie selbst hatte sich den Wünschen, nein, den Anweisungen der Mutter gebeugt und war ein paarmal mit jungen Männern der Gegend ausgegangen. Einmal hatte ein Anwalt, der frisch von der Universität Riga gekommen war, ihr den Hof gemacht. Sie waren einige Male zusammen in Mitau zum Essen gegangen, aber der Mann hatte die ganze Zeit nur von sich erzählt, und Malu hatte sich über die Maßen gelangweilt. Einmal hatte er sogar einen Ring dabei, doch als er das Schmuckkästchen aus der Tasche zog und beim Kellner Champagner orderte, gebot ihm Malu Einhalt.

»Ich kann dich nicht heiraten«, erklärte sie ihm.

Der Rechtsanwalt stotterte: »Wa-was? Warum nicht?«

Malu legte ihm eine Hand auf den Unterarm. »Wir würden nicht glücklich werden miteinander.«

Der Mann verstand sie nicht. »Warum nicht?«

»Weil ich andere Vorstellungen vom Leben habe.«

»Was? Was für Vorstellungen denn? Heirat, Kinder. Ich arbeite in der Kanzlei, und du sorgst für ein gemütliches Heim. Alle halten es so.«

Malu lächelte. »Siehst du, und genau das möchte ich nicht. Ich möchte nähen, möchte Kleider entwerfen. Am allerliebsten aber ginge ich nach Paris zu Poiret, dem Kleidermacher, und ließe mich von ihm unterrichten. Und wenn ich eines Tages doch einmal heiraten sollte, dann nur einen Mann, den ich auch liebe.«

Bei diesen Worten griff der Anwalt nach der Schmuckschachtel und steckte sie zurück in seine Tasche. Er trank den Champagner in einem Zuge aus, verlangte die Rechnung und bestellte für Malu eine Mietkutsche.

Doch der wahre Grund für Malus Weigerung zu heiraten war der, dass sie bereits liebte. Tief und aus ganzem Herzen. Johann war ihr bester Freund, ihr Geliebter, ihr Vertrauter, die Familie, die sie nie so recht besessen hatte. Johann war all das, was ein Mensch für einen anderen bedeuten konnte.

Aber Johann war nicht von Stand, eine Ehe zwar möglich, aber weder von Johanns noch von ihren Eltern gewollt. Und eine Ehe, wie sie ihren Eltern vorschwebte, wollte Malu nicht. Aufgrund ihrer Liebe machte es ihr auch überhaupt nichts aus, dass Johann sich mittlerweile Janis nannte, die lettische Form seines Namens. Er war Lette geworden mit Haut und Haaren. Das Deutschtum hatte er abgelegt, und Malu konnte dies verstehen. Was hatte er mit einem Deutschen gemein? Hier, in Lettland, wo die Deutschen die Besitzer waren, die Gutsherren und Advokaten und Ärzte. Er war nur ein Pfarrerssohn, der nicht in die Fußstapfen seines Vaters getreten war, sondern als Bauer, als Landwirt arbeitete. Und diesen Beruf übten in ihrer Region nur Letten aus.

Janis war nach dem Abitur nach Vilnius gegangen und hatte dort Landwirtschaft studiert. Mittlerweile verwaltete er ein kleines Gut, das einem Deutschen gehörte, den es zurück in die Heimat getrieben hatte. Doch er war auf diesem winzigen Gut, einem Hof eher, nicht nur der Verwalter, sondern auch der Förster, der Obermelker, das Milchmädchen und die Hofmeisterin in einer Person. Er wohnte in einem winzigen Verwalterhäuschen mit grünen Fensterläden und einer weiß gestrichenen Bank hinter dem Haus.

Sobald sich Cäcilie von Zehlendorf am Abend in ihre Gemächer begeben hatte, bürstete sich Malu das Haar und stahl sich durch den Küchengarten nach hinten hinaus zum angrenzenden Gut. Wenn sie das Gartentörchen öffnete, spürte sie, wie ihr Herz rascher zu schlagen begann. Manchmal, wenn Johann noch nicht von seiner Arbeit zurückgekehrt war, kochte sie etwas für ihn. An anderen Abenden wartete er auf der kleinen weißen Bank, und Malu rannte die letzten Meter und stürzte sich direkt in seine Arme.

»Ich fühle mich, als wäre ich deine Frau«, gestand sie ihm einmal. »Als wären wir seit dem Abschlussball verheiratet. Seit dieser Nacht weiß ich, dass wir zusammengehören.«

»Dann heirate mich!« Johann sah sie drängend an. »Worauf wartest du? Ich habe ein Dach über dem Kopf und genügend Brot auf dem Tisch. Wir könnten dir eine kleine Kammer als Nähstube einrichten. Die Leute aus dem Dorf würden sich sicher alle Kleider bei dir bestellen.«

Malu strich ihm sanft über die Wange. »Ich weiß, Johann. Aber ich kann nicht.« Vor ihrem inneren Auge tauchten Bilder von ihrem möglichen Leben hier mit Johann auf. Sie sah sich selbst in der Nähstube hocken und Landfrauenkleider aus blauem Tuch nähen. Aber das hatte sie nie gewollt. »Ich möchte Kleider entwerfen, Johann. Verstehst du? Richtige Kleider. Abendroben. Ballkleider. Kleider für den Nachmittagstee. Das kann ich hier nicht. Das kann ich nur in einer großen Stadt. Ich muss weg von hier, Johann. Weg von Zehlendorf.«

»Aber warum nur?« Johann breitete die Arme aus und schüttelte verständnislos den Kopf.

Malu seufzte. »Ich weiß nicht, wie ich es dir erklären soll. Hier, auf dem Gut, da bin ich nichts. Ein ungewollter Niemand, eine Kalamität. Ich muss weg von hier, damit ich vielleicht erfahre, dass ich mehr kann als Unglück anzurichten. Würde ich bleiben, so wäre ich für immer das unzulängliche Ding.«

»Aber du bist nicht unzulänglich! Du bist die beste Frau, die man sich denken kann. Du bist hübsch, du bist klug. Was willst du noch?«

Malu sah den Schmerz in Johanns Augen, und es zerriss ihr dabei beinahe das Herz. Trotzdem schüttelte sie den

Kopf. »Es reicht nicht aus, Johann, wenn du mir sagst, wie ich bin. Ich muss es selbst fühlen.« Sie legte eine Hand auf ihr Herz. »Hier drinnen muss ich wissen, dass ich mehr bin, dass ich nicht schlecht bin, dass ich es verdient habe, von dir geliebt zu werden. Dann erst kann ich wiederkommen, dich heiraten und Kinder mit dir bekommen.«

Malu glaubte fest daran, ihre Pläne in die Tat umsetzen zu können, weil sie damit rechnete, bald eine größere Geldsumme zu erhalten. Zu ihrem fünfundzwanzigsten Geburtstag würde ihr ein Treuhandfonds ausgezahlt, den ihre Großtante Camilla gleich nach ihrer Geburt für sie angelegt hatte.

Eigentlich wäre das Geld schon zu ihrem einundzwanzigsten Geburtstag fällig gewesen, doch Cäcilie von Zehlendorf hatte damals bei ihrem Mann einen Fälligkeitsaufschub durchgesetzt. Das war nicht schwer gewesen. Sie hatte ihm nur die Frage stellen müssen, ob es rechtens sei, die Mörderin von Camilla von Zehlendorf mit deren Geld zu unterstützen.

Bei diesen Worten hatte Wolfgang von Zehlendorf mit dem Kopf geschüttelt. »Ich dachte«, sagte er seiner Frau, »du kannst es kaum abwarten, Malu aus dem Haus zu bekommen.«

Cäcilie verzog den Mund. »Und du meinst, sie macht ihr Glück als Schneiderin? Niemals. Sie wird wiederkommen. Und dann wird es noch schwerer sein, einen Mann für sie zu finden.«

Kurz darauf hatte Wolfgang mit seiner Tochter ein ernstes Gespräch über dieses Thema geführt. »Warte noch ein paar Jahre«, hatte er Malu beschworen. »Dir fehlt es doch hier an nichts. Du musst dich um nichts sorgen. Nähen kannst du auch hier.«

Malu wusste genau, warum ihr Vater die Auszahlung noch eine ganze Weile hinausschieben wollte. Er hoffte darauf, dass sie sich in der Zwischenzeit verheiraten würde oder sich eine Beschäftigung für sie fand, die sie ausfüllte. Womöglich hätte er sogar ein uneheliches Enkelkind in Kauf genommen.

Malu hatte sich dreinschicken müssen, hatte lediglich eine neue Nähmaschine, Geld für Stoffe und das Abonnement einer französischen Modezeitung herausschlagen können. Doch die Kleider, die sie entwarf und nähte, trug niemand hier im Baltikum.

Und so saß sie jeden Tag an der Nähmaschine und arbeitete, ohne im Grunde zu wissen, wofür. Unterdessen versuchten die Eltern tapfer weiter, sie doch noch unter die Haube zu bringen. Hin und wieder wurden ihr Herren vorgestellt. Ein Kaufmann aus Mitau. Ein Arzt aus Riga. Ein Pfarrer aus Danzig. Männer, die gewillt waren, sie zu heiraten. Aber Malu wollte nicht heiraten. Sie liebte bereits einen Mann.

Reichte das nicht aus?

Nein, Janis reichte es nicht.

Manchmal, am Abend, wenn er das Gut abschritt und über seine Liebe zu Malu nachdachte, traf er Ruppert, der am Zaun lehnte und über seine Ländereien sah. Bisweilen rauchten sie dann gemeinsam eine Zigarette. Und während Janis an seiner Papirossa aus gelbem Maispapier zog, rauchte Ruppert inzwischen deutsche Zigaretten der Marke »Feldherr«. So standen sie einander am Zaun gegenüber: Ruppert in Reitkleidung, in der Hand eine Gerte, die er von Zeit zu Zeit gegen die blank geputzten Reitstiefel schlug; Janis in den einfachen Hosen der Landarbeiter, ein knopfloses weißes Leinenhemd unter den Hosenträgern und Holzschuhe an den Füßen.

»Was kostet es, wenn ich mir euren Bullen ausleihe?«, fragte Janis einmal.

»Unser Bulle ist ein Prachtkerl«, erwiderte Ruppert blasiert und sah dem Rauch seiner Zigarette nach.

»Wie der Herre, so's Gescherre.« Janis trat seine Papirossa aus. »Also, wie viel?«

»Die Hälfte der Kälber.«

Janis lachte auf. »Die Hälfte der Kälber? Du bist verrückt.«

»Gut. Dann spiel doch den Bullen selbst. Mal sehen, was dabei rauskommt.« Ruppert trat die Zigarette in den Dreck, wandte sich um und ging zurück zum Herrenhaus.

Janis sah ihm wütend nach und musste dabei an die gemeinsame Schulzeit zurückdenken. Wie oft hatte er Ruppert abschreiben lassen, wie oft ihm wieder und wieder die Bruchrechnung erklärt. Ohne ihn, das wusste Janis, hätte Ruppert niemals einen Schulabschluss geschafft. Doch obwohl er während des Unterrichts stets auf Janis angewiesen gewesen war, hatte er ihn danach immer nur wie einen Untergebenen behandelt.

Ihr Verhältnis erfuhr eine grundlegende Änderung, als sie sich eines Tages zufällig in einer Kneipe in Mitau trafen.

»Na, Bruder, wie geht's, wie steht's?«, hatte Ruppert leutselig gefragt und ihm auf die Schulter geschlagen. Er war mit einer Gruppe von Freunden gekommen, machte sich aber nicht die Mühe, sie Janis vorzustellen. »Das ist nur einer von unseren Bediensteten«, erklärte er den anderen und winkte dem Ober. »Gebt dem Mann ein Bier auf meine Rechnung«, wies er an, klopfte Janis noch einmal auf die Schulter und verschwand.

Bei der Gruppe war ein Mädchen gewesen, das sich immer wieder eng an Ruppert geschmiegt hatte. Seit dem Abschlussball wusste Janis aber, dass seine Schwester Ruppert folgte wie ein Hündchen seinem Herrn. Er konnte sich nicht erklären, warum sie das tat, aber sie tat es nun einmal. Als er sah, wie Ruppert dem Mädchen den Hintern tätschelte und ihr den Hals küsste, erwachte in ihm die Wut. Schon immer war er auf Ruppert wütend gewesen. Nicht eine der vielen Kränkungen und Spitzen hatte er vergessen. Zu gern hätte er das Herrensöhnchen einmal so richtig nach Strich und Faden vermöbelt, aber Janis hielt die Fäuste im Zaum. Die von Zehlendorfs hatten Einfluss, und den würden sie auch nutzen, wenn sie sich bedroht oder gedemütigt fühlten. Also hatte Janis die Fäuste zurück in die Tasche gesteckt, hatte mit den Zähnen geknirscht und sich geschworen, Ruppert eines Tages die verdiente Abreibung zu verpassen.

Jetzt aber konnte er den Anblick der Hand auf dem Po des Mädchens kaum ertragen, zumal er wusste, dass Constanze auf dem Gut nur darauf wartete, dass Ruppert sie zu sich rief.

Er trank sein Bier aus. Es war das vierte an diesem Abend, und der Alkohol kreiste durch sein Blut. Dann stand er auf, krempelte sich die Ärmel hoch und ging zu Ruppert und dessen Freunden. »Lass das Mädchen los!«, fuhr er ihn an.

»Was?« Ruppert drehte sich um, in der Hand ein Glas mit Cognac.

»Du sollst das Mädchen loslassen, habe ich gesagt. Zu Hause wartet meine Schwester auf dich.«

»Du bist vergeben?« Das Mädchen wand sich aus der Umarmung, doch Ruppert packte sie beim Arm.

»Natürlich bin ich nicht vergeben. Das da, das ist ein Bauer, und seine Schwester drängt sich mir seit Jahren auf. Was soll ich da machen?« Ruppert lachte spöttisch. »Ich bin halt ein gutmütiger Mensch. Das Mädel dauert mich, also gebe ich ihm hin und wieder, was es will.«

Das Blut in Janis' Körper erhitzte sich. Ihm war mit einem Schlag so heiß, dass er glaubte zu explodieren. Er ballte die Faust, holte aus und drosch sie mitten in Rupperts Gesicht.

Er hörte ein Knacken, sah, wie Ruppert zurücktaumelte und das Blut aus der Nase schoss; dann wischte er sich die Faust an seiner Hose ab und verließ das Lokal. Seit diesem Abend lebten sie in einer offenen Feindschaft miteinander.

Am 28. Juni 1914 geschah jedoch ein Ereignis von welthistorischer Bedeutung, durch das die Feindschaft zwischen Janis und Ruppert für lange Zeit unterbrochen wurde. An jenem Tag wurden in Sarajevo der österreichisch-ungarische Thronfolger Erzherzog Franz Ferdinand und seine Gattin Sophie Chotek, Herzogin von Hohenberg, in einer Kolonne von sechs Wagen auf dem Appel-Kai entlang des Flusses Miljacka zum Rathaus von Sarajevo gefahren. Gelassen winkte der Thronfolger aus dem offenen Fond des Wagens heraus, während seine Frau angespannt wirkte. Bereits im Vorfeld des Besuches hatte es Warnungen vor Anschlägen gegeben, doch Franz Ferdinand hatte sie ignoriert. »Unter einen Glassturz«, hatte der Erzherzog verkündet, »lasse ich mich nicht stellen. In Lebensgefahr sind wir doch immer. Man muss nur auf Gott vertrauen.«

Gegen zehn Uhr detonierte hinter dem Wagen des Erzherzogs und seiner Frau eine Bombe, die Sekundenbruchteile davor vom Verdeck des Thronfolgerautos abgeprallt war. Erzherzog Ferdinand riss seinen Arm schützend über seine Frau, und der Fahrer gab Vollgas.

Im Rathaus angekommen, beschwerte sich Franz Ferdinand: »Herr Bürgermeister, da kommt man nun nach Sarajevo, um einen Besuch zu machen, und wird mit Bomben beworfen.« Der österreichisch-ungarische Thronfolger wurde beruhigt, die Strecke für die weitere Fahrt geändert. Unterwegs bog die Kolonne jedoch auf einer Brücke auf die alte Fahrtroute ein. Eine sofortige Umkehr wurde befohlen. Als der Fahrer des Thronfolgers den Rückwärtsgang einlegte, um der Anweisung Folge zu leisten, trat ein Mann neben das Automobil, zog eine Pistole und schoss zwei Mal. Sophie Chotek wurde von der ersten Kugel in den Unterleib getroffen und verblutete kurz darauf. Dem Erzherzog Franz Ferdinand zerriss der Schuss die Halsvene und zerfetzte seine Luftröhre.

Einen Monat später machte Österreich mobil und erklärte Serbien am 28. Juli den Krieg, am 30. Juli folgte die russische Generalmobilmachung. Am 1. August 1914 machte auch Deutschland mobil und erklärte Russland den Krieg, am 3. August folgte die deutsche Kriegserklärung an Frankreich. Am selben Tag marschierten die ersten deutschen Truppen in Belgien ein, und nur vierundzwanzig Stunden später erklärte Großbritannien Deutschland den Krieg.

Das erste große Schlachten des 20. Jahrhunderts hatte begonnen.

Der 28. Juni 1914 war jedoch nicht nur ein besonderes Datum für die Weltgeschichte, sondern auch für Constanze: Genau an diesem Tag heiratete sie. Der Bräutigam war natürlich nicht Ruppert, sondern ein junger Russe aus Riga, der als Lehrer arbeitete.

Sie hatte Nikolai Anfang Mai im Park von Mitau kennengelernt, als sie mit ihren Schützlingen, deren Mutter gerade Einkäufe erledigte, dort wartete. Constanze saß mit geschlossenen Augen auf einer Bank, hielt das blasse Gesicht in die Sonne und lauschte auf die Worte ihrer Schützlinge.

Ein Schatten fiel auf sie. Als sie die Augen öffnete, sah sie vor sich einen Mann stehen. Groß war er und hager, und die Haare verbargen nur schlecht seine abstehenden Ohren. Doch seine blaugrauen Augen schauten sie voller Bewunderung an.

»Darf ich mich zu Ihnen setzen?«

Constanze blickte zu Boden. Es schickte sich nicht, im Park mit einem fremden Mann auf einer Bank zu sitzen. Die Gutsherrin würde das auf keinen Fall tolerieren. Aber Constanze war es nicht gewohnt, einem Mann zu widersprechen oder ihm gar einen Wunsch abzuschlagen. Also nickte sie.

Der Fremde ließ sich neben ihr nieder und stellte sich vor: »Ich heiße Nikolai Nikolajewitsch Peskow, bin gebürtiger St. Petersburger, nunmehr Hauslehrer auf Gut Rehbrücke. Ich bin beinahe dreißig Jahre alt und beseelt von dem Wunsch, eines Tages in Riga eine höhere Schule für Jungen und Mädchen zu gründen, die sich besonders in den Naturwissenschaften hervortun wollen.«

»Oh!« Das war alles, was Constanze darauf zu erwidern wusste. Nach ein paar Momenten des Schweigens fuhr sie jedoch höflich fort: »Angenehm. Constanze Mohrmann, Hauslehrerin, gebürtig aus Zehlendorf.«

»Von welchem Wunsch sind Sie beseelt, Fräulein Mohrmann? Oder ist diese Frage zu intim?«

Constanze wusste nicht, was sie darauf antworten sollte. Wovon sollte sie denn um Himmels willen beseelt sein? Sie wollte heiraten und Kinder kriegen, das war alles. Am liebsten mit Ruppert, aber allmählich beschlich sie der Verdacht, dass sie darauf wohl bis zum Jüngsten Tag würde warten müssen.

Am vergangenen Samstag hatten sie sich zuletzt gesehen. Ruppert hatte sie beschlafen und sie dann mit rüden Worten nach Hause geschickt, weil er sich, wie er sagte, in ihrer Gegenwart langweilte. Und sie war leise weinend zum Pfarrhaus geschlichen und hatte dort, auf der Bank vor der Tür, ihre Mutter angetroffen.

»Setz dich zu mir«, wies die Mutter sie an und klopfte neben sich auf das Holz.

Constanze wischte sich die Tränen weg und tat, was die Mutter von ihr verlangte.

»Du solltest dich von Ruppert fernhalten. Er tut dir nicht gut, mit ihm hast du keine Zukunft. Sieh nur, wie dünn du geworden bist, wie blass. Es ist lange her, seit ich dich zuletzt lachen gehört habe.«

Constanze konnte darauf nichts erwidern und fing erneut an zu weinen.

»Du bist Mitte zwanzig, Constanze«, redete die Mutter weiter. »Es wird höchste Zeit für dich, auf eigenen Beinen zu stehen, zu heiraten und Kinder zu bekommen. Du willst doch Kinder, oder?«

»Natürlich.«

»Dann such dir einen Mann, der zu dir passt.«

»Warum kann ich nicht so weitermachen wie bisher?« Constanzes Worte waren nur ein Flüstern.

»Weil du dich damit ruinierst. An einem Liebesaus sterben die wenigsten. Am jahrelangen Kummer schon.«

»Ist es wahr, dass mich die Leute im Dorf eine alte Jungfer schimpfen? Dass sie sagen, ich sähe allmählich so vertrocknet und verbittert aus wie eine, die es nie geschafft hat, einen Mann an sich zu binden?«

»Wer sagt so etwas?«

»Ruppert.« Constanzes Stimme war noch leiser geworden. »Er hat auf meinen Mund gedeutet, hat mir Falten ins Gesicht gemalt, die ich an mir noch nie gesehen habe.«

Die Mutter seufzte, dann fasste sie nach Constanzes Hand. »Es fällt mir schwer, das zuzugeben, aber Ruppert hat recht. Du wirkst verhärmt. Schon jetzt. Und der junge Freiherr ist schuld daran. Gib ihn auf, Constanze. Du wirst sehen, wie befreit du dich danach fühlen wirst.« Die Mutter stand auf und strich Constanze über die Wange. »Überlege es dir, bevor es zu spät ist.« Dann war sie ins Haus gegangen, und Constanze hatte mit jeder Faser ihres Verstandes gespürt, dass sie recht hatte.

Das Herz aber, das dumme Herz, hoffte noch immer.

Constanze schreckte aus ihren Erinnerungen hoch und wurde sich der Tatsache bewusst, dass neben ihr ein junger Mann saß, der noch immer auf eine Antwort von ihr wartete.

»Welcher Wunsch mich beseelt?«, erwiderte sie nun. »Darüber muss ich noch ein wenig länger nachdenken. Erzählen Sie mir lieber etwas mehr über sich.« Sie warf einen Blick zu den Kindern, die mit Gleichaltrigen Ball spielten und im

Augenblick die Dienste ihrer Gouvernante nicht benötigten.

Er redete, und Constanze schwieg die meiste Zeit. Sie lächelte, wenn sie es für angebracht hielt, und nickte, wenn sie glaubte, Nikolai erwarte das von ihr.

Dann kamen die Kinder zu ihr. Das kleine Mädchen zupfte an Constanzes Ärmel und drängelte: »Ich will nach Hause, mir ist langweilig. Nie lassen mich die Großen mitspielen.«

»Ja, mein Engel, wir gehen gleich.«

Constanze erhob sich und reichte Nikolai die Hand zum Abschied. Sie hatte weniger als ein Dutzend Sätze zu ihm gesprochen.

»Darf ich Sie wiedersehen?« Seine Bitte klang drängend.

»Ja. Sehr gern«, entgegnete Constanze wohlerzogen, schrieb ihm die Adresse auf einen kleinen Zettel. »Am Mittwochnachmittag habe ich frei und den ganzen Sonntag auch.«

Dann nickte sie grüßend, nahm die beiden Kinder an die Hand und ging zum Geschäft, wo sie die Mutter der Schützlinge vermutete. Zwei Tage später, am Mittwochnachmittag, erhielt sie den ersten Besuch von Nikolai. Er brachte ihr Blumen mit, Maiglöckchen, und ein Buch von Leo Tolstoi. Sie gingen im Park des Gutes spazieren, und als die Dämmerung einsetzte, nahm Nikolai ihre Hand in seine. Beim nächsten Besuch küsste er sie zum Abschied auf die Wange, beim dritten zart auf den Mund, beim vierten zeigte er ihr Fotografien seiner Familie, beim fünften sprach er über seine zukünftigen Kinder, und am 14. Juni hielt er schließlich um ihre Hand an.

Constanze sagte Ja. Nicht, weil sie verliebt war. Nicht, weil sie verzweifelt war. Seinen Antrag nahm sie an, weil er sie darum gebeten hatte und weil sie Ruppert damit beweisen konnte, dass sie keine alte, vertrocknete Jungfer war. Sie dachte nicht darüber nach, ob sie ihn liebte oder auch nur mochte. Es reichte, dass er sie wollte, denn das war mehr, als Ruppert ihr je geboten hatte.

Am 28. Juni 1914, wenige Stunden nach dem Tod des österreichisch-ungarischen Thronfolgerpaares, ließ sie sich einen einfachen Goldring an den Finger stecken und lächelte höflich in eine Fotokamera.

Die kirchliche Hochzeit war eigentlich für den September geplant gewesen, doch einen Monat nach der standesamtlichen Trauung wurde Nikolai in die Armee eingezogen. Einen Tag später verlor Constanze ihre Anstellung, denn der Gutsherr musste ebenfalls zur russischen Armee, und seine Frau und die Kinder begaben sich auf das Gut der Schwester in Mecklenburg-Vorpommern. Constanze kehrte allein nach Hause zurück.

Auch Janis würde bald zur Armee gehen müssen. Als Malu eines Abends zu ihm kam, nahm er sie in die Arme und wollte sie trösten. »Du musst nicht traurig sein, ich komme wieder.«

Malu lächelte. »Ich weiß, Janis.«

Er lachte. »Woher?«

Sie zuckte mit den Schultern und erwiderte, als wäre es das Normalste von der Welt: »Weil ich dich brauche. Gott hat uns füreinander gemacht. Wir sind zwei Hälften eines Ganzen. Es ist nur selten vorgekommen, dass ein Ganzes seine Hälfte verliert.«

»Aber du wolltest weggehen. Weit weg. Nach Paris, nach Berlin. Du wolltest dich erst selbst lieben lernen.«

Malu nickte. »Der Krieg ändert alles.«

»Der Krieg wird nicht lange dauern. Jeder sagt das. Zu Weihnachten sind wir alle wieder da.«

Auch Ruppert wurde eingezogen. Er war der Einzige, der darüber glücklich war. Niemand hatte den Krieg gewollt. Wieso auch? Die Menschen im Baltikum wollten leben, wollten ihren Kindern beim Aufwachsen zusehen, wollten in Ruhe alt werden. Einen Krieg brauchten sie nicht. Warum sollten sie für Russland kämpfen? Warum für irgendein anderes Land? Was hatten sie, die Bauern, die Knechte und Mägde, die Gutsherren und Verwalter, mit dem Erzherzog Franz Ferdinand zu tun? Niemand von ihnen verspürte das Bedürfnis, ihn zu rächen. Warum auch? Sie kannten ihn doch gar nicht.

Nur Ruppert war gespannt. Ihm stand das größte Abenteuer seines Lebens bevor, und er dachte, sich im Kampf mehr als ruhmreich zu schlagen. Weil er ein Adliger war, wurde er auf der Stelle Offizier. Niemanden störte es, dass er vom Kriegshandwerk keine Ahnung hatte. Sechs Millionen Russen wurden mobilgemacht. Und die Russen, das wusste Ruppert, seit er denken konnte, mussten befehligt werden. So schwer war das nicht, dachte er, so schwer konnte das auch im Krieg nicht sein, und wenn es doch einmal zu Verlusten kommen sollte – gut, dann mussten eben neue Russen herbeigeschafft werden. Er stolzierte in seiner Offiziersuniform zwischen den Hühnern und Gänsen auf dem Wirtschaftshof umher, übte das Schießen auf leere Flaschen und lachte, wenn sich die Mägde darüber zu Tode erschreckten. »In Uniform«, verkündete er und sah dabei seinen Vater verächtlich an, »in Uniform kann ein Mann mit Achtung vor sich selbst herumlaufen. Egal, wo er eingesetzt wird, er begibt sich in Gefahr für Volk und Vaterland.«

Wolfgang von Zehlendorfs Dienste wurden im Baltenregiment gebraucht. Er war Offizier der Reserve und hatte die Aufgabe, junge Rekruten auszubilden. Wenn er gewollt hätte, so wäre es ihm wahrscheinlich gelungen, der Einberufung zu entgehen, doch Wolfgang war seiner Frau und ihren Ansprüchen allmählich müde geworden. Er sehnte sich regelrecht nach dem Armeeleben, in dem jedes Detail geregelt, die Anweisungen klar und ohne versteckte Botschaften waren. Und er sehnte sich überdies danach, einmal für eine kurze Zeit die Verantwortung für alles abzugeben. Er hatte so schwer geschuftet in den letzten Jahren, aber niemand hatte seine Anstrengungen gewürdigt. Der Krieg, da war sich der Freiherr sicher, würde sowieso nur wenige Monate dauern. Und in diesen wenigen Monaten wollte er einfach einmal Urlaub von seinem Leben haben.

Auch Janis kam zum Baltenregiment, für das er sich als Lette freiwillig gemeldet hatte, denn nur so konnte er den Stellungsbefehl für die russische Armee umgehen. Ihm kam es gerade recht, dass Constanze ihre Anstellung verloren hatte. Sie war ein Mädchen vom Land, sie konnte arbeiten und zupacken. Während seiner Abwesenheit würde sie das kleine Gut leiten, das Janis inzwischen auf den Namen Männertreu getauft hatte.

Cäcilie von Zehlendorf lief die ganze Zeit mit einem Gesicht herum, das aussagte, man habe den Thronfolger nur erschossen, um ihr Unannehmlichkeiten zu bereiten. Es störte sie nicht besonders, dass Menschen, vielleicht sogar ihr eigener Mann, zu Tode kommen würden. Sie störten nur der Lärm der Mobilmachung, die Unordnung im Haushalt und das seltsame Verhalten ihres Ehemannes, der Vorsorge traf, falls er nicht wiederkommen sollte.

»Hör, Zilchen, Ruppert wird das Gut erben, aber sorge du dafür, dass er einen guten Verwalter hat. Am besten wäre es, Schwarzrock zu behalten. Er wird sicher nicht eingezogen werden, denn seine Augen sind zu schlecht. Auch Markus Schneider als Förster ist ein Gewinn für das Gut. Vielleicht gelingt es ihm, der Einberufung zu entgehen. Immerhin ist er der Sohn einer Polin und eines Deutschen. Lass nicht zu, dass Ruppert alle entlässt. Ein Gutsherr muss Geduld haben.«

Cäcilie lag auf der Récamiere, hielt die Augen geschlossen und eine Hand auf die Stirn gepresst, als wäre sie von Schmerzen geplagt. »Kannst du das nicht mit jemand anderem besprechen?«, fragte sie matt und hoffte im Stillen, dass der Stellungsbefehl jetzt gleich einträfe.

Zwei Tage später kam er, und noch einmal zwei Tage später nahm Wolfgang von Zehlendorf Abschied.

Er küsste seine Frau, suchte in ihren Augen vergeblich nach einem Zeichen der Wehmut, doch er fand nichts.

»Ich werde vielleicht nicht zurückkommen«, sagte er deshalb, obwohl er nicht daran glaubte. Aber er wollte so gern Bedauern oder Sorge um ihn im Gesicht seiner Frau entdecken. »Immerhin ist Krieg.«

»Dir wird schon nichts passieren«, erwiderte Cäcilie von Zehlendorf, umarmte ihn kurz und küsste ihn auf die Wange. Sie wartete nicht, bis die Kutsche anfuhr, sondern stieg sogleich die Freitreppe empor und verschwand im Haus.

Wolfgang von Zehlendorf sah ihr nach. »Cäcilie, ich versuche so sehr, dir ein guter Ehemann zu sein«, flüsterte er. »Verzeih mir, dass ich dich nicht glücklich machen kann.«

Neuntes Kapitel

Baltikum, 1917

Das Jahr 1914 war ein Jahr des Glaubens an den raschen Sieg gewesen.

Das Jahr 1915 war das Jahr der Stellungskriege gewesen.

Im Jahr 1916 hatte der Mangel begonnen.

Im Jahr 1917 schied Russland aus der Allianz gegen Deutschland aus. Zar Nikolaus II. dankte zu Gunsten seines Bruders Michail ab. Die russische Duma errichtete eine bürgerliche Regierung, und Zar Michail verzichtete auf den Thron. Die über dreihundertjährige Herrschaft der Romanows über das riesige russische Reich war beendet, der Ex-Zar und seine Familie wurden inhaftiert.

Die Ernährungslage wurde immer katastrophaler. Überall lagen die Felder brach, weil die Männer in den Krieg gezogen waren. Auf manchen Äckern sah man Frauen, die sich selbst vor den Pflug gespannt hatten, um wenigstens ein bisschen Nahrung für ihre Kinder zu gewinnen. Pferde wurden beschlagnahmt, Rinder aus den Ställen geholt. Die Verbindungen zwischen den Städten waren unterbrochen, einzig Militärzüge fuhren noch. Dann fiel Riga in die Hand der deutschen Truppen. Es hieß, die russische Armee habe bei ihrem Abzug geplündert und gebrandschatzt. Auch von Vergewaltigungen war die Rede. Und jetzt trafen Züge voller russischer Soldaten in Mitau ein.

Malu war entsetzt, als sie die ersten von ihnen sah. Abgerissen waren sie, verwahrlost und roh. Sie zogen grölend durch die Straßen, sodass die Mütter ihre Töchter heimholten. Hinter den Russen kamen die Flüchtlinge aus dem Süden. Und im Sommer 1917 gab es in Mitau kein freies Zimmer, keinen leeren Stall, keine unbewohnte Scheune mehr.

In Mitau bestimmten Männer in deutscher Uniform das Straßenbild. Sie überdeckten sogar die heimgekehrten Soldaten, die an den Ecken lungerten und mit vorgestrecktem Holzbein bettelten. Im Baltikum jagte eine Hochzeit die andere. Zahlreiche Deutschbaltinnen heirateten deutsche Offiziere. Die *Rigasche Hausfrauenzeitung* musste zwei Bögen mehr drucken, um all die Anzeigen aufnehmen zu können.

Malu las die Zeitung und schüttelte den Kopf. »Wie kann man nur im Krieg heiraten?«, fragte sie Constanze.

Constanze zuckte mit den Schultern. »Es geht wohl nicht so sehr um Liebe, sondern darum, dass etwas bleibt von einem, wenn man selbst tot im Schützengraben liegt.«

»Was soll schon bleiben? Ein schmaler Ring an der Hand, ein paar Erinnerungen.«

»Ist das nicht genug? Für einige ist es mehr, als sie in Friedenszeiten je hatten.« Constanzes Augen füllten sich mit Tränen. »Weißt du, es gibt einige Mädchen hier, Mädchen wie ich, die tun sich schwer damit, einen Ehemann zu finden. Aber plötzlich sind sie begehrt. Sie wissen selbst, dass sie nicht schöner geworden sind über Nacht oder reicher. Und doch ist da jemand, der sie bemerkt, der ihnen Aufmerksamkeit schenkt. Sei es auch nur für eine kurze Zeit.«

»Hast du deshalb Nikolai geheiratet?«, wollte Malu wissen.

Constanze wiegte den Kopf. »Ja, auch deshalb.« Sie hielt

Malus erstauntem Blick stand. »Nicht jede ist so stark und mutig wie du.«

Malu schüttelte den Kopf, doch sie erwiderte nichts. Nein, sie war weder stark noch mutig. Sie wusste einfach nur, dass sie nicht liebenswert war. Wie konnte man liebenswert sein, wenn die eigene Mutter einen verstieß? Nur Janis verstand sie. Malu glaubte fest daran, dass es einen Menschen gab, der voll und ganz dem eigenen Wesen entsprach. Für sie war das Janis. Constanze hatte einfach nicht lange genug nach diesem Menschen gesucht.

Im Jahr 1918 begann der Anfang vom Ende. Deutsche Truppen rückten in Estland ein, der estnische Landtag rief die Unabhängigkeit aus, aber die deutsche Ordnungsmacht hatte eigene Pläne, nämlich die Schaffung eines Vereinigten Baltischen Herzogtums. Jeden Tag riefen die Zeitungsjungen neue Nachrichten aus, die denen vom Vortag gänzlich widersprachen. Niemand wusste mehr, wer gerade an der Regierung war oder wer es morgen sein würde. Die baltischen Güter lagen verwaist. Jeder, der konnte, hatte seine Familie in die größeren Städte gebracht, denn nur dort waren sie geschützt. Koffer, Kisten und Kästen wurden beladen und in Zweispännern zum nächsten Bahnhof gebracht. Keiner wusste, wie viele von diesen Gütern tatsächlich an ihren Bestimmungsorten ankamen, denn oftmals weigerten sich die Soldaten, das »Zeug der Barone« mitzunehmen. Und so landete so manche Silbergabel in der Schublade einer Magd, so manche Vorlegeplatte in einem lettischen Bauernhaushalt.

Auch Janis' Gut blieb zumeist verwaist, weil seine Schwester werktags gemeinsam mit Malu in einem Hospital in Mitau arbeitete. Gleich als die ersten Verletzten von den Schlachtfeldern in die Krankenhäuser eingeliefert wurden, hatten sich die beiden als freiwillige Helferinnen gemeldet. Die meisten jungen Frauen aus der Gegend taten es ihnen gleich.

Und so fuhren Constanze und Malu an jedem Samstagmorgen mit ihren Fahrrädern die gut zwanzig Werst von Mitau nach Zehlendorf und an jedem Sonntagabend dieselbe Strecke wieder zurück. Meist radelten sie stumm nebeneinander, denn eine große Müdigkeit steckte ihnen in den Gliedern. Die Erschöpfung schien niemals mehr aufzuhören oder weniger zu werden. Daher traten sie wie Automaten in die Pedale, blind für die Landschaft, mit tränenden Augen und leer gefegten Köpfen.

»Ich weiß nicht«, erklärte Malu eines Sonntagabends, »warum ich mir das antue. Warum fahre ich jedes Wochenende nach Hause? Mutter will mich nicht sehen. Nur manchmal, wenn sie jemanden braucht, um zu jammern und zu klagen, bin ich gut für sie. Und immer enden diese Reden damit, dass ich an allem schuld bin. Sogar am Krieg, stell dir das mal vor, Constanze! Würde ich in Mitau bleiben, hätte ich zwar weniger Ruhe, aber niemand machte mich für irgendetwas verantwortlich, das ich nicht zu verantworten habe.«

Constanze seufzte. »Nikolai ist tot, ich weiß es. Er hat so lange nicht geschrieben. Er ist tot. Und von Janis höre ich nur über dich. Du fährst am Wochenende nicht nach Hause, um mit deiner Mutter zusammen zu sein, sondern weil du mir hilfst, Männertreu in Schuss zu halten. Vielleicht solltest du in Zukunft auch bei uns übernachten. Meine Mutter würde sich freuen, das weißt du.«

»Ja«, erwiderte Malu. »Vielleicht hast du recht.«

Als sie in die Stadt hineinfuhren, mussten sie einem Fuhrwerk ausweichen, das Verletzte geladen hatte. Auf die Plane hatte jemand mit weißer und roter Farbe das Rotkreuzzeichen gemalt. Auf der Ladefläche lagen die Verwundeten wirr durcheinander, teilweise sogar übereinander. Köpfe schauten zwischen Stiefelspitzen hervor, Hände zerrten an blutigen Verbänden. Die Fahrgäste stöhnten, wimmerten, röchelten, keuchten und weinten zum Gotterbarmen.

Vorsichtig überholte Malu das Fuhrwerk. »Wir müssen uns beeilen!«, rief sie über die Schulter zurück. »Wir müssen früher im Lazarett sein als das Fuhrwerk; wir werden gebraucht.«

Sie trat heftig in die Pedale, und die Freundin folgte ihr, so schnell sie konnte. Als die beiden das Lazarett erreichten, warf Malu das Fahrrad beinahe gegen die Wand und riss sich anschließend schon im Laufen ihre Kleidung auf. Drinnen schlüpfte sie rasch in die weiße Schürze der Krankenpflegerin, stülpte sich das Häubchen aufs Haar und eilte zurück zum Eingang, wo das Fuhrwerk mittlerweile eingetroffen war.

Constanze stellte sich neben sie. Sie war blass und zitterte ein wenig. Malu legte ihr kurz einen Arm um die Schultern. »Hab keine Angst. Nikolai wird nicht dabei sein. Und auch Janis nicht.«

Ihre Worte klangen fest, doch auch sie zitterte bei jedem neuen Transport. Einerseits fürchtete sie, Janis unter den Verletzten zu finden, andererseits hoffte sie es. Seine Briefe waren immer spärlicher geworden. Er schrieb ihr niemals vom eigentlichen Krieg, von seinen Erlebnissen oder von seinen Empfindungen. Sachlich schilderte er seinen Tagesablauf, erzählte vom stundenlangen Warten im Schützengraben und vom Kartenspiel. Nie jedoch berichtete er von Schlachten, Angriffen, Toten, nie von dem, was er dabei fühlte. Am Ende unterzeichnete er mit: *Dein Janis. Jetzt und immer.*

»Wenn der Krieg doch endlich zu Ende wäre«, flüsterte Constanze, bevor sie tief Luft holte und einem der Verwundeten vom Fuhrwerk herunterhalf.

Malu verteilte an diejenigen, die gehen konnten, Becher mit süßem Tee, führte andere zu hölzernen Rollstühlen und half mehreren auf die Tragen. Ein russischer Arzt, Dr. Kusnezow, untersuchte die Leute. Constanze saß an einem Schreibtisch und legte für jeden eine Patientenakte an, während Malu dem Arzt assistierte.

»Armdurchschuss!«, rief Kusnezow, und Constanze notierte den Befund. Der junge Mann, der vor Kusnezow saß, hielt sich den Arm und weinte wie ein kleines Kind. »Mama«, wimmerte er. »Mama.«

Malu strich ihm über die Wange. »Wie alt bist du?«

»Gerade achtzehn geworden«, schluchzte der Verletzte und sah sie aus kinderblauen Augen an. »Ich will nicht zurück an die Front. Niemals mehr, Fräulein. Es ... es war so schrecklich. Ich habe jemanden erschossen. Bitte, ich will nicht zurück.« Wieder brach er in Tränen aus.

Malu strich ihm über den Kopf. »Es ist Krieg«, erwiderte sie leise. »Jeder muss tun, wozu er fähig ist.«

Sie sah den Jungen mitleidig an. Niemand sollte so schreckliche Dinge sehen, dachte sie. Keiner sollte einen anderen töten müssen. Sie wusste aus ihrer Erfahrung im Lazarett, dass die meisten körperlichen Verletzungen heilten, aber so manche Seele sich niemals erholte von dem, was sie gesehen und gehört hatte.

»Der Nächste!« Dr. Kusnezow schnippte ungeduldig mit dem Finger.

Zwei Leichtverletzte setzten einen Mann mit blutigem Kopfverband auf den Stuhl.

»Name?«

»Anton von Antonien«, erwiderte einer von denen, die den Mann auf den Stuhl gesetzt hatten.

Malu erschrak, und auch Constanze sah auf.

»Anton?« Malu beugte sich über den Mann und wischte ihm mit einem Lappen behutsam das verkrustete Blut aus dem Gesicht. »Anton? Bist du das?«

Sie erinnerte sich, wie sie mit ihm auf den Debütantenbällen übers Parkett gerutscht war. Ihr war damals aufgefallen, dass sein linkes Augenlid zuckte, wenn er sich aufregte. Und jetzt sah sie, dass da kein Augenlid mehr war. Auch kein Auge mehr. Nur noch ein schwarzes, blutverkrustetes Loch.

Malu packte den Verwundeten bei den Schultern und schüttelte ihn sanft. »Du hast auch bei den Balten gekämpft. Hast du etwas von Janis gehört? Wart ihr zusammen? Nun sag schon.«

Doch Anton von Antonien antwortete nicht.

»Kopfschuss«, diktierte Dr. Kusnezow. »Linkes Auge fehlt. Verletzungen im Inneren des Schädels.«

»Anton? Hörst du mich?« Malu rüttelte leicht an der Schulter des Mannes. Anton stöhnte auf, ließ dann den Kopf auf die Brust sinken.

»Er wird ohnmächtig vor Schmerzen«, berichtete der eine Leichtverletzte, der neben ihm stand. »Manchmal wacht er auf und schreit zum Gotterbarmen.«

Malu packte den Arzt beim Ärmel. »Morphin. Wir müssen ihm Morphin geben.«

Doch Kusnezow schüttelte den Kopf. »Das lohnt nicht. Der überlebt die Nacht ohnehin nicht.«

»Bitte, Doktor, ich kenne ihn«, sagte Malu mit Nachdruck. »Er ist ein Nachbar.«

Der Arzt verneinte. »Sie wissen genau, dass wir viel zu wenig Morphin haben. Wir brauchen das Zeug für die, die eine Überlebenschance haben.« Er wandte sich an die beiden, die Anton gebracht hatten. »Legt ihn in den Saal. Vielleicht habt ihr Glück und findet noch einen freien Schlafsack. Dann kommt wieder.«

Malu blickte zu ihrer Freundin. Constanze hatte Tränen in den Augen, ein bleiches Gesicht und biss sich auf die Unterlippe. Doch es blieb keine Zeit für Trauer.

Der nächste Patient kam.

»Beinschuss mit Wundbrand!«, rief Kusnezow, und Constanze schrieb.

»Amputation am Knie. Bringt ihn in den OP. Ich bin in einer halben Stunde da.«

Der Arzt wandte sich an Malu. »Können Sie mir dabei assistieren?«, fragte er.

Malu schluckte und nickte. Sie konnte so viel mittlerweile, so viel, von dem sie gedacht hatte, dass sie es niemals beherrschen würde. Was war da ein Bein mehr oder weniger? Kusnezow würde es mit der Säge abtrennen. Sie würde es nehmen und in einen Eimer unter dem OP-Tisch werfen, und die Fliegen würden aufstieben. Und beim nächsten Mal würde es ein Arm sein oder eine Hand oder ein Fuß, und manchmal, wenn es ganz schlimm kam, musste sie am Ende der OP die Plakette vom Hals des Toten lösen, sie von seinem Blut reinigen und in die Verwaltung bringen. Nach der Schicht würde sie sich waschen, so gründlich es nur ging, aber den Blutgeruch würde sie auch diesmal nicht loswerden. Ebenso wenig den Anblick der Wunden, die Erinnerung an den gelben Eiter. Malu war, als würde sie den Rest ihres Lebens in Blut waten müssen. Doch sie schlief stets so schnell ein, war so erschöpft an Körper und Geist, dass sie niemals Zeit fand, über all das, was sie sah und tat und hörte und fühlte, nachzudenken.

Der nächste Patient wurde auf den Stuhl gezerrt. Er hatte beide Hände gegen den Bauch gepresst. Nein, nicht gepresst, wie Malu bei genauerem Hinsehen feststellte – man hatte sie ihm auf den Bauch gebunden, über ein Tuch, das vor Dreck starrte. Der Mann selbst war so grau, als wäre er längst tot.

»Bauchschuss!«, diktierte der Arzt. Er befreite die Hände, nahm das Tuch ab – und prallte zurück, als er die Därme sah und die Fliegen, die darauf saßen. »Der ist hin!«, rief er Constanze zu und bedeutete zwei Trägern, den Mann sogleich in die Leichenhalle zu bringen.

Nach sechs Stunden Arbeit spürte Malu ihre Arme und Beine nicht mehr. Ihre Schürze war mit Blut getränkt, ihre Augen waren rot unterlaufen. Auch Constanze schien am Rande der Erschöpfung zu stehen.

»Kleine Pause«, befahl Dr. Kusnezow und verließ den Aufnahmeraum.

Dann standen sie draußen und rauchten. Der Arzt seine ägyptischen Zigaretten, die er trotz des Kriegsmangels wer weiß woher bekam. Malu und Constanze teilten sich eine *Gibson Girl* und sahen still in den Mond, der blass und schmal am Himmel hing. Niemand sprach ein Wort.

Sie rauchten, streckten die Glieder, richteten die Häubchen. Dann gingen sie ins Gebäude zurück, um weiterzuarbeiten.

Auf der Treppe hielt ein anderer, jüngerer Arzt Malu am Ärmel fest. Sie kannte ihn; es war Dr. David Salomonow.

»Ein neuer Transport ist gekommen«, sagte er leise.

Malu zog verwundert die Augenbrauen in die Höhe. Es kamen immerzu neue Transporte. »Ja?«

»Ein Mann ist dabei. Nicht mehr jung. Er hat einen Lungensteckschuss.«

»Wie schade.«

Salomonow schluckte und räusperte sich, dann fügte er hinzu: »Sein Name ist Wolfgang von Zehlendorf.«

Malu wollte aufschreien, doch der Schrei blieb ihr in der Kehle stecken. Sie stand mit offenem Mund und schüttelte den Kopf. »Wolfgang von Zehlendorf?«, wiederholte sie. »Und ist auch Janis Mohrmann dabei gewesen? Wissen Sie etwas von ihm?«

Der Arzt schüttelte den Kopf. »Sie müssen sich beeilen«, fügte er hinzu und wandte sich ab. Nach ein paar Schritten blieb er stehen und blickte über die Schulter zurück. »Es tut mir sehr leid.«

»Nein!«, flüsterte Malu. »Nein, nein, nein, nein.«

Kusnezow hatte das kurze Gespräch mitgehört. »Gehen Sie!«, rief er ihr zu. »Wir kommen auch ohne Sie klar.«

Malu folgte Salomonow, als wäre sie eine Marionette, die an Fäden hing. Sie betrat den Krankensaal, sah die grauen Gestalten mit den blutigen Verbänden auf dem Boden liegen, hörte ihre Schreie und roch den Gestank nach Eiter, Blut, Angst und Verwesung.

Hinten in der Ecke waren ein paar Schlafplätze durch einen zerschlissenen Vorhang vom Rest des Saales abgetrennt. »Kommen Sie, er liegt hier.« Salomonow deutete auf ein graues Bündel am Boden, dessen Brust blutgetränkt war.

Malu trat zögernd näher. Mit jedem Schritt wallte eine Woge der Angst in ihr hoch. Es schien, als könne sie ihren Vater nur retten, indem sie nicht wahrnahm, was mit ihm geschehen war. Dann hockte sie neben ihm am Boden, strich mit der Hand über die eingefallenen Wangen, befühlte sein Haar, das ganz und gar grau geworden war. »Vater«, flüsterte sie. »Vater, hörst du mich?«

Mühsam öffnete Wolfgang von Zehlendorf die Augen. Er öffnete den Mund, doch er hatte nicht die Kraft zu sprechen.

»Ganz still, Vater. Sei ruhig. Ich bin bei dir. Ich bleibe bei dir.« Bis zum Tod, dachte sie, und ein eiskalter Schauer rann ihr über den Rücken.

Sie strich ihm über die Schultern, hielt seine Hand und flüsterte ihm beruhigende Worte zu. Manchmal schlief er ein, und Malu beobachtete jeden seiner Atemzüge. Hin und wieder öffnete er die Augen, sah sie mit brennenden Blicken an, versuchte zu sprechen. Dann wischte Malu ihm über die schweißnasse Stirn, flößte ihm ein wenig Wasser ein. »Schlaf wieder, Vater. Schlaf.«

Als der Morgen graute, ging es dem Ende entgegen. Malu sah die Schweißtropfen auf der Stirn des Vaters, sie roch den nahen Tod, spürte schon jetzt die starre Kälte seiner Hände. Einmal noch schlug er die Augen auf, wollte sprechen.

»Pscht!«, sagte Malu und strich ihm sanft über die aufgesprungenen Lippen.

Der Vater schüttelte den Kopf, stöhnte dabei. Blut quoll zwischen seinen Lippen hervor – dunkles, dickes Blut.

Malu stiegen Tränen in die Augen. Sie wusste, dass dies die letzten Minuten im Leben ihres Vaters waren. Oft genug hatte sie es bei anderen erlebt. »Pscht«, sagte sie noch einmal und begann, still für die Seele ihres Vaters zu beten.

Wieder schüttelte Wolfgang von Zehlendorf schwach sein Haupt, öffnete den Mund, seine Lippen formten Worte.

Malu beugte sich dicht zu ihm, sodass ihr Ohr beinahe seine Lippen berührte. »Du warst es nicht«, flüsterte ihr Vater mit schwacher, rauer Stimme. »Ich weiß, dass du es nicht warst ... Ruppert ... Er war es. Ich bin sicher ... Verzeih mir ... dass ich ... dich verraten habe.«

»Wovon sprichst du?« Malu strich ihm über das eingefallene Gesicht.

»Camilla ... Der Katapult ... Du warst ... es nicht.«

Malu erstarrte, nahm die Hand ihres Vaters.

»Pass ... auf Ruppert auf. Er ist ... kein guter Mensch. Du musst ... ihm helfen«, hauchte er. »Verzeih mir.« Seine Augen schlossen sich. Ein letzter Atemzug wölbte seinen Brustkorb, dann war Wolfgang von Zehlendorf gestorben.

Malu konnte nicht aufhören, in das Gesicht des Mannes zu starren, der sie so viele Jahre belogen hatte. Der so viele Jahre zugelassen hatte, dass sie sich schlecht und unzulänglich und grausam fühlte. Warum hatte ihr Vater das getan?

Hatte auch er sie nicht geliebt?

Russland und auch das Baltikum zogen sich am 3. März 1918 durch den Friedensvertrag von Brest-Litowsk aus den Kampfhandlungen zurück. Kurz danach war der Krieg vorbei, Deutschland geschlagen.

Am 11. November 1918 wurde der Waffenstillstand von Compiègne unterzeichnet. Siebzehn Millionen Tote blieben auf den Schlachtfeldern, in den Städten und Dörfern zurück. Die überlebenden Soldaten – insgesamt zehn Millionen waren in den vier Kriegsjahren gefallen – kehrten endlich nach Hause zurück. Aber sie waren nicht mehr dieselben Menschen, die vor Jahren in den Krieg gezogen waren.

Auch Janis gehörte zu den Heimkehrern, die der Krieg seelisch gezeichnet hatte. Nachts schrie er im Schlaf und fuhr oft mit rasendem Herzschlag hoch. Tagsüber zuckte er zusammen, wenn er ein lautes Geräusch vernahm. Nie sprach er über das, was er erlebt hatte, und Malu fragte ihn nicht, da sie ebenfalls nicht vermochte, von ihrer Arbeit im Lazarett zu erzählen.

Ruppert war auf sein Gut zurückgekehrt. Seine Uniform war mit Abzeichen geschmückt. Er schien der Einzige zu sein, der den Krieg ohne innere oder äußere Blessuren überstanden hatte. Nichts an ihm hatte sich verändert. Gar nichts.

Wenige Tage nachdem die Soldaten nach Hause zurückgekehrt waren, trafen sich Janis und Ruppert an der Gutsgrenze.

»Soll ich dir zum Tode deines Vaters gratulieren oder kondolieren?«, fragte Janis.

Ruppert steckte sich eine Zigarette an, die er nunmehr in einer Spitze rauchte. »Mach, was du willst. Es ist mir gleich. Hauptsache, ich habe jetzt das Sagen auf dem Gut.«

Von Nikolai kam nichts. Kein Brief, keine Todesnachricht. Nichts. Und Constanze vergaß Nikolai, weil Ruppert erneut seine Ansprüche anmeldete.

Arme Constanze, dachte Malu. Dumme Constanze. Wie kannst du dich ihm nur wieder an den Hals werfen, einfach nur, weil er es dir befiehlt?

Zehntes Kapitel

Baltikum, 1918

Der Krieg hatte nicht nur Leben verschlungen, sondern auch Träume und Hoffnungen.

Malu war aus dem Tag gefallen – aus allen Tagen gefallen –, seit der Krieg vorüber war. Was sollte sie jetzt tun? Sie hatte in den letzten Jahren keine Zeit gehabt, um über ihre Zukunft nachzudenken, denn es hatte keine Zukunft gegeben. Nur die Gegenwart. Nur die zerrissenen, blutenden, röchelnden Männer, die sie mit keuchender Stimme gebeten hatten, sie endlich von ihren Schmerzen zu erlösen.

Und jetzt war Frieden. Die Blumen blühten, Kühe brachten auf satten Weiden putzige Kälber zur Welt, die Sonne strahlte so unschuldig wie eh und je, und im Haus regte sich Ilme auf, wenn eines der Stubenmädchen einen Fleck auf der weißen Schürze hatte. Am Esstisch jedoch blieb ein Platz leer. Der Platz des Vaters.

Malu spürte die Leere so schmerzhaft, dass sie kaum dorthin sehen konnte. Was war Gut Zehlendorf ohne ihren Vater? Verwalter Schwarzrock tat, was er konnte, doch er vermochte es nicht, den fröhlichen Gutsherrn zu ersetzen. Am liebsten hätte Ruppert ihn hinausgeworfen, aber nachdem der Krieg die Zahl der Männer so stark dezimiert hatte, würde er wohl keinen anderen Verwalter finden. Die Knechte gehorchten Schwarzrock immerhin, doch sie sahen nicht zu ihm auf. Die Milchmädchen taten, was er ihnen befahl, doch sie schickten dem Verwalter keine verliebten Blicke nach. Jetzt gab es keinen mehr auf dem Gut, der jede Kuh mit Namen kannte, der genau wusste, welches Pferd wann zuletzt beschlagen worden war und wie viele Säcke Kraftfutter noch in der Futterkammer lagerten.

Malu empfand den Frieden wie eine Ruhe nach dem großen Sturm. Alles war zerstört, alles hatte sich verändert. Jetzt stand das Leben still, um denen, die es nötig hatten, Zeit zu geben, ihre Wunden zu lecken.

Einzig für die Mutter und für Ruppert schien der Krieg Vorteile gebracht zu haben. Es gab nichts, rein gar nichts an Cäcilie von Zehlendorfs Verhalten, das erkennen ließ, ob sie ihren Mann vermisste. Sie vermisst ihn nicht, dachte Malu traurig. Im Gegenteil. Jetzt, nach so vielen Jahren, ist sie beinahe am Ziel ihrer Wünsche: mit Ruppert allein auf dem Gut zu leben.

Malu selbst fühlte mehr denn je, dass sie störte. Oft kam sie zum Mittagessen und musste erfahren, dass das Mahl bereits vorüber war und niemand sie gerufen hatte. Nie wusste sie, wo Ruppert und die Mutter gerade waren. Und die Angelegenheiten des Gutes wurden ihr ebenfalls verheimlicht.

Zugleich beunruhigten sie die Nachrichten, die von den anderen Gütern kamen. Erst vorgestern hatte ihr die frisch verheiratete Baronin von Grassnitz, die sie in Mitau beim Einkaufen getroffen hatte, von Plünderungen und Hausdurchsuchungen erzählt. Es hieß sogar, die Russen hätten einige baltische Grundbesitzer in ihre gefürchteten Straflager nach Sibirien verbannt. Noch kamen die Gerüchte nur aus Estland, aber Malu ahnte, dass auch die lettischen Gutsherren Grund zur Sorge hatten.

Als Lettland am 18. November 1918 seine Unabhängigkeit erklärte, brach Panik unter den deutschen Gutsherren aus. Einige packten wieder einmal Kisten und Koffer und schickten ihre Familien nach Riga. Zweispännige Kutschen eilten zwischen den Herrenhäusern und den Bahnstationen hin und her. Das gesellschaftliche Leben wurde von Angst beherrscht, und nicht wenige siedelten ganz nach Deutschland über. Einige Gutssitze in der näheren Umgebung von Zehlendorf standen leer, und die weiblichen Bediensteten fragten jetzt, ob es auf Zehlendorf Arbeit für sie gäbe.

Wenig später verabschiedeten die neuen Herrscher, das lettische Parlament, ein Gesetz, in dem festgelegt wurde, dass alle Güter des Baltikums enteignet werden sollten. Nur die deutschen Herren, die nicht bei den Russen, sondern bei den baltischen Regimentern ihren Dienst getan hatten, sollten verschont werden.

Malu erschrak zutiefst, als sie davon erfuhr. Auch Gut Zehlendorf würde von dem neuen Gesetz betroffen sein! Zwar hatte ihr Vater bei den Balten gekämpft, aber er war tot. Ruppert, der jetzige Eigentümer, hatte dagegen in der russischen Armee als Offizier gedient. Er war sogar mehrfach ausgezeichnet worden.

»Du weißt, was mit dem Gut geschehen könnte?«, fragte sie den Bruder eines Morgens, als sie sich zu ihm setzte. Sie legte die Zeitung auf den Tisch.

Ruppert hob die Augenbrauen. »Was ist los? Hast du den Wetterbericht gelesen? Soll es Hagel geben?«

Malu schüttelte den Kopf. Seit Ruppert von der Front zurückgekehrt war, traf er sich noch öfter als früher mit Gleichgesinnten zum Spiel und zum Trinken, suchte die wenigen Freudenmädchen auf, die es in der Region gab, und tat nur noch das, was ihm Spaß machte. Wies Malu ihn darauf hin, so erwiderte er: »Ich habe meine Knochen fürs Vaterland und für das Gut hingehalten. Mein gutes Recht ist es, mich nun zu amüsieren.«

»Die Güter derer, die bei den Russen gekämpft haben, sollen enteignet werden«, erwiderte Malu. »Es hat bereits Hausdurchsuchungen und Verhaftungen in Estland gegeben.« Sie beugte sich vor, um die Dringlichkeit ihrer Worte zu betonen.

Ruppert blies nur die Backen auf. »Was kümmert uns das? Estland ist weit.«

»Nun, mein Lieber, dieses Gesetz gilt auch für Lettland. Was wirst du tun?«

»Nichts!« Ruppert grinste. »Was gibt es da zu tun? Ich werde entscheiden, was richtig ist, wenn es an der Zeit ist.«

»Du könntest nach Sibirien verschleppt werden.«

»Das sind doch nur Gerüchte.« Ruppert kniff ein wenig die Augen zusammen. »Niemand weiß, ob das stimmt.«

Malu tippte mit dem Finger auf einen Zeitungsartikel, der vor ihr lag. »Es sind keine Gerüchte. Hier kannst du das neue Gesetz schwarz auf weiß nachlesen.«

Ruppert wischte mit der Hand die Zeitung vom Tisch und funkelte Malu so grimmig an, als hätte sie das Gesetz erlassen. »Wir bleiben!« Leiser fügte er hinzu: »Wo sollen wir denn sonst hin?«

Malu spürte, dass Ruppert große Angst hatte. Die Furcht war offenbar so stark, dass sie seine Entschlusskraft lähmte und er keine Entscheidung treffen konnte, um der Gefahr zu begegnen. Aber darauf konnte Malu jetzt keine Rücksicht nehmen. »Wenn du nicht handelst, verlieren wir alles, was wir besitzen. Du bist der Erbe. Du musst etwas tun.«

Aber Ruppert winkte nur ab. »Was weißt du schon, Malu? Du hockst hier in der Provinz, kommst kaum einmal raus, hast wenige Freunde. Ja, das ist es. Du bist nur von Miesmachern umgeben. Constanze, die ewig Jammernde. Janis. Kein Wunder, dass du langsam den Verstand verlierst. Aber sei beruhigt, ich habe alles im Griff.«

Malu biss sich auf die Unterlippe. »Du irrst dich, Ruppert. Ich lese Zeitung, sehr genau sogar. Ich höre auf das, was man sich erzählt. Bestimmt weiß ich besser über unser Leben hier Bescheid als du.«

Ruppert lächelte sie überheblich an. »Ach wirklich? Sprichst du mit deinem Kuhbauern im Bett darüber?«

»Lass Janis aus dem Spiel.« In Malu flackerte Wut auf. Sie schlug mit der Hand auf den Tisch und erwiderte mit erhobener Stimme: »Hör auf mich, oder lass es bleiben. Du bist der Erbe! Es ist dein Gut, das unter die Räder kommen wird. Hast du dich eigentlich mal gefragt, was du tun wirst, wenn du die Ländereien nicht mehr besitzt? Wirst du bei Janis um Anstellung bitten? Oder gehst du in die Stadt und wirst Eintänzer in einer Bar?«

Dann ließ sie Ruppert allein und spazierte gedankenversunken durch die Felder hinunter zum See. Sie setzte sich auf den kleinen Bootssteg, der ein Stück ins Wasser hineinführte. Malu schlang die Arme um die angezogenen Knie und legte ihren Kopf darauf. Nichts war entschieden, nichts war beschlossen, doch Malu fühlte sehr deutlich, dass etwas zu Ende ging. Und sie wusste nicht, ob sie traurig oder froh darüber sein sollte.

Mit einem Mal hörte sie hinter sich ein Geräusch. Vertraute Schritte. Kurz darauf ließ sich Janis neben ihr auf dem Steg nieder.

»Du siehst bekümmert aus.«

Malu nickte bloß. Sie hätte so gern ihren Kopf an seine Schulter gelegt, und sie wusste auch, dass er sie nicht wegstoßen würde. Doch seit er aus dem Krieg zurückgekehrt war, fühlte sich sein Körper kantig und steif an. Nie hatte er sie seither umarmt. Immer war sie es gewesen, die sich an ihn geschmiegt und ihn geküsst hatte. Er hatte ihre Küsse erwidert, aber Malu war es vorgekommen, als würde er damit nur eine Pflicht erfüllen. Er tat es, so schien es Malu, weil er es musste. Und auch jetzt fragte er nicht, was sie bekümmerte, sondern saß einfach nur neben ihr und schaute auf das Wasser, auf dem eine Seerose leise hin- und herschaukelte. Manchmal fragte sich Malu, ob auch er im Krieg gefallen war. Nicht sein Körper, aber wohl seine Seele. Sie wusste noch aus ihrer Zeit im Krankenhaus, dass es vielen Heimkehrern so ging, und sie wartete geduldig auf den Tag, an dem Janis wieder ganz der Alte sein würde.

»Stimmen die Gerüchte?«, fragte Malu. »Ist es wahr, dass Gutsbesitzer verhaftet, ihre Güter enteignet werden?«

Janis nickte. »Das ist gerecht so.«

»Gerecht?« Malu fuhr auf. »Gut Zehlendorf gehört uns seit Jahrhunderten. Und seit Jahrhunderten geben wir den Menschen hier Arbeit, Wohnung und Brot.«

Obwohl Malu sich ihm zuwandte, starrte Janis weiter auf die Seerose. »Wie kann es recht und richtig sein, dass den Deutschen lettisches Land, lettischer Boden gehört? Wieso arbeiten die eigentlichen Besitzer des Landes für die, die es ihnen gestohlen haben? Nur, weil etwas Jahrhunderte dauert, heißt es nicht, dass es gut und richtig ist.«

»So siehst du das? So siehst du uns? Als habgierig und räuberisch?« Malu sprang auf.

Jetzt erst sah Janis sie an. »Du doch nicht«, sagte er leise.

»Du bist nicht habgierig und räuberisch. Auch dein Vater war es nicht. Aber die meisten Letten denken, dass ihr alle so seid. Deshalb das Gesetz.«

Malu stieß einen tiefen Seufzer aus. »Was soll nun werden?«, fragte sie mehr sich selbst als Janis.

Dann wandte sie sich ab. Wie konnte ausgerechnet er sie im Stich lassen? Eine spitze Bemerkung kam ihr in den Sinn, doch sie mühte sich, diese zu unterdrücken. Aber dann brach es aus ihr heraus: »Wenn ihr Letten meint, dass ihr alles genauso gut könnt wie die deutschen Gutsbesitzer, dann tut es! Ihr hattet schließlich jahrhundertelang Zeit, von ihnen zu lernen.«

Sie rannte vom Steg zum Herrenhaus zurück. Dort ließ sie sich auf der Freitreppe nieder und verbarg das Gesicht in den Händen. Als Ruppert aus dem Haus kam, sah sie auf.

»Was soll nur werden?«, fragte sie ihren Bruder. »Was wird passieren?«

Anders als am Morgen wusste er nun eine Antwort. Gut gelaunt und hämisch grinsend erklärte er ihr: »Ich regele das. Niemand wird uns Zehlendorf wegnehmen. Keiner sich greifen, was mir gehört.«

»Was hast du vor?«

»Das lass meine Sorge sein.«

Er schlug ihr leicht auf die Schulter und eilte pfeifend davon. Malu sah ihm verblüfft nach, seufzte und begab sich ins Haus zurück.

Wenig später traf Ruppert auf Janis, genau so, wie er sich das gedacht hatte. »Na, Nachbar, wie steht es mit deinem Land?«, erkundigte er sich leutselig.

Misstrauisch zog Janis die Augenbrauen hoch. »Wie soll es schon stehen?«

Ruppert bot ihm eine seiner ägyptischen Zigaretten an, doch Janis lehnte ab und kramte eine zerdrückte Papirossa aus seiner Hosentasche hervor.

»Warum fragst du?«

Ruppert lachte. »Wie schon gesagt: Du bist mein Nachbar. Wir kennen uns seit Kindertagen. Ist es so ungewöhnlich, dich zu fragen, wie es dir geht?«

»Unter Nachbarn ist das üblich«, gab Janis zu. »Aber für dich nicht. Wie soll es meinem Land gehen? Das weißt du doch längst. Ich habe keine Pferde mehr, mit denen ich die Felder pflügen kann. Nehme ich die Kühe dafür, werde ich weder Milch noch Kälber bekommen. Auch an Saatgut fehlt es mir. Das letzte haben die Russen mitgenommen.«

»Es geht dir also schlecht, nicht wahr?« Ruppert rieb sich die Hände.

»Ja. Du hast allen Grund zur Freude. Es geht mir schlecht. Der deutsche Besitzer, der sich inzwischen in Schlesien ein neues Gut zugelegt hat, möchte an mich verkaufen, aber dafür habe ich kein Geld. Ich befürchte, schon bald findet er einen anderen, der Männertreu kaufen will, und dann habe ich nicht einmal mehr ein Dach über dem Kopf, vom Brot auf dem Tisch ganz zu schweigen. Willst du sonst noch etwas wissen? Soll ich dir noch mehr von meinem Unglück erzählen, an dem du dich weiden kannst?«

Ruppert schüttelte den Kopf. »Dein Unglück muss nicht dein Unglück bleiben. Eine Hand wäscht die andere. Das weißt du. Wenn wir zusammenarbeiten, kann es unser beider Glück sein.«

Janis kniff die Augen zusammen und musterte den Nachbarn. Er zog an seiner Papirossa, stieß Rauch aus, warf die Kippe auf den Boden und trat sie aus. »Was hast du vor?«

Ruppert lachte scheppernd. »Du bist misstrauisch, Janis. Das warst du schon immer. Lass mich dir einen guten Rat geben: Misstraue nicht jedem, den du triffst. Es gibt durchaus Leute, die es am Ende gut mit dir meinen.«

»Was hast du vor?«, wiederholte Janis ungerührt.

Ruppert fischte eine neue Zigarette aus seiner edlen Packung. »Es ist keine große Sache«, erklärte er, während er sein Feuerzeug schnappen ließ und seine Zigarette anzündete. Er nahm einen tiefen Zug. »Nichts, was irgendwie anrüchig ist.«

Janis schwieg und wartete.

»Du hast sicher gehört, dass die baltischen Güter enteignet werden sollen. In Estland haben sie schon angefangen. Und jetzt, so scheint es, ist Lettland dran. Die Bauern sind zu dumm. Sie haben ihre Unabhängigkeit erklärt. Als ob sie allein überleben könnten.«

»Ich will nicht über Politik mit dir reden«, erwiderte Janis barsch. »Sag, was du mir zu sagen hast.«

Ruppert lächelte schief. »Wie du willst. Also: Gut Zehlendorf soll enteignet werden, weil ich in der russischen Armee gekämpft habe. Ich biete dir an, das Gut vorher zu kaufen.«

Janis breitete die Arme aus. »Wovon soll ich das bezahlen?«

»Ich mache dir einen Preis, der selbst für dich erschwinglich ist. Ein Rubel. Nicht mehr, nicht weniger. Du wirst das Gut kaufen, dann warten wir die Enteignung ab, und danach wirst du es mir zurückgeben. So einfach ist das. Wie gesagt: keine große Sache.«

Janis sah Ruppert von oben bis unten an. Erst nach einer

kleinen Weile, in der das Schweigen lastend zwischen den beiden Männern stand, fragte er: »Warum sollte ich das machen?«

Ruppert zuckte mit den Schultern. »Weil du überleben willst, deshalb. Du wirst dir schon denken können, was dein Lohn für diese kleine Gefälligkeit ist. Ich leih dir das Geld, das du brauchst, um dein mickriges Gut kaufen zu können. Wie viel will der Besitzer dafür haben? Zweihundert Rubel? Dreihundert?«

»Zweihundertfünfzig Rubel.«

»Na bitte. Noch heute weise ich das Geld zu deinen Händen telegrafisch an. Morgen kannst du der Eigentümer von Männertreu sein. Und übermorgen verkaufe ich Zehlendorf an dich.«

»Und wenn ich dir das Gut nicht zurückgebe?«, fragte Janis.

»Dann verführe ich deine Schwester. Das wird leicht werden, sie frisst mir ohnehin aus der Hand. Und später lasse ich sie mit einem Bastard sitzen.«

»Das wirst du nicht tun!« Janis' Gesicht war weiß geworden, das Kinn kantig. Er hatte die Fäuste geballt. »Ich warne dich. Lass deine Finger von meiner Schwester.«

Ruppert schlug Janis leicht auf die Schulter. »Beruhige dich. Nichts ist passiert. Soweit ich weiß, ist Constanze nicht schwanger. Und wenn du mir Zehlendorf wie vereinbart zurückgibst, werde ich sie heiraten.«

Janis starrte Ruppert an, suchte in seinem Gesicht nach Anzeichen dafür, dass er die Unwahrheit sprach. Doch Ruppert hielt seinem Blick stand und zuckte mit keiner Wimper.

»Du wirst mir das Geld für Männertreu leihen. Zinslos, versteht sich. Und du wirst Constanze heiraten. Denk nicht, dass sie keinen besseren Ehemann als dich kriegen könnte, aber sie liebt dich nun einmal. Vielleicht wird sie in ein paar Jahren klüger und von dir geheilt sie. Aber jetzt heirate sie. Erst dann gebe ich dir Zehlendorf zurück. Ist das klar?«

Ruppert lachte lauthals. Er wollte sich schier ausschütten vor Lachen. Mit dem Zeigefinger deutete er dann auf Janis und brüllte: »So sind sie, die Letten. Ihnen gehört nicht das Schwarze unter den Fingernägeln, aber sie wollen befehlen!«

»Halt dein Maul!«, zischte Janis und zog Ruppert am Ärmel.

Der junge Gutsherr sah, wie Wut in Janis hochkroch. Eine Wut, die sich in langen Jahren angesammelt hatte. Die Wut, mit der er im Krieg gegen die verhassten Deutschen gekämpft hatte. So dachte zumindest Ruppert. Seit Jahrhunderten nahmen die Deutschen sich Land, das ihnen nicht gehörte, und ließen die angestammten Besitzer darauf schuften, hatte er Janis oft genug sagen hören. Nichts ersehnten Janis und seine lettischen Gefährten mehr als die Enteignung der Güter, um mit erhobenen Häuptern den eigenen Grund und Boden bearbeiten zu können. So stand es ihnen auf der Stirn geschrieben, so sprachen sie in den Dorfkneipen, so predigten an manchen Stellen sogar die Popen von der Kanzel. Dafür hatten die Letten im Krieg gekämpft. Für Gerechtigkeit.

Heimlich rieb sich Ruppert die Hände. Nun hatte er Janis in eine Lage gebracht, in der er mit dem Feind gemeinsame Sache machen musste. Gemeinsame Sache gegen die eigenen Leute. Ruppert wusste, dass Janis es nicht auf Reichtum abgesehen hatte. Er war keiner von denen, die selbst in seidenen Laken schlafen und andere befehligen wollten. Er tat es für

Malu. Wenn er die Absicht hatte, sie zu heiraten – und nichts anderes, das wusste Ruppert, wollte Janis –, dann brauchte er für sie ein Dach über dem Kopf. Er brauchte genug zu essen und genügend Brennholz für einen Kachelofen. Wahrscheinlich, ahnte Ruppert, stritten in Janis' Herz zwei große Lieben gegeneinander: die Liebe zu Malu und die Liebe zu Lettland. Aber die Liebe zu Malu schien ihm doch greifbarer. Deshalb – und nur deshalb – stand er sicher hier und sprach mit ihm, statt ihm vor die Füße zu spucken oder den Hund auf ihn zu hetzen.

Janis' Gesicht war verbissen. Er knirschte mit den Zähnen, hatte die Fäuste in den Taschen geballt. »Halt's Maul, Ruppert!«, stieß er hervor. »Halt um Gottes willen dein verdammtes Maul, oder ich haue dir eine rein.«

Ruppert spürte, dass Janis es ernst meinte, und hörte augenblicklich mit dem Lachen auf. »Du bekommst das Darlehen. Zinslos. Dann gibst du mir Zehlendorf zurück. Gehört das Gut wieder mir, heirate ich Constanze. So und nicht anders wird es laufen.« Sein Blick war jetzt alles andere als amüsiert. Die Worte klangen dunkel, beinahe wie eine Drohung.

Eine Weile starrte Janis ins Leere, dann streckte er Ruppert die Hand hin. »Einverstanden. Du hilfst mir, meine Existenz zu sichern, und ich helfe dir, deine zu erhalten.«

Nach dem Handschlag drehte er sich um und marschierte auf sein Haus zu.

Ruppert aber rief ihm nach: »Ihr habt nichts begriffen! Gar nichts. Nicht einmal der Krieg konnte Ordnung in euren Köpfen schaffen! Und deiner Schwester richte aus, sie soll nachher zu mir kommen. Ich will sie schon gleich an die Ehe mit mir gewöhnen.«

Elftes Kapitel

Baltikum, 1919

Constanze hatte die ganze Zeit im Pfarrhaus am Fenster gestanden. Das Gebäude befand sich direkt neben der kleinen Kirche, die genau auf der Grenze zwischen den Gütern Zehlendorf und Männertreu stand. Daher konnte Constanze recht gut sehen, wie sich Janis und Ruppert am Grenzzaun miteinander unterhielten. Es war zwar Nacht, doch ein blasser Mond und zahlreiche Sterne sandten vom wolkenlosen Himmel ein mattes Licht auf die Erde. Leider konnte Constanze nicht hören, was die beiden Männer sprachen.

Seit der Krieg zu Ende war, fühlte sie sich so nutzlos wie ein altes Weib. Ihr war, als lägen die schönsten Jahre schon hinter ihr und der Rest würde nur Duldung und Kummer sein. Sie war erst neunundzwanzig Jahre alt und schon verwitwet. Sie dachte wenig an den Toten und vermisste ihn eigentlich nie, denn bei ihrer Heirat hatten sie sich ja kaum gekannt. Nicht einmal zusammen gewohnt hatten sie, zählte man die wenigen Wochen nicht mit, die Nikolai vor seiner Einberufung im Mohrmannschen Pfarrhaus gelebt hatte. Doch als der Brief gekommen war, darin die Todesnachricht und die Marke, da hatte Constanze doch geweint.

Ihre Aussichten auf eine erneute Heirat standen noch schlechter als vor dem Krieg. Es gab zu wenige Männer und zu viele Tote auf den Schlachtfeldern Europas. Und diejenigen, die nach Hause gekommen waren, trugen schlimme Verletzungen mit sich herum. Verletzungen, die man nicht sehen konnte, die aber umso tiefer in der Seele bluteten. Keiner von denen würde eine verarmte Witwe zum Altar führen.

Constanze seufzte. Sie wünschte sich Kinder, wünschte sich so sehr ein Leben wie das ihrer Mutter. Sie wollte nicht viel. Wirklich nicht. Nur einen Mann, der sie liebte oder wenigstens achtete, und ein paar Kinder. Sie brauchte keinen Reichtum, keine schönen Kleider, nur immer genügend Brot auf dem Tisch und ein Dach über dem Kopf. Ein eigenes Dach, ein eigener Herd.

Und dann war da noch Ruppert. Sie kannten sich schon so lange, aber Constanze wusste noch immer nicht, ob sie ihn überhaupt mochte. Eigentlich gab es nichts, was man an Ruppert mögen konnte. Er war gemein, herzlos, rücksichtslos, egoistisch und manchmal sogar ein wenig brutal. Und doch brannten ihre Wangen, sobald er nach ihr schickte. Sie wollte nicht, wollte wirklich nicht zu ihm gehen, doch plötzlich fand sie sich vor dem Spiegel wieder, sah sich das Haar bürsten und den Hals parfümieren. Kurz darauf eilte sie schon über den schmalen Wiesenpfad, der direkt zum Herrenhaus führte. Und wenig später lag sie in seinen Armen und ließ sich von ihm lieben. Doch kaum waren die Laken kalt, schickte er sie weg. Deutlich ließ er sie merken, wie sie ihn anödete. Nur im Bett war es anders. Da war er manchmal sogar zärtlich, wurde wieder zum Kind. Er saugte an ihren Brüsten, nannte sie mit Kosenamen, legte den Kopf in ihren Schoß, ließ sich von ihr streicheln, verzärteln und herzen. Doch sobald seine körperlichen Bedürfnisse befriedigt waren, stieß er sie weg. Und Constanze erhob sich, frierend in der kalten Luft, kroch in ihre Kleider und schleppte sich zurück ins Pfarrhaus, fest entschlossen, nie wieder auf Rupperts Ruf zu hören. Zwei Tage später ging sie wieder zu ihm. Alles wiederholte sich. Ein Kreislauf, aus dem sie nicht ausbrechen konnte. Sie wollte weg, und sie wollte bleiben. Sie wollte stark sein und zugleich schwach. Und sie sehnte sich so nach jemandem, der sie aus diesem Kreislauf erlöste, wohl wissend, dass es ihn nicht gab.

Jetzt stand sie am Fenster – die Eltern schliefen schon nebenan in der Kammer – und sah zu den beiden jungen Männern. Trotz besseren Wissens hoffte sie, dass sich etwas in ihrem Leben ändern würde. Sie bemerkte Janis' Wut und Rupperts Überheblichkeit. Sie ahnte, dass das, was die beiden dort besprachen, keine anständige Sache war, und doch hoffte sie mit der Naivität eines kleinen Mädchens, dass sich für sie irgendetwas ändern und zum Besseren wenden könnte.

Dann sah sie, dass die beiden Männer sich trennten. Janis ging mit langen, energischen Schritten auf sein winziges Haus zu, den Kopf gesenkt, die Schultern geduckt, als trüge er eine schwere Last. Constanze rannte hinaus und stellte sich ihm in den Weg, noch bevor er sein Heim erreicht hatte. »Was ist?«, fragte sie. »Was hast du mit ihm besprochen?«

Janis schüttelte den Kopf, holte eine Papirossa aus der Hosentasche und zündete sie an. »Komm mit zu mir. Ich brauche einen Wodka. Dann erzähle ich dir alles.«

Schweigend liefen sie durch die Nacht. Constanze fror in ihrem dünnen Nachthemd und dem Umschlagtuch.

Im Haus gab Janis ihr eine Decke. »Hier, nimm!«

»Danke! Und nun erzähl!« Constanze setzte sich auf die Küchenbank, die Wangen rot, die Nase blass, mit aufgeregten Augen und wirrem Haar.

Sie ist doch noch ein kleines Mädchen, dachte Janis und

hätte sie am liebsten in den Arm genommen. Doch seit der Krieg vorbei war, hatte er niemanden mehr in den Arm nehmen können. Aber die Sehnsucht danach brannte jeden Tag stärker in ihm, brannte ihn beinahe aus.

Für Constanze und sich füllte er zwei Wassergläser mit Wodka, trank seines in einem Zuge aus und setzte sich dann ihr gegenüber. Ich bin ein schlechter Bruder, fuhr ihm durch den Kopf. Ich müsste sie beschützen, doch ich vermag es nicht.

»Ruppert wird mir für kurze Zeit Zehlendorf überlassen, um der Enteignung zu entgehen«, sagte er leise.

Constanze riss die Augen auf. »Wie hat er es fertiggebracht, dich dazu zu überreden?«

»Er gibt mir dafür ein Darlehnen, mit dem ich Männertreu bezahlen kann. Und ...« Er betrachtete die Schwester und schluckte. Er wusste genau, dass eine Heirat mit Ruppert sie ins Unglück stürzen würde. Aber ebenso gut wusste er, dass dies genau das war, was Constanze sich wünschte. Sie war erwachsen, beinahe dreißig Jahre alt. Er konnte sie nicht ewig beschützen und vor der Welt behüten. Sie musste endlich erwachsen werden und eigene Entscheidungen treffen, auch wenn es zunächst die falschen waren.

»Und?«, hakte sie ungeduldig nach.

»Er wird dich danach heiraten. Natürlich nur, wenn du das wirklich möchtest.«

Constanze riss den Mund auf, aber die Worte blieben ihr in der Kehle stecken. Es dauerte eine kleine Weile, ehe sie ein paar Worte herauspressen konnte. »Wirklich? Ist das wahr?«

Janis nickte stumm und drehte das leere Wodkaglas in seinen Händen. »Willst du ihn?«, fragte er, ohne sie dabei anzuschauen.

»Aber ja! Natürlich will ich ihn. Ich habe nie etwas anderes gewollt.«

»Gut!« Janis schlug mit der flachen Hand leicht auf den Tisch. »Gut. Wenn es das ist, was du wirklich willst, dann soll es so sein.«

Ein paar Wochen später kamen die Männer, die das Parlament geschickt hatte. Ungläubig sahen sie auf die Kaufurkunde, die Janis ihnen vorwies. Sie durchsuchten das Herrenhaus, beschlagnahmten einige Sachen von geringem Wert, durchsuchten auch das winzige Haus Männertreu, doch am Ende mussten sie unverrichteter Dinge abziehen.

Männertreu gehörte nun Janis Mohrmann. Er hatte es schriftlich, mit Brief und Siegel. Der Schuldschein lag in der Schublade. Und Janis wusste genau, dass er nicht glücklich sein würde, solange das Darlehen nicht abbezahlt war. Daher schuftete er, so hart er nur konnte. Morgens stand er mit den ersten Dämmerstrahlen auf und ging erst zu Bett, wenn der Mond an seiner höchsten Stelle stand. Er spannte sich selbst vor den Pflug, um die Kühe zu schonen. Er verkaufte alles, was er entbehren konnte, um Saatgut zu erwerben. Er quälte sich bis zur totalen Erschöpfung, aber er wusste, warum er das tat. Für Malu.

Constanze aber stand die meiste Zeit des Tages am Fenster und blickte hinüber zum Herrenhaus, als wartete sie darauf, dass Ruppert mit einem weißen Pferd und einer Rose zwischen den Lippen geritten kam, um sie zu holen. Doch das tat er nicht. Im Gegenteil. Oft sah sie die erleuchteten Fenster des kleinen Saals und wusste, dass er gerade in diesem

Augenblick mit einer anderen tanzte, deren Hals küsste, nach deren Brüsten fasste.

Es dauerte Wochen, bis Ruppert sie zu sich rief. Constanze schlüpfte in ihr schönstes Kleid, schminkte sich Mund und Wangen rot und hielt sich rohe Zwiebeln vor die Augen, damit sie glänzten. Constanze sang und lachte grundlos, sie fühlte sich so angefüllt mit Freude wie schon lange nicht mehr. Das Herz schlug ihr gegen die Rippen, im Bauch tanzten Schmetterlinge. Sie ging nicht über den schmalen Pfad hinüber zum Herrenhaus, sie rannte und stellte sich dabei vor, auf welche Art Ruppert ihr wohl den Heiratsantrag machen würde.

Dann hielt Constanze kurz inne und schüttelte den Kopf. Nein, Ruppert würde sicherlich nicht vor ihr niederknien und um ihre Hand bitten. Er würde ihr nicht einmal rote Rosen oder gar einen Ring schenken. Er würde ihr den Hochzeitstermin mitteilen, sie anschließend ins Bett ziehen und ihr die Frisur zerwühlen, an der sie stundenlang gearbeitet hatte. Er würde ihr das Unterkleid zerreißen, das so teuer gewesen war, und ihr die Strümpfe so grob von den Beinen zerren, dass am nächsten Tag auf ihnen Kratzer zu sehen wären.

Das alles wusste sie, doch konnte sie nicht aufhören zu hoffen, dass es womöglich doch anders sein würde. Dass da vielleicht doch ein Ring wäre und eine rote Rose, dass seine Küsse leicht und zart sein würden, seine Berührungen sanft und geduldig.

Dann betrat sie das Herrenhaus. Ruppert hatte schon ungeduldig auf sie gewartet. Sie sah sein ungeduldiges Gesicht und den harten Mund, als er sie grob küsste.

»Wo bist du gewesen?«, herrschte er sie an, während er sie die Treppe hochstieß. »Warum hat das so lange gedauert?«

»Ich wollte schön sein für diesen Augenblick«, antwortete sie leise und spürte schon die Tränen in ihren Augen.

»Ich will dich nicht schön«, keuchte Ruppert. »Ich will dich nackt!«

Er schob sie in sein Zimmer, warf sie aufs Bett, zerrte ihr Kleid nach oben, spreizte ihr die Beine und drang in sie ein, noch ehe Constanze wusste, wie ihr geschah. Er tat ihr weh, und sie ahnte, dass er genau das wollte.

Er grinste breit. »Ich weiß, was Frauen wie du brauchen«, japste er.

Constanze drehte das Gesicht zur Seite und weinte in das fremde Kissen.

Danach erhob er sich, richtete seine Kleider und strich sich über das Haar. Während er sich eine Zigarette anzündete, befahl er ihr: »Wir sind fertig, du kannst gehen!«

Nie hatte sich Constanze nackter gefühlt als in diesem Augenblick. Sie war unfähig aufzustehen. Also blieb sie liegen, mit weit gespreizten Beinen und zerrissenem Mieder, mit zerwühltem Haar und schmerzenden Brüsten.

Ja, sie hatte mit ihm schlafen wollen, aber, Gott im Himmel, doch nicht so! Nicht auf diese Art und Weise, die sie so kränkte, die sie an ein Stück Vieh denken ließ. Sie fühlte sich schmutzig und entehrt; sie ekelte sich vor sich selbst und legte den Unterarm über ihre Augen, um ihn und vor allem sich selbst nicht sehen zu müssen.

»Na los, beweg dich. Ich habe nicht die ganze Nacht Zeit«, sagte er und steckte sich das blütenweiße Hemd in die Hose.

Nach dieser Demütigung wollte und konnte Constanze nicht einfach aufstehen und weggehen. Sie wollte etwas mitnehmen, etwas, das ihr das Gefühl oder die Gewissheit gab, die grobe Behandlung hätte einen Grund. Sie würde seine

Wut in Kauf nehmen – sie würde alles in Kauf nehmen –, nur damit er sie nicht so gehen ließ. Es musste sich doch gelohnt haben.

»Was ist mit der Hochzeit?« Ihre Stimme klang weinerlich und leise.

»Was für eine Hochzeit?« Ruppert stellte sich vor den Spiegel und betrachtete seine Frisur von der Seite. Er pfiff dabei eine Melodie aus der neuen Operette *Schwarzwaldmädel*.

»Mit unserer Hochzeit. Du hast versprochen, mich zu heiraten, wenn du das Gut behalten kannst.«

Ruppert fuhr herum und lachte. »Und das hast du geglaubt? Dann bist du ja noch blöder, als ich gedacht habe.« Er riss ihr den Arm von den Augen und raunte: »Niemals im Leben werde ich eine wie dich zum Altar führen. Niemals im Leben wird eine Frau wie du die Mutter meiner Kinder sein. Eher heirate ich eine Ziege als dich.«

Constanze lag wie gelähmt da und fühlte sich noch gedemütigter als zuvor. Sie wollte sterben. Jetzt. Hier. Doch nicht einmal das ließ Ruppert zu. Er packte ihren Arm, zerrte sie vom Bett und warf ihr die Schuhe vor die Füße.

»Geh!«, befahl er. »Nimm deinen Plunder und geh.«

»Aber ...« Constanze stand zitternd in dem Zimmer, das ihr als ein guter Ort für einen Heiratsantrag erschienen war. Sie konnte sich nicht bewegen. Nichts gehorchte ihr. Die Beine nicht, der Kopf nicht. Ihr Schädel war angefüllt mit einer schwarzen Leere, von der Constanze wusste, dass sie sie für den Rest ihres Lebens mit sich schleppen würde. »Du hast mich nie geliebt«, stellte sie ohne Vorwurf fest. »Ich war dir immer gleichgültig. Du wolltest nur deinen Spaß mit mir.« Sie wunderte sich nicht einmal mehr darüber.

»Was?«

»Du hast mich nie geliebt«, wiederholte Constanze.

Ruppert blickte sie verblüfft an. »Natürlich nicht. Wie soll ich eine Frau wie dich denn lieben können?«

Zwölftes Kapitel

Baltikum, 1920

Malu wartete, bis es Abend geworden war. Ruppert, der sich ganz als Mann und Herrscher fühlte, hatte sich angewöhnt, nach dem Abendessen eine Zigarette im Freien zu rauchen und dabei genießerisch seine Ländereien zu überblicken.

Es war März und recht kalt. Der Wind pfiff aus dem Norden, und noch letzte Woche hatte es Schnee gegeben. Malu holte sich ihr warmes Tuch und lief Ruppert hinterher. Er schien bester Laune zu sein, paffte an seinem ägyptischen Kraut, hielt das Kinn gereckt und schaute selbstgerecht über seinen Besitz.

»Na, Schwester?«

»Es ist schön hier. Immer wieder«, sagte Malu.

Ruppert nickte. »Hast du deine Freundin gesehen?« Er zog seine Taschenuhr hervor. »Sie müsste eigentlich schon lange hier sein.«

»Nein, ich habe Constanze nicht gesehen«, erwiderte Malu. »Wirst du jetzt, da du das Gut geerbt hast, endlich heiraten?«

Ruppert wandte sich ihr zu. Er lachte. »Heiraten? Teilen, was ich gerade erst bekommen habe?« Er schüttelte den Kopf.

»Du wirst das Gut also allein führen?«

»Ich? Oh nein. Wozu habe ich einen Verwalter? Ich bin

reich. Hast du je erlebt, dass reiche Leute arbeiten? Das Kennzeichen von Reichtum ist es, andere für sich arbeiten zu lassen.«

»Vater hat gearbeitet! Mehr als alle anderen!« Sie war so wütend, dass sie Ruppert anbrüllte. »Natürlich gibt es den Verwalter, aber auch der muss angeleitet werden. Der Vater hat Schwarzrock niemals in die Papiere Einblick nehmen lassen. Wie, um alles in der Welt, willst du das Gut führen?«

»Es gehört mir! Und ich werde tun, was ich für richtig halte. Es wird allmählich Zeit, dass du dich um deine eigenen Angelegenheiten kümmerst.« Auch Ruppert war laut geworden.

Eine Weile schwiegen sie, starrten mit finsteren Gesichtern in die Ferne und liefen schweigend nebeneinanderher.

»Du wirst mit Mutter im Herrenhaus wohnen?«, fragte Malu nach einer Weile.

Ruppert zog an seiner Zigarette. »Mutter ist nicht mehr die Jüngste. Ich weiß nicht, wie lange sie hier in der Provinz noch wohnen möchte. Womöglich wäre ein Stift in Riga das Richtige für sie.«

Malu schnappte nach Luft. »Mutter ist noch nicht einmal fünfzig Jahre alt.«

»Na und? Meinst du vielleicht, in ihrem Leben werden noch großartige Dinge geschehen? Seit Jahren hockt sie hier und tut nichts. Das kann sie genauso gut in Riga machen. So teuer wird das Stift schon nicht sein.«

Malus Herz schlug schnell und hart in ihrer Brust. Das Atmen fiel ihr schwer, und doch musste sie die eine Frage stellen. »Was wird mit mir?«

Ruppert zuckte mit den Schultern. »Was weiß denn ich?

Mach, was du willst. Vater hat im Testament lebenslanges Wohnrecht für dich auf Zehlendorf verfügt. Du kannst dir überlegen, welche Zimmer du haben möchtest. Aber wenn du fortgehen willst, werde ich dich ganz bestimmt nicht aufhalten.«

Malu biss sich auf die Unterlippe. Ihre Hände flatterten wie aufgeschreckte Vögel an ihren Seiten. »Ich würde gern gehen. Lieber heute als morgen.«

Ruppert verzog leicht den Mund und trat die Zigarette ins Beet. Genau an die Stelle, an der Ilmes schönster Rosenstock blühte. »Dann tu es.«

»Aber wovon soll ich leben?«, fragte Malu. »Ich bin bereit, auf eigenen Beinen zu stehen, doch dafür benötige ich Startkapital.«

Ruppert lachte und richtete seine Frisur. »Am Ende noch für deine blöde Schneiderei?«

Malu holte tief Luft. »Ja, für die Schneiderei. Ich möchte einen eigenen Laden haben, möchte nach Paris zu den großen Kleidermachern fahren. Ich brauche eine Wohnung, Kleider, Essen.«

Ruppert starrte einen Augenblick in die Dunkelheit und überlegte. »Das ist dein Problem«, erwiderte er. »Wenn du Geld brauchst, dann heirate. Du weißt, wie die Bräuche sind. Geld gibt es zur Hochzeit. Eine Mitgift. Die Höhe hat unser Vater selbst festgelegt. Aber nur, wenn du einen Mann von Stand heiratest. Und ob der Mann passt oder nicht, das entscheide ich jetzt.«

Malu wusste genau, worauf er anspielte. Auf Janis. Aber Janis, ja, das war ein ganz anderes Problem. Im Augenblick stand ihnen beiden nicht der Sinn nach einer Hochzeit. Und niemand wusste das besser als Ruppert. Ganz davon abgesehen, dass er Janis niemals als einen Mann von Stand ansehen würde. Dazu fehlte Janis nicht nur das »von« in seinem Namen. Ruppert hasste Janis, auch wenn er halbherzig versuchte, es zu verbergen. Niemand wusste das besser als Malu selbst. Sie schüttelte stumm den Kopf.

»Wenn du nicht heiratest, dann musst du selbst sehen, wie du klarkommst.«

Er wandte sich ihr zu, und Malu konnte ein hämisches Grinsen auf seinem Gesicht entdecken. Er trat einen Schritt auf sie zu, so nahe, dass sich ihre Nasenspitzen beinahe berührten. »Du hast ja noch das Geld von der alten Camilla.«

Malu wich zurück und schluckte. Erneut schüttelte sie den Kopf. »Du weißt genau, dass ich das Geld niemals anrühren würde«, erwiderte sie verletzt und sah zu Boden.

Ruppert lachte auf, es klang wie das Wiehern eines Pferdes. »Mein Gott, wie sentimental du doch bist. Die Alte ist lange tot. Und sie wird auch nicht wieder lebendig, wenn du das Geld nicht anrührst. Alte Geschichten soll man ruhen lassen.«

Er wirkte so unbekümmert und selbstgerecht, dass eine Welle der Übelkeit in Malu emporstieg. Sie erinnerte sich an die letzten Worte ihres Vaters. *Camilla. Der Katapult. Du warst es nicht.*

Sie hatte diese Worte vergessen wollen. Nicht Rupperts wegen, sondern weil sie nicht damit leben konnte, von ihrer Mutter für nichts und wieder nichts verstoßen worden zu sein. Ihr Leben lang hatte sie gelitten unter einer Schuld, die beinahe zu schwer für sie gewesen war. Sie hatte sich selbst jahrelang für eine Mörderin gehalten. Und dann hatte sie erfahren müssen, dass nicht nur die Mutter, sondern auch – was noch viel mehr schmerzte – der geliebte Vater sie verraten hatte. Und Ruppert natürlich ebenfalls, doch das war nicht anders zu erwarten gewesen.

»Du warst es!«, stieß sie plötzlich hervor. Ihr Gesicht war ganz weiß, und sie bemerkte noch nicht einmal, dass sie ihre Hände zu Fäusten geballt hatte. »Du warst es! Du hast damals mit dem Katapult auf die Pferde geschossen, damit Camilla stürzt.«

Ruppert zuckte mit den Schultern. »Und wenn schon? Sie war alt. Sie wäre sowieso bald gestorben. Vermutlich habe ich ihr einen Gefallen getan. Du kannst das Geld also ohne Gewissensbisse nehmen. Geh weg von hier und lass es dir wohlergehen.« Er steckte die Zigarettenschachtel in die Tasche, schlug ihr leicht auf die Schulter und ging zurück ins Haus.

Malu war außer sich. Ruppert war sich stets bewusst gewesen, dass er die Tat begangen hatte. Er hatte sie jahrelang leiden sehen und nichts dagegen getan! Und der Vater! Was für ein Feigling er doch gewesen war! Warum, o Gott, warum nur hatte er sich nie gegen ihre Mutter gewehrt? Warum hatte er sie, seine Tochter, nicht stärker beschützt?

Malu schüttelte sich, immer wieder, als könnte sie alles Schlechte abschütteln. Doch die Feigheit des Vaters, die Hinterhältigkeit des Bruders und die Feindschaft der Mutter klebten an ihr wie Pech.

Malu drehte sich zum Haus um, hob die geballte Faust und schüttelte sie. »Ich bleibe nicht! Nicht hier und nicht bei euch!«, schrie sie.

Dann brach sie in Tränen aus. Sie konnte sich nicht länger auf den Beinen halten, sank in das Rosenbeet und weinte allen Kummer, alle Ängste und alle vermeintliche Schuld aus sich heraus. Es dauerte lange, bis sie sich beruhigt hatte.

Irgendwann erhob sie sich, wischte sich die Erde vom Gesicht und streifte den Dreck von den Kleidern. Noch immer fühlte sie sich betrogen und verlassen, hintergangen und vor allem ungeliebt. Doch der Druck, der seit ihrer Kindheit auf ihr gelastet hatte, war weg. Und ihr Entschluss, von hier wegzugehen, stand fest.

Sie wischte sich mit den Fäusten die Tränenspuren aus dem Gesicht und eilte zu Janis' Hof.

Im Arbeitszimmer brannte noch Licht. Sie klopfte von außen an den Laden, Sekunden später hörte sie seine Schritte.

»Ist etwas passiert?«, fragte Janis. Er stand vor ihr mit eingefallenen, hohlen Wangen, tiefen Schatten unter den Augen und schmalen Lippen. An der Arbeitsbluse fehlte ein Knopf, die Hosen hatte er mit einem Kälberstrick um die schmale Taille gebunden. Er war schlecht rasiert, und das Haar hing ihm in den Nacken. Sein Blick war so brennend, dass Malu die Augen abwenden musste. Es tat weh, ihn so zu sehen.

»Ich gehe weg von hier«, sagte sie. Gerade noch war sie fest entschlossen gewesen, doch jetzt, da sie vor Janis stand, wusste sie, dass ein Wort von ihm genügte, um sie zum Bleiben zu überreden. Ein Wort nur. Ein einziges. Er bräuchte nur zu sagen: »Bleib hier!« Oder: »Geh nicht weg!« Oder: »Ich brauche dich!« Dann würde sie bleiben, würde einziehen in das ärmliche Haus, würde seine Bluse flicken, ihm die Haare schneiden und die Trauer aus den Augen küssen.

Aber er schwieg. Eine ganze, endlose Weile lang.

Dann nickte er. »Wann fährst du?«

Malu schluckte die Tränen hinunter. »Morgen Abend. Erst einmal nach Riga. Dort regele ich meine Angelegenheiten. Und dann nehme ich den Zug nach Berlin.«

Wieder nickte Janis, ohne eine Regung zu zeigen. »Ich fahre dich zum Bahnhof.«

»Oh nein, das ist nicht nötig. Will, der Kutscher, kann mich morgen nach Mitau bringen. Von dort nehme ich den Zug nach Riga.«

»Ich fahre dich«, wiederholte Janis. Dann hob er die Hand, so müde und erschöpft, als wäre er ein uralter Mann bar jeglicher Kraft. »Schlaf gut, Malu. Bis morgen.«

Er machte Anstalten, die Tür zu schließen, doch da erklang eine Stimme aus dem Inneren des Hauses. »Bist du das, Malu?«

Constanze kam heran, hielt ein Geschirrtuch in der Hand. Manchmal half sie ihrem Bruder bei der Arbeit im Haushalt. Und an vielen Abenden, besonders in Zeiten, in denen Janis viel zu tun hatte, brachte sie ihm aus dem Pfarrhaus Essen herüber.

Sie nahm Malu an der Hand und zog sie in das Haus. »Ist etwas geschehen?«

Malu nickte und ließ sich am Küchentisch nieder. »Ich gehe fort von hier. Gleich morgen. Nach Berlin werde ich gehen und mir dort ein eigenes Leben aufbauen.«

Constanze klatschte leicht in die Hände. »Du machst es wahr? Deine eigene Schneiderei?«

Malu nickte mit einem traurigen Lächeln. »Ja. Das werde ich tun. Hier ist kein Platz mehr für mich.« Sie blickte Janis bei diesen Worten an und erkannte in seinen Augen eine so abgrundtiefe Trauer, dass sie den Blick rasch abwenden musste.

»Nimm mich mit. Ich bitte dich, Malu, nimm mich mit.« Constanze hatte ihre Hand ergriffen und presste sie, als ginge es um ihr Leben.

»Nach Berlin?«

»Ja. Nach Berlin. Oder Riga. Oder Amerika. Ganz egal. Ich möchte ebenso gern weg von hier wie du. Nikolai ist tot. Hauslehrerinnen und Gouvernanten werden nicht mehr gebraucht. Was soll ich denn tun? Ich bin noch jung, gerade neunundzwanzig Jahre alt, und mein Leben ist hier schon zu Ende. Das kann doch nicht sein, das darf doch nicht sein. Bitte, Malu, nimm mich mit. Ich werde arbeiten. Ich werde alles tun, was du von mir erwartest. Nur nimm mich bitte mit!«

Erst jetzt bemerkte Malu die dunklen Ringe unter den Augen der Freundin, ihre Blässe, die vom Weinen geschwollenen Lider. Ihr war sofort klar, dass Ruppert der Grund für Constanzes Kummer war. Um ihn weinte sie, nicht um Nikolai.

Malu hatte auch schon daran gedacht, wie schön es doch wäre, gemeinsam mit Constanze nach Berlin zu gehen, aber sie hatte nicht gewagt, sie danach zu fragen. Und jetzt, da Constanze es ausgesprochen hatte, freute sie sich.

Sie umarmte Constanze, drückte die Freundin fest an sich. »Ja«, sagte sie, »wir gehen zusammen nach Berlin.«

Keine von ihnen hatte bemerkt, dass Janis das Haus verlassen hatte.

Gebückt lief er über die Weiden, seine Füße schienen ihm so schwer wie Blei. Malu würde fortgehen. Das einzige Licht, das noch in seinem Leben brannte. Es war so viel geschehen in den letzten fünf Jahren. Er hatte so viel Tod und Elend gesehen, so viel Ungerechtigkeit und Verzweiflung erlebt. Er hatte sogar selbst getötet. Aus Angst. Das war etwas, das sich Janis nicht verzeihen konnte. Niemals, in seinem ganzen Leben nicht. Jede Nacht träumte er von dem Deutschen, der plötzlich in einem Waldstück vor ihm gestanden hatte. Und dieser Deutsche war ihm ähnlich gewesen. Die gleiche Haarfarbe, ähnliche Augen. Womöglich hatte auch er nicht in diesen Krieg gewollt, hatte ein Mädchen zu Hause, das er liebte. Eine Mutter, einen Vater, Träume, Pläne, eine Zukunft. Janis sah in jeder Minute seines Lebens den entsetzten Blick aus den Augen des Deutschen, der keinen Tag älter zu sein schien als er selbst.

Bei Gott, er hatte doch nicht töten wollen! Warum auch? Der Fremde hatte ihm nichts getan.

Noch immer spürte Janis die Angst in seinen Knochen und in den Gliedern des anderen, roch den Gestank des Schießpulvers, die sauren Ausdünstungen des anderen und des eigenen Körpers, hörte den Schlachtenlärm in den Ohren. Und die Angst war es auch gewesen, die ihn schießen ließ. Es war so schnell gegangen. Eher ein Reflex als eine bewusste Handlung. Janis hatte nicht einmal gemerkt, wie er das Gewehr angelegt und geschossen hatte. Nur diesen Blick sah er noch. Und er hörte den Schrei. Jeden Tag, jede Nacht. Diesen Schrei, der so überrascht klang und zugleich so schmerzvoll. Und dann war der Tote zu Boden gesunken, und Janis hatte angefangen zu zittern. So sehr, dass ihm das Gewehr aus den Händen gefallen war. Und dann hatte auch er geschrien. Lange. Und so laut, dass zwei seiner Kameraden gelaufen kamen. Sie hatten ihn gepackt und wegführen wollen, aber Janis hatte sich losgerissen. Er war zu dem toten Deutschen gegangen, hatte in dessen Gesicht gesehen, das keines mehr war. Er hatte sich neben ihn gekniet und ihm eine Hand auf die Brust gelegt, die so still lag wie ein Stein. Und dann hatte er gebetet.

Sein Leben war nicht mehr sein Leben seit diesem Tag. Er hatte getötet, war es nicht mehr wert, geliebt zu werden und zu lieben.

Am liebsten hätte er Malu in seine Arme gezogen, sein Gesicht in ihrem Haar vergraben und sie gebeten, bei ihm zu bleiben. Für immer. Vor dem Krieg hätte er das gekonnt. Nichts wäre ihm lieber gewesen. Malu, das Licht seines Lebens. Aber nun war er ihrer Liebe nicht mehr würdig. Nicht nur ihrer. Der eines jeden Menschen auf der Welt. Und es geschah ihm recht, dass sie ging. Auch, dass sie Constanze mitnahm. Er hatte es nicht anders verdient. Und doch war ihm das Herz so schwer, dass er es kaum tragen konnte in seiner Brust. Das war die Strafe. Und Janis war gewillt, diese Strafe zu ertragen wie ein Mann.

Dreizehntes Kapitel

Berlin, 1920

Berlin! Berlin! Wie schön die Stadt doch war! Groß, laut, bunt und schillernd. Und wie schrecklich zugleich. Constanze und Malu hatten den Bahnhof noch nicht verlassen, als sie schon die ersten Bettler und Kriegsversehrten sahen. Gleich neben ihnen stand einer, dem ein Bein fehlte. Er hing mehr in Holzkrücken, als dass er stand, und hatte einen Blechnapf in der Hand, den er den Vorübereilenden entgegenstreckte.

»Einen Pfennig für einen Kriegsversehrten«, murmelte er. Seine Augen waren erloschen.

»Hier!« Malu kramte in ihren Taschen und legte eine Reichsmark in die Blechschüssel.

Der Mann sah auf. »Sind die Damen fremd in Berlin?«

»Wir kommen aus dem Baltikum«, antwortete Malu.

»Dann passen Sie mal gut auf sich auf.«

Malu und Constanze nickten. Sie hatten diese Ermahnungen vor ihrer Abreise überall gehört. Frau Mohrmann hatte sie vor den jungen Männern gewarnt, Ruppert vor den anrüchigen Lokalen, und die Nachbarn hatten sich über die losen Sitten in der Hauptstadt ausgelassen, von denen sie in der Zeitung gelesen hatten. Doch das alles hatte Malu und Constanze nicht schrecken können. Sie wollten Berlin erobern, wollten zeigen, dass auch junge Frauen vom Lande nicht hinter dem Mond gelebt hatten.

An der nächsten Ecke stand ein kleiner Junge. Er war vielleicht fünf oder sechs Jahre alt. Vor seiner Brust hing ein Bauchladen mit Zigarren. Er pries seine Ware an, doch das Stimmchen war zu schwach, um gehört zu werden. Der kleine Junge war barfuß, und Constanze wies Malu auf seine blau gefrorenen Zehen hin.

Plötzlich erhob sich Geschrei. Ein junges Mädchen, viel jünger als Constanze und Malu, rannte über den Bahnhofsvorplatz. Ihr Gesicht war stark geschminkt, das Mieder halb offen. In der Hand hielt sie eine Börse, und hinter ihr hetzte ein Mann mit rotem Gesicht.

»Haltet sie!«, schrie er. »Die Hure hat mich bestohlen.«

Eine ältere Dame mit resolutem Aussehen versperrte dem Mann den Weg. »Dett haste nu davon, wenn de deine Olle mit 'ner Hure betrügst«, keifte sie.

Constanze und Malu wandten sich ab und suchten nach einer Mietdroschke. Neben ihnen hatte ein Leierkastenmann seinen Karren abgestellt und grölte mit lauter Stimme Berliner Gassenhauer. Etwas weiter links verkaufte jemand Bratwürste. Ein Blumenmädchen trug einen Korb an ihnen vorbei und rempelte Malu dabei rüde zur Seite. Zwei alte Frauen standen beieinander und schrien sich die neuesten Neuigkeiten ins Gesicht. Daneben brüllten Zeitungsjungen die aktuellen Schlagzeilen aus, Schuhputzer drängelten sich um sie herum, junge Huren drückten sich an den Hauswänden; und über all dem lag ein Gestank, der ins Haar, in die Haut und sogar in den Mund zu kriechen schien.

»Berlin ist ein Tollhaus. Ich kann nichts erkennen«, seufzte Constanze erschöpft. »Der Lärm, die vielen Menschen, der Geruch. Ich glaube, ich bekomme gleich Kopfschmerzen.« Mit weinerlichem Gesicht blickte sie zu Malu.

»He! Hierher!« Resolut winkte Malu einen Mietkutscher herbei. Sie hievte Constanze und das Gepäck auf den Wagen, kaum dass dieser neben ihnen zum Stehen gekommen war.

»Wo sollet denn hinjehn, Frolleinchens?«

»Wir suchen ein Hotel. Nichts Besonderes.«

»Aha. Vastehe. Keene Absteije, aber billisch. Klo offem Gang und so.« Der Kutscher nickte und berührte die Pferde leicht mit der Peitsche. Die Tiere setzten sich in Bewegung und zogen das Gefährt gemächlich durch die Straßen.

Malu sah mit weit aufgerissenen Augen auf Berlin. Sie sah die Tanzpaläste, die Casinos und feinen Restaurants, die Varietés, Theater und Lichtspielhäuser. Sie erblickte gut gekleidete Menschen, die aus prächtigen Häusern traten, Automobile jeder Art, sogar eine Straßenbahn sah sie. Und immer mehr Menschen und Geschäfte.

Sie fuhren einige Zeit, ehe das Straßenbild sich langsam veränderte. Jenseits des Kurfürstendammes, dort, wo der Damm in die Kurfürstenstraße überging, wurde es ruhiger. Die Häuser wirkten grau und ein wenig schäbig. Vor den Läden standen lange Schlangen verhärmter Frauen, die offensichtlich nichts mehr ersehnten als einen Laib Brot und eine Kanne Milch für ihre Kinder. Jungen stießen einen Lumpenball über die Gasse, kleine Mädchen hüpften über ein Seil. Die Kinder hatten graue Gesichter und viel zu große Augen. Ihre Kleider waren abgetragen, und die meisten von ihnen liefen barfuß.

Malu spähte im Vorbeifahren durch ein offenes Tor in einen Hinterhof. Sie traute ihren Augen nicht, als sie hinter dem ersten Hof noch einen zweiten und einen dritten erkennen konnte. Ausgebleichte, fadenscheinige Wäsche hing aus den Fenstern. Müll säumte die Straßen, und Malu kreischte leise auf, als sie die erste Ratte über die Gasse huschen sah.

Um nichts in der Welt würde sie hier leben wollen! Hier in all dem Dreck.

Eine Frau stand auf dem Bürgersteig und brüllte mit erhobenen Fäusten auf einen Mann ein. »Hab ick dir nich jesagt, datte det Jeld nich versaufen tun sollst? Watt soll ick jetzt einkoofen?« Tränen der Verzweiflung rannen über ihr Gesicht, während sie auf den Mann eindrosch.

Aus einer Eckkneipe torkelten zwei Männer, sie fielen auf das Trottoir und blieben ineinander verkeilt liegen. Ein dürrer Hund rannte vorbei, hob das Bein und pisste auf den Rücken des einen.

Malu schüttelte den Kopf. Sie hätte sich am liebsten über die Augen gewischt, um die Spukbilder zu vertreiben, doch sie wusste allzu gut, dass dies hier die Wirklichkeit war.

»So, jnädije Frolleins, da wärn wir.« Der Kutscher hielt vor einem Haus.

Es war so schäbig, dass Malu es zunächst für eine Ruine hielt. Erst jetzt sah sie das Blechschild mit der Aufschrift: »Pension zum Stern. Frühstück und Abendbrot. Wasserklosett.«

Malu sah an dem Haus hoch. Nur im ersten Geschoss waren zerschlissene Gardinen an den Fenstern. Die übrigen waren mit Zeitungspapier beklebt. Ganz oben hatte irgendwer Latten an die Rahmen genagelt. Im zweiten Stockwerk war eine einzelne verwelkte Pflanze zu erkennen, und im dritten blickte eine dicke Frau mit Schürze und Kopftuch aus einem der Fenster. Ihre Brüste quollen über das Fensterbrett wie gewaltige Kürbisse. Ihr Gesicht war rot wie gekochter Schinken, wirkte aber freundlich.

»Na, Kalle, watt bringste denn heute?«, rief sie dem Kutscher zu.

»Zwei Damen aus dem Baltikum. Haste noch Zimmer übrig, Mutter Glubschke?«

Die Frau beäugte Malu und Constanze. Es dauerte einen Augenblick, aber dann hatte sie sich ein Urteil gebildet. »Een Zimmer hab ick noch. Wenn se dett beede zusammen haben woll'n, soll 's mir recht sein.«

Der Kutscher drehte sich um und sah Malu auffordernd an. »Watt Besseret wärn Se nich kriejen.«

Malu schluckte. Sie hatte ein wenig Geld vom Verkauf ihrer Sachen, doch davon wollte sie sich eine neue, modernere Nähmaschine kaufen und sich die ersten Monate damit über Wasser halten. Die Unterkunft hatte sie sich ganz anders vorgestellt. Hell, sauber, inmitten der Stadt. Nicht hier, wo die Armut in jedem Winkel hockte.

Sie schüttelte den Kopf. »Ich hatte an etwas anderes gedacht«, erklärte sie dem Kutscher so höflich wie möglich.

Der Kutscher wiegte den Kopf hin und her. »Berlin is volljestoppt mit Fremden. Die Hotels kosten mehr als nur Jeld.« Er rieb Daumen und Zeigefinger gegeneinander. »Hier isset sauber. Un Mutter Glubschke passt uff, dett nüscht passiert. Aber wenn Se unbedingt wollen, dann fahre ick halt weiter.«

Constanze, die bisher geschwiegen und nur mit großen Augen aus der Kutsche geschaut hatte, legte Malu eine Hand auf den Unterarm. »Ich finde es hier nicht so schlimm. Eine Unterkunft in der Stadtmitte ist sicher unerschwinglich. Und die Vorstädte werden sich alle ähnlich sehen.«

»Da hatt dett Frolleinchen recht«, stimmte der Kutscher zu. »Vornehme Jejenden jibt dett hier nich so ville. Aber ick kann Se ooch nachem Jrunewald fahren, wenn Se woll'n.«

Malu zweifelte noch immer, doch sie gab schließlich Constanzes Drängen nach: »Gut, wenn du willst.«

Der Kutscher half ihnen mit dem Gepäck, und wenig später standen sie Mutter Glubschke gegenüber.

»So, meine Frolleinchen. Hier is der Schlüssel. Herrenbesuch jibt ett bei mir nich, ick bin ein anständijes Haus. Wäsche waschen nach Plan, zum Monatsersten die Miete, und im Winter dazu von jeder zehn Briketts inne Woche. Jekocht wird nur, wenn's nötisch is, ansonsten sin' meine Küche und meine Wohnstube tabu. Allet klar?« Die Frau besaß eine kräftige Stimme und hatte mit Nachdruck gesprochen. Selbstbewusst verschränkte sie ihre Arme vor der Brust und musterte Constanze und Malu ungeniert. »Na, ihr zwee beeden habt och noch nich so ville vonne Welt jesehen, wa?«

Malu nickte.

»Na denn passt man jut uff euch uff.«

Mutter Glubschke stieß eine Tür auf und deutete ins Innere. »So, det is nu euer Zuhause. Macht mir nüscht kaputt. Und viel Spaß in Berlin.«

Sie gab Constanze einen leichten Stoß, sodass diese ins Zimmer taumelte, und schloss hinter Malu die Tür.

Constanze drängte sich gegen Malu, denn das Zimmer war so schmal, dass sie zu zweit nicht nebeneinander stehen konnten. Links und rechts befanden sich recht große Betten, die mit prallen Kissen bedeckt waren. Unter dem Fenster stand ein kleiner Tisch, rechts neben der Eingangstür ein hölzerner Schrank und links eine Kommode mit Waschgeschirr. Es gab weder Gardinen noch einen Läufer auf dem Dielenboden. Eine einzelne Lampe hing von der Decke, und der Blick zum Fenster hinaus ging auf den Hinterhof.

Malu musste das Fenster öffnen und sich weit hinausbeugen, um über den Hinterhöfen und Häusern, die sich hintereinanderreihten, ein Stück Himmel sehen zu können. Von gegenüber erklangen Kindergeschrei und das Gezeter einer Frau. Unten stieß jemand die Asche- und Müllkübel über das Pflaster. Aus einem Nebengebäude drang der Lärm einer Kreissäge.

»Nicht so schlecht, wie ich dachte«, sagte Malu schließlich mit zusammengebissenen Zähnen.

Constanze schob sich eine Haarsträhne aus der Stirn, setzte ihr Hütchen ab und deponierte es auf der Kommode. »Wir machen etwas daraus. Wir sind in Berlin, Malu. In der Stadt, in der alles möglich ist. Wir sind hergekommen, um unsere Träume zu verwirklichen. Also lass es uns tun.«

Malu blickte Constanze prüfend an. Seit langer Zeit sah sie wieder ein Leuchten in den Augen ihrer Freundin. »Du hast recht«, erwiderte sie. »Es gibt keinen Grund zur Klage, aber tausend Gründe, endlich anzufangen.«

»Es gefällt dir also?«

»Na ja, man gewöhnt sich an alles.« Malu lächelte. »Kann schon sein, dass mir Berlin mit jedem Tag mehr gefällt.«

Vierzehntes Kapitel

Berlin, 1920

In den ersten Tagen erkundeten Constanze und Malu die Stadt. Malu war noch immer fest entschlossen, eine eigene kleine Schneiderei zu eröffnen. Constanze dagegen wusste nicht genau, was sie wollte. Halbherzig studierte sie die Anzeigen in den Berliner Zeitungen und musste feststellen, dass Hauslehrerinnen und Gouvernanten nicht gerade gesuchte Berufe waren. Und wenn, so legten die Berliner Wert auf Sprachkenntnisse und künstlerische Talente, doch Constanze konnte weder das eine noch das andere bieten.

Malu drängte sie nicht. Sie war froh, Gesellschaft zu haben. Gleich am ersten Tag hatte sie sich eine Nähmaschine gekauft. In ihrem Hinterkopf entwickelte sie bereits einen Plan, wie sie in der besseren Gesellschaft Berlins Fuß fassen könnte. Doch zunächst musste sie die Berlinerinnen und ihre Wünsche kennenlernen.

Fröhlich spazierte Malu die Tauentzienstraße entlang, vorbei an der Kaiser-Wilhelm-Gedächtniskirche. Sie wollte das berühmte KaDeWe sehen. Das Kaufhaus des Westens, das so prächtig sein sollte, dass man selbst in Riga davon sprach.

Sie blieb vor dem Gebäude stehen, betrachtete die Fassade und das Marmorportal. Noch nie hatte ein Haus ihr eine ähnliche Ehrfurcht eingejagt. Fast schaffte sie es nicht, ihre

Füße zu bewegen. Gut gekleidete Männer und Frauen trieben so beschwingt wie Sommervögel durch den Eingang, als gäbe es das Elend in anderen Teilen der Stadt nicht. Keine der Frauen trug noch die in Riga gebräuchlichen Krinolinkleider, und die wenigsten waren in Mieder gezwängt. Malu musterte die Kleidung der Kaufhausbesucher mit kritischen Augen.

Schon bald konnte sie die Originale von den billigen Kopien unterscheiden und wusste, dass in den »weißen Wochen« preisreduzierte Weißwaren angeboten wurden. Aber es dauerte beinahe vierzehn Tage, bis Malu es wagte, das erste Mal ihren Fuß ins Innere des KaDeWe zu setzen.

Kaum hatte sie die Eingangshalle betreten, blieb sie, geblendet von der Pracht, stehen. Links und rechts hasteten Kaufhauskunden an ihr vorbei, streiften sie mit Tüten und Paketen, doch Malu bemerkte sie nicht. Sie betrachtete die Treppe aus gelbem Holz, die prächtigen Schnitzereien des Geländers und vor allem das strahlende Licht des Kronleuchters, der nicht mit Kerzen bestückt war, sondern elektrisch funktionierte. Noch nie hatte sie ein so großes Warenhaus gesehen.

Hundertzwanzig Geschäfte, das hatte Malu gelesen, waren hier untergebracht. Und das ganze Gebäude strahlte einen Reichtum und eine Schönheit aus, dass es Malu den Atem verschlug.

Langsam stieg sie die Treppe empor und genoss jeden Schritt auf dem weichen Läufer. Schließlich stand sie vor einem riesigen Schild, auf dem die einzelnen Abteilungen mit den jeweiligen Stockwerken aufgeführt waren. Ihr Blick huschte über das Schild. Malu fiel es schwer zu glauben, dass es in diesem prächtigen Haus tatsächlich außer Abteilungen für Mode, Kurzwaren, Bekleidung, Weißwäsche, Putz, Lederwaren, Pelze, Kosmetik, Parfüm, Uhren und Schmuck einen Teesalon mit Musikkapelle gab, zwei Friseure, eine Wechselstube, eine Bankfiliale, eine Schusterei, zwei Änderungsschneidereien, eine Stickerei, eine Leihbibliothek und sogar ein Fotoatelier.

»Hier sind ja mehr Geschäfte untergebracht als in der gesamten Rigaer Innenstadt«, staunte sie.

Und wenn Malu in manchen Augenblicken daran gezweifelt hatte, mit ihrem Umzug nach Berlin das Richtige getan zu haben, so wusste sie jetzt, dass es richtig gewesen war, hierherzukommen.

Eine junge Frau mit einem gerade geschnittenen Kleid, einer Pagenfrisur und einer Feder kam Malu entgegen und musterte sie kritisch.

Da erst wurde Malu bewusst, wie provinziell sie doch aussah in ihrem selbst geschneiderten Kleid ohne Hut und Handschuhe, in den weißen gestrickten Strümpfen und mit den langen Haaren, die sie zu einem festen Knoten geschlungen hatte. Schon fühlte sie sich unzulänglich, diesmal aber auf eine weitaus angenehmere Art als im Baltikum. Dort war sie die gewesen, die irgendwie anders war, etwas anderes wollte als einen Ehemann und Kinder. Sie hatte nie die gleichen Kleider getragen wie die anderen Mädchen, aber jetzt erkannte sie, dass selbst ihre gewagtesten Modelle in Berlin nur bäuerlich wirkten. Das musste sich ändern!

Fasziniert blickte Malu den eleganten Frauen hinterher. Dann presste sie ihre kleine Handtasche an sich und trat entschlossen auf die Ständer mit den Kleidern zu. Sie befühlte die Stoffe, las ihre Namen von den Schildchen ab und ließ sie sich auf der Zunge zergehen: Taft, Charmeuse, Crepe Georgette. Wie faszinierend es war, zu den Namen, die sie aus den Zeitschriften kannte, nun auch die Stoffe zu sehen und zu fühlen. So viel Auswahl hatte es in Riga nie gegeben!

Sie befühlte den Besatz einiger Kleider aus französischen Kollektionen: Chiffon, Spitze oder Seidenfransen. Sie probierte Glockenhüte auf, steckte ihre Finger in feine Handschuhe, die bis weit über die Ellenbogen reichten. Sie ließ die Stoffe der leichten Straßenkleider durch ihre Finger gleiten, sog die Farben in sich auf: Lila, Grün oder Blau. Schwarze Atlasgürtel, die um schmale Taillen geschlungen waren, und Schärpen aus violetter Seidengaze. Italienische Strohhüte, Kappen, mit Goldfäden durchwirkt, pastellblaue Atlasrosetten.

Am meisten aber war Malu von den Accessoires beeindruckt. Im Baltikum gab es Schmuck, den man zumeist geerbt hatte, und Hüte von der Putzmacherin, gestickte Tücher und Westen. Aber hier, im KaDeWe, hingen ganze Ständer voller Damenspazierstöcke mit Griffen aus Gold, Silber, Elfenbein oder bunter Emaille. Sie stieß sogar auf goldene Reifen, die an den Fußgelenken getragen wurden und nur beim Tanzen, wenn die Röcke schwangen, zu sehen waren. Malu befühlte einen Reifen, der wie eine Schlange geformt war. Sie stellte sich diesen Reifen an ihrem Fußknöchel vor und fand es hinreißend. Dazu gab es Schärpen, Gürtel, Kopfbänder, lange auffällige Ketten und Zigarettenetuis samt Spitzen.

Eine junge Verkäuferin trat auf sie zu. »Kann ich der Dame behilflich sein?«

Malu erschrak. Sie hatte vollkommen vergessen, dass sie sich in einem Kaufhaus befand. Ihr juckte es in den Fingern. Wie gerne hätte sie alles sofort gekauft! Wie gerne hätte sie sich auf der Stelle in eine elegante Berlinerin verwandelt! Doch die Sachen waren teuer.

»Nein, vielen Dank«, erwiderte sie. »Ich möchte mich zunächst nur umschauen.«

Auch in der Stoffabteilung war Malu beim Anblick des riesigen Angebotes nicht in der Lage, sich zu entscheiden. Sie verließ erschöpft, und wie es ihr schien, nach endlosen Stunden, das KaDeWe, hatte nur ein paar Zeitschriften erworben: *Die Dame* und *Die elegante Welt*, und ein Magazin gekauft, das ganz neu auf dem Markt war und deshalb besonders modern: *Styl – Das Berliner Modejournal*.

Als Malu ihre wenigen Schätze nach Hause trug, war ihr Kopf voller Ideen. Schon entstanden vor ihrem geistigen Auge Kleider und Röcke, kurze Jacken und lange Mäntel, Hüte und Westen, Stoffbeutel und Tücher, Schals und Bänder. Sie rannte beinahe nach Hause, konnte es nicht erwarten, die Zeitschriften zu lesen, sich hernach an die Nähmaschine zu setzen und die ersten Entwürfe umzusetzen. Sie hätte gern eine Schneiderpuppe gehabt, doch das Geld musste zunächst für Stoffe und den Lebensunterhalt reichen.

Constanze saß am Tisch und las die Tageszeitung. Sie suchte noch immer nach einer Stelle als Gouvernante oder Hauslehrerin. Vielleicht würde sie auch eine Anstellung in einem Büro bekommen. Sie hielt einen Bleistift in der Hand und studierte jede einzelne Anzeige mit großer Gründlichkeit. Ab und zu seufzte sie und murmelte vor sich hin: »Nichts. Wieder nichts. Viel zu weit weg.«

Malu blätterte in einer Modezeitschrift, die Wangen rot, die Augen glänzend vor Eifer und Glück. »Sieh dir das an,

Constanze!«, rief sie ein um das andere Mal. »Schau nur, die Schnitte!«

Constanze blickte auf die Zeitschrift und verzog leicht den Mund. »Ein wenig frivol, findest du nicht?«

Aber Malu lachte nur auf. »Schlichte, einfache Kleidung. Das ist so wunderbar. Und jetzt, nachdem die Rationierung für Stoffe aufgehoben ist, kann ich endlich aus dem Vollen schöpfen. Schau nur her, diese Mode ist wirklich für Frauen gemacht. Keine Wespentaillen mehr, keine Korsetts, keine Krinolinen. Man kann diese Kleider tragen und dabei essen, sich bewegen, tanzen, sogar mit dem Fahrrad fahren!«

»Ich finde doch, dass die Kleider ein wenig ... ein wenig ... zu ... unanständig sind für junge Frauen wie uns. Am Ende verwechselt man uns noch mit denen, die ihr Geld in der Horizontalen verdienen.«

Malu blickte überrascht von ihrer Zeitschrift auf und sah, dass es Constanze ernst war. Sie stand auf, umarmte die Freundin, drehte sich, so gut es ging in der engen Kammer, im Kreis. »Eine neue Zeit hat begonnen«, raunte Malu. »Eine Zeit, in der alles anders ist. Fröhlicher, freier. Und wir Frauen dürfen an dieser Zeit teilhaben! Frauen arbeiten nicht mehr nur als Gouvernanten und Hauslehrerinnen. Sie sitzen in Büros, so wie es früher nur die Männer taten. Sie verkaufen in den Geschäften, sie fahren mit dem Automobil. Es ist die Zeit der Frauen!«

Constanze verzog den Mund. Natürlich wusste sie, dass es seit dem November 1919 das Wahlrecht für Frauen gab. Sie hatte auch von Rosa Luxemburg gehört, die sich für die Rechte der Frauen einsetzte. Doch das Wahlrecht war ihr gleichgültig. Sie wollte keine Rechte, sie wollte jemanden, der ihr sagte, was sie zu tun und zu lassen hatte. Trotzdem nickte sie, um Malu den Spaß nicht zu verderben, doch in Wirklichkeit fühlte sie sich unwohl.

Was soll ich mit der Freiheit anfangen?, überlegte sie betrübt. Freiheit. Pah! Soll ich mich selbst ernähren? Warum soll ich Männer wählen? Was nutzen mir Kleider ohne Korsett, wenn mich darin niemand mehr wahrnimmt?

Auf einmal hielt sie es mit Malu und ihrer Nähmaschine nicht mehr in einem Raum aus. Mit einem Schlag begriff sie, dass Malu sehr gut ohne sie zurechtkam. Sie aber brauchte Malu. Brauchte irgendjemanden. Sie war wie der Teil eines Ganzen auf der Suche nach ihrem passenden Gegenstück. Sie war nicht so stark wie Malu, hatte nicht deren Ehrgeiz oder gar deren Willen. Bislang war ihr Dasein immer nur durch ihre Verbindungen mit anderen bestimmt gewesen: Sie hatte gelebt als Tochter ihrer Mutter, als Gehilfin des Doktors im Lazarett, als Rupperts Geliebte und Malus Freundin.

Sie lief durch die Straßen, vorbei an den langen Schlangen vor den Geschäften, wo Frauen mit müden grauen Gesichtern standen. Nein, dachte sie und erschrak zutiefst. Wenn die Freiheit so müde und grau ausschaut, dann soll sie bleiben, wo sie ist. Ich will sie nicht.

Direkt vor ihr fiel ein Kind hin, schlug sich die Knie auf und blieb weinend liegen. Constanze half dem kleinen Jungen auf die Füße, wischte ihm mit ihrem Taschentuch den Rotz von der Nase und strich ihm über die Wange. »Weine nicht«, flüsterte sie. »Es ist nur ein Kratzer. Du willst doch ein Mann werden, nicht wahr?«

Der Kleine nickte.

»Ein Mann, weißt du, ein Mann, der kennt keinen Schmerz, der kennt keine Tränen.«

Sie merkte nicht, dass sie selbst weinte. Der Kleine erschrak über ihre Tränen, machte sich los und rannte zu seiner Mutter, einer Frau mit schmalem Mund und dürren Gliedern. Er klammerte sich an ihre Beine und schaute Constanze entsetzt an.

Constanze versuchte ein Lächeln und lief schnell weiter. Nur fort von diesen Frauen, die so geschäftig waren, so bemüht, alles am Laufen zu halten, und jeden Tag damit aufs Neue scheiterten.

Sie rannte so schnell die Straßen entlang, dass sie außer Atem geriet. Sie wollte weg, weg von dieser Armut, weg von diesem Elend. Nein, sie war nicht wie Malu. Und wenn sie die Freundin auch bewunderte, so wollte sie doch niemals sein wie sie.

Irgendwann blieb sie erschöpft stehen, presste beide Hände gegen die schmerzenden Seiten und rang nach Atem. Dabei bemerkte sie, dass sich das Straßenbild geändert hatte. Die Häuser waren prächtiger, neuer, mit strahlenden Fassaden und Haustüren mit goldenen Klopfern. An vielen Eingängen standen uniformierte Conciergen, bereit, Hausbewohnern und Gästen die Tür aufzuhalten. Die Straßen waren gepflastert und so sauber, dass man davon hätte essen können. Aus einem offenen Fenster klang Klavierspiel und das Lachen einer Frau.

Sehnsüchtig schaute Constanze hoch. Sie nahm im Licht eines Kronleuchters Schemen war, die tanzten. Jemand sang ein Revuelied.

Constanze lehnte sich an einen Baum und sah weiter hinauf zu dem offenen Fenster, dessen helle Vorhänge sich leicht bauschten. Sie wünschte sich so, dort zu sein, dass sie vergaß weiterzugehen. Sie summte die Melodien mit, schloss die Augen und sah sich selbst in den Armen eines gut gekleideten Mannes zu den Walzerklängen tanzen.

»Ist Ihnen nicht gut? Kann ich Ihnen helfen?« Eine Stimme schreckte sie aus ihren Träumen. Eine Stimme mit baltischem Einschlag.

Constanze schrak auf und öffnete die Augen. »Nein«, murmelte sie. »Mir kann niemand helfen.«

Der Mann mit dem baltischen Akzent beugte sich zu ihr. »Soll ich mich um ein Glas Wasser für Sie kümmern?«

Erst jetzt betrachtete sie ihn genauer. Er sah aus wie der Sohn eines baltischen Landadligen, das blonde Haar war kurz geschnitten, die hellen Augen ohne Arg auf Constanze gerichtet. Doch seine Kleidung war entschieden eleganter. Er trug einen dunklen Anzug mit Samtbesatz am Kragen, einreihig geknöpft und mit einer weißen Blume am Revers. Darunter blitzte ein weißes Hemd mit Frackkragen hervor. Die Fliege war gekonnt gebunden, und seine schmalen schwarzen Lederschuhe glänzten im Licht der Gaslaterne.

Constanze lächelte ein wenig. Der Mann, ganz gleich, wer er war, war ein rettender Engel. Sie biss sich auf die Lippen, damit sie sich ein wenig röteten, und stieß sich leicht von dem Baum ab. Dabei geriet sie ins Taumeln, und schon war da ein starker Männerarm, der sie stützte. So sollte es sein, dachte Constanze. Es sollte immer ein Arm da sein, der ein Mädchen stützt. Sie blickte den Mann an und lächelte. »Danke sehr, mir geht es gut. Nur ein leichter Schwächeanfall.«

»Sie sehen immer noch ein wenig blass um die Nasenspitze aus. Sind Sie sicher, dass Sie kein Wasser benötigen?«

»Ganz sicher, vielen Dank.« Constanze sah auf seine Hand, die sie am Oberarm noch immer leicht hielt.

Der Mann zog seine Hand zurück. »Bitte verzeihen Sie, ich wollte Ihnen nicht zu nahe treten.«

Constanze schüttelte den Kopf und schenkte ihm ihr

schönstes Lächeln.«»Das tun Sie nicht. Es ist so schön, einmal wieder eine Stimme aus der Heimat zu hören.«

»Sie kommen aus Riga?«

»Nein. Nicht direkt aus Riga. Von einem Gut in der Nähe von Mitau.«

»Oh!« Der junge Mann lachte erfreut. »Das ist ja wunderbar. Welches Gut? Ich kenne mich in der Gegend nicht besonders gut aus, aber man hört ja immer wieder etwas von den anderen Anwesen in der Region.«

»Ich bin Marie-Luise von Zehlendorf vom Gut Zehlendorf«, sagte Constanze plötzlich. Sie wusste selbst nicht, wie ihr der Gedanke in den Kopf gekommen war. Doch als sie den Satz äußerte, fühlte es sich für sie so an, als spräche sie die Wahrheit.

»Zehlendorf?«, fragte der junge Mann nach. »Etwa die Tochter Wolfgang von Zehlendorfs?«

Constanze nickte. »Haben Sie ihn gekannt?« Ein Schrecken kroch ihr den Rücken hoch.

Der junge Mann schüttelte den Kopf. »Leider nicht. Nur gehört habe ich von ihm. Sein Gut führte er mustergültig. Es tut mir sehr leid, dass Sie ihn so früh verloren haben.«

Constanze nickte. »Es war für uns alle sehr schwer.« Dann zwang sie wieder ein Lächeln ins Gesicht und erklärte betont fröhlich: »Aber nun ist der Krieg vorüber, das Leben muss weitergehen.«

»Sind Sie schon lange in der Stadt?« Der Mann schien wirklich etwas über sie wissen zu wollen.

»Drei Wochen erst.«

»Und wie gefällt Ihnen Berlin?«

Constanze senkte den Blick. »Nun, es ist anders als die Heimat, nicht wahr? Ich vermisse meine Freunde, die Familie.«

»Heißt das, Sie sind ganz allein hier?«

Constanze schüttelte den Kopf. »Eine Freundin begleitet mich. Die Tochter unseres Pfarrers. Sie will hier Schneiderin werden. Deshalb sind wir zusammen gereist.«

Der junge Mann zeigte sich verwundert. »Und Sie haben wirklich noch keinen einzigen Bekannten in Berlin getroffen? Ich denke immer, das halbe Baltikum ist hier. Kaum setze ich einen Schritt ins Theater, bin ich von Bekannten umgeben. Spaziere ich über den Kurfürstendamm, muss ich allenthalben den Hut lüften.« Er lachte. »Manchmal glaube ich, ich wäre noch in Riga.«

»Riga...«, wiederholte Constanze versonnen. Mit einem Mal verspürte sie Heimweh, so sehr, dass es ihr das Wasser in die Augen trieb. »Manchmal wünsche ich mich dorthin zurück. Manchmal wünsche ich mir die alten Zeiten zurück.«

»Wer von uns tut das nicht? Wir alle haben in diesem unseligen Krieg verloren. Auch unser Gut wurde enteignet. Zum Glück war mein Vater vorausschauend und hat das Vermögen rechtzeitig nach Berlin transferiert.«

Von der nahen Kirche schlug eine Turmuhr. Der Mann zog seine Taschenuhr hervor und blickte darauf.

»Oh, verzeihen Sie mir bitte, ich wollte Sie wirklich nicht aufhalten«, stammelte Constanze.

»Aber nein, das haben Sie nicht getan. Ich bin zu einer kleinen Abendgesellschaft eingeladen. Bei Freunden. Sehen Sie, dort oben wohnen sie.«

Er zeigte auf das Fenster, das Constanze zuvor sehnsüchtig betrachtet hatte.

»Es sind Freunde aus dem Baltikum. Die meisten kommen aus Estland, aber es sind auch ein paar darunter, die in Lettland gelebt haben. Ich möchte wirklich keinesfalls unhöflich sein, aber es wäre mir eine große Ehre und ein Vergnügen, wenn Sie mich dorthin begleiten würden.«

Constanze schnappte unauffällig nach Luft. Genau das hatte sie sich gewünscht! Hatte Gott sie etwa erhört?

»Ich weiß nicht«, erwiderte sie zögerlich. »Ist es nicht unhöflich, uneingeladen irgendwo hereinzuschneien?«

»Aber nein, wo denken Sie hin! Ich bin sicher, alle würden sich freuen, Sie zu treffen.«

»Aber meine Kleidung. Ich bin nicht richtig angezogen.«

»Oh, machen Sie sich deshalb bitte keine Gedanken. Wir sind ganz informell. Ich bitte Sie, tun Sie mir den Gefallen!«

Seine Stimme klang so nett und so warm. Außerdem war Constanze es nicht gewohnt, jemandem einen Wunsch abzuschlagen. Und einem Mann schon gar nicht. Und ganz besonders dann nicht, wenn sich dessen Wunsch heimlich mit ihrem deckte. »Also gut«, stimmte sie zu.

Er streckte die Hand aus, verbeugte sich ein wenig. »Verzeihen Sie, ich vergaß, mich Ihnen vorzustellen: Lothar von Hohenhorst.«

Fünfzehntes Kapitel

Berlin, 1920

»Wo sind wir hier eigentlich?«, wollte Constanze wissen, als sie neben Lothar von Hohenhorst die breite Eingangshalle mit dem Marmorboden durchschritt.

»In Berlin-Charlottenburg«, erklärte er. »Genau gesagt: in der Fasanenstraße. Es ist zwar nicht die allerbeste Gegend, aber sehr zentral. Ich selbst wohne nur zwei Straßen weiter, in der Kantstraße. Natürlich wäre mir der Grunewald lieber, doch die Stadtnähe ist auch nicht zu unterschätzen.« Er lachte. »Aber in den Grunewald kann ich noch immer ziehen, wenn ich eine Frau und Kinder habe. Jetzt aber bin ich lieber in der Nähe der Varietés und Clubs.«

Constanze nickte lächelnd.

»Und Sie? Wo wohnen Sie?«

Für einen Augenblick wusste Constanze nicht, was sie sagen sollte. Unmöglich konnte sie ihm die Straße nennen, in der sie mit Malu in der winzigen Kammer lebte. Aber andere Straßen kannte sie nicht. »Wir ... meine Freundin und ich wohnen derzeit noch in einem Hotel. Unsere Wohnung muss erst noch eingerichtet werden.«

»Im Adlon?«

Constanze kannte sich in Berlin nicht aus, aber vom vornehmen Adlon hatte selbst sie schon gehört. Es musste wundervoll sein, dort zu leben. Einen Augenblick lang war sie versucht zu nicken, aber eine innere Stimme riet ihr davon ab. Sie hatte heute Abend schon gelogen, sich als eine Adlige ausgegeben, die sie nicht war. Und jetzt musste sie weiterlügen, aber übertreiben durfte sie dabei nicht.

Sie schüttelte den Kopf. »Nein, nicht im Adlon. Wir sind aus dem Baltikum, nicht aus der ›Goldenen Stadt‹.« Sie kicherte.

»Nun, es ist ja nicht für immer.« Lothar von Hohenhorst lächelte freundlich. »Vielleicht erlauben Sie mir, Ihnen meine Aufwartung zu machen, wenn Sie fertig eingerichtet sind?« Er bot ihr seinen Arm. »Gehen wir!«

Sie stiegen die Treppe empor, und mit jeder Stufe wurde die Musik lauter. Jemand spielte sehr schnell auf dem Klavier; Stimmen überschlugen sich, Frauen lachten.

Als der Lärm am lautesten war und Constanze dachte, dass sie ihr eigenes Wort nicht mehr verstehen würde, waren sie vor einer zweiflügeligen Wohnungstür angelangt, die ein vergoldeter Klopfer zierte.

Zu Constanzes Erstaunen stieß Lothar von Hohenhorst die Tür auf, die nur angelehnt gewesen war, schob Constanze vor sich her, und schon befand sie sich mitten im Trubel.

Im Korridor lehnten zwei magere Frauen an der Wand. Beide rauchten lange dunkle Zigaretten aus Spitzen mit vergoldeten Mundstücken. Eine hatte das Haar schwarz gefärbt und im Pagenstil geschnitten. Ihr Mund war blutrot geschminkt, und die Augen mit einem schwarzen Stift umrandet. Sie sah, fand Constanze, irgendwie krank aus, so als hätte sie gerade die Schwindsucht überstanden. An den Ohren der Frau hing langes Geschmeide, das ihr beinahe bis auf die Schultern reichte. Sie trug ein schwarzes Kleid, das bis zur Hüfte locker fiel und dann in einem knielangen Faltenrock endete. Ihre Arme waren mit klirrenden Reifen geschmückt.

Die andere Frau trug das Haar ebenfalls kurz, doch es war in weiche rote Wellen gelegt. Ihr Kleid war apfelgrün und wurde in Hüfthöhe von einer seidenen Schärpe gehalten, die mit großen Glitzersteinen bestickt war. In der rechten Hand hielt sie einen Spazierstock mit silbernem Entenkopf, und auch ihre Arme waren über und über mit silbernen Reifen geschmückt. Dazu trug sie Seidenstrümpfe und Schuhe, die sehr spitz und ebenfalls apfelgrün waren. Um die Schulter hatte sie ein Tuch aus Seide gelegt.

Constanze sah an sich herab, fand sich selbst brav und provinziell. Noch vor einer Stunde hatte sie sich Malu gegenüber abfällig über die Kleider geäußert, wie sie hier in der Wohnung getragen wurden. Doch nun musste sie zugeben, dass sie diese Mode nicht mehr vulgär, sondern aufregend fand. Sie strich sich über ihren dunkelblauen Rock, der altmodisch bis zum Boden reichte, drehte den Hals in der weißen Bluse mit dem hohen Kragen und strich sich über ihr langes blondes Haar, das am Hinterkopf zu einem Knoten gebunden und von einem breiten Hut geschützt war.

Die beiden jungen Frauen unterbrachen ihr Gespräch und wandten sich Constanze zu. »Frisch aus der Heimat?«, fragte die mit dem schwarzen Pagenkopf.

»Wie bitte?«

»Du bist sicher geradewegs aus dem Baltikum hierhergekommen, nicht wahr?«

Constanze fuhr zusammen, weil sie einfach so geduzt wurde, doch dann nickte sie. »Ich bin erst seit drei Wochen hier.«

Sie blickte sich suchend nach Lothar von Hohenhorst um.

Erleichtert sah sie, dass er mit zwei gefüllten Gläsern auf sie zukam. »Ihr habt euch bereits bekanntgemacht?« Lothar deutete auf das Fräulein im schwarzen Kleid. »Darf ich vorstellen: meine Cousine, Adelheid von Hohenhorst, genannt Adele.«

Constanze streckte ihr die Hand hin. »Sehr angenehm. Marie-Luise von Zehlendorf.«

Adele ließ ihre ausgestreckte Hand fallen, als hätte sie sich verbrannt. »Zehlendorf?«, fragte sie verblüfft. »Verwandt etwa mit Ruppert von Zehlendorf?«

Constanze schluckte, aber es blieb ihr nichts anderes übrig, als zu nicken. »Mein Bruder.«

Adele betrachtete sie von oben bis unten. »Ähnlich seid ihr euch zum Glück ja nicht. Sonst müsste mein Cousin dich jetzt zum Duell fordern.« Sie lachte glucksend und nahm einen kräftigen Zug von der Zigarette.

»Was meinen Sie ... meinst du damit?«, fragte Constanze vorsichtig.

Adele reagierte verblüfft und zog die Augenbrauen etwas in die Höhe. Dann beugte sie sich zu Constanzes Ohr: »Kennst du denn nicht den Ruf deines Bruders als großen Schürzenjäger? Es gibt keine Frau in ganz Lettland, die er nicht geschändet hat. Und, mein Gott, das kann er ganz großartig. Mich jedenfalls hat er nicht lange überreden müssen.«

Sie lachte, und Constanze wurde glutrot. »Willst du damit sagen, dass du mit ihm im Bett warst?« Sie konnte selbst nicht glauben, dass sie diese Worte gerade ausgesprochen hatte. Es musste am Champagner liegen, der so angenehm durch ihre Kehle rann.

Aber Adele war nicht erzürnt. Sie hob nur leicht die Schultern. »Natürlich war ich das.« Sie machte eine ausholende

Handbewegung. »Die meisten von uns. Und soweit ich weiß, hat es keine bereut. Aber wie geht es dem alten Knaben?«

Constanze war so perplex, dass sie nicht antworten konnte. Ihr Herz schlug rasend vor Eifersucht. Und zugleich fühlte sie sich wieder einmal so gedemütigt von Ruppert, dass sie kaum atmen konnte.

Lothar von Hohenhorst klopfte ihr leicht auf den Rücken. »Wieder ein kleiner Schwächeanfall?«, fragte er fürsorglich.

Constanze nickte. »Ich glaube, die letzten Wochen waren ein bisschen viel für mich.«

»Kommen Sie.« Er nahm sie beim Arm und führte sie in einen kleinen Salon zu einer Ottomane. Der ganze Raum war an den Wänden mit Liegemöbeln dieser Art bestückt, und auf jedem ruhte eine junge Dame, die eine Zigarette oder ein Glas in der Hand hielt, während sich vor ihr ein paar Herren versammelt hatten. Die jungen Männer und Frauen, von denen wohl die meisten zwischen zwanzig und dreißig Jahre alt waren, lachten und scherzten und unterhielten sich so ungezwungen, als würden sie nichts anderes kennen. Constanze erinnerte sich an den Debütantenball, den sie an Malus Seite erlebt hatte. Sie dachte an die Mütter und Tanten, die nebeneinander wie Glucken auf dem Drachenfelsen gehockt hatten, bereit, sofort die Tugend der jungen Frauen zu schützen, falls diese in Gefahr geriet. Hier war das anders. Niemand schien verheiratet oder verlobt zu sein. Männer lachten mit Frauen und küssten einander leicht auf die Wangen, ab und an legten sich Frauenhände an weiß behemdete Männerbrüste. Die Ungezwungenheit gefiel Constanze. Auch der offensichtliche Luxus war ihr keineswegs zuwider.

Zwei Serviermädchen in weißen Schürzen und Häubchen gingen mit silbernen Tabletts herum und reichten winzige

Kuchen. Zwei junge Männer mit finsteren Gesichtern boten Champagnergläser an.

Vor einer freien Ottomane hielt Lothar an. »Bitte, Marie-Luise, nehmen Sie Platz.« Constanze zuckte bei dem Namen zusammen, doch sie konnte nun nicht mehr anders, als das Spiel weiterzuführen, das sie selbst begonnen hatte.

Vorsichtig, mit zusammengepressten Knien und geradem Rücken, ließ sie sich auf der Ottomane nieder.

Lothar lachte. »Sie sitzen da wie eine Hauslehrerin! Entspannen Sie sich. Hier brauchen Sie nicht so förmlich zu sein.«

Constanze erschrak. Für einen Augenblick wünschte sie sich zurück in die schmale Kammer zu Malu. Was hatte sie nur getan? Wie konnte sie sich nur als eine Aristokratin ausgeben? Was wusste sie schon von den Sitten und Gebräuchen der Adligen? Damals, auf Gut Zehlendorf, hatte sie zwar Unterricht in Etikette erhalten, aber das lag Jahre zurück. Die Sitten in Berlin waren sicherlich viel freizügiger als im Baltikum. Ein einziges Mal war sie auf einem Ball gewesen. Sicherlich würde sie sich blamieren und alles falsch machen, und innerhalb einer Stunde würde Lothar von Hohenhorst hinter ihre Lüge kommen und sie – zu Recht – aus dem Haus jagen.

Einer der übel gelaunten Serviermänner reichte ihr ein frisches Glas mit Champagner, und Constanze trank es in einem Zug aus. Es war schon das zweite Glas am heutigen Abend, und allmählich entspannte sie sich. Ihre Furcht verging, und sie begann über Lothars kleine Anekdoten zu lachen. Nach einer Stunde war sie so gut gelaunt wie schon seit Jahren nicht mehr.

Der Pianist hatte den Klavierdeckel zugeschlagen, und ein

Mann im schwarzen Frack legte eine schwarze Scheibe auf ein Grammophon, drehte an der Kurbel, und die neuesten Schlager erklangen. Sofort sprangen die Damen von den Ottomanen und trafen sich auf dem Parkett in der Mitte des Raumes. Sie warfen ihre Beine und ihre Arme in die Luft, sodass Constanze laut auflachen musste.

»Das ist der neueste Tanz«, erklärte Lothar. »Kommen Sie, wir probieren ihn aus.«

Lachend schüttelte Constanze den Kopf. »Ich werde mich in meinem Kleid verheddern.«

Lothar hielt den Kopf ein wenig schief, dann kniete er plötzlich vor Constanze, hob ihren weiten Rock und machte einen Knoten darin, sodass ihre Knöchel bloß lagen.

Constanze wurde rot. »Was machen Sie da? Das ist unanständig.« Doch sie lachte dabei und drehte ihre Knöchel, von denen sie wusste, dass sie schön geraten und schmal waren.

Schon wurde ihr wieder ein frisches Glas Champagner gereicht, und Constanze trank es bis zur Neige. Dann tanzte sie, drehte Arme und Beine, schwang die Hüften. Ihr Hut lag vergessen auf der Ottomane, die Schuhe hatte sie von den Füßen geworfen, und sie tanzte nun barfuß. Immer wieder reichte ihr jemand ein Glas, und jedes Mal trank Constanze es aus. Sie bemerkte nicht, dass inzwischen Stunden vergangen waren.

In den Häusern waren die Lichter längst verloschen, und auch die letzten, die ihre Hunde auf der Straße Gassi geführt hatten, lagen mittlerweile in ihren Betten. Nur Constanze tanzte, als gäbe es kein Morgen. Sie hatte den Kopf zurückgeworfen, der Champagner rann ihr über das Kinn, doch sie lachte nur und tanzte wilder als alle anderen. Allmählich leerte sich die Wohnung, und Constanze wusste noch immer nicht, wem sie gehörte. Sie tanzte, feuerte Lothar an, verlangte Champagner, verlangte Zigaretten, tanzte, als gelte es das Leben.

Plötzlich stand ein Mann mitten im Saal. Er war klein und sehr dick, und über sein Nachthemd hatte er sich einen Morgenmantel gezogen. Mit zornesrotem Gesicht riss er die Nadel vom Grammophon, schimpfte und tobte. Als Constanze weiterhin lachte und mit ihm tanzen wollte, stieß er sie grob von sich weg, sodass sie auf eine Ottomane fiel, – und dann war sie auch schon eingeschlafen.

Sechzehntes Kapitel

Berlin, 1920

Wo warst du? Wo kommst du denn jetzt her?«, fragte Malu am nächsten Morgen mit zwei Stecknadeln im Mund und sah von ihrer Nähmaschine auf.

Constanze strich sich verlegen über das zerdrückte Haar. »Ich war bei Freunden«, antwortete sie sehr leise.

»Bitte? Wo warst du? Die ganze Nacht?« Malu musste die Stecknadeln aus dem Mund nehmen. »Ich habe mir schreckliche Sorgen um dich gemacht.«

Constanze reckte sich ein wenig. »Ich war bei Freunden«, wiederholte sie.

»Aha.« Malu steckte die Nadeln zurück in den Mund und trat das Pedal der Nähmaschine.

Constanze aber ließ sich unglücklich auf ihr Bett fallen, den Hut noch in der Hand. Wie kommt es, dachte sie, dass ich mich jetzt so mies fühle? Gestern Abend, die *halbe* Nacht habe *ich* getanzt und gelacht. Es war so schön. So unbeschwert. Beinahe wie vor dem Krieg. Und jetzt fühle ich mich mies deshalb.

Als sie in der fremden Wohnung erwacht war, hingestreckt auf eine Ottomane, der linke Strumpf verrutscht, der Rock verknüllt, hatte sie sich erstaunt und beschämt umgesehen.

Schon stand einer der grimmigen Bediensteten aus der

Nacht vor ihrem Lager. »Wünschen gnädige Frau ein Frühstück?«, hatte er gefragt, ohne sie dabei anzusehen.

Constanze musste sich schütteln. Statt zu antworten, fragte sie: »Bin ich allein hier?«

Der Bedienstete hatte den Kopf geschüttelt. »Frau von Ruhlow ruht in ihrem Schlafzimmer. Vor dem Mittag wird sie nicht aufstehen.«

»Frau von Ruhlow?«

Constanze hatte nicht die leiseste Erinnerung an Namen und Gesichter. Einzig Lothar von Hohenhorst und seine Cousine waren in ihrem Gedächtnis haften geblieben.

»Frau von Ruhlow trug gestern ihr apfelgrünes Kleid«, erwiderte der Mann, und noch immer zuckte nicht ein Muskel in seinem Gesicht. »Sie hat mir aufgetragen, Fräulein von Zehlendorf aufzuwarten.«

»Frau von Ruhlow?«, wiederholte Constanze. »Wieso nicht Fräulein?«

»Der gnädige Herr ist für Volk und Vaterland gefallen.«

»Ah.« Constanze fühlte sich noch ein wenig schlechter. Sie wusste nicht mehr so genau, was in der letzten Stunde gestern Nacht geschehen war. Sie hatte getanzt. Und auf einmal war es vorbei gewesen.

»Wo ist denn Herr von Hohenhorst?«, fragte sie schüchtern.

»Der gnädige Herr ist bei sich zu Hause. Er lässt Ihnen ausrichten, dass er in einer Stunde hier sein wird, um Sie zu Ihrem Hotel zu begleiten, wie es sich für einen anständigen Herrn gehört.« Der Bedienstete reichte Constanze einen Brief. »Er hat diese Nachricht für Sie hinterlassen.«

Constanze sprang mit beiden Beinen von der Ottomane. Sie schämte sich in Grund und Boden, auch wenn der Bedienstete so tat, als weckte er jeden Tag junge Frauen auf den Ottomanen seiner Herrschaft. Wenn ihre Mutter das wüsste!

Constanze griff nach dem Brief. »Würden Sie mir bitte eine Droschke herbeiholen?«

Der Mann verbeugte sich. »Stets zu Diensten.«

Als er verschwunden war, suchte Constanze nach einem Stift und einem Bogen Papier. Sie fand beides auf einem kleinen Tisch im Korridor. Schnell schrieb sie ein paar Zeilen an Frau von Ruhlow, in denen sie sich zugleich entschuldigte und bedankte. Dann eilte sie die Treppe hinab.

»Ihre Droschke wartet vor dem Haus.«

Mit schamrotem Gesicht dankte Constanze auch dem Diener und sprang rasch in die Droschke. Sie atmete erst auf, als sie die Fasanenstraße und den Kurfürstendamm hinter sich gelassen hatten und in Richtung Spandau fuhren.

»Willst du gar nicht wissen, wieso ich erst jetzt nach Hause komme?« Sie war ein wenig beleidigt, dass Malu sie nicht ausfragte.

»Du bist alt genug, um zu wissen, was du tust«, erwiderte Malu über das Rattern der Nähmaschine hinweg.

Alt genug, dachte Constanze. Nein, ich bin nicht alt genug. Ich bin für gar nichts alt genug.

Malus Desinteresse ärgerte sie so sehr, dass sie herausplatzte: »Ich habe mich als Marie-Luise von Zehlendorf ausgegeben.«

Jetzt verstummte die Nähmaschine. Malu drehte sich endlich um und sah Constanze fragend an.

»Da war ein Mann auf der Straße, der mir behilflich sein wollte. Wir unterhielten uns, und es stellte sich heraus, dass er Balte ist. Lothar von Hohenhorst.«

»Hohenhorst? Hohenhorst ... Hohenhorst«, Malu überlegte. »Den Namen habe ich schon gehört. Die Hohenhorsts müssten ihr Gut an der Grenze zu Estland gehabt haben.« Sie zuckte mit den Schultern. »Gewiss sind auch sie enteignet worden und leben nun bei Verwandten.«

»Es ist ihnen gelungen, ihr Geld zu retten. Sie sind sehr reich.« Constanze sagte das in einem Tonfall, als müsste sie Lothar von Hohenhorst verteidigen.

Aber Malu fädelte bereits wieder einen Faden in eine Nadel. »Das freut mich für sie.«

»Er hat mich mit zu einem Fest genommen«, erzählte Constanze weiter und wurde dabei merklich lauter. »Ich habe Champagner getrunken und Charleston getanzt. Es waren viele Leute da. Und irgendwann bin ich auf einer Ottomane eingeschlafen.«

»Dann wirst du jetzt sicher müde sein«, erwiderte Malu. »Du kannst gleich in Ruhe schlafen, ich muss etwas besorgen.«

Noch immer klang ihre Stimme so unbeteiligt, dass Constanze vor Empörung nach Luft schnappte. »Kümmert dich denn nichts als deine Näherei?«, rief sie aus. »Ist es dir sogar egal, dass ich mich für dich ausgegeben habe?«

Malu stand auf, setzte sich neben Constanze auf das Bett und griff nach ihrer Hand. »Es ist mir nicht gleichgültig, was du tust. Aber du bist erwachsen. Es ist dein gutes Recht, so zu leben, wie du magst. Ich bin nicht deine Mutter, auch nicht dein Ehemann. Tu, was du willst. Aber sei vorsichtig.«

Constanze wusste genau, dass Malu recht hatte. Aber sie wollte nicht erwachsen und verantwortlich sein. Sie brauchte so dringend jemanden, der ihr sagte, was sie tun sollte.

»Und das mit deinem Namen?«

Malu lächelte ein wenig und starrte versonnen an die gegenüberliegende Wand. »Vielleicht war deine Idee gar nicht so unbesonnen. Nein, ich glaube, das war ein richtig guter Schachzug.«

Constanze schüttelte den Kopf. »Ich verstehe nicht, was du meinst.«

Malu griff wieder nach Constanzes Hand. »Was hast du vor in deinem Leben?«, fragte sie. »Warum bist du mit mir nach Berlin gekommen?« Sie hatten nie darüber geredet.

Constanze zuckte mit den Schultern. »Ich habe es zu Hause nicht mehr ausgehalten. Jeder Tag war gleich. Ich dachte, wenn ich nicht fortgehe, werden sich die Tage bis zu meinem Tode ähneln.«

»Und nun? In Berlin? Was wirst du hier tun?«

Wieder zuckte Constanze nur mit den Schultern. »Ich weiß es nicht.« Sie sah auf ihren Rockschoß. »Ich weiß, dass ich nichts zum Lebensunterhalt beitrage. Wenn du willst, dann suche ich mir noch heute eine Arbeit.«

Malu lachte auf. »Was für eine Arbeit willst du finden? Es gibt Abertausende von Arbeitslosen!«

»Ich weiß es nicht. Ich könnte vielleicht in einem Büro arbeiten, dachte ich, aber dort werden sicher nur junge Mädchen gesucht, die mit einer Schreibmaschine umgehen können. Hauslehrerinnen und Gouvernanten dagegen scheint in Berlin niemand zu benötigen.«

Malu wandte sich der Freundin zu, sah ihr direkt ins Gesicht. »Constanze, es geht mir nicht um das Geld. Meinetwegen musst du nicht arbeiten. Ich kann mir gut eine Gesellschafterin leisten. Es geht mir um dich. Um *dein* Leben, *deine* Zukunft. Was hast du vor? Wie möchtest du in zehn Jahren leben? Noch immer hier mit mir in diesem Loch?«

Constanze schüttelte den Kopf. »Ich würde gern heiraten und Kinder haben, versorgt sein.«

Malu nickte. »Dann ist es gar nicht schlecht, dass du meinen Namen benutzt. Wir werden es ab heute so halten, dass du Marie-Luise von Zehlendorf bist und ich Constanze Mohrmann.«

Constanze riss die Augen auf. »Aber warum? Was bringt uns das?«

Malu lächelte ein wenig. »Es bringt jede von uns ihrem Ziel ein Stück näher.«

Constanze blickte so verständnislos drein, dass Malu auflachte. »Es ist ganz einfach. Du möchtest dich amüsieren, möchtest einfach nur leben. Das kannst du als Marie-Luise von Zehlendorf besser denn als Constanze. Und ich möchte arbeiten. Einen Namen dafür brauche ich nicht. Du wirst dich in der Gesellschaft tummeln, wirst meine Kleider tragen und mir auf diese Art helfen, Geld zu verdienen. Verstehst du?«

»Du meinst, ich soll als dein Kleider-Mannequin auftreten und dir so zu Kunden verhelfen?«

»Ganz genau. Aber nur, wenn du das auch möchtest, Constanze. Und vielleicht lernst du dabei ja den Mann deiner Träume kennen.«

Constanze lachte bitter auf. »Und wenn er ernsthafte Absichten hegt und ich ihm dann sagen muss, wer ich wirklich bin, wird er mich fallen lassen. Und ich stehe noch dümmer da als jetzt.«

»Ach was!« Malu winkte ab. »Wenn er dich wirklich liebt, ist ihm dein Name gleichgültig. Und wenn er es nur auf den Namen abgesehen haben sollte, so kannst du ihn ohnehin gleich vergessen. Also, was ist? Bist du einverstanden?«

Constanze starrte auf den Stoff ihres Rockes. Schon wieder sollte sie etwas entscheiden. Woher sollte sie wissen, ob Malus Vorschlag gut und richtig war? Aber was sollte sie sonst tun? Constanze nickte zaghaft.

Malus Wangen hatten sich vor Eifer gerötet. »Wunderbar«, erklärte sie. »Dann mach dich ein wenig frisch, wir haben heute noch viel zu tun.«

Erschrocken sah Constanze auf. »Was denn?«

»Du brauchst eine neue Frisur. Die Kleider kann ich dir nähen. Das muss ich sogar. Aber du benötigst Strümpfe, einen Hut, ein wenig Zierrat. Das muss alles gekauft werden. Wenn du dich in ein paar Stunden im Spiegel betrachtest, wirst du dich nicht wiedererkennen.«

»Ich werde also eine andere sein«, stellte Constanze fest und nickte. Und schon wieder wusste sie nicht, ob es das war, was sie wollte. Plötzlich fiel ihr der Brief von Lothar von Hohenhorst ein. Sie hatte ihn in die Rocktasche gesteckt. Jetzt holte sie ihn hervor, glättete ihn mit der Hand.

»Was ist das?«, fragte Malu.

»Ein Brief von Lothar.« Constanze drehte das Papier in den Händen.

»Na los, mach ihn auf. Es ist sicher eine neue Einladung.«

Vorsichtig riss Constanze das Schreiben mit dem Zeigefinger auf. Kurz bewunderte sie den gefütterten Umschlag mit dem Wasserzeichen, dann entnahm sie den Brief und las.

»Was schreibt er?« Malu rutschte ungeduldig auf dem Stuhl herum.

»Du hast recht. Es ist eine Einladung. Für Samstag. Lothar von Hohenhorst gibt sich die Ehre, mich zu einer kleinen privaten Feier im Kreise lieber Freunde einzuladen. Ich soll ihm mitteilen, wo das Automobil mich abholen soll.«

Sie ließ das Blatt sinken. »Ein Automobil. Stell dir vor, er hat sogar ein Automobil!«

»Schön für ihn.« Malu blieb unbeeindruckt. »Heute ist Donnerstag. Wir haben noch viel vor.«

»Und was soll ich ihm zurückschreiben? Er kann das Automobil unmöglich hierher nach Spandau schicken. Er darf nicht sehen, wo und wie wir hier leben.«

Einen Augenblick lang war Malu irritiert. Constanze war noch keine vierundzwanzig Stunden im selbst ernannten Adelsstand, und schon schämte sie sich der Armut. Sie verzog leicht den Mund.

»Bestell ihn vor das Romanische Café auf dem Kurfürstendamm. Es ist normal, dass sich eine Dame von Stand am Nachmittag zum Kaffeekränzchen mit ihren Freundinnen trifft. Und jetzt mach dich frisch. Wir müssen einkaufen gehen.«

Eine Stunde später betrat Constanze zum ersten Mal in ihrem Leben das KaDeWe. Zuerst schleppte Malu sie zum Friseur, und mit einer Mischung aus Neugier und Wehmut sah Constanze ihre blonden Zöpfe fallen. Als der Meister mit seinem Werk fertig war, erblickte Constanze im Spiegel ein Wesen, das ihr sehr fremd war. Ein schmales Gesicht mit großen blaugrauen Augen, einer feinen Nase und einem schön geschwungenen Mund sah sie an. Die Fremde schien sehr zart zu sein, wohl auch ein wenig jungenhaft, und sie schien nach Schutz zu suchen.

Sie sieht aus, wie ich mich fühle, dachte Constanze.

»Perfekt!«, befand Malu. »Du siehst aus wie eine moderne junge Berlinerin. Nun noch etwas Schminke.«

Sie zog Constanze aus der Friseurabteilung und führte sie

an einen Stand mit Utensilien. Eine junge Frau mit dunkel gefärbten Lidern und einem blutroten Mund setzte Constanze auf einen Stuhl.

»Wie möchten Sie aussehen?«, fragte sie.

Constanze verstand nicht, was sie meinte.

»Darf es etwas verrucht sein, oder mögen Sie es eher natürlich?«, fuhr die Kosmetikerin fort.

Noch bevor Constanze antworten konnte, mischte sich Malu ein. »Ich schlage dir den natürlichen Stil vor«, sagte sie. »Denn mit diesem kommen die Kleider besser zur Geltung.«

Constanze nickte nur und sah der jungen Frau fasziniert zu, wie sie ihr die Liddeckel bemalte, die Wimpern tuschte, etwas auf ihre Wangen tupfte und ihr zum Schluss sogar die Lippen rot färbte. Die Frau, die ihr jetzt im Spiegel entgegensah, wirkte nicht mehr zerbrechlich und schutzsuchend, sondern selbstbewusst und modern.

Constanze bekam beinahe Angst vor dieser Fremden, die sie mit wissendem Blick aus dem Spiegel heraus anschaute. »Nein«, sagte sie. »Das bin ich nicht. Nicht so. Wischen Sie mir die Farbe von den Augen.«

Die junge Kosmetikerin zog ein enttäuschtes Gesicht, tat aber, was Constanze verlangte.

»So, jetzt erkenne ich mich wieder«, erklärte Constanze.

Dann sah sie zu, wie Malu einen Lippenstift, ein Tübchen Rouge und eine kleine weiße Box kaufte, in der schwarze Farbe und ein Bürstchen lagen.

Constanze strich sich immer wieder über ihren Nacken, der zum ersten Mal in ihrem Leben nicht von Haaren bedeckt war. Gern hätte sie sich noch länger im Spiegel betrachtet, um sich an ihr neues Gesicht zu gewöhnen, aber Malu zog sie unbarmherzig weiter.

Siebzehntes Kapitel

Berlin, 1921

Das Frühjahr begann mild. Anfang März hatte der Schnee noch kniehoch gelegen, doch jetzt schien die Sonne, als wollte sie die Menschen nach dem langen strengen Winter entschädigen. Malu war froh, dass sie sich nicht mehr täglich um die Briketts kümmern musste. Jeden Tag war sie zum Kohlenhändler an der Ecke gelaufen und hatte ihn um Kohle anbetteln müssen, denn Brennstoffe waren knapp und der Händler ein Sozialdemokrat, der seine wenigen Briketts zuerst an die Familien mit Kindern und an die Alten verkaufte. Eine junge Frau, noch dazu aus gutem Hause, stand bei ihm ganz unten auf der Liste.

Wegen der unbarmherzigen Kälte hatte Malu oft mit Handschuhen an der Nähmaschine gesessen, einen dicken Schal um Hals und Schultern und derbe, gestrickte Socken an den Füßen. Das Waschwasser war an manchem Morgen gefroren, die Bettdecken waren klamm, und wenn Malu nachts beim Nähen ausatmete, erschienen vor ihrem Mund weiße Wölkchen. Doch das alles störte sie nicht. Sie nähte und zeichnete und nähte und stickte und nähte, als gäbe es nichts anderes auf der Welt.

Monatelang hatte sie auf einen Brief von Janis gehofft. Und einmal, es war im September gewesen, hatte er wirklich geschrieben. Er hatte von der Ernte berichtet und von den beiden neugeborenen Kälbern. Aber kein Wort darüber, wie es ihm ging. Kein Wort, dass er sie vermisste.

Malu dachte oft an ihn. An seine warmen Hände auf ihrer Haut, seine trockenen Lippen auf ihrem Mund. Aber immer, wenn sie sich an Janis erinnerte, dachte sie an den Janis, wie er vor dem Krieg gewesen war. An den Janis, der sich angefühlt hatte, als wäre er ihre andere Hälfte.

Enttäuscht hatte Malu den Brief in eine Schublade gesteckt, aber sie konnte nicht aufhören, an ihn zu denken. Und dann war ein Schreiben von Ruppert gekommen, in dem er mit offensichtlicher Genugtuung berichtet hatte, dass Janis eine junge Lettin aus dem Dorf geheiratet hatte. Ein Schlag ins Gesicht hätte Malu nicht härter treffen können. Wie gerne hätte sie geweint, geschrien, getreten oder etwas zerstört, doch dazu fehlte ihr die Kraft. Also setzte Malu sich an ihre Nähmaschine und ließ sie rattern, bis ihr vor Erschöpfung die Augen brannten und der Rücken steif wurde.

Constanze schien von Malus Kummer nichts zu merken. Sie tat, was sie tun sollte, ging jeden Abend auf eine andere Party, war Stammgast in den Varietés und Revuen der Stadt, kannte mittlerweile so unsagbar viele Leute, dass Malu über Constanze mehr verwundert war, als sie sagen konnte. Aus der schüchternen Pfarrerstochter war innerhalb eines knappen Jahres ein Vamp geworden. Constanze ging nie mehr ohne ihren Spazierstock aus dem Haus, trank Champagner wie andere Leute Wasser, trug Malus Kleider mit Anmut und kannte das Berliner Nachtleben bedeutend besser als das Leben bei Tag. Sie verließ am Abend das Haus, und meist wusste Malu nicht, wohin sie ging. Erst im Morgengrauen kam sie zurück, verschwitzt, nach Tabak und Alkohol riechend, die Schuhe in der Hand.

Malus Kleider hatten an Constanze so viel Aufsehen erregt, dass für die nächste Woche eine Modenschau im privaten Kreis geplant war. Frau von Ruhlow hatte sie gebeten, bei ihr ihre Kleider vorzuführen. Als Mannequins würden – natürlich nur des Spaßes wegen – Frau von Ruhlow selbst und ihre engsten Freundinnen, darunter Constanze, auftreten.

Daher saß Malu Tag und Nacht an der Nähmaschine.

Auch jetzt arbeitete sie so konzentriert, dass sie das Klopfen an der Tür erst beim zweiten Mal hörte.

»Herein!«

Frau Glubschke, die Vermieterin, trat ein.

»Wollen Se nich ma ein Tässchen Kaffee?«

Malu streckte sich und bemerkte dabei, wie sehr ihr Rücken schmerzte. »Gern. Vielen Dank.«

Frau Glubschke kam mit zwei Tassen herein, reichte Malu eine und ließ sich auf Constanzes Bett nieder. Seit einiger Zeit kam sie öfter auf einen kurzen Plausch, wenn Constanze nicht da war. »Jibett watt Neues?«, fragte sie.

Malu schüttelte wie immer den Kopf.

»Drüben, im zweiten Hinterhof, da ist die Kleene von Kellers jestorben«, berichtete Frau Glubschke mitleidig. »Lungenentzündung soll se jehabt ham, und die Mutter keen Jeld für'n Doktor. Nu isse hin.«

»Das tut mir sehr leid«, erklärte Malu, obwohl sie die Kellers gar nicht kannte.

»Un die Sieberten aus'm Vorderhaus soll uffn Strich jehen«, berichtete Frau Glubschke weiter. »Ihr Oller is ja nu och schon so lange arbeitslos. Watt soll se machen? Zwee Kinner hatt se. Die wollen essen. Det arme Mädel.« Frau Glubschke schüttelte den Kopf über die Zustände in der Welt. »Un der

Olle, statt der froh is, dass seine Frau sich kümmert, der drischt se noch, wenn se früh nach Hause kommt. Wo soll dett allet noch hinführen?« Sie schüttelte den Kopf und nippte an ihrem Kaffee.

Malu hörte zu und wusste nichts zu erwidern.

»Ham Se jestern Radio jehört?«, fragte die Glubschke weiter, ohne auf eine Antwort zu warten.

Malu schüttelte den Kopf. »Wir besitzen doch keinen Radioapparat.«

»Aber icke. Ick hab so'n Ding anjedreht jekriegt. Von ehm, der die Miete nich zahlen konnte. Nu habe ick mir dran jewöhnt. Na, denn sache ick Ihnen dett nächste Ma Bescheid, wenn er wieder im Radio spricht. Dett müssen Se nämlich selbst jehört ham.«

»Wer? Wer soll im Radio sprechen?« Malu wusste nicht, wen Frau Glubschke meinte.

»Na, der Österreicher, der Anstreicher, der Hitler, Adolf. Allet soll besser werden, sacht er. Der Knebelvertrach von Versailles muss weg, und Arbeit muss sich lohnen, und ein jeder soll kriejen, watt er verdient.«

»Aha.« Malu nickte und trank einen Schluck von ihrem Kaffee. Sie hatte noch nie von diesem Hitler gehört. Und sie interessierte sich auch nicht für Politik. Sie musste nähen. Bis zum nächsten Samstag, in fünf Tagen, noch genau vier Kleider. »Danke für den Kaffee«, sagte sie. »Ich habe noch viel zu tun.«

Frau Glubschke verstand die Andeutung, aber sie erhob sich nicht. »Vielleicht kann ick Ihnen ja och zu neuen Aufträjen verhelfen.«

Malu schüttelte leicht den Kopf, sprach aber kein Wort. Sie war keine Schneiderin für die armen Leute in Spandau. Sie entwarf Mode. Ihr Ziel war es, Frauen schöner zu machen, und nicht, Konfirmationsanzüge jedes Jahr weiter auszulassen.

»Ick war ma Revuejirl«, offenbarte Frau Glubschke.

Malu fiel die Kinnlade herunter. Die dicke Frau mit den gewaltigen Brüsten, den starken Schenkeln, die jeden Mittwoch und Freitag den halben Vormittag mit Lockenwicklern auf dem Kopf herumlief, sollte einmal Revuegirl gewesen sein?

»Da brauchen Se jar nich so zu kieken, meine Liebe. Ick war zwar nich jrade der Star, aber ick hab eene Stimme, die dröhnt och ohne Mikrophon durch den janzen Saal.«

Um das zu beweisen, erhob sich Frau Glubschke stöhnend vom Bett und stellte sich in Positur. Sie holte so tief Luft, dass ihr Busen wogte wie ein Zeppelin. Dann sang sie mit einer so gewaltigen Stimme, dass Malu vor Staunen die Augen aufriss.

»Wer wird denn weinen, wenn man auseinandergeht
Wenn an der nächsten Ecke schon ein Andrer steht.
Man sagt Auf Wiedersehen und denkt beim Glase Wein:
Na schließlich wird der Andre auch ganz reizend sein.«

Schwer schnaufend ließ sie sich wieder auf das Bett fallen. »Un?«, fragte sie schließlich keuchend. »Glooben Se mir nu?«

Malu nickte beeindruckt. »Ihre Stimme ist wirklich gewaltig.«

Bescheiden zuckte die Glubschke mit den Schultern. »Manchmal hab ick ooch nen Mann jespielt. Im Badekostüm, wissen Se, so jestreift bis unters Knie. Dann hab ick unsern

Schonglör hochjehoben, dett war ja ma nur so'n Bürschken. Un der Saal hat jejröhlt. Ja, dett war'n noch Zeiten.«

Frau Glubschke hatte einen träumerischen Gesichtsausdruck angenommen und starrte aus dem Fenster.

Malu juckte es in den Fingern, sie wollte unbedingt weiternähen. Plötzlich stellte sie sich Frau Glubschke im Badekostüm vor. Das war die Idee! Die Mode sollte aufregend sein, ungewöhnlich, provozierend. Warum nicht mal einen Herrenstraßenanzug für Frauen? Natürlich aus weichem Stoff und statt mit einem Hemd mit einer Bluse darunter. Oder vielleicht doch ein Hemd mit einer Krawatte? Sie nahm ein Blatt Papier und begann zu kritzeln.

»Ja, dett war'n noch Zeiten.« Versonnen sah Frau Glubschke zum Fenster hinaus. »Watt wollt ick? Ach ja. Ick wollte sachen, dett ick noch immer jute Kontakte zur Revue hab. Wissen Se, die, die damals anjefangen ham, die sin heute janz oben. Und Kostüme brauchen die immer. Soll ick ma frachen?«

Malu nickte abwesend. »Das wäre wunderbar, Frau Glubschke.«

»Jut, denn jehe ick heute Nachmittach ma rüber, die proben denne. Mal sehen, ob ick wat tun kann.« Sie nahm die leere Kaffeetasse von Malus Nähtisch und rauschte hinaus.

Malu merkte es nicht einmal. Sie stand auf, blätterte in ihren Modezeitschriften, in der *Eleganten Welt* und in *Styl*, und sah sich die Entwürfe der französischen Kleidermacher an. Die Gedanken rasten ihr durch den Kopf. Jede einzelne Seite blätterte sie durch, doch nirgendwo fand sie Damenkleidung, die der Männermode ähnelte. »Einen Anzug aus Seide«, murmelte sie vor sich hin. »Einen Anzug mit weiten Hosen, die aus der Ferne wirken wie ein Rock. Dazu eine kürzere Jacke. Hinten etwas länger, damit sie den Po bedeckt, so wie Frackschöße, und vorn kurz.«

Schon nahm sie wieder den Bleistift in die Hand, und mit wenigen Strichen entstand auf dem Papier eine Zeichnung. Dann hielt sie inne. »Ein Matrosenanzug. So einen, wie ihn die kleinen Jungen tragen!«

Wieder flitzte der Stift über das Papier. Es war, als hätte sich in Malus Kopf eine Schleuse geöffnet. Die Einfälle jagten einander. Eine Uniform. Ein Anzug im Stil einer Uniform – ja, das wäre es!

Sie zeichnete zwei Stunden, bis sie von Constanze gestört wurde, die von einem Mittagessen nach Hause kam. Constanze riss die Tür auf, warf ihren Hut schwungvoll auf das Bett, die Handschuhe hinterher.

»Puh!«, sagte sie. »Hier drinnen ist es wahnsinnig stickig. Willst du nicht einmal ausgehen?«

»Ausgehen?«, murmelte Malu in Gedanken versunken.

»Ja. Hinaus in die Welt. Eine Spazierfahrt durch den Tiergarten. Einen Ausflug in den Grunewald. Eine Bootstour auf dem Wannsee.«

»Ich habe keine Zeit dafür«, entgegnete Malu und zeichnete weiter. »Ich brauche Knöpfe mit Ankern. Und Uniformknöpfe. Am besten echte. Und dazu Epauletten. Und Litzen. Und Kragenspiegel.«

Constanze fuhr sich mit einer Hand über ihr glattes, glänzendes Haar und schüttelte den Kopf. »Du und deine Näherei. Du vergisst ganz darüber, dass du noch jung bist. Du arbeitest nur! Wann lebst du eigentlich?«

Malu senkte den Kopf noch tiefer über das Blatt Papier. Ich arbeite, dachte sie, damit du leben kannst, damit du auf dem Wannsee mit dem Dampfer fahren, ins Theater und in die Revue gehen kannst. Aber sie schwieg, denn sie wusste, dass sie selbst es gewesen war, die Constanze zu diesem Leben überredet hatte.

»Ich bin so müde«, hörte sie Constanze hinter sich sagen.

Malu drehte sich um. Constanze stand am Fenster und sah hinaus.

»Du bist müde?«, wiederholte sie.

»Ja!« Constanze wandte sich um.

Malu sah die dunklen Ringe unter ihren Augen, sah auch das leichte Zittern von Constanzes Händen.

»Jede Nacht bin ich woanders«, klagte Constanze. »Jede Nacht tanze ich, als gäbe es kein Morgen. Und wenn ich nicht tanze, dann sitze ich im Theater oder im Casino. Und am Wochenende muss ich ins Grüne fahren, mich an Picknicks beteiligen, Tennis spielen.«

»Du Ärmste!« Malu konnte ihren Ärger nicht unterdrücken. »Während du tanzt, sitze ich hier und nähe. Während du dich durch wundervolle Abendessen schlemmst, kaue ich altes Brot und nähe weiter. Und während du am Samstag mit dem Automobil ins Grüne fährst, stecke ich Nähte ab und säume Kragen.«

Constanzes Gesicht verzog sich säuerlich. »Du hältst mich für undankbar, nicht wahr?«

Malu schwieg.

»Ich verstehe das sogar. Aber manchmal ist das, was ich tue, nicht weniger anstrengend als deine Arbeit. Die anderen, mit denen ich zusammen bin, gehen nach Hause und schlafen bis in den Nachmittag hinein. Ich aber sitze hier wie eine Gefangene, lausche dem Rattern deiner Maschine, probiere Kleider an und bestickte Borten.« Sie trat einen Schritt auf Malu zu. »Ich bin nicht weniger fleißig als du. Und mindestens ebenso erschöpft.« Sie strich über ihr Kleid, nahm eine lange Kette vom Hals und warf sie achtlos auf die Waschkommode. »Es sieht aus, als hätte ich jede Menge Spaß bei dem, was ich tue. Und ich habe auch Spaß dabei. Aber nicht immer. Alles, was ich will, ist ein Ehemann. Aber es scheint, als wären die Zeiten dafür schlecht. Alle wollen sich nur amüsieren. Ich habe den Eindruck, die Männer müssen die Kriegsjahre nachholen, alles an Vergnügungen mitnehmen, was sich ihnen bietet. Und die Frauen sind nicht viel besser.« Sie wurde leiser und nahm die Hände ihrer Freundin. »Ich bin nicht undankbar, Malu«, flüsterte sie. »Ich bin einfach nur müde.«

Malu nickte. Sie verstand Constanze, wenigstens ein bisschen. Aber sie begriff nicht, dass das, was sie für Spaß hielt, Constanze so erschöpfen konnte. Sie brauchte doch nur mal einen oder zwei Abende in der Woche nicht auszugehen, und schon hätte sie genügend Schlaf.

Es war, als hätte Constanze ihre Gedanken gelesen, denn sie sagte: »Wenn ich auch nur einen Abend zu Hause bleibe, wird man nach mir sehen wollen. Aber ich kann niemanden hier empfangen, das weißt du genau. Ich spiele die Rolle der geheimnisvollen Marie-Luise von Zehlendorf, und ich spiele sie, so gut ich kann.« Sie schwieg einen Moment, trat wieder ans Fenster. »Vielleicht ist es Zeit, dass wir uns woanders eine Wohnung nehmen. Nichts Besonderes. Nur zwei Zimmer, damit jede von uns genügend Schlaf finden kann. Vielleicht in einer Gegend, die nicht so ärmlich ist wie diese hier. Eine Gegend, in der ich mich abholen lassen kann, ohne mich schämen zu müssen.«

Achtzehntes Kapitel

Berlin, 1922

Im Juni 1922 wurde der Reichsaußenminister Walter Rathenau in Berlin ermordet.

Die Arbeitslosenzahl stieg stetig, und der Dollarkurs stand bei knapp viertausend Mark. Adolf Hitler, Vorsitzender der NSDAP, hatte durchgesetzt, dass die schwarz-weiß-rote Flagge des Kaiserreiches neben der schwarz-rot-goldenen der Weimarer Republik gehisst werden durfte. Immer öfter tauchten junge Männer in der braunen Uniform auf, stürmten die Kneipen der Sozialdemokraten und zettelten Schlägereien an. An manchen Abenden zogen die Hitlertreuen besoffen durch die Straßen und grölten ein Lied, von dem sie meinten, es sei ihnen auf den Leib geschrieben:

»Deutschland, Deutschland über alles
Und im Unglück nun erst recht.
Nur im Unglück kann die Liebe
Zeigen, ob sie stark und echt.
Und so soll es weiterklingen
Von Geschlechte zu Geschlecht
Deutschland, Deutschland über alles
Und im Unglück nun erst recht.«

Malu schlug die Fenster zu, sobald dieses Lied erklang. Sie hasste die Männer in den braunen Uniformen. Sie interessierte sich nicht für Politik, aber die fehlenden Manieren der Braunhemden störten sie. Es gab für sie keinen Grund, jemanden zu verprügeln, weil er anders dachte. Es gab auch keinen Grund, Deutschland über alles zu stellen. Für das Vaterland zu sterben – welche Mutter wünschte ihrem Sohn einen solchen Tod? Vor allem, wenn das Vaterland nach dem Kriege diejenigen vergaß, die für es ins Feld gezogen waren. Nein, Malu mochte die Braunen nicht.

Constanze hingegen war angetan von den starken Männern und ihren markigen Sprüchen. Lothar von Hohenhorst, der seit geraumer Zeit ihr ständiger Begleiter war, trug selbst eine solche Uniform, jedoch keine einfache, sondern eine mit den Abzeichen eines höheren Rangs. Auch würde er sich niemals dazu herablassen, auf der Straße Lieder zu brüllen oder in Schankwirtschaften einzudringen und Arbeiter zu verprügeln. Nein, so etwas tat ein von Hohenhorst nicht.

»Warum macht er dir keinen Antrag?«, hatte Malu schon vor einer ganzen Weile gefragt. »Ihr geht schon so lange miteinander aus. Hat er irgendwo eine Verlobte?«

Constanze hatte den Kopf geschüttelt. »Nein, das hat er nicht. Aber auch so wird er mich nicht heiraten, mich nicht und auch keine andere Frau.«

»Oh!« Malu verstand und verstand zugleich doch nicht. Warum ging Constanze dann weiter mit ihm aus? Hoffte sie darauf, dass der Druck der von Hohenhorsts Lothar irgendwann doch noch dazu bringen würde, eines Tages vor den Altar zu treten?

Constanze sprach nicht darüber. Seit sie in einer kleinen Seitenstraße der Kantstraße wohnten und jede von ihnen ein eigenes Zimmer besaß, waren sie einander fremd geworden. Constanze schien mit beiden Beinen mitten im Berliner Leben zu stehen. Sie kannte die neuesten Schlager, die neueste Mode, den neuesten Klatsch. Malu hingegen nahm so gut wie gar nicht an diesem Leben teil. Manchmal ging sie am Sonntag zum Pferderennen nach Hoppegarten. Doch sie tat das nicht etwa aus Liebe zum Pferdesport, sondern nur, um die Kleider der Damen zu betrachten.

Und eines Tages sah sie dort aus der Ferne Constanze. Es war ein heißer Sommertag, und die Freundin trug ein weißes Kleid im griechischen Stil, das Malu ihr geschneidert hatte. Sie sah wunderschön aus in diesem Kleid, hoheitsvoll und beinahe königlich. Mit geradem Rücken lehnte Constanze an einem Stehtisch, der mit Sektgläsern überfüllt war. Sie hielt eine silberne Zigarettenspitze in der Hand, und ihre blutroten Fingernägel blitzten auf, sobald sie einen Zug an der Zigarette nahm. Ein junger Mann sprach auf sie ein, und Malu, die zunächst glaubte, Constanze endlich glücklich zu sehen, erschrak über die Langeweile und den Überdruss im Gesicht ihrer Freundin.

Sie wirkt so satt, dachte Malu. So satt an allem. Satt an Kleidern, an Aufmerksamkeit, satt an Sekt und Leberpastete. Es schien ihr beinahe, als hätte das gute, reiche Leben Constanzes Herz fett gemacht. Es mit einer Speckschicht umgeben, durch die nichts mehr dringen konnte.

Zum ersten Mal kam Malu der Gedanke, dass sie ihrer Freundin womöglich geschadet hatte. Und sie begriff, dass Constanze nicht glücklich war. Aber ebenso wenig wusste sie, was die Freundin wirklich brauchte.

Sie ist erwachsen, beruhigte sich Malu und glaubte doch nicht, dass dies stimmte. Sie trägt Verantwortung für sich selbst.

Sie muss wissen, was sie tut, dachte sie und fühlte sich doch schuldig dabei. Schmal war Constanze geworden. Das einst so frische Gesicht mit den hochstehenden Wangenknochen wirkte eingefallen. Ihre Schulterblätter drückten sich durch den dünnen Stoff, und neben Constanzes Hals bildeten sich kleine Vertiefungen. Ihre Augen waren dunkel umschattet, und alles in allem sah sie aus wie eine Frau, die litt, die gelangweilt und des Lebens überdrüssig war.

Malu konnte plötzlich Constanzes Anblick nicht mehr ertragen. Sie wandte sich ab und machte sich auf den Weg nach Hause, ohne den Kleidern der Frauen, den Hüten, Handschuhen, Spazierstöcken und Taschen weiterhin Aufmerksamkeit zu schenken. Sie fühlte sich schuldig, ohne genau zu wissen, worin ihre Schuld bestand.

Unterwegs, an einer U-Bahn-Station, kaufte sie sich das *Berliner Tageblatt*. Sie tat das sonst nie, aber jetzt wollte sie sich ablenken, um nicht nachdenken zu müssen. Sie wollte auch die Bettler nicht sehen, die jungen Männer mit den erloschenen Augen, die ihre Hand vorstreckten. Oder die jungen Mädchen, die kaum sechzehn Jahre alt waren und vor dem Bahnhof Zoo schon ihre Körper anboten.

Malu war froh, als sie in der Untergrundbahn saß. Sie schlug die Zeitung auf und las zuerst die letzten Seiten mit den Anzeigen und lokalen Nachrichten. Am Vortag hatte es in Berlin acht Selbstmorde gegeben: zwei Ehepaare, die statt des Hungertods den Freitod gewählt hatten, eine junge Mutter, die ihre beiden Kinder nicht mehr ernähren konnte, ein junges Mädchen, das sich im Wannsee ertränkt hatte, und zwei Männer, von denen der eine sich vor einen Zug geworfen und der andere sich im Tiergarten erhängt hatte. Malu erschauerte und schlug die Zeitung zu. Da war es besser, sie sah aus dem Fenster. Doch dort spiegelte sich die Schlagzeile des *Berliner Tageblatt*, das sie auf den Knien hielt. Und so blickte sie wieder auf die Zeitung und las, dass die Inflation weiter voranschritt.

Wie gut, dachte Malu, dass ich das Geld, welches ich mit den Kleidern verdiene, sofort ausgebe.

Tatsächlich hatte sie in der letzten Zeit sehr viel gekauft: eine goldene Armbanduhr und einen Pelz für Constanze, teure französische Parfüms, Seidenstrümpfe. Den Rest des Geldes hatte sie in Dollar umgetauscht, jedes Mal zu einem schlechteren Kurs, doch der Dollar versprach Stabilität, schwankte längst nicht so wie die Deutsche Mark.

Einen Teil ihres Vermögens hatte sie von Riga nach Zürich transferiert. Dort lag es jetzt in Schweizer Franken. Malu hatte immer gedacht, dass sie nicht besonders geschäftstüchtig sei, doch jetzt schien es, dass ihr der Vater doch mehr mitgegeben hatte, als ihr selbst bewusst gewesen war. Denn es hatte sich gezeigt, dass sie Geschäftssinn hatte, und deshalb waren ihre Kleider, die sie unter der Marke »Malu« vertrieb, auch so erfolgreich. Innerhalb eines Jahres hatte Malu zwei Näherinnen einstellen müssen, die in Heimarbeit die einfachen Teile nähten. Bald, das wusste sie, würde auch die Zweizimmerwohnung nicht mehr ausreichen. Sie träumte von einem Atelier am eleganten Kurfürstendamm, doch sie hütete sich, zu schnell zu hoch hinauszuwollen. Fürs Erste musste die Wohnung reichen.

Am Bahnhof Wilmersdorfer Straße stieg Malu aus. Sie floh vor den Bettlern und Kriegsversehrten, die auf den Stufen hockten, und eilte heim. Als sie das Haus betrat, in dem sich ihre Wohnung im zweiten Stock befand, wurde sie von der Concierge im Flur abgefangen.

»Da ist een Brief für dett jnädije Frollein«, teilte die Frau ihr mit und wedelte mit dem Schriftstück. Hier im Haus hatten sich Malu und Constanze jeweils unter dem Namen der anderen eingetragen, sodass die Concierge Malu für Constanze hielt.

»Geben Sie ihn mir, ich werde ihn prompt weiterleiten.«

Die Concierge verbarg den Brief in ihrer Schürzentasche und schüttelte den Kopf. »Dett is een Einschreiben«, erklärte sie wichtig. »Dett kann ick nur Frollein von Zehlendorf persönlich aushändijen. Schließlich habe ick mir mit meim juten Namen dafür verbürjt.«

»Ein Einschreiben?« Malu erschrak. Einschreiben verhießen für gewöhnlich nichts Gutes. Vielleicht war etwas mit der Mutter geschehen? Womöglich ging es Ruppert nicht gut? Oder – ihr Herz setzte einen Moment lang aus – Janis war etwas zugestoßen. Am liebsten hätte Malu der Concierge das Schreiben aus den Händen gerissen, doch sie wusste, dass sie die Frau auf diese Art nicht zur Herausgabe zwingen konnte. Also setzte sie den hochnäsigsten Gesichtsausdruck auf, zu dem sie fähig war. »Ich bin nicht nur die Gesellschafterin Fräulein von Zehlendorfs, ich bin auch ihre Sekretärin. Wenn Sie mir die Post für das gnädige Fräulein nicht aushändigen, kann sie sehr ungemütlich werden.«

Die Concierge verzog nicht einmal den Mund, sondern presste nur ihre Hand auf die Tasche der Kittelschürze.

Malus Blick fiel auf die Haustafel. Einige Namensfelder waren blank, und sie wusste, dass diese Wohnungen leer standen. Eine ganze Weile schon, denn die armen Leute konnten sich die Gegend nicht leisten, und die Reichen wohnten ganz woanders. Früher war das ein Viertel gewesen, wo die gehobene Mittelschicht gelebt hatte. Ärzte, Rechtsanwälte, Beamte und Lehrer hatten hier gewohnt. Doch diese Mittelschicht gab es kaum noch, hatte ihr die Hausmeisterin erzählt.

Malu zuckte scheinbar gleichgültig mit den Schultern. »Ganz wie Sie wollen«, erklärte sie. »Wir hatten erwogen, eine weitere Wohnung hier zu mieten, doch bei solch geringem Entgegenkommen Ihrerseits werden wir uns wohl nach etwas anderem umsehen müssen.«

Das half. Die Concierge, die auch von den Trinkgeldern ihrer Mieter lebte, griff in ihre Tasche. Sie holte das Schreiben hervor, presste es einen Augenblick an ihre Brust und reichte es dann an Malu weiter. »Ick will Se ja keen Ärjer machen, aber Vorschriften sind nu ma Vorschriften.«

Malu nickte, nahm das Schreiben und ging auf die Treppe zu.

»Halt!«, rief ihr der Hausdrachen nach. »Wenn ick Se schon dett Schreiben jebe, müssen Se es mir wenijstens quittieren. Der juten Ordnung halber.«

Malu seufzte leise, holte ihren Füllfederhalter aus der Handtasche und setzte eine Unterschrift auf ein Stück Papier, das nicht besonders formell aussah und in der Mitte einen Kaffeefleck hatte.

Dann warf sie der Frau einen weiteren hochnäsigen Blick zu und ging mühsam beherrscht die Treppe hinauf. Oben angekommen, warf sie die Tür ins Schloss, hängte ihren Mantel mit zitternden Fingern auf einen Bügel und setzte sich mit dem Brief in der Hand auf einen Küchenstuhl. Gerade noch hatte sie so dringend wissen wollen, was in dem Einschreiben stand, doch jetzt hatte sie die Angst gepackt. Schlechte Nachrichten waren das Letzte, was sie brauchen konnte.

Sie seufzte erneut. Dann nahm sie all ihren Mut zusammen, öffnete den Umschlag und faltete das Blatt auseinander. Nur ein paar Zeilen standen darauf:

Liebe Schwester,

Du wirst Dich sicher freuen zu hören, dass ich auch nach Berlin komme. Mutter ist in einem Stift in Riga, und das Gut überlasse ich während meiner Abwesenheit Schwarzrock. Stell den Champagner kalt, am Mittwoch treffe ich am Bahnhof ein.

Grüße, Dein Bruder Ruppert.

Neunzehntes Kapitel

Berlin, 1922

Malu stand auf dem Bahnsteig, neben ihr trippelte Constanze von einem Fuß auf den anderen. Die Freundin war so aufgeregt, dass sich ihre Wangen gerötet hatten und ihre Augen glänzten. Immer wieder fuhr sie sich mit der Hand über das Haar, und ständig rückte sie den grünen Glockenhut zurecht.

»Du freust dich ja«, stellte Malu fest.

Constanze errötete noch ein wenig mehr. »Warum sollte ich mich nicht freuen? Wir kennen uns seit Kindertagen. Es ist immer schön, alte Bekannte zu treffen.«

»Alte Bekannte«, wiederholte Malu und schüttelte den Kopf. »Hast du sein gebrochenes Heiratsversprechen vergessen und auch sonst alles, was er dir angetan hat?«

Constanze schob trotzig die Unterlippe nach vorn. »Ruppert ist, wie er ist. Wir hatten ausgemacht, Malu, darüber nicht zu sprechen. Isabel von Ruhlow und Lothar von Hohenhorst freuen sich jedenfalls auch auf Rupperts Ankunft.«

Malu nickte. »Dann möchte ich sehen, wie du Ruppert beibringst, dass du ab jetzt seine Schwester bist.«

Constanze errötete noch tiefer und biss sich auf die Unterlippe. Leise sagte sie: »Wahrscheinlich ist ihm das sogar recht so. Er wird den anderen Frauen schöne Augen machen, und ich kann dann nichts dagegen tun.«

Malu seufzte. »Liebst du ihn etwa noch immer? Nach allem, was er dir angetan hat?«

Constanze nickte, obwohl sie sich ihrer Antwort gar nicht sicher war. Liebte sie Ruppert wirklich? Oder brauchte sie einfach jemanden, der ihr sagte, was sie tun sollte? Ruppert hatte das immer getan. Und manchmal sogar fordernder, als sie es guthieß. Aber er war da gewesen, hatte sich um sie gekümmert. Waren seine Forderungen nicht eine Form von Fürsorge? Lothar von Hohenhorst legte in ihrer Gegenwart auch manchmal Beschützerinstinkte an den Tag, aber bei ihm wusste Constanze einfach, dass sie sie nicht allzu ernst nehmen durfte. Lothar mochte sie. Aber er liebte Männer. Und Ruppert? Wenigstens gab er ihr hin und wieder das Gefühl, begehrenswert zu sein. Und das war weit mehr, als sie von Lothar erhielt.

Malu strich ihr leicht über die Wange. »Er ist mein Bruder, und ich weiß, ich sollte nicht so über ihn reden. Aber er ist nun einmal ein Schwein. Er stellt den eigenen Vorteil über alles. Ich weiß nicht einmal, ob Ruppert überhaupt zur Liebe fähig ist. Du hast schon genug gelitten. Halt dich von ihm fern, Constanze. Er tut dir nicht gut.«

»Wie soll das gehen? Wir werden unter einem Dach wohnen.«

Malu schluckte. »Er ist mein Bruder. Ganz gleich, was er getan hat. Ich kann ihn nicht auf die Straße setzen. Ihr seid beide erwachsene Menschen. Reiß dich bitte ein bisschen zusammen, Constanze. Halt dich fern von ihm, so gut es eben geht.«

Malus Gesicht war voller Besorgnis. Constanze wusste, dass Malu nicht so mit ihr sprach, weil sie als Schwägerin womöglich nicht standesgemäß war. Malu dachte nicht in solchen Kategorien. Aus ihren Worten hatte nur die Besorgnis einer guten Freundin gesprochen.

»Ich weiß nicht, ob ich das kann, Malu. Es gibt ... gibt eine Form von Liebe, die ist anders, als in den Büchern beschrieben wird. Es ist eine Form, bei der einer alles macht, was der andere sagt.«

Malu schwieg und sah Constanze lange ins Gesicht. Schließlich erwiderte sie: »Das ist keine Liebe, Constanze. Du sprichst von Abhängigkeit, von Hörigkeit.« Sie öffnete den Mund, um noch Weiteres hinzuzufügen, doch in diesem Augenblick fuhr der Zug Berlin-Riga-Berlin in den Bahnhof ein.

Schon quollen die ersten Reisenden aus den offenen Türen. Es wurde nach Kofferträgern gebrüllt, Verwandte lagen sich in den Armen, Gepäckstücke wurden hin und her gereicht; und dazwischen rief ein Zeitungsjunge die neuesten Schlagzeilen aus.

»Ich kann ihn nicht sehen!« Constanzes Stimme klang beunruhigt. Sie stellte sich auf die Zehenspitzen, um über die Köpfe der Leute blicken zu können. Zugleich hielt sie einen Kofferträger am Ärmel gepackt, damit er ihr nicht entwischte und Ruppert am Ende seine Koffer nicht allein schleppen musste. »Ruppert!«, rief sie in die Menge, doch ihr Ruf verklang nach wenigen Schritten im allgemeinen Lärm.

Malu stand an der Seite des Bahnsteiges, wo die Treppen hinabführten. Sie lehnte an der Mauer, besah die Mäntel und Kleider der Reisenden und nickte zufrieden. In Riga war die Berliner Mode noch nicht angekommen. Beinahe erschrak sie, als Ruppert plötzlich vor ihr stand.

»Na, das nenne ich aber eine Begrüßung!«, polterte Ruppert und sah sich um. »Wo ist der Champagner, wo die Blaskapelle?« Er lachte, aber Malu kannte ihn gut genug, um zu wissen, dass er es ernst meinte.

»Blaskapellen sind aus der Mode«, erwiderte sie ungerührt, während sie sich steif umarmen ließ.

»Müde siehst du aus«, stellte der Bruder fest. »Die Berliner Luft scheint dir nicht zu bekommen. Na, jetzt bin ich ja da.«

Im selben Augenblick kam Constanze dazu. Sie rannte fast auf Ruppert zu, mit weit geöffneten Armen, bereit, sich an seine Brust zu werfen. Ruppert aber stand mit offenem Mund da.

»Constanze?«, fragte er verblüfft.

Sie nickte, lächelte und griff sich in den Nacken. »Ja.«

»Wie siehst du denn aus?« Ruppert betrachtete sie wie einen völlig fremden Gegenstand, dessen Bedeutung sich ihm einfach nicht erschließen konnte.

»So sehen alle aus in Berlin«, erwiderte Constanze, doch ihre Stimme klang bereits, als wollte sie sich entschuldigen.

Ruppert wandte sich wieder Malu zu, nahm ihren Arm und führte sie die Treppe hinab. Constanze ließ er einfach wie eine Bedienstete mit seinen Gepäckstücken stehen.

»Wie geht es dir?«, wollte Ruppert wissen. »Wie ist das Berliner Leben? Hast du schon Kontakte geknüpft?«

Malu blieb stehen und sah sich nach Constanze um, die mit dem Gepäckträger verhandelte. »Die Uhren gehen hier wirklich anders«, erwiderte sie und machte Constanze ein Zeichen, dass sie auf sie warteten. »Es hat sich einiges verändert. Constanze ist nicht mehr dieselbe.«

Ruppert lachte. »Das habe ich schon gesehen. Sie sieht aus wie eine, die es nötig hat.«

Malu sah ihn mit kalten Augen an. »Du wirst sie mit Respekt behandeln müssen, denn sie ist es, die Freundschaften geknüpft hat. Die Berliner feine Gesellschaft kennt sie in- und auswendig. Constanze ist sehr beliebt, wird zu jeder Feier eingeladen, zu jedem Picknick und zu allen Tanzvergnügen, die mit denen, die du aus Riga kennst, nicht das Geringste gemein haben.«

Ruppert zog ungläubig die Augenbrauen nach oben.

»Es ist, wie ich sage«, fuhr Malu ungerührt fort. »Wenn du die Bekanntschaft des Freiherrn von Hohenhorst und seiner Kreise machen möchtest, so solltest du dich an sie halten. Auch die Gräfin von Ruhlow gehört zu ihren Freundinnen.«

»Isabel?«, fragte Ruppert verwundert. »Was tut sie hier?«

Malu zuckte leicht mit den Schultern. »Wie es heißt, hält sie Anteile an der Berliner UFA. Ihre Kostümfeste sind so legendär, dass sie sogar in der *Berliner Tageszeitung* erwähnt werden. Sie lebt jetzt übrigens mit einer Frau zusammen, Anita de Crespin, einer Französin. Es heißt, sie habe früher im Moulin Rouge getanzt.«

Ruppert verstummte beeindruckt, aber nur für einen Augenblick. »Du kennst diese Leute sicherlich auch alle. Es wäre mir eine Ehre, wenn du mich Hohenhorst so bald wie möglich vorstellst.«

Malu lachte. »Ich kenne Hohenhorst nicht. Und er mich auch nicht. Vielleicht hat er von mir gehört. Ich, mein Lieber, bin in Berlin nämlich Constanze Mohrmann, Gesellschafterin der Marie-Luise von Zehlendorf, deren Rolle Constanze viel besser spielt, als ich es je vermocht hätte.«

»Wie bitte?« Ruppert beugte den Oberkörper nach vorn, als hätte er sie nicht richtig verstanden.

»Du hast es gehört. Constanze und ich haben die Rollen getauscht. Sei also höflich und zuvorkommend zu ihr, schließlich ist sie deine Schwester.«

Ruppert glotzte mit offenem Mund nach Constanze, die mit geradem Rücken und schwingenden Schritten näher kam, begleitet von dem Kofferträger, der sie mit ehrfürchtigen Blicken bedachte. Sie streckte ihm eine Hand entgegen, die in einem Spitzenhandschuh steckte.

»Ruppert«, sagte sie. »Wie schön, dich in Berlin zu sehen.«

Ruppert betrachtete sie aus den Augenwinkeln. Sein Blick glomm gefährlich, als wollte er Constanze damit mitteilen, dass sie die längste Zeit der Mittelpunkt der Berliner Gesellschaft gewesen war. Doch Constanze hatte in Berlin gelernt, dass der Schein mehr wog als das Sein. Und bei Ruppert gedachte sie, dieses Wissen zum ersten Mal anzuwenden.

»Du wirst sicher erschöpft sein nach der langen Reise. Hast du bereits ein Hotelzimmer gebucht?«, fragte sie hoheitsvoll.

Ruppert schüttelte den Kopf. »Ihr habt doch eine Wohnung.«

Constanze lächelte mild. »Sie ist sehr klein, unsere Wohnung. Deshalb haben wir dir vorsorglich ein Zimmer in einer Pension gebucht. Frau Glubschke wird bereits alles vorbereitet haben. Wenn dir jedoch nach Luxus ist, so musst du dich selbst um ein Hotel in der Innenstadt bemühen. Sie sind kostspielig, aber jeden Pfennig wert. Im Adlon zum Beispiel gibt es vergoldete Wasserhähne. Und bei meinem letzten Diner dort hatten sie einen Schokoladenbrunnen.«

»Schokoladenbrunnen«, wiederholte Ruppert wie ein Trottel.

Constanze hängte sich bei Malu ein und ging mit ihr einige Schritte weiter. »Wir werden eine Droschke nehmen. Ich kann zwar mittlerweile sehr gut mit einem Automobil umgehen, doch Herr von Hohenhorst hatte gestern einen kleinen

Unfall und konnte mir seines nicht zur Verfügung stellen. Nichts Schlimmes, nur ein wenig verbogenes Blech.«

Rupperts Mund stand noch immer offen.

Malu sah, dass er nicht wusste, ob er wütend oder belustigt sein sollte. Aber Rupperts Gemütszustand war ihr gleichgültig. Sie hatte sich vorgenommen, nicht darauf zu achten. Solange er sich gut benahm, konnte er bei ihr wohnen. Tat er das Gegenteil, würde er sich etwas anderes suchen müssen.

Sie gingen zum Ausgang des Bahnhofs und stiegen in eine Droschke.

Während das Gepäck aufgeladen wurde, flüsterte Malu ihrer Freundin heimlich zu: »Willst du ihn wirklich Mutter Glubschke antun? Meinst du nicht, er könnte für die ersten paar Nächte bei uns wohnen?«

Constanze zuckte lächelnd mit den Schultern. »Es ist deine Wohnung, Malu. Du kannst tun und lassen, was du willst. Aber er hat mich so abfällig betrachtet, wie das seit Monaten niemand mehr getan hat. Ich musste mich einfach ein bisschen schadlos halten.«

Malu nickte. Sie nannte dem Droschkenkutscher ihre Adresse.

»Wie lange wirst du in Berlin bleiben?«, fragte Malu den Bruder, der mit großen Augen nach rechts und links starrte.

»Ich weiß es noch nicht genau. Eine Weile. Ganz, wie es mir gefällt.«

Malu verzog überrascht den Mund. »Und was ist mit dem Gut? Willst du Mutter wirklich so lange allein lassen?«

Ruppert machte eine wegwerfende Handbewegung. »Ich habe sie nach Riga in ein Stift bringen lassen. Das habe ich dir doch geschrieben.«

»So? Und sie war einverstanden?« Malu konnte sich bei

Gott nicht vorstellen, dass Cäcilie von Zehlendorf in einem Stift wohnen wollte.

»Natürlich nicht. Aber es geht eben nicht immer so, wie die gnädige Frau es will. Vater hat sie verzogen. Jeden Wunsch hat er ihr von den Augen abgelesen, bis sie glaubte, das gleiche Recht zu haben wie ein Mann. Es ist nicht meine Schuld, dass sie jetzt leidet. Vater hätte strenger mit ihr sein müssen.«

»Aha.« Aus Rupperts wenigen Worten konnte Malu schließen, was sich auf Zehlendorf abgespielt haben musste. Cäcilie war nicht freiwillig in dieses Stift übergesiedelt, sondern von Ruppert einfach dorthin verfrachtet worden. Das wiederum bedeutete, dass der Bruder wohl für längere Zeit in Berlin bleiben würde.

»Und wer leitet das Gut?«, wollte sie wissen.

»Schwarzrock macht das. Auch das habe ich dir bereits geschrieben, wie du dich vielleicht erinnerst. Außerdem habe ich einen Mann im lettischen Parlament bestochen, der für die Landgüter zuständig ist. Der wird Schwarzrock auf die Finger sehen und das Gut vor möglichen weiteren Enteignungswellen schützen.«

Wieder nickte Malu. So war Ruppert schon immer gewesen. Wenn er sich etwas in den Kopf gesetzt hatte, dann zog er es durch, ohne Rücksicht auf die, die von ihm abhängig waren.

»Ich bin nicht zum Vergnügen nach Berlin gekommen«, fuhr Ruppert fort. »Die Landwirtschaft verliert an Bedeutung. Wer weiß, wie lange sich ein Gut noch lohnt. Ich werde in Berlin Geschäfte machen.«

»Geschäfte?« Malu zog verwundert die Augenbrauen nach oben, während Constanze ein wenig spöttisch lächelte. Aus jedem Dorf im ganzen Reich waren die Landjunker gekommen, um in der Hauptstadt Geschäfte zu machen. Doch nur die wenigsten hatten es tatsächlich geschafft. Die meisten waren nach ein paar Wochen mit leeren Börsen zu ihren Äckern zurückgekehrt.

»Was für Geschäfte?«, fragte Malu lächelnd.

Ruppert grinste breit. »Oh, da bin ich ganz offen. Einem Mann wie mir bieten sich sicherlich viele Möglichkeiten.« Er beugte sich ein wenig aus der Droschke, weil sie mit einem Ruck angehalten hatte. »Hey, was ist los? Warum geht es nicht weiter?«, rief er dem Kutscher zu.

»Demonstration«, erwiderte der Mann auf dem Bock wortkarg.

Ruppert, Malu und Constanze standen in der offenen Droschke auf, um besser sehen zu können. Tatsächlich, aus einer Seitenstraße ergoss sich ein Demonstrationszug genau auf die Hauptstraße vor ihnen.

»Kennen Sie keinen anderen Weg?«, herrschte Ruppert den Kutscher an.

Der Mann schüttelte den Kopf. »Der andere Weg führt über die Seitenstraße links. Wir müssen warten, bis die Leute vorbei sind.« Er spuckte eine Ladung Kautabak auf die Straße. »Ist nicht das Schlechteste, wenn die Reichen mal sehen, wie es den Armen ergeht.«

Ruppert setzte zu einer bissigen Bemerkung an, aber Malu zog ihn am Arm und deutete mit dem Kopf auf die Demonstranten. Es war ein Zug von Kriegsversehrten, der ihnen den Weg versperrte.

Ein arm- und beinloser Mann wurde auf einem Rollwagen geschoben. Über den Stümpfen lag wohl normalerweise eine Decke, heute jedoch zeigte er der Welt, was der Krieg ihm angetan hatte. Sein Gesicht zeigte Entschlossenheit. »Haben wir dafür im Krieg gekämpft? Für Versehrtenrenten, die nicht einmal für Brot und Milch reichen?« Laut und anklagend durchdrang seine Stimme die Menschenmenge.

Malu zuckte zusammen, als sie sah, mit welchem Hass im Blick er sie musterte. Hastig wandte sie das Gesicht ab.

Hinter dem Mann auf dem Rollwagen wurde ein Karren gezogen. Auf ihm hockten Männer, denen die Beine amputiert worden waren. Einige trugen zerfetzte Uniformen. Zwei der Uniformen waren mit Auszeichnungen bestückt. Neben dem Karren liefen verhärmte Frauen mit grauen Gesichtern, die dürre, kränkliche Kinder an den Händen führten.

»Was soll denn das?« Ruppert verzog angewidert den Mund. »Müssen die sich so zur Schau stellen? So Mitleid heischend? Waschlappen, Jammerlappen sind das, sonst wären sie im Krieg ungeschoren davongekommen.« Er schüttelte den Kopf und wandte sich vorwurfsvoll an Constanze. »Ist das in Berlin immer so? Ekelhaft! Widerwärtig.«

Constanze schwieg. Sie war blass. Ihr Blick war voller Mitleid auf die Versehrten gerichtet.

Der Kutscher wandte sich zu Ruppert um und betrachtete ihn von oben bis unten. »Haben Sie auch gedient?«, fragte er.

»Natürlich!« Ruppert warf sich in die Brust und schien dabei ganz vergessen zu haben, dass er aus deutscher Sicht für den Feind in die Schlacht gezogen war, denn er hatte in der russischen Armee unter dem Befehl des Zaren gekämpft. »Ich war Offizier!«, erklärte er stolz.

Der Kutscher nickte. »Wo haben Sie gekämpft? Haben Sie in Flandern im Graben gelegen? An der Somme? Wo waren Sie, als die da zum Krüppel geschossen worden sind, als die

Gasangriffe kamen? Haben Sie sich im Schützengraben die Glieder abgefroren?« Er musterte Ruppert noch einmal, dann drehte er sich wieder nach vorn um. »Ich warte«, sagte er störrisch. »Wenn Sie nicht warten wollen, steht es Ihnen frei, eine andere Droschke zu nehmen.«

Ruppert sah sich um. Die Straße hinter ihnen war verstopft von Automobilen. Schon begannen die Ersten, ärgerlich zu hupen. Nach vorn war auch kein Durchkommen möglich. Aus den Seitenstraßen ergossen sich immer mehr Demonstranten.

»Wie weit ist es noch?«, fragte Ruppert seine Schwester.

»Oh, ein ganzes Stück noch. Wir werden warten müssen, wenn du deine Koffer nicht selbst schleppen willst.«

Mit einem ergebenen Seufzer ließ sich Ruppert in den Ledersitz zurücksinken und steckte sich eine ägyptische Zigarette an. Der Rauch blieb in einer kleinen Schwade über dem Karren mit den Beinamputierten hängen. Die stießen die Nasen in die Luft und sogen den würzigen Geruch ein.

Verdrießlich warf Ruppert die erst halb gerauchte Zigarette aus der Droschke, und sofort stürzten sich zwei darauf, die an Krücken gingen. Die beiden sogen gierig an dem Stummel und gerieten beinahe noch in Streit um den letzten Zug.

»Da siehst du es. Sie sind wie Tiere«, sagte Ruppert verächtlich und nickte, als hätte er all das schon längst gewusst. »Keine Ehre im Leib, keinen Stolz, nichts.«

»Halt den Mund!«, zischte Constanze.

Dann folgten die Blinden. Manche wurden von Unversehrten geführt, einige tippten mit Stöcken vor sich auf den Boden, damit sie nicht in die Irre liefen. Ein Einäugiger stieß mit einem Mann zusammen, dessen Körper von zwei Krücken gehalten wurde. Einige Demonstranten hielten Plakate in die Luft. Auf einem war zu lesen:»»Beschossen an der Somme, beschissen in Berlin.« Auf einem anderen stand: »Elend, Hunger, Not. Am liebsten wäre euch, wir wären tot.«

Über Constanzes Gesicht rannen Tränen.

Malu fasste nach ihrer Hand. »Wir haben es doch gewusst«, flüsterte sie. »Im Lazarett in Mitau, da war es doch ebenso.«

»Ja«, erwiderte Constanze leise. »Aber da herrschte noch Krieg. Und jetzt denken doch die meisten, dass Frieden ist. Aber es gibt keinen Frieden. Der Krieg steckt uns noch in den Knochen und Gliedern.« Dann öffnete sie ihre gestickte Börse und warf, was sie an Geld darin hatte, in die Masse. Sie konnte nicht mehr aufhören zu weinen.

Plötzlich näherte sich von hinten eine Gruppe von jungen Männern in Braunhemden. Sie trugen ebenfalls Plakate. Eines trug die Aufschrift: »Niemals mehr Not, niemals mehr Hunger, Adolf Hitler stillt euern Kummer!« Und auf einem anderen stand geschrieben: »Weg mit dem Schandvertrag von Versailles!«

Die jungen Männer hatten den Demonstrationszug erreicht. Sie verschenkten Bonbons und Lutscher an die ausgemergelten Kinder, halfen, die Karren mit den Krüppeln zu schieben. »Kommt zu uns, Kameraden!«, tönte es von überall. »Adolf Hitler wird euch helfen. Er wird euch rächen, wird für Gerechtigkeit sorgen.«

Immer lauter redeten die Braunhemden auf die Krüppel ein. Zunächst hielten nur einige von ihnen an, dann wurden es immer mehr. Schließlich kam der Demonstrationszug zum Stehen. Die Braunhemden grinsten, holten weitere Lutscher und Bonbons aus ihren Taschen und verteilten sie. »Das Vaterland ist euch großen Dank schuldig!«, brüllte ein Braunhemd. »Adolf Hitler wird dafür sorgen, dass ihr diesen Dank bekommt!«

Malu schüttelte den Kopf. »Ich kann ihn nicht ausstehen, diesen Kerl.«

Zwanzigstes Kapitel

Berlin, 1922

Er hat nicht unrecht, der Hitler«, erklärte Ruppert, als sie in der Küche bei einem Kaffee saßen.

Vor einer Stunde hatte Ruppert die kleine, gepflegte Wohnung betreten, weder die hübschen Vorhänge noch die bunten Läufer eines Blickes gewürdigt und nur die Nase über die Enge gerümpft. »Und wo soll ich schlafen?«, hatte er vorwurfsvoll gefragt.

»Frag Constanze, ob sie einstweilen bei mir schläft«, antwortete Malu und seufzte. »Dann kannst du ihr Zimmer haben.«

Aber Ruppert fragte Constanze nicht, sondern stellte einfach sein Gepäck in ihr Zimmer, öffnete die Schranktüren und warf ihre Kleider auf das Bett. Und Constanze nahm wortlos die Kleider auf und quetschte sie in Malus Schrank. Dann hatte Ruppert nach frischem Wasser verlangt und es auch bekommen.

Und nun saß er, noch etwas erschöpft von der Reise, aber bereits voller Tatendrang und angefüllt mit ersten Eindrücken in der Küche, starrte aus dem Fenster auf den Lindenbaum davor und wiederholte: »Der Hitler hat nicht unrecht.«

»Wie kannst du so etwas sagen?«, fragte Malu verwundert. »Dieser Mensch ist laut und schrill. Er hat keine Manieren. Die Männer in den Uniformen sind Rüpel, die Schwächere prügeln. Nein, ein solcher Mann ist nicht gut für das Land.« Sie unterdrückte einen Seufzer. Ruppert war seit der Abdankung des Zaren deutscher geworden als jeder, der sein Leben lang in Deutschland verbracht hatte.

»Und ich sage, er hat recht. Der Versailler Vertrag ist ein Schandvertrag. Wie stehen wir Deutschen nun in der Welt da? Kein Wunder, dass die Renten so niedrig sind, dass die Krüppel kein Auskommen haben. Deutschland zahlt sich arm an Reparationen. Es wird Zeit, dass das anders wird.«

Constanze hatte bisher geschwiegen. Doch jetzt ergriff sie das Wort. »Haben wir denn kein Unrecht begangen im Krieg? Haben wir nicht auch geschossen, sind in Belgien einmarschiert, wollten Frankreich annektieren? Wir haben Schaden angerichtet. Einen Schaden, der größer ist, als ein einzelner Mensch wohl fassen kann. Und für diesen Schaden müssen wir bezahlen. So ist das in der Welt.«

»Unfug!« Ruppert wischte Constanzes Überlegungen mit einer rüden Handbewegung beiseite. »Wir haben genug Opfer gebracht. Vater ist gefallen. Es wird Zeit, dass die Franzosen aufhören, uns auszubluten. Schließlich waren wir es nicht, die angefangen haben.«

»Nicht wir?«, fragte sie verwundert. »Wer hat denn wem den Krieg erklärt? Waren das nicht die Deutschen?«

»Unfug!«, wiederholte Ruppert mit mehr Nachdruck. »Wir waren es schließlich nicht, die den österreichischen Thronfolger Franz Ferdinand in Sarajevo erschossen haben. Dem Reich ist dieser Krieg aufgezwungen worden. Es wird Zeit, dass wir zu unserem Stolz zurückfinden.«

Constanze musterte ihn. »Du hast dich nicht verändert«, stellte sie leise fest.

Ruppert lachte, streckte die Glieder. »Warum sollte ich

auch? Mit mir zumindest ist alles in Ordnung. Jetzt bin ich müde und muss ein bisschen schlafen. Aber heute Abend möchte ich Berlin kennenlernen. Und zwar von seiner schönsten Seite. Denkt euch etwas aus. Heute Abend will ich mich amüsieren.«

Er erhob sich, und kurz darauf fiel die Tür zu Constanzes Zimmer ins Schloss.

»Und?«, fragte Malu leise. »Freust du dich noch immer, dass Ruppert gekommen ist?«

Constanze seufzte. »Er ist jetzt da. Das ist alles, was zählt.« Sie stand auf.

»Wohin gehst du?«, wollte Malu wissen.

»Hinunter. Ich muss telefonieren. Lothar wird wissen, wo es Ruppert gefallen könnte.«

Am Abend gingen sie alle zusammen in den Gefallenen Engel, ein Revuetheater, das erst kürzlich eröffnet worden war. Die Attraktion des Abends war ein Frauenringkampf. Das Theater war nicht so vornehm wie die auf dem Kurfürstendamm, doch wenn es irgendwo in der Stadt etwas Neues gab, wollten Lothar von Hohenhorst und Isabel von Ruhlow es unbedingt sehen. Auch Anita de Crespin, Isabels Gefährtin, war dabei. Die beiden Frauen trugen Hosenanzüge, die selbstverständlich Malu angefertigt hatte. Isabel in Rot mit schwarzer Bluse, und Anita in Schwarz mit roter Bluse. Mit ihnen waren noch ein paar Freunde gekommen, unter ihnen ein schlesischer Leinenfabrikant und der Sohn eines Berliner Diplomaten, der sein halbes Leben in Paris zugebracht hatte und nicht aufhören konnte, von der Freizügigkeit der Französinnen zu schwärmen. Auch Malu war mitgekommen, die sich natürlich weiterhin als Constanze Mohrmann ausgab.

Wie Constanze vermutet hatte, fiel es Ruppert sehr leicht, sie als seine Schwester zu behandeln. Er flirtete ausgiebig mit Anita, die sich das kichernd gefallen ließ, während die Stimmung ihrer Freundin Isabel merklich sank.

»Hör auf damit«, raunte Malu ihm zu. »Anita ist nichts für dich. Sie ist in festen Händen.«

»Pah!«, stieß Ruppert aus. »In festen Händen! Dass ich nicht lache! Sie ist in den Fängen eines verruchten Weibes, und das auch nur, weil sie keinen Mann hat, der es ihr einmal richtig besorgt.«

Er stand auf, knöpfte sein Jackett zu und forderte Anita zu einem Tango auf.

Isabel sah ihm kopfschüttelnd nach. Constanze hing in ihrem Sessel, die Beine gekreuzt, und rauchte eine Zigarette aus ihrer silbernen Spitze. Das Champagnerglas vor ihr auf dem Tisch war nicht einmal halb leer.

»Dein Bruder hat sich nicht im Geringsten verändert«, stellte Isabel schmallippig fest. »Derselbe Schürzenjäger, der er immer war.«

Constanze zuckte mit den Schultern. »Er war wohl zu lange in einem Haushalt, in dem mehrere Frauen dafür gesorgt haben, dass seine Wünsche stets erfüllt wurden. Meine Mutter hat ihn nach Strich und Faden verwöhnt. Scheinbar glaubt er deshalb, dass alle Frauen ihm jederzeit und überall zu Füßen liegen müssen. Ich hoffe, in Berlin wird er sich die Hörner abstoßen.«

»Aber nicht an Anita!« Isabel von Ruhlow sah besorgt auf den Rücken ihrer Freundin, auf dem sich Rupperts Hand im Verlaufe des Tanzes immer weiter in Richtung Po schob.

Constanze schüttelte leicht den Kopf. »Ich habe keinen Einfluss auf ihn«, stellte sie fest. »Zumindest keinen guten.«

Isabel schlug leicht mit der Hand auf den Tisch. »Dann werde ich wohl dafür sorgen müssen, dass er sich die Hörner gewaltig stößt.« Sie erhob sich und verschwand durch eine kleine Seitentür hinter der Bühne.

Die Kapelle machte eine Pause, und Lothar von Hohenhorst bestellte neuen Champagner. »Du trinkst ja gar nichts.« Er deutete auf Constanzes Glas.

»Der Schampus bleibt mir heute ein wenig in der Kehle stecken«, erklärte Constanze. »Wir sind heute Morgen in einen Demonstrationszug von Kriegsversehrten geraten. Ich kann den Anblick der mageren Kriegerwitwen, der Krüppel und der kränklichen Kinder nicht vergessen.«

»Ach!« Er machte eine wegwerfende Handbewegung. »In jedem Krieg gibt es nun einmal Verlierer. Statt zu betteln, sollten sie sich lieber um ihre Bagage kümmern. Dann müsste die auch nicht hungern.«

Unterdessen waren Isabel von Ruhlow ebenso wie Anita und Ruppert an den Tisch zurückgekehrt. Isabel warf Malus Bruder einen empörten Blick zu, rutschte mit ihrem Stuhl ein wenig nach hinten und wandte sich Constanze zu. »Ich weiß, was du meinst«, sagte sie. »Und wenn wir ehrlich sind, so sind auch wir schuld an ihrem Elend.«

Lothar stieß den Rauch seiner Zigarette aus. »Wir? Was haben wir denn damit zu tun? Die Schieber sind es, die die Armen ausbluten. Und die Inflation. Aber doch nicht wir.« Dann blickte er Malu an. »Was meinen Sie dazu, Fräulein? Immerhin gehören Sie ja auch zu denen, die arbeiten müssen.«

Malu blickte kurz zu Ruppert, der hämisch grinste, bevor

sie erwiderte: »Ich arbeite gern, wissen Sie. Man kann sogar sagen, dass ich meine Leidenschaft zum Beruf gemacht habe.«

»Als Malus Gesellschafterin?« Lothar von Hohenhorst zog die Augenbrauen in die Höhe.

»Nein«, entgegnete Malu ruhig. »Die Gesellschaft Fräulein von Zehlendorfs ist eine Freude für mich. Doch da sie mich nicht den ganzen Tag benötigt, entwerfe und nähe ich Kleider, wie Sie vielleicht wissen. Natürlich im Namen meiner Arbeitgeberin.«

Constanze lächelte. »Das weißt du doch, Lothar. Du selbst warst auf der Modenschau.«

Er nickte. »Ich erinnere mich.«

Isabel legte ihre Hand auf die von Malu. »Wir müssen bald einmal wieder eine Schau abhalten«, erklärte sie. »Die Frauen aus dem Tennisclub sind von meiner Garderobe überaus begeistert. Dazu kommt noch eines...« Isabel beugte sich zu Malu, um ihr etwas zuzuraunen. Doch dann hielt sie inne, weil sich in diesem Augenblick der Vorhang hob und zwei Ringkämpferinnen in gestreiften Badekostümen die Bühne betraten.

Die eine hatte die Arme angewinkelt und die Hände zu Fäusten geballt, während die andere ein wüstes Schnauben ausstieß und mit den Füßen über den Boden kratzte, als ob sie ein wilder Stier wäre, der mit den Hufen scharrte. Sie hatten sich ein wenig nach vorn gebeugt und beäugten Gegnerin und Publikum feindselig.

Der Conferencier, ein dürres Männchen mit Zylinder, griff nach dem Mikrophon. »Liebe Gäste, heute erleben Sie den einmaligen Auftritt der Gigantinnen. Rosa, das Walross, ungeschlagen in mehr als zwanzig Kämpfen, trifft auf den Brettern, die die Welt bedeuten, auf Olga, auch die Unerbittliche genannt. Olga hält seit zwei Monaten den Titel der besten

Ringkämpferin Berlins und hat die meisten ihrer Gegnerinnen durch K. o. besiegt.«

Malu ließ ihren Blick von den beiden Frauen zu Ruppert schweifen. Der saß da mit ausgestreckten Beinen und einem derben Grinsen auf dem Gesicht.

Einige Männer aus dem Publikum pfiffen, und auch Ruppert steckte zwei Finger in den Mund und tat es ihnen gleich. Malu schüttelte den Kopf. Er hat Manieren wie ein Gassenjunge, dachte sie. Dann sah sie, dass Lothar von Hohenhorst gelangweilt die Decke des Theaters musterte.

»Interessieren Sie sich nicht für Frauenringkämpfe?«, fragte sie.

Lothar warf ihr einen indignierten Blick zu. »Nein«, erwiderte er. »Ich bevorzuge Pferde- oder Hunderennen.«

Malu lächelte. »Dann sind Sie wohl ein Ästhet.«

Lothar lächelte zurück und betrachtete Malu mit neuer Aufmerksamkeit. »Ich fürchte, da haben Sie recht, gnädiges Fräulein.«

Ruppert rutschte auf seinem Stuhl hin und her, als wäre ihm die Hose mit einem Mal zu eng geworden. Malu bemerkte, wie Isabel mit einem verächtlichen Lächeln auf den Lippen ihren Bruder beobachtete.

Ein Gong ertönte, und die eine Ringkämpferin – Malu hatte schon vergessen, ob es das Walross Rosa oder die unerbittliche Olga war – stürzte sich mit Gebrüll auf ihre Gegnerin, umklammerte deren Taille und versuchte, sie zu Boden zu reißen. Doch die Gegnerin hieb ihrer Kontrahentin mit einem kräftigen Tritt die Füße weg, sodass diese stürzte und die andere auf ihr zu liegen kam. Die obere riss am Trikot der Gegnerin, und deren Brüste quollen heraus wie Hefe. Die Menge johlte, grölte und klatschte.

Ruppert leckte sich die Lippen, beugte sich zu dem schlesischen Fabrikanten hinüber und flüsterte unüberhörbar: »So eine im Bett und du hörst die Glocken von Jericho zum Jüngsten Gericht rufen.«

Der Fabrikant grinste. »Wenn sie dich nicht vorher schon mit ihren Glocken erschlagen hat.«

Malu schüttelte den Kopf. Wie lüstern ihr Bruder war! Geradezu eklig! Sie sah, dass Isabel ihn noch immer beobachtete und dabei ein seltsames Lächeln auf den Lippen trug. Was hatte sie vor? Wollte sie sich wegen der Sache mit Anita rächen?

Malu lehnte sich zurück, betrachtete mit Widerwillen den weiteren Kampf, bis schließlich eine der Frauen am Boden lag und nicht mehr aufstehen konnte. Die Menge buhte, weil für sie das Schauspiel ein viel zu rasches Ende gefunden hatte. Malu hatte keinerlei Mitleid mit diesen Kreaturen, wie sie im Stillen die beiden Ringkämpferinnen bezeichnete. Für sie waren Frauen die Hüterinnen der Schönheit, der Klugheit und der Weisheit. Doch diese Weiber da oben waren nichts als Kampfmaschinen, ihre Bewegungen ohne Anmut, ihr Schnauben misstönend.

Der Conferencier schlug wieder einen Gong, trat beschwingten Schrittes auf die Bühne und zog die beiden Kämpferinnen zurück auf die Beine. Dann riss er den Arm der einen hoch. Beifall brandete auf. Ruppert steckte vier Finger in den Mund, um gellend zu pfeifen.

Dann verkündete der Conferencier: »Verehrtes Publikum! Nach hartem, fairem Kampf hat Olga, die Unerbittliche, Rosa, das Walross, besiegt.«

Wieder pfiffen die meisten Männer. Sie klatschten, johlten und ergingen sich in Anzüglichkeiten.

Malu sah, dass Ruppert sich prächtig amüsierte, während Constanze peinlich berührt dreinschaute.

Die Frauen gingen von der Bühne, und der Conferencier winkte ihnen nach, dann verkündete er: »Hochverehrtes Publikum, nach diesem spannenden Kampf, der uns den Atem stocken ließ, kommen wir nun zum nächsten Höhepunkt! Die Siegerin Olga wird sogleich unerbittlich gegen einen Herrn aus dem Publikum antreten. Klatschen Sie bitte, so laut Sie können, denn das Klatschen wird möglicherweise eines der letzten Geräusche sein, das unser Mann noch mit gesunden Ohren hören kann.«

Ruppert zündete sich eine neue Zigarette an und lehnte sich bequem zurück, entschlossen, das kommende Spektakel zu genießen. »In der Haut des armen Kerls möchte ich bei Gott nicht stecken. Wenn schon ein Ringkampf mit einer Dame, dann sicher nicht auf den Brettern, die die Welt bedeuten.« Er lachte und stieß den schlesischen Fabrikanten leicht mit dem Arm an. Dann winkte er den Kellner herbei und bestellte eine neue Flasche Champagner. Den Damen bot er Zigaretten an und nahm eine Handvoll Erdnüsse aus einem Schälchen auf dem Tisch. Er wirkte entspannt und gab sich so, als wäre er schon zum hundertsten Male in einem solchen Varieté.

Malu begriff auf der Stelle, was Isabel von Ruhlow vor dem Auftritt hinter der Bühne getan hatte, und lächelte. Sie hoffte aus ganzem Herzen, dass Olga, die Unerbittliche, dem Herrn aus dem Publikum mal so richtig den Hintern versohlte.

Schon näherte sich der Mund des Conferenciers dem Mikrophon, und er verkündete mit lauter Stimme: »Ich bitte Ruppert von Zehlendorf nun hinter die Bühne, um in den Kampfanzug zu steigen.«

Auf der Stelle wandten sich alle Köpfe Ruppert zu, zuerst die der Tischgenossen, danach die aller anderen Varietébesucher. Ein paar Mädchen, bei denen man nicht genau erkennen konnte, ob sie in dem Etablissement angestellt waren, klatschten in die Hände und riefen Rupperts Namen im Chor.

Der Fabrikant glotzte halb hämisch, halb neidisch auf Ruppert und erklärte in einem gemütlichen Tonfall: »Wenn Sie gewinnen, mein lieber Freund, dann schmeiße ich so viel Champagner, dass wir hier auf allen vieren herauskriechen müssen. Aber Obacht! Gegen Olga hat schon lange keiner mehr gewonnen. Den Letzten haben sie nach nur dreißig Sekunden von der Bühne getragen!«

»Aber ...« Ruppert riss den Mund auf und glotzte dämlich vor sich hin.

Constanze aber brach in Gelächter aus, verschluckte sich und musste einen Schluck Champagner trinken. Sie beruhigte sich erst wieder, als Ruppert aufstand, den Knopf seines Jacketts schloss und Isabel von Ruhlow einen bitteren Blick zuwarf. Die aber zuckte nur leicht mit den Schultern.

Constanze beugte sich zu Malu hinüber und flüsterte: »Dafür liebe ich Isabel.«

Während Ruppert hinter der Bühne in seine Kampfmontur gesteckt wurde, wandte sich Malu an Isabel. »Sie wollten vorhin etwas sagen. Wir sind unterbrochen worden.«

Isabel nickte. »Wir sprachen über meine Freundinnen aus dem Tennisclub, nicht wahr? Nun, zu ihnen zählt auch Frau Jandorf. Ihrem Mann gehört das KaDeWe. Es könnte nützlich für Sie sein, Ihre Kreationen bei uns vorzustellen.«

Malu blieb für einen Augenblick der Mund offen stehen. »Warum tun Sie das für mich?«

Isabel schüttelte leicht den Kopf. »Ich tue es ja nicht für

Sie, meine Liebe. Ich tue es für mich. Schon lange wollte ich mich einmal damit brüsten, ein Talent entdeckt zu haben.«

Hinter der Bühne tat sich etwas. Der Vorhang geriet in Bewegung, und es machte den Eindruck, als wäre der Kampf hinter dem roten Samt schon in vollem Gange. Der Stoff raschelte, mal zeigte sich an der einen, mal an der anderen Stelle eine Beule. Ein nackter Arm wurde sichtbar, und eine Männerstimme rief: »Aua!«

Einen Augenblick später trat der Conferencier mit schiefem Zylinder auf die Bühne. »Meine Damen und Herren, der große Augenblick ist gekommen. Ruppert von Zehlendorf tritt an gegen Olga, die Unerbittliche. Ich bitte um Ihren Beifall!« Er klatschte in die Hände, und das Publikum tat es ihm nach.

Die kecken Mädchen skandierten erneut Rupperts Namen und klatschten in die Hände.

»Ruppert! Ruppert!«

»Ruppert, du schaffst es! Zeig ihr, wo der Hammer hängt!«

»Meinst du, er gewinnt?«, fragte Constanze.

Malu schüttelte den Kopf. »Ich glaube nicht einmal, dass er kämpft. Er wird sich drücken.«

Schon rauschte der Vorhang zur Seite, und Ruppert trat neben Olga auf die Bühne. Er trug jetzt ebenfalls ein gestreiftes Badetrikot und grinste kläglich, als wisse er nicht, ob es eine Ehre oder eine Schande war, da oben zu stehen.

»Nett anzusehen ist er ja«, stellte Isabel fest und schnalzte so laut mit der Zunge, dass Ruppert es auf der Bühne hören musste.

Die Mädchen ergingen sich in Kommentaren zu Rupperts Körperbau. »Nicht schlecht«, erklärte die eine und leckte sich frivol die Lippen. »Den würde ich nicht von der Bettkante schubsen.«

»Ach was«, meinte eine andere. »Sieh dir nur diese Hühnerbrust an. Und mit seinen Armmuskeln ist auch nicht viel los. Den würde sogar ich besiegen.«

»Aber nicht auf der Bühne«, erwiderte die Erste, und beide Mädchen brachen in Gelächter aus.

Der Conferencier nahm den Schläger des Gonges in die Hand. »Sind Sie bereit für den Kampf?«

Olga, die Unerbittliche, neigte den Kopf, ballte die Fäuste und scharrte erneut mit den Füßen wie ein angriffslustiger Stier. Sie stieß ein so wildes Schnauben aus, dass Ruppert zurückwich.

»Sind Sie bereit?«, fragte der Conferencier erneut.

»Einen Augenblick!« Ruppert nahm ihm das Mikrophon aus der Hand und wandte sich ans Publikum. »Meine sehr verehrten Damen und Herren. Ich weiß nicht, wie es Ihnen geht. Aber allein der Gedanke, eine Dame zu schlagen, lässt mir die Haare zu Berge stehen. Die Kavaliere unter Ihnen werden mit mir fühlen. Ich verzichte also auf den Kampf und erkläre Olga, die Unterbittliche, zur Siegerin.«

Die Mädchen johlten enttäuscht. Lothar von Hohenhorst klatschte Beifall, doch an den anderen Tischen murrte und brummte es.

»Feigling«, rief jemand und buhte laut.

Lächelnd wandte sich Ruppert zum Bühnenausgang. Olga aber riss den Kopf hoch, schnaubte noch einmal wütend, und dann versetzte sie Ruppert einen derart heftigen Faustschlag auf die Nase, dass der Getroffene aufschrie. Sofort tropfte Blut auf die Bühnendielen.

»Elender Feigling!«, brüllte sie. »Ich hätte es dir schon gezeigt!« Hocherhobenen Hauptes schritt sie von der Bühne.

Einundzwanzigstes Kapitel

Berlin, 1922

Rupperts gebrochene Nase heilte rasch, die Veilchen an beiden Augen verblühten, doch sein Ruf als feiger Kavalier stand so fest wie die Kaiser-Wilhelm-Gedächtniskirche. Dennoch hatte er in den Freundeskreis von Constanze Aufnahme gefunden, durchtanzte nun mit ihr die Nächte, kam manchmal allein, manchmal zusammen mit ihr im Morgengrauen nach Hause. Dann trug Malu ihre Nähmaschine in die Küche, schob den Tisch unter das Fenster und setzte sich, den Waschbeckenrand im Rücken, hin und nähte, während die Nachtschwärmer ihren Rausch ausschliefen.

Constanze war in der letzten Zeit noch schmaler geworden, die Ringe unter ihren Augen wirkten noch dunkler. Malu sorgte sich um ihre Freundin und wollte ihr helfen.

Als die beiden eines Nachmittags zusammen ein paar Schritte den Kurfürstendamm entlangspazierten, sagte sie: »Du musst nun keine Reklame mehr für mich machen. Die Modenschau vor den Tennisdamen war ein großer Erfolg. Wir können uns jetzt sogar eine größere Wohnung nehmen. Morgen Nachmittag habe ich einen Termin bei Jandorf, dem Besitzer des KaDeWe. Ich werde ihm ein paar Entwürfe und einige fertige Kleider zeigen. Mein Geschäft läuft jetzt richtig an. Von jetzt an kannst du tun, was immer du möchtest.«

Malu hoffte, dass Constanze sich darüber ein wenig freuen

würde. Sie wirkte so erschöpft, so müde und des ganzen Feierns so überdrüssig. Deshalb fügte Malu noch hinzu: »Ich bin dir auch nicht böse, wenn du zurück in die Heimat gehst.«

Constanze starrte sie nur mit großen Augen an. Sie schien geradezu entsetzt zu sein. Dann brach sie in Tränen aus.

Malu verstand nicht, warum Constanze so herzerweichend schluchzte. Hilflos stand sie neben ihr, tätschelte ihr den Rücken und fragte: »Was ist los mit dir? Sag mir doch, warum du weinst.«

»Du verstehst nichts. Gar nichts verstehst du!«

Malu nickte. Constanze hatte recht; sie verstand sie nicht. Seit der Ankunft in Berlin waren sie sich immer fremder geworden. Früher, während ihrer Kindheit auf dem Gut, da hatten sie zusammen gespielt, und jede hatte gewusst, was die andere gerade dachte. Auch später, vor allem im Lazarett, war es so gewesen. Sie hatten sich gegenseitig getröstet und einander Mut zugesprochen, während sie zusammen so unendlich viel Leid erleben mussten. Aber jetzt war alles anders. Ohne dass es Malu aufgefallen war, hatten sich die Rollen vertauscht. Constanze tat nicht so, als wäre sie Marie-Luise von Zehlendorf – sie war es. Sie war in diese Rolle hineingeschlüpft wie in einen Maßanzug. Und Malu hatte sich in eine Arbeiterin verwandelt. Von morgens bis abends saß sie an der Nähmaschine, zeichnete und schnitt und steckte ab. Aber Malu war glücklich dabei. Sie vermisste nichts.

»Was ist nur los mit dir? Wenn ich dir doch nur helfen könnte, glücklich zu sein.« Malu ließ die Arme hängen, seufzte und sah Constanze flehend an. »Sag mir doch, was mit dir ist. Und wenn ich es nicht verstehe, dann erklär es mir.«

»Du... du...« Constanze putzte sich die Nase, holte noch einmal ganz tief Luft. Dann brach es aus ihr heraus. »Du merkst es wirklich nicht, stimmt's?«

»Was denn, um Himmels willen?«

Constanze sah Malu an, als wäre sie ein dummes Schulkind.

Vielleicht, dachte Malu in diesem Augenblick, bin ich das ja auch. Was weiß ich schon von der Welt? Ich sitze an der Nähmaschine, allein mit mir und meinen Gedanken, allein mit den Erinnerungen, und nicht fähig, nach draußen zu gehen und zu leben.

»Es ist der Name, Marie-Luise«, sagte Constanze mit Nachdruck. »*Dein* Name: Marie-Luise, Freiin von Zehlendorf.«

Malu machte eine wegwerfende Handbewegung. »Ach. Das ist nur ein Name.«

»Eben nicht. Ich weiß das. Weiß es viel besser, als du es je wissen wirst.«

Malu seufzte. Sie hätte Constanze zu gern geholfen, aber noch immer wusste sie nicht, worum es eigentlich ging.

»Früher, da wusste ich immer, wer ich war. Verstehst du das?«

Malu nickte.

»Zuerst war ich die Pfarrerstochter, dann die Hauslehrerin, einmal sogar für eine kurze Zeit die Ehefrau, dann die Schwester im Lazarett. Und jetzt? Jetzt bin ich nichts, denn der Name, den ich trage, ist nur geborgt. Das Leben, das ich führe, ist nur geborgt. Jetzt willst du deinen Namen zurück. Was bleibt mir dann noch? Sicher, ich könnte zurück in die Heimat, zu meinen alten Eltern. Bestimmt würde ich eine Anstellung auf einem Gut finden. Aber ich habe mich hier verloren, bin nur noch die, die ich vorgebe zu sein. *Malu von Zehlendorf.* Wenn du mir das nimmst, dann bin ich gar nichts mehr. Verstehst du jetzt?«

Malu zögerte. »Ein bisschen.«

»Wenn du wieder zum Freifräulein wirst, verlierst du nichts«, erwiderte Constanze. »Du kannst weiter nähen, kannst deine Kleider vorführen, und jeder wird dich noch höher achten als jetzt. Ein Freifräulein, und noch dazu so ein geschäftstüchtiges. Wenn du mir aber den Namen wieder nimmst, so bleibt von mir nichts. Dann bin ich nichts.«

»Ist es so schrecklich, du selbst zu sein?«

Constanze zuckte mit den Schultern. »Die Person, die ich früher war, habe ich verloren. Zuerst im Krieg, später dann hier in Berlin. Von mir ist nichts mehr übrig, verstehst du? Die Leute mögen mich unter deinem Namen. Eine Pfarrerstochter hätten sie nie zu ihren Feiern eingeladen. Alles, was ich jetzt bin, bin ich durch dich. Du kannst es mir nicht wegnehmen, ohne mir mein Leben zu nehmen.«

Malu zog die Stirn kraus. »Gut«, sagte sie nach einer Weile. »Es muss sich ja nichts ändern. Bleib, wer du sein möchtest. Mir ist es gleichgültig. Ich dachte nur, dass du womöglich eigene Pläne hast.«

»Für jemanden wie mich gibt es keine eigenen Pläne. Frauen wie ich agieren nicht, sie reagieren bloß.«

Malu zuckte mit den Schultern. Wieder hatte sie kein Wort von Constanze verstanden. Warum reagierten Frauen wie Constanze nur? Was hielt sie davon ab, das Leben in die eigenen Hände zu nehmen? Sie war es müde, sich zu streiten.

»Dann bleibt alles, wie es ist«, erklärte sie und umarmte Constanze kurz. »Aber jetzt habe ich zu tun. Ich werde ein Automobil für uns kaufen. Ich brauche etwas, um meine

Kleider zu transportieren. Und du wärest mit einem Automobil unabhängiger, wenn du nachts nach Hause kommst. Später kümmern wir uns um die neue, größere Wohnung. Ruppert kann meinetwegen die alte übernehmen.«

Anschließend ging Malu nach Hause, während Constanze zurückblieb, um noch ein wenig allein im Park herumzuspazieren.

Als Malu ihre Wohnung betrat, saß Ruppert am Küchentisch und bediente sich ohne Scheu an Malus Vorräten. Er trank den teuren Bohnenkaffee in rauen Mengen, rauchte Malus Zigaretten und schenkte sich von ihrem Wein ein.

Malu setzte sich zu ihm. »Und was wirst du nun tun?«, fragte sie.

»Wie? Was meinst du mit ›tun‹?« Ruppert sah sie überrascht an.

»Wie stehen deine Geschäfte? Wovon willst du in Zukunft leben?«

Ruppert verzog den Mund zu einem schmalen Strich. »Ist es dir zu viel, deinem Bruder ein paar Tage lang Gastfreundschaft zu gewähren?«

Malu seufzte. Offenbar war heute ein Tag, an dem alle sie missverstanden. »Nein, es ist mir nicht zu viel. Aber ich habe Pläne. Und ich dachte, du hättest vielleicht auch welche. Wir müssen darüber sprechen, weil meine Pläne vielleicht nicht zu deinen passen.«

Ruppert lehnte sich zurück, bediente sich ungeniert an Malus Zigaretten und lächelte gönnerhaft. »Was für Pläne hast du, kleine Schwester?«

»Constanze und ich werden umziehen. Es gibt eine Wohnung in der Fasanenstraße, die nicht weit weg vom KaDeWe ist. Dort wäre Platz für ein kleines Atelier. Dazu kommen zwei Schlafzimmer und ein kleiner Salon, in dem die Anproben stattfinden werden. Du kannst, wenn du möchtest, ja diese Wohnung hier übernehmen.«

»Du wirfst mich raus? Du setzt den eigenen Bruder tatsächlich auf die Straße?«

»Aber nein, das tue ich doch gar nicht. Du kannst ja hierbleiben«, beeilte Malu sich zu sagen.

Ruppert warf wütend seinen Löffel auf den Tisch. Zwei Kaffeespritzer verschmutzten die Decke. »Wann ziehst du um?«, fragte er.

»In der nächsten Woche«, erwiderte Malu. »Aber darum geht es nicht. Du hast mir noch immer nicht gesagt, was du vorhast.«

»Geschäfte. Export und Import. Ich werde Dinge aus Riga nach Berlin schicken und sie hier teuer verkaufen, und ich werde Güter aus Berlin nach Riga schicken und sie dort für gutes Geld verkaufen.« Er lächelte ein wenig verschlagen. »Wer weiß, wenn du dich schwesterlich beträgst, dann nehme ich am Ende sogar noch ein paar von deinen Fummeln in mein Programm.«

»Wirst du die Wohnung hier übernehmen?«, fragte sie.

Ruppert zuckte mit den Schultern. »Ich muss darüber nachdenken. Besonders nobel ist diese Gegend ja nicht. Und wenn du sogar ein Atelier für deine Flickereien benötigst, dann steht mir mindestens eine Büroetage in einem Handelshaus zu.«

Malu stand auf. »Mach, was du willst. Nur sag mir rechtzeitig Bescheid.« Sie fühlte sich mit einem Mal so müde, als hätte sie einen riesigen Berg bestiegen. Sie war schon an der Tür, als Ruppert rief: »Du hast nicht ein einziges Mal nach deinem Janis gefragt. Willst du denn nicht wissen, wie es ihm geht?«

Malu erstarrte. Sie hatte alle Gedanken an Janis verdrängen wollen, doch es war ihr nicht gelungen. Jeden Tag, jede Stunde tauchte sein Gesicht vor ihrem geistigen Auge auf. Wenn sie Einkäufe erledigte, glaubte sie oft, ihn irgendwo in der Menge zu entdecken, seinen schlaksigen Gang und seine hohe, magere Gestalt. Und einmal, als sie in einem Kaufhaus mit der Rolltreppe nach oben fuhr, war ihr sein Geruch begegnet. Ganz flüchtig nur, wie ein Windhauch. Trotzdem war Malu mit der Rolltreppe, kaum oben angelangt, wieder nach unten gefahren und dem Duft nachgegangen, aber sie hatte ihn nicht finden können. Nun schlug ihr Herz mit einem Mal rasend schnell, und die Kehle wurde ihr eng. »Wie geht es Janis?«, fragte sie gequält.

Ruppert lachte, und Malu schien es, als weide er sich an ihrer Qual. »Er macht sich gut als Ehemann«, sagte Ruppert schließlich. »Die Leute meinen, etwas Besseres als diese Frau hätte ihm nicht passieren können. Ich habe ihn im Sommer abends oft mit ihr draußen sitzen sehen. Bei Kerzenschein!«

Malu hätte sich am liebsten unter diesen Worten gekrümmt, doch sie wollte nicht, dass Ruppert sie leiden sah.

»Das freut mich für ihn«, erwiderte sie.

»Das ist noch nicht alles«, fuhr Ruppert fort. »Als ich nach Berlin aufgebrochen bin, war Janis' Frau schwanger. Es hieß, er freue sich sehr auf das Kind.«

»Auch das freut mich für ihn«, presste Malu hervor, dann verließ sie die Küche, warf sich in ihrem Zimmer auf das Bett und weinte.

Zweiundzwanzigstes Kapitel

Berlin, 1922

Malu konnte sich nicht lange in ihrem Schmerz vergraben. Am Nachmittag musste sie ins KaDeWe. Und vorher wollte sie ihr neues Automobil abholen. Sie hatte in den letzten Wochen Fahrstunden genommen und glaubte, dass es ihr leichtfallen würde, das starke Gefährt zu führen.

Malu wischte sich die Tränen ab, fuhr mit der U-Bahn bis nach Wilmersdorf und nahm dort ihr Auto in Empfang. Dann kehrte sie nach Hause zurück, packte ihre Kollektion und ihre Entwürfe ein und steuerte ihren neuen Wagen zum KaDeWe.

Auch die Hinterzimmer des Kaufhauses waren prächtig ausgestattet. Als besonders luxuriös erwies sich das Büro von Herrn Jandorf, dem Inhaber des KaDeWe: Es war ganz mit edlem Holz getäfelt, im prachtvollen Kronleuchter wurden die Sonnenstrahlen reflektiert.

An einem großen Tisch, um den herum bequeme Clubsessel standen, saßen einige Herren in gut geschnittenen dunklen Anzügen. Nachdem Adolf Jandorf Malu begrüßt hatte, stellte er die anderen Männer vor: »Herr Schramm, der Reklamechef des Hauses, Herr Ewald, der Einkäufer, und unser Schneidermeister Pieskow. Wir alle sind gespannt auf Ihre Arbeit.«

Malu schluckte und versuchte unauffällig, sich die verschwitzten Hände abzuwischen. Das hier war keine Modenschau, bei der die Mannequins im Mittelpunkt standen. Hier waren alle Augen auf sie gerichtet. Vorsichtig hob sie das erste ihrer Kleider aus dem Seidenpapier und breitete es auf dem Tisch aus.

»Dieses Kleid ist eine Hommage an den französischen Modeschöpfer Paul Poiret«, erklärte sie. »Es ist ein Kleid für den Nachmittag. Als Stoff habe ich leichtes Leinen gewählt. Die Taille sitzt nicht so tief wie bei den anderen Kleidern der Saison, sondern liegt eng an. Der Rock schwingt etwas über den Hüften, wird aber zum Knie hin schmaler, und am Saum kann man ihn mit einem Band zusammenziehen.«

Die Männer nickten, der Schneidermeister befühlte den Stoff und prüfte die Nähte.

Malu legte eine weitere Kreation auf den Tisch. »Dies hier ist kein Kleid im eigentlichen Sinne. Es handelt sich eher um ein sportliches Ensemble. Wichtigster Teil ist eine Hose, die so weit geschnitten ist, dass man sie für einen Rock hält. Gleichwohl erlaubt sie der Dame, sich frei und unbeschwert auf einem Fahrrad zu bewegen. Dazu trägt man eine leichte Bluse oder eine kurze Jacke.«

»Sehr schön!« Der Reklamechef klatschte in die Hände. »Ich sehe die Werbung schon vor mir: ›Damit die Frau von heute ihren Mann stehen kann.‹«

Der Direktor runzelte die Stirn und sah seinen Reklamechef verärgert an. Dann wandte er sich an Malu. »Das ist ja alles gut und schön. Aber für die junge, moderne Frau gibt es derzeit reichlich neue Modelle. Was ist mit der Dame in den besten Jahren? Auch sie will schick gekleidet sein und sich jung und schön fühlen. Haben Sie für die Dame ab vierzig auch etwas in Ihrem Programm?«

»Nein. Eigentlich nicht. Daran habe ich nie gedacht.«

Die Antwort kam so offen, dass der Direktor nachsichtig lächelte. »Na ja, es ist bestimmt sehr schwierig, Kleidung für ein Alter zu entwerfen, von dem man selbst noch Lichtjahre entfernt ist.«

Malu dankte für das Kompliment, aber in ihrem Herzen wuchs Scham, weil sie sich mit diesem Thema bisher nicht befasst hatte. Die Jugend war kurz, das mittlere und das spätere Alter lang und voller Abendgesellschaften und Nachmittagstees.

»Was stellen Sie sich für eine reifere Dame vor?«, fragte der Direktor.

Malu sammelte sich einen Augenblick. Sie sah plötzlich ihre Mutter, Cäcilie von Zehlendorf, vor sich.

»Eine Dame im reiferen Alter liebt es, ihre Haut ein wenig mehr zu bedecken. Andererseits haben die meisten dieser Damen ein besonders schönes Dekolleté, das sie ruhig zeigen sollten. In den Hüften sind sie oft ein wenig breiter, schon allein durch die Geburten ihrer Kinder. Also sollte die Hüfte etwas kaschiert werden, dafür die Taille in den Mittelpunkt rücken. Viele der Damen sind noch mit Fischstäbchenkorsetts aufgewachsen. Nun, diese wollen wir natürlich nicht zurück, doch eines darf man nicht vergessen: Mithilfe der Korsetts bekam die Körperform einer jeden Dame etwas Aufregendes.«

Der Schneidermeister nickte. »Sie hat recht. Die meisten Kundinnen lieben diese taillenlosen Kleider nicht.« Er kicherte. »Eine berichtete mir sogar, sie fühle sich darin wie eine Litfaßsäule und habe Angst, mit Plakaten beklebt zu werden.« Er kicherte weiter, verschluckte sich und erhielt vom Reklamechef einen Schlag ins Kreuz.

»Schön und gut«, erklärte der Direktor. »Ihren Ausführungen können wir alle voll und ganz zustimmen. Schließlich kennen wir unsere Kundinnen. Wie aber wollen Sie dieses Problem lösen?«

»Ich ...« Plötzlich sah Malu Frau Mohrmann, Constanzes und Janis' Mutter, vor sich. Die Pfarrersfrau war ihr immer sehr schön erschienen. Viel hübscher als die Mutter, von der es doch hieß, dass sie eine schöne Frau sei.

Was hatte Frau Mohrmann getragen? Unter der Woche meist einen blauen Rock, der bis zu den Knöcheln reichte und einen Bund in Taillenhöhe hatte. Einen Bauernrock. So etwas war sicherlich nicht geeignet für die Damen Berlins. Aber am Sonntag, da hatte sie eine bestickte Bluse getragen. Mit einem v-förmigen Ausschnitt, der ringsum bestickt war und dessen oberer Saum sich zusammenbinden ließ. So konnte Frau Mohrmann je nach Anlass ein Stück ihrer schönen Schulter zeigen oder aber die Bluse fest zuschnüren, sodass dieses Band ihren Hals wie eine Kette umschmeichelte.

»Spitze«, brach es aus Malu hervor. »Eine Spitzenbluse, die so gearbeitet ist, dass die Damen selbst bestimmen können, wie groß der Schulterausschnitt und das Dekolleté sein sollen.«

Der Schneidermeister zog die Augenbrauen nach oben. Der Einkäufer runzelte die Stirn. »Wie soll ich mir das vorstellen?«

»Darf ich?« Malu zog den Schreibblock und den Bleistift des Einkäufers zu sich heran und zeichnete ein paar Striche auf den Block.

Der Direktor verzog das Gesicht. »Das sieht ja aus wie eine Bauernbluse.«

Malu nickte. »Sie haben recht. Und es soll auch eine sein. Zurück zu unseren Wurzeln. Lautete nicht so heute die Überschrift der *Berliner Zeitung*? Bodenständig und gut, dazu elegant und selbstbestimmt durch die Spitzen. Bequem, nicht einengend, aber die Vorteile der Figur hervorhebend. Was will eine Frau mehr?«

Der Direktor betrachtete nachdenklich Malus Zeichnung. »Wir können es probieren. Würden Sie uns eine Probebluse nähen und besticken?«

Malu lächelte. »Mit dem größten Vergnügen.« Die Gedanken jagten durch ihren Kopf. »In der Mitte wird die Taille durch eine Schärpe betont. Je nach Bedarf kann diese Schärpe so geformt sein, dass sie von den Hüften ablenkt. Sind die Hüften jedoch schmal, kann die Bluse mit einem Gürtel getragen werden. Ein anderes Modell könnte den Matrosenblusen der Kinder nachempfunden werden. Oder den Uniformen, die, wie Sie ja selbst wissen, meine Herren, einem jeden stehen.« Malu tippte sich an die Stirn. »Geben Sie mir eine Woche Zeit, und ich fertige Ihnen ein Dutzend Entwürfe.«

Der Direktor lächelte nun auch. Er trat zu ihr und reichte ihr die Hand. »Abgemacht. Wir sehen uns in einer Woche wieder. Wir danken Ihnen und freuen uns jetzt schon darauf. Gehen Sie bitte zur Hauptkasse. Ich werde sofortige Anweisung erteilen, dass man Ihnen die besten Stoffe und Materialien heraussucht. Auf Kosten des Hauses natürlich.« Dann neigte er ein wenig nachdenklich den Kopf. »Enttäuschen Sie mich nicht. Meine Frau hält große Stücke auf Sie und Ihre Freundin von Zehlendorf. Wussten Sie eigentlich, dass die Zehlendorfs weitläufig mit meiner Frau verwandt sind? Die Großmutter meiner Frau ist die Nichte der Großmutter Ihrer Freundin.«

»Ach!« Malu war überrascht. Sie hatte nie von Berliner Verwandten gehört. Aber in einer Zeit wie dieser war es sicher nur von Vorteil, eine große Verwandtschaft zu haben.

Als sie zurück nach Hause kam, war Malu beschwingt. Sie hatte Lust zu feiern und riss schwungvoll die Wohnungstür auf. Alle Traurigkeit war verschwunden. »Ich lade euch ein!«, rief sie. »Wir machen einen Ausflug ins Grüne. Zum Wannsee. Dort werden wir essen.«

Ihre Worte verhallten in der Wohnung. Niemand antwortete.

Malu riss die Küchentür auf. Rupperts Geschirr stand noch genau so auf dem Tisch wie schon Stunden vorher. Constanzes Zimmer war leer, doch die zahlreichen Taschentücher, die auf ihrem Bett lagen, zeugten von weiteren Tränen.

»Dann eben nicht.« Malu zuckte mit den Schultern und setzte sich an ihren Schreibtisch. »Genug zu tun habe ich ja.«

Constanze saß mit Ruppert im Romanischen Café auf dem Kurfürstendamm. Sie war noch immer verweint. Ihre Lider waren geschwollen, die Augen rot umrändert.

Ruppert saß ihr gegenüber und sah sie teilnahmsvoll an. »Da will sie also uns beide auf einen Streich loswerden«, stellte er fest.

Constanze schüttelte den Kopf. »Nein. Es soll alles so bleiben, wie es ist«, erwiderte sie.

»Und der Umzug?«

»Ich werde mitziehen.«

»Das glaubst du ihr wirklich? Du hast sie doch vorhin selbst gesehen. Sie ist mit dem Automobil über die Tauentzienstraße gefahren, als gehöre ihr die Stadt. Es heißt, sie wird berühmt. Der Name ›Malu‹ ist zu einer Marke geworden. Ich habe sagen hören, dass *Styl* sie in einer der nächsten Ausgaben vorstellen will. Isabel von Ruhlow hat das eingefädelt.« Rupperts Stimme klang bitter. »Du wirst sehen, schon bald sind wir nicht mehr als ihre Laufburschen. Du, meine Liebe«, er griff über den Tisch nach Constanzes Hand, »du warst es doch, die ihr zum Ruhm verholfen hat. Und was hast du nun davon?«

Constanze zuckte mit den Schultern. »Sie bezahlt alles, was ich benötige.«

»Stimmt. Mit dem Geld, das sie durch dich verdient.« Er lehnte sich zurück und schlug sich mit der flachen Hand gegen die Stirn. »Ein Automobil! Diese Frau hat sich ein feuerrotes Automobil gekauft.« Er schüttelte den Kopf, stützte dann die Ellbogen auf den Kaffeehaustisch, nahm Constanzes Hand zwischen seine. »Weißt du, was so ein Ding kostet?«

»Nein.«

»Ein Vermögen, meine Liebe. Ein Vermögen, das du ihr erst ermöglicht hast.«

Constanze zuckte mit den Schultern. »Ich habe nicht viel getan. Nur ihre Kleider getragen. Das war schon alles.«

»Oh nein, das ist nicht alles. Du hast ihr die Kontakte zu den Reichen und Schönen Berlins verschafft. Selbst ihre Präsentation heute im KaDeWe hat sie allein dir zu verdanken.«

»Aber nein.«

»Doch, so ist es. Du hast Isabel von Ruhlow kennengelernt. Du hast die beiden einander vorgestellt. Und über Isabel kam der Kontakt zum KaDeWe. Verbindungen, Kontakte, das ist alles, was in der Geschäftswelt zählt. Ich muss das wissen, schließlich bin ich selbst ein Geschäftsmann.«

Constanze nickte. Es war ihr gleichgültig, ob Ruppert recht hatte oder nicht. Sie hatte genug mit sich selbst zu tun.

Tränen stiegen ihr in die Augen, rannen ihr über die Wangen und versickerten in ihrem Ausschnitt.

Ruppert beugte sich zu ihr hinüber und küsste ihr die Tränenspuren vom Hals.

Constanze erschauerte. Ruppert! Sie hatte es gewusst. Sie hatte immer gewusst, dass er sie liebte. Jetzt, in ihrer höchsten Not, war er für sie da, würde für sie da sein.

»Lass uns gehen«, raunte Ruppert dicht an ihrem Ohr. »Ich möchte dich jetzt gern in den Armen halten.«

Ein warmes Gefühl durchströmte Constanzes frierende Seele. Seit Ewigkeiten hatte Ruppert nicht mehr so mit ihr gesprochen. Und so stand sie auf, ließ sich von Ruppert umarmen, mitten im Kaffeehaus, ließ sich von ihm den Hals küssen. Sie spürte seine Hände auf ihrem Rücken, an ihrer Hüfte.

»Schnell«, sagte Ruppert. »Ich kann es kaum noch erwarten, dich zu spüren.«

Hand in Hand und eng aneinandergeschmiegt verließen sie das Kaffeehaus.

Sie merkten nicht, dass in einer versteckten Nische Isabel von Ruhlow und ihre französische Gefährtin saßen. »Schau an«, sagte sie und deutete mit dem Kinn auf das Paar. »Brüderchen und Schwesterchen.«

Anita beugte sich vor. »Du meinst, sie treiben Inzucht miteinander?«

Isabel zuckte mit den Schultern. »Warum nicht? Treibt es in Berlin nicht jeder mit jedem? Du und ich zum Beispiel. Meine Eltern würden sich in ihren Gräbern drehen, wüssten sie, dass ich mit einer Frau ins Bett gehe. Die Hauptsache ist doch nicht, wie oder wen man liebt, sondern dass man überhaupt liebt und geliebt wird. Nicht wahr, meine Rose?«

Dreiundzwanzigstes Kapitel

Berlin, 1922

Constanze war noch nie in einem Stundenhotel gewesen. Während sie sich umschaute, erwartete sie, dass die Sünde sie aus allen Ecken anstarrte. Doch das Hotel sah beinahe aus wie jedes andere auch. Ein roter Teppich, vier Sessel als Lobby um einen Clubtisch. Und doch war es anders. Es gab keine Blumen, keine aktuellen Tageszeitungen, keinen Wasserspender. Niemand benutzte die Sessel. Nur im Hintergrund gab es eine Tür, die zu einer Tagesbar führte. Dort saß ein einzelnes Mädchen in einem seidenen Morgenmantel, der mit Papageien bedruckt war, trank einen Schluck aus einem Glas mit brauner Flüssigkeit und ließ einen Pantoffel auf ihren Zehen wippen. Sie wirkte gelangweilt, und als Constanze ihr zunickte, schaute sie weg.

Von oben kam ein Mann im Anzug die Treppe herab. Er richtete im Gehen seine Krawatte und grüßte nicht, sondern huschte blicklos aus der Halle, als fliehe er. Ihm folgte nach zwei Minuten eine Frau, die sich hastig einen Ring aufsteckte. Ihre Frisur saß tadellos, doch ihre Bluse war falsch geknöpft, und die Strümpfe zogen am Knöchel Falten. Sie nickte Constanze knapp, aber im weiblichen Einverständnis zu.

Als der Rezeptionist auftauchte und sie mit unbewegter Miene nach dem Namen fragte, wurde Constanze rot, Ruppert aber antwortete, ohne mit der Wimper zu zucken: »Freiherr Ruppert von Zehlendorf mit Gemahlin.«

War es nicht das, was sie sich immer gewünscht hatte? Rupperts Ehefrau zu sein? Bei dem Gedanken wurde Constanze wohlig warm. Doch dann fiel ihr ein Sprichwort ihrer Mutter ein: Hüte dich vor den Wünschen, sie könnten in Erfüllung gehen.

Aber war ihr Wunsch in Erfüllung gegangen? Sie stand nicht im weißen Kleid vor dem Altar, sondern mit verschmierter Schminke an der Theke eines Stundenhotels.

»Sehr wohl, mit Gemahlin«, wiederholte der Rezeptionist. »Stets zu Diensten. Benötigen die Herrschaften sonst noch etwas?«

Constanze verstand nicht. »Was denn?«, fragte sie schüchtern, ohne den Blick zu heben.

»Vielleicht ein Extrahandtuch.« Der Rezeptionist räusperte sich. Dann reichte er Ruppert einen Zimmerschlüssel, beugte sich über die Theke und flüsterte ihm zu: »Wir haben auch Präservative. Sanex. Sollen die besten sein.«

»Nein, danke. Wir benötigen nichts.«

Constanze war erstarrt, als sie das Angebot hörte. Erstarrt und gleichzeitig empört. Was dachte sich der Mann? Sie waren hier als Ehepaar eingetragen! Und er sprach mit Ruppert, als wäre sie eine der Huren vom Bahnhof Zoo!

Ruppert legte den Arm um ihre Schulter. »Komm, Liebes, gehen wir hoch.«

Constanze schluckte und nickte. Plötzlich wollte sie nur noch weg. Sie hatte schon oft mit Ruppert geschlafen, aber damals auf Zehlendorf war sie eine andere gewesen. Früher hatte sie fest daran geglaubt, dass Ruppert, wenn er sie eines Tages heiratete, einen mindestens ebenso guten Fang machen würde wie sie. Doch seit jenem Abend auf Gut Zehlendorf, als sie mit einem Heiratsantrag gerechnet hatte, wusste sie, was er von ihr hielt. Und auch jetzt zerrte Ruppert sie die Stufen hoch, als sei sie ein billiges Mädchen.

Constanze blieb abrupt stehen.

Ruppert stieg noch zwei, drei Stufen weiter nach oben, bevor auch er innehielt und sich zu ihr umdrehte. »Was ist denn jetzt?« Seiner Stimme war der Ärger deutlich anzuhören.

»Ich will nicht«, sagte Constanze.

Ruppert zog die Augenbrauen nach oben. »Du willst nicht? Du? Dein Höschen wurde doch sonst schon feucht, wenn du mich nur gesehen hast.«

»Ich...« Constanze wurde noch kleiner, als sie sich ohnehin fühlte.

Ruppert kam ihr eine Stufe entgegen, legte eine Hand an ihre Wange. Mit einem Mal hatte seine Stimme etwas Einschmeichelndes. »Schatz, was ist los?«, fragte er.

»Das Hotel.«

»Was ist damit?«

»Ich fühle mich wie eine Hure.«

Ruppert lachte auf. »Nein, so solltest du dich nicht fühlen. Schließlich bezahle ich dich ja nicht dafür.«

Constanze schien es, als zerrisse etwas in ihr. Nein, dachte sie, während die Umgebung um sie herum verschwand und sie so willenlos und zerbrechlich wurde wie ein frisch geschlüpftes Küken. Er bezahlt mich nicht dafür. Aber macht das wirklich einen Unterschied?

»Komm schon! Komm!« Ruppert griff erneut ihre Hand und zog sie weiter.

Wortlos stolperte Constanze hinter ihm her. Was hatte sie jetzt noch zu verlieren?

»Ah, da sind wir!« Freudig grinsend blieb Ruppert vor dem Zimmer 12 stehen und griff nach dem Schlüssel. Er schloss die Tür auf, schob Constanze ins Zimmer und stieß sie leicht auf das Bett.

Sie war unfähig, sich zu rühren, unfähig, etwas zu sagen.

Ruppert schien das zu gefallen. Er zerrte an seinem Hemd und riss sich die Krawatte vom Hals. »So gefällst du mir, mein Schatz. So ist es gut. Bleib so liegen. Und jetzt sag mir, dass du eine Hure bist. Eine Frau, die mit einem Mann in ein Stundenhotel geht.«

»Nein, nein ... Das bin ich nicht. Du hast doch gerade selbst ...« Constanze schlug die Hände vor die Augen und weinte, doch Ruppert schien das alles für ein Spiel zu halten.

»Du bist gut«, flüsterte er heiser. »Du weißt genau, was ich brauche. Und ich weiß, was du brauchst.«

Er spreizte ihr die Beine, riss mit einem Ruck das Seidenhöschen entzwei. Constanze schrie leicht auf, griff nach ihm, wollte ihn festhalten. Doch Ruppert fing ihre Arme ein, packte ihre beiden Handgelenke mit einer Hand und drückte ihr die Arme über den Kopf.

»Du bist gut in Form, mein Schatz«, flüsterte er rau. »Ich sehe, du hast eine Menge gelernt hier in Berlin.«

Dann fuhr er ihr mit der anderen Hand grob zwischen die Beine, öffnete sie weit und drang in Constanze ein. Sie schluchzte, doch Ruppert hielt diese Geräusche für Wollust.

Als Ruppert sich schließlich von ihr wälzte, dämmerte es bereits. Constanze war dankbar dafür, denn so verschwamm Rupperts Gesicht neben ihr im Grau, wurde zum Schemen, der sich wegwischen lassen würde, wenn sie es nur wollte. Sie hatte während des Beischlafs kein Wort gesprochen, doch das war Ruppert nicht einmal aufgefallen.

Er streckte Arme und Beine aus und räkelte sich wohlig. »Das war gut, Liebling. Du weißt wirklich, wie du mich glücklich machen kannst. Sag deinem Lehrmeister einen herzlichen Dank von mir.«

Er griff zum Telefon und bestellte eine Flasche Weißwein. Während er den Wein nackt auf dem Bett trank, dabei eine Zigarre rauchte, erzählte er Constanze von seinen Plänen. »Die Zeit der Gutsbesitzer ist vorbei. Ein neues Zeitalter ist angebrochen. Das Zeitalter der Technik. Wer jetzt noch seine Felder beackert, ist ein ewig Gestriger. In den Export muss man investieren. Export und Import. Geld verdient man an der Börse.«

Er zog genießerisch an der dicken Zigarre, einer Havanna. Dann füllte er Constanzes Glas nach und sprach weiter. »Aktiengeschäfte, Anleihen, Obligationen, Fonds, Valuta: Das sind die Zauberworte der neuen Zeit.« Er wälzte sich auf die Seite und schaute Constanze ins Gesicht. »Weißt du was? Ich sollte Gut Zehlendorf verkaufen. Viel wert ist es ja nicht in der abgelegenen Gegend. Aber wer weiß, womöglich finde ich jemanden, der dumm genug ist, das Land und die Gebäude zu kaufen. Das Geld investiere ich dann in Aktien. Ich spekuliere an der Börse. So, wie es die Jungs in Amerika machen. Und am Ende des Tages streiche ich einen satten Gewinn ein. Ich werde reicher sein, als mein Vater es jemals war. Nach einer kurzen Anfangszeit werde ich ein Büro gründen. Sekretärinnen werden für mich tippen; ich werde Laufburschen haben und natürlich einige gute Börsenmakler für mich arbeiten lassen.«

Er rollte sich zurück auf den Rücken, stieß einen glücklichen Seufzer aus und nahm einen neuen Zug von der teuren Zigarre, blies einen blauen Rauchring und sah ihm fasziniert nach.

»Natürlich werde ich dich ab und zu besuchen.« Er hielt inne und sprach erst nach einer Minute weiter. »Nicht in diesem Hotel. Vielleicht richte ich dir eine kleine Wohnung ein. Was hältst du davon?« Ohne auf Constanzes Antwort zu warten, fuhr er fort: »Ich werde selbstverständlich auch ein Automobil haben. Allerdings nicht in einer so gewöhnlichen Ausführung wie Malu. Nein, mein Automobil wird alles haben, was es derzeit gibt. Und ich werde reisen. Ein paar Wochen im Jahr werde ich nach New York an die Börse gehen, um zu sehen, wie die Jungs dort arbeiten. Vielleicht auch nach London, nach Paris, nach Amsterdam.« Er betrachtete den Rauch seiner Zigarre. »Am Ende, du wirst es sehen, werde ich sogar noch Bürgermeister von Berlin. Die neue Zeit braucht neue Köpfe. Die Sozis sind Spinner. Mit denen kann man keinen Blumentopf gewinnen. Nein, ich denke, die Deutschnationalen werden das Rennen machen. Nicht gleich. In ein paar Jahren erst. Die Zeit ist reif für einen Führer wie Adolf Hitler. Na ja, alles gefällt mir auch nicht an dem Kerl. Er ist ein wenig großspurig. Und die Verbrüderung mit den Armen will mir nicht recht schmecken, doch der Mann ist klug. Er weiß, dass er Stimmen braucht. Nun, dazu werden die Armen und Versehrten wohl noch taugen.« Er tippte die Asche seiner Zigarre blind in den Aschenbecher.

Constanze lag immer noch teilnahmslos und zusammengekrümmt wie ein Säugling auf dem Bett. Sie rührte sich nicht. Alles in ihr kam ihr wie abgestorben vor. Warum war sie nur wieder auf Ruppert hereingefallen? Sie hatte gewusst, dass er sie nicht liebte. Aber sie konnte nicht aufhören zu glauben, dass er es eines Tages täte.

Er ist nicht wirklich schlecht, dachte sie. Er ist, wie er ist, weil er in einem Frauenhaushalt aufgewachsen ist, mit einem Vater, der sich niemals gegenüber der Mutter durchgesetzt hat. Er ist immer geliebt worden, und jetzt muss er noch lernen, wie man liebt.

Constanze wischte sich die Tränen aus dem Gesicht. Sie hatte Geduld. Sie würde es ihm beibringen. Ihre Mutter hatte gesagt, dass es nichts gab, was ein Mann nicht von einer Frau lernen konnte. Den Zusatz der Mutter – seinen Willen vorausgesetzt – überging Constanze. Jetzt lag sie einfach nur da und versuchte, sich die Geschehnisse der letzten Stunden schönzureden.

»Es ist schon spät«, sagte Ruppert unvermittelt. »Ich muss los. Ein wichtiges Geschäftstreffen. Du kommst allein zurecht?«

Constanze nickte.

»Wo seid ihr heute Abend alle? Vielleicht, wenn ich nichts Besseres vorhabe, komme ich dazu.«

»Im Gefallenen Engel«, antwortete Constanze leise.

»Mein Gott, ich möchte wissen, was euch an dieser Spelunke nur so gut gefällt.«

»Lothar möchte hin. Es gibt heute Abend ein Männerballett.«

Ruppert schüttelte den Kopf. »Ein Mann von seinem Stand sollte seine Triebe besser im Griff haben, meinst du nicht auch?«

Der Gefallene Engel war wie so oft rappelvoll, doch Isabel von Ruhlow hatte einen guten Draht zum Geschäftsführer des Etablissements, und so saßen sie alle an zwei zusammengestellten Tischen in der Nähe der Bühne. Außer Lothar, Isabel, Anita und Constanze waren noch der schlesische Fabrikant dabei, ein junger Mann, den Lothar aus dem Studium kannte, dazu eine junge Witwe, die ihren Mann im Krieg verloren und dabei ein großes Vermögen geerbt hatte, sowie eine Bekannte von Isabel, die sich als Schauspielerin bei der UFA versuchte.

»Was ist los mit dir?«, fragte Isabel, als sie Constanzes betrübte Miene sah. »Du siehst aus, als hättest du Liebeskummer.«

Ihre Freundin Anita lachte, als wäre dies ein Scherz.

»Es ist nichts«, erwiderte Constanze. »Wirklich nicht. In den letzten Tagen hat mich wohl der Weltschmerz gepackt. Kennst du das Gefühl nicht?«

Isabel schüttelte den Kopf, sodass der Federschmuck, den sie im Haar trug, leise hin- und herwippte.

»Weltschmerz«, wiederholte sie. »Oh, unverdorbene Jugend, die noch so tief empfinden kann.«

Anita kicherte erneut, doch Lothars Freund nickte ernsthaft. »Ich weiß genau, was Sie meinen. Es ist, als ob die Welt ohne Bedauern weiterleben würde, während man selbst der Welt so gleichgültig ist.«

Constanze nickte. »Genau. Sie scheinen zu wissen, was ich empfinde.«

Isabel aber lachte. »Sind Sie ein verkrachter Poet? Sie müssen einer sein. Zu so tiefen Empfindungen sind die Männer heutzutage nicht mehr fähig. Der Krieg hat die Gefühle in ihnen abgetötet. Deshalb liebe ich Frauen.«

»Ich war nicht im Krieg«, gab der junge Mann verlegen zu.

»Andreas hatte Tuberkulose«, erklärte Lothar von Hohenhorst. »Er hat die Kriegsjahre in einer Klinik in Davos verbracht. Die ganze Zeit hat er mit der Angst gelebt, bald sterben zu müssen.«

Isabel nickte. »Daher der Weltschmerz, daher die Dichterseele.« Sie hob ihr Glas. »Lasst uns anstoßen. Auf das Leben. Auf die Liebe und auch alle anderen Dinge, die uns Freude bereiten.«

Zögernd erhob Constanze ihr Glas und ließ es klingen. Ihr war mit einem Mal ein wenig übel. Sie hatte seit dem Morgen nichts gegessen. Und doch wusste sie, dass es nicht nur der Hunger war, der ihre Stimmung trübte und ihren Körper schwächte. Es waren der Lärm und das Licht, der Geruch nach Tabak, Schweiß und Parfüm, der saure Nachgeschmack des Champagners und die leeren Worte oberflächlicher Menschen.

Sie hob eine Hand und legte sie an ihre Stirn. Sie sehnte sich so sehr wie nie zuvor zurück in die Heimat. Ihr Verlangen nach der Stille der Natur, dem Duft von frisch gemähtem Gras, dem beruhigenden Muhen der Kühe und der tröstenden Stimme der Mutter war so übermächtig, dass ihr die Tränen in die Augen stiegen.

»Ist alles in Ordnung mit dir?« Lothar von Hohenhorst ergriff ihre Hand. Kurz hatte er zu ihr geblickt; doch jetzt sah er wieder gespannt auf die Bühne, um den Auftritt des Balletts nicht zu verpassen.

»Ja. Es ist alles in Ordnung. Mir geht es gut«, erwiderte Constanze und stand auf. »Ich brauche wahrscheinlich nur ein wenig frische Luft.«

»Ich begleite dich«, bot Lothar an, obwohl er kaum den Blick von der Bühne lassen konnte.

Constanze schüttelte den Kopf. »Bitte, Lothar. Bleib hier. Ich glaube, es würde mir guttun, für einen Augenblick allein zu sein.«

Sie drehte sich um und drängte sich zwischen schwitzenden Leibern zur Tür. Als sie endlich an der frischen Luft war, atmete sie tief ein und aus. Vor dem Haus neben dem Gefallenen Engel stand eine weiß gestrichene Bank. Als sie vor wenigen Stunden im Theater angekommen waren, hatte eine alte Frau dort gesessen und sie mit freundlichen Blicken bedacht. Jetzt war die Bank leer, die Lichter im Haus erloschen.

Constanze setzte sich, hörte wie aus weiter Ferne die Musik und den Lärm des Theaters. Hier draußen war es erheblich ruhiger als drinnen. Nur aus einem offenen Fenster hörte sie eine Frau schimpfen. Anderswo knallte der Deckel eines Abfallkübels, ansonsten war nur der entfernte Verkehr des Kurfürstendammes zu vernehmen.

Constanze hatte noch immer eine Hand auf den Magen gepresst und hoffte, dass die Übelkeit nachlassen würde. Es roch leicht nach Abgasen und etwas stärker nach der Linde, die auf der gegenüberliegenden Straßenseite stand und ihre zarten Blüten tapfer in die Luft reckte. Der Abendwind war ein wenig kühl, und Constanze fröstelte und zog die Schultern hoch. Sie fühlte sich so elend, so allein, so verlassen. Zuerst der Streit mit Malu am Morgen, danach das Stundenhotel mit Ruppert.

Was ist nur aus mir geworden?, überlegte Constanze. Eine Frau, die nicht ohne die anderen leben kann, die nur für und von anderen lebt.

Sie dachte an ihre Mutter, die immer so fröhlich war und ihren festen Platz im Leben gefunden hatte. Warum kann ich nicht so sein wie sie? Doch sie wusste keine Antwort darauf.

Lothars Freund trat aus dem Gefallenen Engel, sah sich suchend um und kam dann auf Constanze zu. »Darf ich?«, fragte er und deutete auf den freien Platz neben ihr.

»Bitte.«

Eine Weile saßen sie schweigend nebeneinander. Es war ein gutes Schweigen, eines, das sich richtig anfühlte und Constanzes Verlassenheit ein wenig milderte.

»Ich habe mich noch nicht vorgestellt«, sagte der junge Mann nach einer ganze Weile. »Andreas Pauly.«

Constanze zögerte einen Augenblick, dann reichte sie ihm die Hand. »Sehr angenehm. Marie-Luise von Zehlendorf, genannt Malu.«

Wieder schwiegen sie eine ganze Weile.

Schließlich unterbrach Andreas die Stille. »Manchmal fühle ich mich so fremd unter den Menschen. Es ist, als wären sie alle mit irgendwas beschäftigt, das ich nicht erkennen kann. Sie freuen sich über Dinge, die ich nicht sehe, lachen über etwas, das ich nicht hören kann.«

Constanze wandte sich ihm zu. Verblüfft erwiderte sie: »Ich weiß ganz genau, wovon Sie sprechen. Ich dachte immer, das geht nur mir so.«

Andreas verzog das Gesicht zu einem gequälten Lächeln. »Ich musste raus da. Ich konnte Lothar nicht mehr dabei zusehen, wie er die Männer auf der Bühne mit Blicken verschlang.«

»Eifersüchtig?«

Andreas nickte. »Wir sind ein Paar. Schon seit dem Studium.« Er lachte bitter auf. »Zumindest dachte ich immer, dass wir ein Paar wären. Heimlich natürlich, das versteht sich von selbst. Ich habe auch nie erwartet, dass er mich seinen Eltern vorstellt. Allein den Gedanken ertrage ich nicht. Und ich weiß wohl, dass er eines Tages heiraten und Kinder zeugen wird, damit der gute Name der Familie nicht ausstirbt. Ich bin nur ein Spielzeug für ihn. Eine Abwechslung in einer langweiligen Welt, in der es nicht mehr genügend wirkliche Abenteuer gibt.«

Constanze schüttelte den Kopf. »Das kann ich mir nicht vorstellen. Lothar ist ein Ehrenmann.«

»In der Liebe und im Krieg gibt es keine Ehrenmänner«, widersprach Andreas. »Da gibt es nur Sieger und Verlierer. Und in der Liebe verliert immer derjenige, der ein bisschen mehr liebt als der andere.«

Wieder nickte Constanze. »Ich kenne das Gefühl. Aber ich kann nicht aufhören zu glauben, dass sich doch noch alles zum Besten wendet.«

»Wer ist der Mann, der Ihnen das Herz gebrochen hat? Oder ist es eine Dame?«

»Keine Dame, nein. Ich bin wohl in dieser Hinsicht altmodisch. Es ist...« Beinahe hätte sie Rupperts Namen ausgesprochen. Erst im letzten Augenblick fiel ihr ein, dass sie ja als seine Schwester galt. »Es ist ein Mann, den ich seit Kindertagen kenne und liebe. Selbst wenn er manchmal grausam ist – ich bin sicher, dass er ganz tief in seinem Inneren auch mich liebt.«

Andreas Pauly lächelte. »Sie sind eine Romantikerin. Das war ich früher auch. Aber jetzt glaube ich nur noch daran.« Er zog eine kleine Dose hervor, öffnete sie und zeigte Constanze ein weißes Pulver.

»Was ist das?«, fragte sie neugierig.

»Das Vergessen«, erwiderte Andreas und drückte ihr das

kleine Behältnis in die Hand. »Meine größte und treueste Liebe. Ohne sie wäre ich verloren.«

Constanze roch an dem Pulver, dann reichte sie Andreas die Dose mit fragendem Blick zurück.

»Kokain.«

»Kokain?« Constanze schaute ungläubig.

»Ja. Ein Rauschgift, das Vergessen bringt. Auch unter dem Namen ›Coco Captivante‹ bekannt oder einfach ›Koks‹.«

Er holte einen flachen Taschenspiegel hervor, streute ein wenig von dem Pulver darauf, schob es mit den Fingern zu einer langen Linie und sog es durch die Nase ein.

»Aahhh!«, stöhnte er genüsslich und lehnte sich zurück. Er hielt Constanze die Dose hin. »Möchten Sie probieren? Es ist genug da. Nutzen Sie die Gelegenheit; ich bin nicht immer so großzügig.«

»Das Vergessen«, wiederholte Constanze. »Sind Sie sicher?«

»Absolut. Sie werden sich großartig fühlen. Mit Kokain ist man die oder der, der man eigentlich schon immer sein wollte. Feiglinge werden zu Löwen, Mauerblümchen zu Vamps, schüchterne Poeten zu raffinierten Liebhabern. Nehmen Sie! Es ist ein Stück vom Paradies.«

Endlich wieder einmal glücklich sein. Es gab nichts, das sich Constanze mehr wünschte. Sie nahm eine Prise aus der Schachtel, streute sie auf den Spiegel und zog eine Linie. Dann sog sie das Pulver ein und schloss die Augen.

Vierundzwanzigstes Kapitel

Berlin, 1922

Obwohl Malu nur einen kurzen Glückwunsch zur Geburt des Kindes an Janis geschickt hatte, wartete sie täglich auf Post von ihm. Sie wusste, dass ihr Warten vergeblich war. Sie hatten sich nichts mehr zu sagen, alles war getan, Janis verheiratet und Vater, Malu selbst in Berlin. Und doch wartete sie. Und eines Tages, der Herbst war gerade angebrochen und sie hatte zum ersten Mal den Berliner Ofen in ihrer neuen Wohnung beheizt, kam ein Schreiben von ihm. Kein langer Brief, nur ein paar Zeilen. »Komm zurück«, schrieb er. »Euer Gut verkommt. Deiner Mutter geht es schlecht. Ruppert ist kein Gutsbesitzer. Wenn Du etwas retten willst, dann komm.«

Malu las den Brief so oft, dass sie jedes Wort auswendig kannte. Sie lief in ihrem Atelier auf und ab und knabberte dabei an den Fingernägeln. Soll ich fahren?, überlegte sie. Das Gut ist mir nicht wichtig. Nein, berichtigte sie sich, so ist es nicht. Das Gut ist mir wichtig. Es ist meine Heimat.

Sie seufzte. Eigentlich gehörte sie nicht dorthin. Denn nicht sie besaß es, sondern Ruppert. Niemals würde er wollen, dass sie sich in seine Angelegenheiten einmischte. Und auch sie wollte im Grunde nicht zurück. Berlin gefiel ihr.

Malu hatte Kundinnen gewonnen. Und, sie war sich ganz sicher, es würden immer mehr werden. Das KaDeWe hatte sie um die Präsentation einer eigenen Kollektion gebeten, und Malu saß seither in ihrem kleinen Atelier und arbeitete fieberhaft.

Die Stoffe für die Präsentation hatte sie sich im Kaufhaus aussuchen dürfen, und dieses Mal wollte sie etwas wagen, das noch kein Kleidermacher vor ihr gewagt hatte: Sie würde einfache Stoffe mit feinen kombinieren. Vor ihrem geistigen Auge entstanden Kleider, die einerseits so robust waren, dass sie dem Alltag standhalten würden, andererseits aber vornehm genug aussahen, um jeder Abendgesellschaft zu genügen. Sie zeichnete den Entwurf für ein Kleid, das aus einem einfachen, hellen Leinenstoff bestand und gänzlich ohne Zierrat auskam. Es hatte einen einfachen Kragen, fiel bis zur Hüfte gerade herab, wurde dann ein wenig weiter und endete mit einem leichten Schwung unterhalb des Knies. Dazu entwarf sie ein Jäckchen, das über dem Kleid getragen werden sollte. Es war aus bedrucktem Brokatstoff und mit einem kleinen Pelzkragen versehen. Dann dachte sie sich eine dazu passende Kappe aus, die eng am Kopf anlag, aber so winzig war, dass die Frisuren der Frauen zur Geltung kamen. Dieses Kleid, dachte Malu, war geeignet für eine einfache Abendgesellschaft oder einen Nachmittagstee. Um es aber auch für eine größere Gesellschaft oder einen Opernbesuch präsentabel zu machen, entwarf Malu einen Mantel aus dunkelblauer Seide, der mit Sternbildern bestickt war.

Sie schnitt die Stoffe zu, heftete sie und drapierte sie um die Schneiderpuppe, doch es gelang ihr einfach nicht, sich eine Frau darin vorzustellen.

Da Constanze gerade da war, ging Malu zu ihr, packte sie

bei der Hand und zog sie in das Atelier. »Du musst die Kleider probieren, bitte.«

Constanze wand sich aus ihrem Griff. »Ich bin müde. Kann das nicht warten? Oder kann das nicht jemand anders machen?«

Malu schüttelte den Kopf. »Nein, ich nähe die Kleider nach deinen Maßen.«

Constanze schüttelte den Kopf, zog ihren Morgenmantel fest um sich und biss sich auf die Unterlippe.

»Was ist?«, fragte Malu.

Constanze blickte sie aus müden Augen an. »Ich habe es satt, für dich die Kleiderpuppe zu spielen«, erklärte sie.

Malu wich verletzt zurück. »So oft habe ich dich nicht darum gebeten.«

»Aber du hast es getan. Ich bin ein Mensch, keine Puppe. Such dir, wen du willst.« Mit einem abweisenden Gesicht ging sie hinaus.

Malu schaute ihr nach und murmelte vor sich hin: »Was hat sie nur? Warum will sie sich plötzlich nicht mehr für mich in die Stoffe hüllen?« Aber sie hatte keine Zeit, länger darüber nachzudenken, der Termin saß ihr im Nacken.

Also zog sie die gehefteten Kleider selbst an. Und was sie da im Spiegel erblickte, machte sie glücklich. Das bloße Leinenkleid, so ganz ohne Verzierungen, brachte ihr Gesicht zur Geltung; es betonte die Augen und den Mund. Das Jäckchen ließ sie aussehen wie eine Romanowtochter, und der leichte Mantel mit der Sternenstickerei raubte ihr beinahe den Atem. Alles glitzerte und glänzte. Bei jeder noch so leichten Bewegung fiel das Licht anders auf die Silberfäden und ließ das Gewand immer wieder anders schimmern.

Malu lächelte. »Ja«, sagte sie leise zu sich selbst. »Ja. Das ist es. Genau das habe ich immer gewollt. So und nicht anders muss ein Kleid aussehen.«

Dann setzte sie sich an die Nähmaschine, Nadeln im Mund, und nähte und nähte und nähte. Es wurde Abend, aber Malu bemerkte es nicht. Sie hatte weder Hunger noch Durst. Einmal nur hielt sie inne, um eine Zigarette zu rauchen und dabei über das richtige Garn für den Saum nachzudenken. Dann nähte sie weiter. Als das Kleid und der Mantel fertig waren, hockte sie sich auf den Boden und zeichnete mit Schneiderkreide ihre nächsten Entwürfe direkt auf den Stoff. Sie entwarf einen Anzug aus Pluderhose und Tunika, dann ein weiteres Kleid, das mit einer Pelzstola getragen werden musste. Als Nächstes schnitt sie einen Abendmantel zu, dessen Stoff japanische Motive zeigte. Anschließend nähte sie einen Rock, der eigentlich eine Hose war, aber so weit und mit einer knielangen Schürze versehen, das man die Hose darunter mehr ahnte als sah.

Sie arbeitete mit glühenden Wangen und brennenden Augen. Als sie endlich so erschöpft war, dass die Nähte vor ihren Augen verschwammen, war es bereits Mittag am nächsten Tag.

Zwei Tage später hüllte sie die fertigen Kleider in Seidenpapier, packte sie vorsichtig in ihr Auto und fuhr damit zum KaDeWe.

Zum ersten Mal in ihrem Leben hatte sie das Gefühl, etwas geschaffen zu haben, das ganz und gar ihr entsprach. So wie diese Kleider, so war sie. In diese Stoffe hatte sie all ihr Wissen und Können, ihr ganzes Temperament und ihre Leidenschaft gelegt.

Herr Jandorf erwartete sie bereits.

»Wir werden die Präsentation im Café abhalten«, erklärte

er. »Wir machen eine Modenschau. Die Zuschauerinnen werden allerdings unsere Verkäuferinnen sein. Was meinen Sie?«

Malu schluckte. »Eine Modenschau? Aber ich habe gar keine Mannequins dafür.«

Jandorf winkte ab. »Die Frauen warten schon. Gehen Sie einfach in das Café, suchen Sie sich eine der Verkäuferinnen aus und lassen Sie sie die Kleider tragen.«

Malu nickte. Sie spürte ihr Herz im Hals klopfen. Eine Präsentation im KaDeWe vor den Verkäuferinnen. Das war schwierig. Schwieriger als alles, was sie je getan hatte. Sie musste die Frauen von ihrer Kollektion überzeugen, damit sie die Kleider später gern verkauften. Das war etwas ganz anderes als bei den Damen im Tennisclub.

Sie spürte ein flatterndes Gefühl in ihrem Magen und musste alle Konzentration aufbieten, um ihre Hände einigermaßen ruhig zu halten.

Malu ließ sich Zeit bei der Auswahl der Frau, die ihre Kleider vorführen sollte, betrachtete genau die Gesichter und Figuren der Anwesenden und entschied sich dann für ein sehr junges Mädchen mit ausdrucksvollen Augen und großem Mund, das gemeinhin nicht als Schönheit gelten konnte, aber für die Präsentation von Malus Kleidern perfekt war.

Sie half dem Mädchen beim Anziehen, und dann begann die Modenschau. Malu stand an der Seite, hatte die Finger ineinander verschlungen und vermochte nur mühsam ihre Kollektion zu erklären.

Die Verkäuferinnen nickten hin und wieder. Zwei schüttelten die Köpfe, eine der Älteren verzog skeptisch den Mund.

Und sie war es auch, die sich als Erste zu Wort meldete. »Ihre Kleider sind schön. Keine Frage. Aber ist die Pflege nicht schwierig? Jetzt liegt jede Falte, wo sie soll. Wie aber sieht es nach der ersten Wäsche aus?«

In Gedanken sprach Malu ein Dankgebet an Ilme, weil diese ihr immer erlaubt hatte, an den Waschtagen mit dabei zu sein.

»Die Pflege ist ein wenig aufwendiger als bei einem gewöhnlichen Kleid. Ich gehe davon aus, dass die möglichen Kundinnen ihre Wäsche außer Haus geben. Ansonsten sollte man den dunkelblauen Seidenmantel auf alle Fälle in einem Sud aus Efeublättern spülen, damit die Farbe leuchtet.«

Die Ältere nickte. »Ja, das klingt logisch. Aber wer in Berlin verfügt schon über Efeublätter?«

An dieser Stelle meldete sich der Reklamechef zu Wort. »Nun, das muss kein Problem sein. Wir können Efeublätter zu dem Kleid dazugeben. In einem Säckchen aus feinem Stoff zum Beispiel. Ich denke, das erhöht den luxuriösen Anstrich noch.«

Malu blickte zu Jandorf. Der Inhaber des KaDeWe hatte die ganze Zeit still dagesessen, die Hände vor dem Bauch verschränkt, und leise gelächelt. Jetzt erhob er sich und knöpfte sein Jackett zu.

»Meine Damen«, sprach er. »Wir sind uns wohl einig, dass diese Kollektion etwas ganz Besonderes ist. Ich jedenfalls wäre froh und stolz, sie in unserem Haus verkaufen zu dürfen. Was meinen Sie?«

Tosender Beifall erklang, und Malu seufzte auf. Erst jetzt spürte sie, wie angespannt sie gewesen war. Ihre Schultern schmerzten, ihr Nacken fühlte sich steif an, und die Finger hatte sie so fest ineinander verschlungen, dass die Knöchel weiß hervortraten. Ich habe es geschafft, dachte sie glücklich. Ich habe es geschafft!

Jandorf legte ihr eine Hand auf die Schulter. »Kommen Sie«, sagte er. »Sie müssen den Vertrag unterzeichnen.«
»Schon?«
Jandorf lächelte. »Er ist fix und fertig. Ich wusste, dass Ihre Kleider uns begeistern werden.«

Die Frauen rissen sich um ihre Kleider, und so arbeitete Malu wie eine Besessene, um der großen Nachfrage auch nur halbwegs gerecht zu werden – Monate und Jahreszeiten vergingen für sie wie im Fluge. Das KaDeWe versuchte sie davon zu überzeugen, ihre Kollektionen in höherer Stückzahl in einer Textilfabrik anfertigen zu lassen. Doch Malu lehnte diese Vorschläge ab, denn ihre Kleider waren Einzelstücke. Keines ähnelte dem anderen. Sie waren exklusiv, und das sollten sie auch bleiben. Schließlich waren ihre Kundinnen ebenfalls keine Frauen von der Stange. Malu wollte sich nicht ausmalen, was geschehen würde, wenn eine ihrer Roben bei einer Theaterpremiere plötzlich zweimal auftauchte.

Allerdings brauchte sie für die neuen Entwürfe bessere Stickereien. Ihre Kollektion bestand zu einem kleinen Teil aus typisch lettischen Blusen, die vom Gesinde sonntags in der Kirche getragen wurden. Und nur in Lettland, nur in der Heimat, gab es solche Spitzen und Stickereien.

Also fasste sie eines Tages den Entschluss, dass sie nach Riga reisen musste. Sie war praktisch dazu gezwungen. Es ging dabei nicht um Janis oder um ihre Mutter oder gar um das Gut, log sie sich vor. Es ging einzig und allein um den Einkauf von Materialien für ihre neuen Kleider.

Um Constanze sorgte sie sich ein wenig, aber nicht genug, um deswegen in Berlin zu bleiben. Wenn Malu ehrlich war, so trieb sie alles nach Riga, alles hin zu Janis. Seit sie in Berlin lebte, war sie mit keinem anderen Mann ausgegangen. Der Einzige, der sie jemals zu einem Abendessen eingeladen hatte, war der Direktor des KaDeWe gewesen, dabei hatte es sich um ein Arbeitsessen gehandelt, bei dem sogar seine Frau anwesend war.

Malu hatte Einladungen erhalten. Nicht viele, aber doch einige. Sie hätte sich die Zeit mit Vergnügungen vertreiben können, doch für sie war ihre Arbeit das größte Vergnügen. Noch immer nähte sie Tag für Tag auf ihrer »Mundlos«-Nähmaschine oder zeichnete. Sie beschäftigte mittlerweile eine Weißstickerin, doch auch diese konnte die lettischen und russischen Muster, die derzeit so begehrt waren, nicht ohne Originalvorlagen sticken.

An dem Tag, an dem Malu ihrer Freundin von den Reiseplänen erzählen wollte, lief sie morgens unruhig in ihrem Atelier auf und ab. Auf einmal hörte sie, wie die Wohnungstür ins Schloss fiel. Constanze war wieder einmal die ganze Nacht nicht zu Hause gewesen.

»Constanze, bist du das?«, rief Malu und verließ das Atelier.

»Ja.«

In der Küche saß Constanze am Tisch, vor sich ein Glas Wasser und eine Pille gegen Kopfschmerzen. Als Malu sie sah, erschrak sie. Constanzes Augen waren gerötet, und ihr Blick war so glasig, als könne sie die Dinge nur in Umrissen erkennen. Trotzdem schienen ihre Augen zu brennen. Die Nasenlöcher waren weit geöffnet, die Ränder wirkten ausgetrocknet. Über der rechten Oberlippe konnte Malu Spuren eines weißen Pulvers erkennen. Als Constanze sich zurücklehnte, erblickte Malu deren aufgeblähten Bauch.

Sie ist so dünn, dachte sie, und der Bauch ist so riesig. Was hat sie nur?

Als Nächstes fiel ihr Blick auf Constanzes zitternde Hände. Es sind die Hände einer alten Frau, dachte Malu und seufzte. Die langen, bleichen Finger krümmten sich, als wären sie im Schmerz erstarrt. Es sind die Hände einer Toten, dachte Malu voller Entsetzen. Hände, die man nie vergisst.

»Es ist so kalt hier«, jammerte Constanze und schlang die Arme um den Körper. Trotzdem hörte das Zittern nicht auf. »Es ist so entsetzlich kalt hier.«

»Du frierst immer, wenn du nach durchzechter Nacht nach Hause kommst«, erwiderte Malu sanft und setzte sich Constanze gegenüber. »Soll ich dir einen heißen Kaffee machen?«

Constanze schüttelte den Kopf. »Ich bin so müde, so unendlich müde. Ich will nur noch schlafen, aber die Kälte lässt mir keine Ruhe.«

»Du musst mehr auf dich achten!« Malu sprach zaghaft, sie wollte Constanze nicht verletzen. »Du wirst immer schmaler, bist immer müde und erschöpft, frierst den ganzen Tag. Vielleicht solltest du dich einmal für ein paar Tage ins Bett legen. Soll ich einen Doktor für dich rufen?«

Constanze schrak auf. »Nein! Keinen Doktor. Es geht mir gut. Ich bin nur müde, und mir ist kalt. Im Bett wird es mir gleich bessergehen.«

Sie machte Anstalten aufzustehen, doch Malu legte ihr eine Hand auf den Unterarm. »Ich mache mir Sorgen um dich. Du siehst krank aus. Ich weiß, dass es dir nicht so gut geht, wie du behauptest. Sag mir, was ich für dich tun kann.«

Constanze erwiderte Malus Blick. Es lag Verzweiflung darin, aber auch eine leise Verachtung, die sich Malu nicht erklären konnte. Jeder Blinde konnte erkennen, dass mit Constanze etwas nicht stimmte, doch Malu wusste nicht, was es war. »Ich fahre für ein paar Tage nach Riga«, sagte sie leise. »Ich muss einige Dinge einkaufen, die es in Deutschland nicht gibt. Stickereien, Garn, Stickvorlagen, ein paar Rahmen, ein wenig Spitze. Meine neue Kollektion wird dieses Mal an das Landleben erinnern. Willst du mit mir kommen?«

Constanze schüttelte den Kopf. Sie wirkte so kraftlos, als würde sie es kaum noch allein bis ins Bett schaffen.

»Du könntest deine Mutter besuchen«, fuhr Malu fort. »Die gute Luft und das kräftige Essen würden dich rasch wieder auf die Beine bringen. Vielleicht musst du einfach einmal raus aus Berlin.«

Wieder schüttelte Constanze den Kopf. »Ich kann nicht weg von hier«, hauchte sie. »Ich muss in Berlin bleiben.«

»Weshalb?« Malu wunderte sich. »Du hast hier keinerlei Verpflichtungen.«

Constanze hatte sich vom Stuhl hochgerappelt. »Ich kann nicht weg«, erwiderte sie heftiger. »Ich muss in Berlin bleiben. Was weißt du denn schon von meinen Verpflichtungen?«

Malu nickte. »Du hast recht. Was weiß ich schon noch von dir? Nur, dass es dir von Woche zu Woche schlechter zu gehen scheint.«

»Du irrst dich. Es geht mir gut. Es ging mir nie besser. Wann fährst du?«

»Ich nehme morgen Abend den Zug Berlin-Riga.«

Constanze nickte. »Weiß jemand, dass du kommst? Meine Mutter? Janis?«

»Ich habe ihm geschrieben, dass ich nach Riga komme.

Aber ich habe keine Ahnung, ob er zur selben Zeit auch in der Stadt zu tun hat. Von deiner Mutter ist seit der Karte zu meinem Geburtstag keine Nachricht mehr gekommen.«

»Wirst du nach Zehlendorf fahren?«

Malu entging der ängstliche Unterton in Constanzes Stimme nicht. Sie schüttelte den Kopf. »Nein, ich habe in Riga genug zu tun. Mutter lebt dort in einem Stift. Es geht ihr nicht gut. Ich werde sie besuchen. Für Zehlendorf fehlt mir die Zeit.«

Malu hatte sich lange gefragt, ob sie ihre Mutter wirklich sehen wollte, und sie hatte keine eindeutige Antwort darauf gefunden. Im Grunde wusste sie gar nicht, wie es war, eine richtige Mutter zu haben. Da war nur diese Sehnsucht danach und die dumme Hoffnung, vielleicht jetzt doch noch einen Zugang zu ihr zu finden. Doch zugleich war sich Malu sicher, dass sich ihre Mutter nicht würde geändert haben. Aber einmal noch wollte sie es versuchen, einmal noch ihre Pflicht als Tochter erfüllen.

Wieder nickte Constanze, dann schlang sie die Arme noch fester um ihren zitternden Körper. »Man kann nicht mehr zuück, nicht wahr?«, fragte sie. »Orte, die man verlassen hat, werden zu Unorten. Man kann die Zeit nicht zurückdrehen. Selbst wenn man es noch so sehr wünscht. Es gibt keinen Weg zurück.«

Fünfundzwanzigstes Kapitel

Riga, 1923

Hatte Riga sich verändert? Oder sie selbst? Malu wusste es nicht, doch die Stadt kam ihr mit einem Mal fremd vor. Ganz so, als wäre sie noch nie hier gewesen.

Die Zugfahrt war anstrengend gewesen. In ihrem Abteil hatte eine Mutter mit zwei Kindern gesessen und beinahe die ganze Zugfahrt über geweint. Die Kinder hatten zunächst starr und stumm dagesessen, waren aber schon bald quengelig geworden und hatten sich im Kampf um die Aufmerksamkeit der Mutter überboten.

Malu spürte den fehlenden Schlaf in jedem einzelnen Knochen. Ihre Augen brannten.

Das Gefühl der Fremdheit hatte schon auf dem Bahnsteig begonnen, als sie das Schild mit der Aufschrift *Laipni lūdzam* gesehen hatte. »Herzlich willkommen.« Die Heimat hieß sie willkommen. Und doch konnte Malu nicht aufhören, sich beständig nach allen Seiten umzublicken, als sähe sie all das hier zum ersten Mal. Früher war sie in jedem Jahr zwei Mal in der Stadt gewesen. Einmal im Frühling, um Sommersachen einzukaufen, und einmal im Herbst für die Winterkleidung. Später war sie manchmal auch allein nach Riga gefahren, um sich in Ruhe Stoffe aussuchen zu können.

Sie trat aus dem Bahnhofsgebäude auf die *Marijas iela*, die

Marienstraße. Sie war eine der breitesten Straßen Rigas, aber damals waren bei Weitem nicht so viele Automobile auf ihr gefahren. In Malus Erinnerung war die *Marijas iela* vollgestopft mit Bauernfuhrwerken, die Waren vom Bahnhof holten oder brachten. Eselskarren hatten Milch und Eier geladen, und manchmal hatte auch eine halbe Schweinsseite auf einem Wagen gelegen, bloß spärlich mit einer Segeltuchplane bedeckt.

Malu reiste mit wenig Gepäck. Sie trug nur einen mittleren Koffer, denn sie wollte nicht lange bleiben. Außerdem gab es niemanden, dem sie etwas hatte mitbringen wollen.

Sie überquerte die Straße, den Kofferträger hinter sich, lief am Ufer des Kanals entlang und am Opernhaus vorüber. Und dann war sie schon mitten in der Altstadt.

Malu stieg im Hotel Esplanade ab, das gegenüber dem gleichnamigen Park lag. Ihr Zimmer war klein, aber sauber und bot einen wundervollen Blick auf die Altstadt. Lange stand Malu am Fenster, während das Zimmermädchen ihren Koffer ausräumte und die Sachen in den Schrank hängte. Sie sah über die Stadt und ließ ihre Erinnerungen schweifen. In der Ferne erblickte sie das Stift, in dem ihre Mutter untergebracht war. Ein Seufzer stieg aus ihrer Kehle. Mutter, dachte sie. Was für ein seltsames Wort! Nie war Cäcilie ihr eine Mutter gewesen, und dennoch fühlte Malu sich ihr verpflichtet.

Sie gab dem Zimmermädchen ein Trinkgeld, machte sich ein wenig frisch und ging dann sogleich ins Bett. Kaum hatte ihr Kopf das Kissen berührt, schlief sie ein.

Am nächsten Morgen suchte sie einige Posamentengeschäfte in der Altstadt auf. Als sie das erste betrat und die altvertrauten Stickmuster sah, die besetzten Borten, packte sie erstmals das Heimweh. Sie hielt ein Stück Spitze in der Hand, als wäre es aus purem Gold. Als niemand hinsah, schmiegte sie sogar ihre Wange an den Stoff, fuhr mit den Fingerspitzen die komplizierten Muster nach, roch daran, und mit einem Schlag fühlte sie sich wieder zu Hause. Ja. Hier gehörte sie hin. Zu diesem Duft, zu diesen Geräuschen, zu diesen Menschen.

»Kann ich Ihnen helfen?«, fragte die Ladeninhaberin auf Lettisch, während sie lächelnd zu ihr trat.

Beim vertrauten Klang der Worte überfielen Malu die Erinnerungen. Sie dachte an die Zeit, in der nicht alles gut, aber wenigstens geordnet gewesen war. Vor ihrem inneren Auge erblickte sie den Vater, der am Abend stundenlang in seinem Arbeitszimmer saß. Und der seine Beine glatt vom Körper ausstreckte, sodass Malu besser auf seinen Schoß steigen konnte. Sie erinnerte sich an seinen Geruch nach Tabak, Erde und frisch gemähtem Heu, an seine ungeschickten Bewegungen, wenn er sie streichelte.

Warum nur hatte die Mutter in ihrer Erinnerung keinen Platz? Auch Ruppert tauchte nicht auf. Es schien, als hätte sie mit Ilme, ihrem Vater und der Familie Mohrmann allein auf Zehlendorf gelebt. Beinahe wäre sie in Tränen ausgebrochen.

Die Ladenbesitzerin sah Malu fragend an und versuchte es mit ein paar russischen Worten. Malu antwortete auf Russisch, das sie ebenso gut sprach wie Lettisch.

»Ich suche nach alten Mustern, nach Stickvorlagen von früher, die so typisch sind für unser Land. Ich möchte so viele wie möglich davon kaufen. Dazu den passenden Stoff und natürlich das Garn.«

Die Lettin kniff die Augen leicht zusammen. »Was wollen Sie damit?«

»Ich arbeite für das Berliner Kaufhaus KaDeWe. Es ist das größte in ganz Europa. In der neuen Saison sollen bestickte Blusen angeboten werden.«

Das Lächeln der Frau verschwand. »Sie arbeiten für die Deutschen?«

Malu nickte.

»Das hier, das ist nichts für die Deutschen.« Die Frau riss ihr eine Stickvorlage aus der Hand, verbarg sie hinter ihrem Rücken und funkelte Malu böse an.

»Warum nicht?«

»Die Deutschen!« Die Frau spuckte diese Worte regelrecht in Malus Richtung. »Sie haben uns alles genommen. Zuerst unser Land, dann im Kriege die Söhne, Männer und Väter. Und nun wollt ihr noch unsere Traditionen?« Sie schüttelte den Kopf, verbarg das Muster hinter der Ladentheke, dann öffnete sie die Tür, blieb daneben stehen und sah Malu auffordernd an.

Malu verließ den Laden wie ein geprügelter Hund.

Sie hat recht, dachte sie. Aber ich will ihr doch nichts wegnehmen. Im Gegenteil: Ich möchte, dass alle Leute die Stickereien bewundern.

Sie ging in den nächsten Laden. Dieses Mal sprach sie sofort Lettisch mit dem Besitzer. Er gab ihr einige Vorlagen, einen Ballen Stoff und ein Dutzend Rollen Garn. Doch das reichte Malu noch lange nicht. Und so ging sie weiter, von Geschäft zu Geschäft, und kaufte, was sie bekommen konnte.

Am Mittag war sie so erschöpft, als hätte sie einen kilometerlangen Gewaltmarsch hinter sich. In einem kleinen Restaurant aß sie ein typisch lettisches Gericht, das sie aus den Gesindehäusern auf Zehlendorf kannte: eine Gemüsesuppe aus roter Bete, Gurken, Eiern, Dill und Sauerrahm und danach Sklandu rauši, mit einer Mischung aus Kartoffelpüree und Möhrenschnitzeln gefüllte Roggenmehltörtchen.

Nach dem Essen saß Malu eine ganze Weile nachdenklich am Tisch. Was sollte sie jetzt tun? Zum Gut fahren? Sie wüsste zu gern, wie es dort aussah. Sie würde zu gern die alte Ilme in die Arme schließen, doch etwas, das sie nicht genau benennen konnte, hielt sie davon ab. Sie kannte das Gefühl. Es war das Gleiche wie damals, als sie eine katholische Kirche betreten hatte. Malu war evangelisch, wie alle Deutschbalten. Aber in Berlin hatte sie einmal eine katholische Kirche besucht. Kaum war sie in das Gotteshaus eingetreten, hatte sie gedacht, sie täte etwas Verbotenes. Schlimmer noch, etwas Anstößiges, was sich ganz und gar nicht gehörte, etwas, das viel schlimmer war als »Schlüssellochgucken«. Eine Evangelische in einer katholischen Kirche! Jesus hätte vom Kreuz fallen müssen angesichts solch eines Frevels.

Jetzt fühlte sie sich ähnlich. Als gehörte sie nicht hierher. Nicht nach Riga, das ihr viel lettischer vorkam als früher. Nicht nach Zehlendorf, wo die Mutter sie nie gewollt hatte.

Malu seufzte. Mit einem Mal wusste sie, was in Constanze die ganze Zeit vorgegangen sein musste.

Es ist das Zuhause, dachte sie. Wir haben kein richtiges Zuhause. Wir können nicht zurück, von wo wir herkommen. Und dort, wo wir sind, sind wir zwar nicht falsch, aber eben auch nicht ganz richtig. Nicht in Berlin, nicht in Riga.

Sie erhob sich und machte sich auf den Weg zum Stift, in dem ihre Mutter nun wohnte. Sie lief durch die Stadt, erkannte manches wieder und staunte über das Neue. Doch das Gefühl, ein nicht gern gesehener Gast in der lettischen Hauptstadt zu sein, verschwand nicht einmal auf dem Markt, als sie die Pilze und Beeren kaufte, die ihr seit der Kindheit so vertraut waren.

Schließlich stand Malu vor dem Stift. Das Gebäude des ehemaligen Klosters ragte düster und wehrhaft über dem Fluss Düna empor. Das graue Gemäuer trotzte seit Jahrhunderten allen Gefahren, doch es war dadurch nicht lieblicher geworden.

Malu drückte mit beiden Händen gegen die große hölzerne Eingangstür, die sich knarrend öffnete. Der Geruch, der ihr in der Empfangshalle entgegenschlug, war überwältigend. Eine Mischung aus Urin, Schweiß, Kampfer und sauren menschlichen Ausdünstungen waberte durch die Empfangshalle. Malu blieb stehen und sah sich um. Der Putz fiel an einigen Stellen von den Wänden. Oben, an der Decke, waren feuchte Flecken zu sehen. Es war kühl im Gebäude, eine Kühle, die nicht erfrischte, sondern in die Knochen kroch und das Bettzeug klamm werden ließ.

Zwei alte Frauen saßen auf einer steinernen Bank gleich hinter dem Eingang. Die eine hielt die Augen geschlossen und summte ein Lied, das Malu nicht kannte. Die andere deutete mit einem Krückstock auf sie und lachte mit zahnlosem Mund. Ihr Kleid war mit Essensresten befleckt, der Saum hing lose herab, und in ihrem linken Schuh klaffte vorn ein großes Loch.

Malu nickte beklommen und ging weiter. Hinter einem Holztisch saß eine Ordensschwester in Tracht und Schleier und sah streng auf ein Stück Papier, das vor ihr lag.

»Bitte entschuldigen Sie«, sprach Malu die Nonne höflich an.

Der Kopf schrak hoch, und die Frau bedeckte mit beiden Händen das Schriftstück, als wäre Malu eine Spionin der evangelischen Kirche. »Ich möchte meine Mutter besuchen«, sagte Malu freundlich. »Cäcilie von Zehlendorf.«

Die Nonne betrachtete sie von oben bis unten. Dann nahm sie ihre Brille ab und legte sie auf den Tisch. »Ich wusste gar nicht, dass die Freifrau Kinder hat«, erklärte sie. Der Vorwurf in ihren Worten war nicht zu überhören.

»Ich bin ... Mein Bruder, Ruppert von Zehlendorf, hat sie hergebracht.«

»So?« Die Nonne setzte ihre Brille wieder auf die Nase. »Daran kann ich mich nicht erinnern. Und ich war dabei, als die gnädige Frau bei uns eintraf. Auf einem Fuhrwerk ist sie gekommen. Sie hatte ein Kopftuch um und nur zwei Koffer dabei. Der Kutscher hat sie vom Bock heben müssen, so steif waren ihre Glieder während der langen Reise geworden. Dann hat er sie hier abgestellt und ist gegangen. Ihr Bruder hat sich hier nicht ein einziges Mal blicken lassen.«

Malu biss sich auf die Unterlippe. Sie glaubte der Frau jedes Wort und wünschte doch, dass es nicht stimmen würde.

»Und Sie sind wirklich Ihre Tochter?«

Malu nickte. »Ich kann Ihnen meinen Pass zeigen.«

»Das ist nicht nötig. Wer immer Sie auch sein mögen, Sie sind die erste Besucherin, die zur gnädigen Frau möchte.«

Sie hat es verdient, dachte Malu. Mutter hat es verdient, dass man sie vergisst. Trotzdem schnitten ihr die Worte der Nonne ins Herz.

»Ich bringe Sie zu ihr. Kommen Sie doch mit.« Die Nonne schritt voran durch die große kühle Halle.

Sie führte die Besucherin eine schmale Treppe hinauf und durch einen Gang, der so finster war, dass Malu sich fragte, wie sich die alten Leute darin zurechtfanden. In manchen Zimmern standen die Türen offen, und Malu sah hoffnungslose alte Leute, die wie steinerne Figuren in ihren Sesseln saßen, vergessen von Gott und der Welt. In einem Zimmer lag eine alte Frau auf dem Bett. Sie war nur halb angezogen, lag gekrümmt wie ein Säugling und weinte still vor sich hin.

Malu schüttelte es.

»Es geht bei uns leider nicht zu wie in einem Grandhotel«, erklärte ihr die Nonne. »Die meisten hier führen ein unwürdiges Leben ohne Liebe und Zuspruch. Als die Menschen noch Gottesfurcht hatten, war das anders. Da standen die meisten Zimmer unseres Stiftes leer, denn die Alten wurden von ihren Kindern betreut. Jetzt, nach dem Krieg, ist das anders geworden. Die Söhne sind gefallen, die Schwiegertöchter möchten sich neu verheiraten, da ist kein Platz mehr für die alten Eltern. Und wir sind nicht genug, um ...«

Die Nonne blieb so plötzlich stehen, dass Malu beinahe gegen ihren Rücken gestoßen wäre. »Kennen Sie das vierte Gebot?«, fragte sie streng. »Es heißt: ›Du sollst Vater und Mutter ehren.‹«

Malu nickte. »Ich bin zwar nicht katholisch, aber auch nicht gottlos. Natürlich kenne ich das Gebot. Aber ich habe in der Heiligen Schrift ein anderes Gebot vermisst. Nämlich eines, das gebietet, dass auch die Eltern ihre Kinder achten und respektieren und lieben sollen. Wo ist das?«

Die Nonne schnaubte. Ihr Mund wurde schmal. Sie deutete auf eine Tür. »Dort wohnt sie. Sie können hineingehen. Aber vergessen Sie bitte nicht, die Rechnung für das letzte halbe Jahr zu zahlen. Wir sind barmherzig, aber am liebsten zu denen, die unsere Barmherzigkeit am dringendsten brauchen.«

»Wie viel bin ich Ihnen schuldig?«, fragte Malu und kramte in der Tasche nach ihrer Geldbörse.

»Nicht jetzt. Besuchen Sie erst Ihre Mutter. Ich mache ihnen derweil die Rechnung fertig. Sie finden mich unten in der Eingangshalle.«

Die Nonne wandte sich ab und schritt den düsteren Gang zurück, dessen Boden aus bloßen Steinen bestand. Die Tür, auf die sie gezeigt hatte, war mit dunkelbrauner Farbe angestrichen, die an vielen Stellen abplatzte. Zwar gab es auch eine Klinke, aber das Schloss war herausgebrochen, sodass jeder zu jeder Zeit eintreten konnte.

Vorsichtig klopfte Malu.

Hinter der Tür blieb es still bis auf ein Scharren. Es hörte sich an, als würde ein Stuhl über den Boden gezogen.

Sie klopfte ein zweites Mal, und wieder bat sie niemand herein.

Kurz entschlossen drückte Malu die Klinke hinunter und stieß die Tür vorsichtig auf. Der Geruch, der ihr entgegenschlug, war so überwältigend, dass sie ein Würgen unterdrücken musste. Es roch, als wäre das Zimmer seit Jahren nicht mehr gelüftet worden.

Als sie die Tür weiter aufdrückte, wirbelten Staubflocken über den Boden. Vor dem Fenster, in einem verschlissenen Sessel, saß eine Frau, die Malu erst auf den zweiten Blick erkannte. Die Gesichtszüge dieser alten Frau erinnerten zwar an die der Mutter, doch die Freifrau Cäcilie von Zehlendorf war stets gut frisiert und gekleidet gewesen. Der Frau am Fenster aber hingen die grauen Haarsträhnen ungewaschen und ungebürstet bis auf das fleckige Nachthemd herab. Über der Schulter trug sie ein Tuch, das so verschlissen war, dass es selbst das Gesinde auf Gut Zehlendorf nicht getragen hätte. Die Füße waren nackt, und Malu ekelte sich beim Anblick der überlangen gelben Zehennägel.

»Mutter?«, fragte sie leise.

Die Frau fuhr herum und betrachtete sie mit funkelnden Augen. »Was willst du?«, herrschte sie Malu an.

»Ich wollte sehen, wie es dir geht.«

»Nun hast du es gesehen.«

»Ja«, erwiderte Malu. »Kann ich irgendetwas für dich tun?«

»Kannst du mir meine Jugend zurückgeben? Meine Schönheit? Bringst du mich zurück nach Hause?«

»Nein, das kann ich alles nicht.«

Ihre Mutter verzog verächtlich die Lippen, und Malu sah, dass ihr mehrere Zähne fehlten.

»Das dachte ich mir. Was kannst du überhaupt schon? Du warst eine Kalamität, und du wirst immer eine Kalamität sein.«

Malu schwieg. Sie bereute längst, dass sie gekommen war. Nichts hatte sich geändert. Gar nichts. Und trotzdem, oder gerade deshalb, stand sie nun hier. Sie wollte ein letztes Mal aus dem Mund der Mutter hören, dass sie ein ungeliebtes Kind war. Erst nach einer ganzen Weile, als ihre Mutter schon wieder gleichgültig aus dem Fenster schaute, fand Malu ihre Sprache wieder. »Wollen wir nicht vergessen, was gewesen ist?«

Die Mutter fuhr auf. »Vergessen soll ich? Vergessen, dass du mir das Leben verdorben hast?« Sie schüttelte den Kopf und betrachtete Malu abfällig. »Bist du inzwischen verheiratet? Hast du ein schönes Haus? Bedienstete?«

Malu schüttelte den Kopf. »Nein, das habe ich nicht. Ich wohne in Berlin zusammen mit Constanze in einer Wohnung. Wir haben keine Haushälterin. Aber zweimal die Woche kommt eine junge Frau, die bei uns putzt.«

Die Mutter nickte. »Dachte ich es mir doch. Du warst verloren vom ersten Tag deines Lebens. Ach, wenn nur Ruppert hier wäre! Er würde mich hier herausholen. Ich könnte bei ihm und seiner Frau leben, könnte mich an den Enkeln erfreuen. Aber du?«

»Mutter?« Malu kostete es Mühe, ruhig zu bleiben. »Ruppert lebt auch in Berlin. Seine Wohnung ist sogar kleiner als meine. Er ist nicht verheiratet und hat auch keine Kinder.«

»Unfug!«, krächzte die Frau und wedelte mit der Hand, als wollte sie Fliegen verscheuchen. »Du lügst. Du hast immer gelogen! Ein schönes Haus hat er, viel schöner als das Herrenhaus. Und seine Frau ist eine Gräfin. Sehr reich, sehr vornehm.«

»Wenn das so ist, warum lebst du dann nicht bei ihm?« Malu konnte sich die Frage nicht verkneifen. Es hatte sich nichts verändert. Wie töricht ihre Hoffnung gewesen war!

»Weil er dich durchfüttern muss, deshalb!« Die Mutter zeigte mit gekrümmten Fingern auf Malu. »Weil *du* nicht gehen willst, weil *du* dich in seinem Haus festgesetzt hast wie eine Zecke, deshalb bin ich hier. Nur deinetwegen.«

»Du glaubst das wirklich«, stellte Malu betrübt fest und seufzte. »Du hast vergessen, dass Ruppert es war, der dich mit einem Bauernfuhrwerk hierher geschickt hat. Und du willst auch nicht wahrhaben, dass dein Zustand so schlecht ist, weil niemand die Kosten für dieses Stift übernimmt. Die Nonnen geben dir allein Nahrung und Obdach, weil sie barmherzig sind.«

»Unfug!«, schrie ihre Mutter erneut. »Lügen. Nichts als Lügen. Mein Sohn überweist jeden Monat Geld. Sehr viel Geld, damit es mir an nichts mangelt. Doch die Nonnen sind gierig. Sie stecken alles in die eigene Tasche. Aber das wird nicht mehr lange andauern. Ruppert wird kommen und mich heimholen.«

Malu nickte. Sie wusste nichts mehr zu sagen. Es gab nichts mehr zu sagen. Und sie konnte auch nichts tun, denn ihre Mutter wollte nicht, dass sie etwas tat.

»Auf Wiedersehen, Mutter«, sagte sie leise, trat dicht an die Frau heran und strich ihr mit dem Zeigefinger sanft über die Wange.

»Äh!«, stöhnte die Mutter auf und wischte sich angewidert über das Gesicht. Dann wandte sie sich ab, starrte aus dem Fenster, genau so, wie Malu sie vorgefunden hatte. »Geh! Geh weg, und komm nicht wieder!«

Leise schloss Malu die Tür, lehnte sich im Gang für einen Augenblick an die Wand. Was ist nur aus uns geworden, dachte sie. Dann begab sie sich zu der Nonne in der Eingangshalle.

»Haben Sie die Rechnung fertig?«, fragte sie leise.

Die Nonne nickte, überreichte ein Blatt Papier. Malu zahlte, ohne sich die Rechnung genauer anzusehen.

»Meine Mutter ist schmutzig. Ihre Möbel und ihre Kleider sind verschlissen.«

Die Nonne breitete beide Arme aus. »Wir tun, was wir können. Ihre Mutter ist bei Weitem nicht die Bedürftigste. Wir haben viele Männer und Frauen hier, die weder Angehörige noch Vermögen haben. Ihre Mutter muss nehmen, was wir ihr geben können.«

Malu holte einen Hundert-Rubel-Schein aus ihrer Geldbörse. »Das ist für Kleidung«, sagte sie. Zwei weitere Scheine legte sie obendrauf. »Und das hier für neue Möbel. Ich werde ab jetzt die Rechnungen von Berlin aus begleichen. Wenigstens finanziell soll es ihr an nichts mangeln.«

Die Nonne nickte. »Sie sind eine gute Tochter.«

Malu schüttelte den Kopf. »Ich bin gar keine Tochter für sie. Oder hat sie je von mir gesprochen?«

Die Nonne schüttelte den Kopf. »Das hat sie wahrhaftig nicht. Wenn sie spricht, dann nur über ihren Sohn.«

»Sehen Sie. Das habe ich vorhin gemeint, als ich nach dem Gebot für die Eltern fragte.«

Sie nickte der Nonne zu und verließ das Stift.

Sechsundzwanzigstes Kapitel

Riga, 1923

Mit jedem Schritt, den Malu das Stift hinter sich ließ, wurde sie beschwingter. Es hatte geschmerzt, ihre Mutter so zu sehen. Und es hatte wehgetan, dass sich nichts verändert hatte. Aber dieses Mal wusste Malu, dass sie alles getan hatte, was sie tun konnte. Sie würde für die Pflege ihrer Mutter zahlen, sie aber niemals wiedersehen. Ein altes Kapitel ihres Lebens, das wie eine dunkle Wolke auf ihren Schultern geruht hatte, war zu Ende gegangen.

Sie war auf einmal so froh, dass sie am liebsten gesungen hätte. Stattdessen betrat sie ein Geschäft für Damenbekleidung, das früher einen hervorragenden Ruf gehabt hatte. Sie wollte sich etwas Gutes tun, sich etwas gönnen, ein wenig feiern, dass das Kapitel »Mutter« abgeschlossen war. Doch auf den Stangen hingen nur farblose, billige Kleider, die man in Berlin längst dem Roten Kreuz gespendet hätte. Die Stoffe waren von minderer Qualität, die Schnitte veraltet, die Muster längst aus der Mode.

Ein Verkäufer trat an sie heran. Er war nicht mehr jung, hätte ihr Vater sein können. »Kann ich der gnädigen Frau behilflich sein?«, fragte er.

»Danke, ich schaue nur.« Malu sah sich erneut um, aber da war kein einziges Stück, das ihr gefiel.

Der Mann dagegen betrachtete ihre Kleidung mit großen

Augen. Seine Blicke fuhren über den Stoff, betrachteten die Nähte. »Sie sind wohl nicht aus Riga?«

»Nein. Ich komme aus der Nähe von Mitau, aber ich lebe seit einiger Zeit in Berlin.«

»Das sieht man.« Aus den Worten des Mannes sprach Bewunderung. »Ihre Kleidung ist sehr elegant. So etwas gibt es in Riga nicht.«

»Warum eigentlich nicht?«, fragte Malu. »Die Straßen sind voller schöner Frauen. Ich kann mir nicht vorstellen, dass sie weniger Spaß daran haben, sich geschmackvoll zu kleiden, als die Berliner Frauen.«

Der Mann lächelte. »Da haben Sie sicherlich recht. Aber Berlin ist eine Weltstadt, Riga ein verschlafenes Provinznest. Es fehlt an Ideen, an guten Schneiderinnen, an feinen Stoffen.« Er seufzte, dann lächelte er. »Meine Tochter – sie müsste ungefähr in Ihrem Alter sein – spricht genau wie Sie. Sie ist eine erstklassige Geschäftsfrau, doch auch sie tut sich schwer mit der Beschaffung exquisiter Mode. Dabei gäbe es reichlich Bedarf.«

Plötzlich hatte Malu einen Einfall. »Ist sie hier? Kann ich sie sprechen?«

Der Mann schaute sie nachdenklich an, dann nickte er. »Kommen Sie mit. Wir gehen nach hinten ins Büro. Dort finden Sie auch Bozena. Im Laden ist gerade nicht so viel los. Die Verkäufer kommen auch ohne mich gut zurecht.«

Im Büro saß eine junge Frau, von deren großer Schönheit Malu sofort begeistert war. Bozena hatte sich das weizenblonde Haar zu einem Zopf geflochten, der ihr den Rücken hinabfiel und fast bis zur Hüfte reichte. Das blaue Kleid, das sie trug, war von einem einfachen Schnitt, doch der weiße Gürtel und die weißen Säume ließen es elegant aussehen.

»Ich möchte Ihnen einen Vorschlag machen«, sagte Malu nach der Begrüßung. »Ich entwerfe und nähe Kleider. Einige meiner Modelle werden im Kaufhaus des Westens in Berlin verkauft. Vielleicht haben Sie schon einmal von diesem Warenhaus gehört.«

Bozena schob ihre Unterlippe nach vorn. »Wer nicht? Jeder hat schon vom KaDeWe gehört und von den Schätzen, die es dort zu kaufen gibt. Aber gesehen haben es die wenigsten. Und Sie arbeiten wirklich für dieses Haus?«

Malu nickte. »Ich bin nach Riga gekommen, um Spitzen und Stickereien zu kaufen. Die brauche ich für meine neue Kollektion.«

»Spitzen und Stickereien? Wir lassen unsere Kleider in einer Textilfabrik produzieren. Manchen Kundinnen reicht das nicht aus. Sie wollen etwas ganz Besonderes haben. In diesen Fällen geben wir die Kleider und Blusen, die Röcke und Mäntel zu den alten Stickerinnen aufs Land.«

Malu nickte. »Das ist sicherlich sehr praktisch. Wie wäre es aber, wenn Sie diese Frauen für mich arbeiten ließen? Im Gegenzug dafür würden Sie von mir die neuesten Entwürfe und obendrein ein Modellkleid erhalten.«

Bozena dachte eine Weile nach. Sie zog die Stirn kraus, was ihr das Aussehen eines jungen Mädchens verlieh. Ihr Vater aber nickte begeistert.

»Wir sind nicht arm, aber wir schwimmen auch nicht im Geld«, erklärte Bozena. »Was geschieht, wenn die Berliner Kleider in Riga keine Abnehmerinnen finden?«

Malu zuckte mit den Schultern. »Ich werde Ihnen die Ware auf Kommissionsbasis anbieten. So ist Ihr Risiko gering. Ebenso möchte ich bei den Spitzen und Stickarbeiten verfahren.«

Bozena nickte. »Das klingt gut. Lassen Sie mich eine Nacht über Ihren Vorschlag schlafen. Vielleicht können wir uns morgen treffen. Und vielleicht ist es Ihnen möglich, ein paar Ihrer Entwürfe mitzubringen.« Die junge Frau lächelte verlegen. »Es ist nicht so, dass ich Ihnen nicht vertraue. Man sieht auf den ersten Blick, dass Sie einen guten Geschmack haben. Aber nicht alles, was in Berlin sehr schick wirkt, ist auch für unsere Käuferinnen geeignet.«

»Ich verstehe.« Malu erwiderte das Lächeln. »Dann sollten wir für morgen vielleicht einen Termin vereinbaren. Übermorgen reise ich bereits wieder nach Berlin zurück.«

»Wie wäre es mit morgen Abend?«, schlug Bozena vor.

»Gut. Treffen wir uns um sechs Uhr in meinem Hotel. Hier ist die Karte.«

Malu verabschiedete sich und lief mit neuem Elan am Ufer der Düna entlang zurück zum Hotel. Dort reservierte sie einen Tisch für das Abendessen und begab sich auf ihr Zimmer, um ein wenig auszuruhen und sich dann frisch zu machen.

Sie schlüpfte gerade in ein einfaches Abendkleid, als es an der Tür klopfte. »Herein!«, rief sie und rechnete mit dem Zimmermädchen, das kommen wollte, um ihr Bett aufzuschütteln. Doch als sie die Tür öffnete, stand Janis vor ihr.

»Du?«, entfuhr es Malu. Sie starrte ihn an, als wäre er ein Geist.

Janis nickte. »Komme ich ungelegen?«, fragte er und drehte seine Mütze nervös in den Fingern.

Malu konnte nicht antworten. Ihr Blick umschloss sein Gesicht, das liebe, schöne, vertraute Gesicht. Um die Augen hatten sich ein paar Fältchen eingegraben. Sein Haar trug er jetzt kürzer, doch die Augen waren noch immer so trüb wie damals, als er aus dem Krieg zurückgekehrt war. Sie spürte seinen Blick auf sich, erkannte ein winziges Funkeln darin.

»Du siehst wunderschön aus, Malu«, sagte er leise. »Wie eine Dame.« Er schüttelte den Kopf, errötete leicht. »Was rede ich da! Du bist ja eine Dame. Eine Freiin sogar.«

Malu konnte sich noch immer nicht rühren. Ihre Kehle war wie zugeschnürt, und das Herz schlug heftig gegen ihre Rippenbögen.

»Komme ich ungelegen?«, fragte Janis wieder, wartete aber die Antwort nicht ab. »Verzeih, es war kein guter Einfall von mir, einfach nach Riga zu kommen. Du hast natürlich zu tun, bist sicherlich verabredet.« Er setzte sich die Mütze wieder auf und hob die Hand. »Es war schön, dich gesehen zu haben, Malu. Lass es dir weiter gut ergehen, und pass auf dich auf!«

Er drehte sich um und griff nach der Klinke. In diesem Augenblick fand Malu endlich ihre Sprache wieder. »Geh nicht!«, rief sie so laut, dass sie über ihre eigene Stimme erschrak. »Bleib hier, Janis. Ich bitte dich!«

Als er sich umdrehte, flog sie auf ihn zu, flog ihm in die Arme, die er weit ausgebreitet hatte, flog ihm an die Brust, und ihre Lippen fanden die seinen. Ihre Haut hatte ein besseres Gedächtnis als sie selbst, dachte sie später. Ihre Münder erkannten sich, als wären sie Zwillinge. Seine Haut unter ihren Händen war ihr so vertraut, so lieb und teuer, dass sie sich fragte, wie sie das jemals vergessen konnte. Janis roch, wie er immer gerochen hatte. Nach dem Land, nach frisch gemähtem Gras und ein ganz klein wenig nach Kuhstall. Und seine Hände: Sie waren noch immer rau und stark, geschaffen dafür, zu halten und zu schützen.

Sanft strich er ihr über den Rücken, löste seine Lippen von

ihrem Mund. »Malu«, flüsterte er. »Malu. Mein Licht. Mein Leben.«

Und sie umklammerte ihn mit beiden Armen, presste sich, so fest sie nur konnte, gegen seinen Leib. Mit einem Mal erkannte Malu, was ein Zuhause war. Es war kein Ort, war weder Riga noch Mitau, noch Berlin. Nicht einmal Zehlendorf war das Zuhause. Janis war es. Sein Leib, sein Atem, seine Liebe. Warum hatte sie das nicht eher erkannt? Jetzt war es zu spät.

Janis hielt sie in den Armen, flüsterte heiße Worte an ihrem Hals, und doch war er verloren für sie. Er war verheiratet, lebte mit einer anderen Frau und hatte ein Kind mit ihr. Warum hatte er nicht auf sie gewartet? Warum hatte er sie überhaupt gehen lassen? Malu kannte die Antwort. Sie war es gewesen, die unbedingt hatte gehen wollen. Nichts hatte sie halten können. Aber sie hatte nicht gewusst, was sie aufgab, als sie Janis verließ.

»Ich bin so froh, dass du gekommen bist«, flüsterte sie an seiner Brust.

»Und ich bin so froh, dich zu sehen«, raunte er zurück. »Es gab keinen Tag, an dem ich nicht an dich gedacht habe.«

Er schob sie ein kleines Stück von sich und umfasste ihr Gesicht mit beiden Händen. »Mein Licht«, sagte er. »Mein Leben.«

Und mit einem Schlag war jeder Gedanke an Janis' Frau und sein Kind verschwunden. Mit einem Schlag gab es nur noch sie beide.

Später lagen Malu und Janis nebeneinander auf dem knarrenden Hotelbett. Malu hatte ihren Kopf auf Janis' Brust gelegt.

Sie konnte sich nicht darauf besinnen, wann sie sich zum letzten Mal so wohl und wunschlos glücklich gefühlt hatte.

»Hast du jemanden in Berlin?« Janis' Stimme klang spröde.

»Nein. Da ist niemand. Ich habe gearbeitet, immer nur gearbeitet.« Sie hob den Kopf, sodass sie seine Augen sehen konnte. »Ich glaube, es gibt nur eine einzige wahre Liebe im Leben. Alles, was danach kommt, wird an ihr gemessen. Und nichts scheint gut genug zu sein. So ging es mir jedenfalls in Berlin. Ich habe alle Männer an dir gemessen. Aber niemand war wie du.«

Janis strich ihr sanft eine Strähne aus dem Gesicht. »Ich bin dein. Ich war es immer und werde es immer sein.«

Malu hatte sich fest vorgenommen, nicht zu fragen, aber nun brannten die Worte in ihrer Kehle. »Und deine Frau?«

»Marija?«

»Heißt sie so?«

Janis nickte. »Sie war da, verstehst du? Als du weggingst, waren meine Tage so furchtbar dunkel. Ich dachte, ich könnte niemals wieder lächeln. Und dann kam Marija. Sie hat mir auf dem Gut geholfen. Sie brachte mich zum Lächeln. Manchmal. Ich war ihr dankbar dafür. Die Leute im Dorf fingen an zu reden. Marija litt darunter. Sie ist eine stolze Frau. Also haben wir geheiratet. Wenn schon mein sehnlichster Wunsch sich nicht erfüllen konnte, so sollte wenigstens sie glücklich sein.«

»Ich verstehe«, sagte Malu leise. »Wie ist sie? Ist sie hübsch?«

Janis zuckte mit den Schultern. »Sie ist eine gute Frau. Und sie ist eine gute Mutter.«

»Dein Kind? Ein Junge oder ein Mädchen?«

»Ein Junge.«

Malu sah es nicht, aber sie spürte, dass Janis lächelte. »Er heißt Anslavs, nach seinem Großvater. Aber jetzt genug von mir. Erzähl mir von dir, von deinem Leben in Berlin, von meiner Schwester.«

Malu seufzte. Sollte sie Janis wirklich sagen, dass sie sich Sorgen um Constanze machte? Nein, sie wollte diesen wunderbaren Abend nicht zerstören. Nicht jetzt.

»Es geht ihr gut. Sie arbeitet für mich, und sie hat viele Freunde gefunden. Das Haar hat sie sich schneiden lassen. Du würdest sie nicht wiedererkennen. Sie sieht aus wie eine Berlinerin.«

»Ist sie glücklich?«

Malu erwiderte nichts.

»Sie ist also unglücklich«, schloss Janis daraus.

»Nein, das ist sie nicht«, widersprach Malu. »Vielleicht hat Constanze kein Talent zum Glück. Am hellsten Sommerhimmel entdeckt sie noch eine Wolke. Aber sie fühlt sich wohl, sie tut, was sie möchte. Was will man mehr?«

»Ja«, bestätigte Janis. »Was will man mehr?«

Eine Zukunft, dachte Malu. Eine gemeinsame Zukunft mit dir. Mehr will ich nicht.

Siebenundzwanzigstes Kapitel

Berlin, 1923

Nachdenklich blickte Malu aus dem Fenster, während der Zug auf den Berliner Bahnhof zurollte.

Sie war länger in Riga geblieben, als sie vorgehabt hatte. Nicht wegen der Stickvorlagen. In kurzer Zeit hatte sie so viele Stickwaren und Bordüren erworben, dass sie damit den Koffer und zudem eine Truhe vollpacken konnte. Nein, sie war wegen Janis geblieben.

Er konnte nur drei Tage bleiben, doch diese drei Tage kosteten sie aus. Sie liebten sich, redeten stundenlang miteinander, gingen in der Abenddämmerung am Ufer der Düna spazieren. Dabei erfuhr Malu zu ihrer Bestürzung, dass Janis' und Constanzes Eltern kürzlich verstorben waren – beide innerhalb von wenigen Tagen.

Für Malu war die Zeit mit Janis wie ein wundervoller Traum. Doch am Morgen des vierten Tages musste Janis fahren. Er hatte Tränen in den Augen, als er sich verabschiedete.

»Es ist so schwer ohne dich«, sagte er leise. »Das Leben ist so schwer ohne dich. Aber ich muss zurück. Ich habe Frau und Kind, Verpflichtungen.«

Dann wandte er sich ab und zog leise die Tür hinter sich ins Schloss.

Malu blieb mit hängenden Armen zurück und fühlte sich, als hätte er ihre Seele mitgenommen. Sie suchte noch einige

Geschäfte auf, doch sie konnte sich auf nichts konzentrieren. Ohne Janis erschien ihr Riga auf einmal trostlos und feindlich.

So packte sie am Abend ihre Sachen, begab sich bereits Stunden vor Abfahrt des Zuges zum Gleis und fuhr dann in der Nacht zurück nach Berlin.

Als sie in Berlin ankam, wartete niemand auf dem Bahnsteig auf sie. Wie sollte auch? Sie hatte keinen von ihrer Ankunft unterrichtet.

Malu winkte eine Droschke herbei, ließ ihr Gepäck aufladen und sich zu ihrer Wohnung fahren. Es war noch sehr früh am Morgen. Die Geschäfte waren noch geschlossen. Einzig die Bäcker und Milchläden hatten geöffnet. Männer in grauen Hosen schleppten sich müde zur Arbeit, Frauen legten die Federbetten in die Fenster oder kehrten die Straße. Ansonsten war alles still.

Malu sah an ihrem Haus hoch. Vor Constanzes Fenster waren die Vorhänge noch geschlossen. Malu atmete auf. Wenigstens ist sie da, dachte sie.

Der Droschkenkutscher, ein noch junger Mann, stand mit einem Teil des Gepäcks hinter ihr.

»So, mein Frollein. Da wär'n wir. In welches Stockwerk darf ick die Sachen denn trachen?«

Malu riss sich los. »In den zweiten, bitte.«

Mit einem Seufzen betrachtete der Kutscher die zahlreichen Gepäckstücke. »Na, denn wolln wir mal.«

Malu gab ihm ein reichliches Trinkgeld, dann atmete sie einmal kräftig durch und steckte den Schlüssel ins Schloss. »Hier ist mein Leben«, beschwor sie sich selbst. »Hier gehöre ich hin. Hier ist meine Zukunft.«

Sie wollte nicht weinen, hatte Janis versprochen, es nicht

zu tun, aber sie hätte nicht gedacht, dass es so schwer sein würde, wieder von ihm getrennt zu sein. Ihre Haut schrie nach seinen Berührungen. Ihr Mund lechzte nach seinen Küssen, ihre Seele zitterte ohne seinen Schutz und seine Worte. Sie fühlte sich, als existiere sie ohne ihn nicht. Malu seufzte, dann schloss sie endlich die Tür auf.

Stickige Luft kam ihr entgegen. Es war, als hätte seit ihrer Abfahrt niemand mehr gelüftet. In der Küche stapelte sich das dreckige Geschirr auf der Ablage. Der Fußboden fühlte sich klebrig an, der Tisch war mit Krümeln und Flecken übersät. Was war geschehen? Warum war die Zugehfrau nicht gekommen?

Malu trat ans Fenster, berührte vorsichtig das welke Blatt einer Pflanze, dann riss sie beide Fensterflügel auf und atmete die kühle Morgenluft ein.

Soll ich Constanze wecken?, fragte sie sich und schüttelte gleich darauf den Kopf. Wer wusste, wann sie nach Hause gekommen war. Sie musste zwar mit ihr sprechen, doch dazu sollte die Freundin ausgeruht und wach sein.

Malu betrat ihr Atelier. Auch hier roch die Luft verbraucht, auch hier musste jemand gewesen sein. Argwöhnisch betrachtete sie die Stoffballen, die in einem Regal lagen, betrachtete die Nähmaschine, die Schneiderpuppe und die Schultafel, die an der Wand hing und auf die sie ihre Entwürfe zeichnete. Dabei fiel ihr Blick auf die Stelle, an der normalerweise ihre Musterbücher lagen. Die Bücher mit ihren Stoffmustern, die sie von einem Buchbinder hatte einbinden lassen, und auch das Musterbuch mit den Entwürfen fehlten.

Das konnte doch nicht sein! Hatte sie die Bücher vor ihrer Abreise weggeräumt? Malu schüttelte sich ein wenig. Nein, das konnte nicht sein. Hastig durchstöberte sie jede Schublade, schaute in jeden Winkel, in jede Ecke, aber die Bücher blieben verschwunden.

Hilflos setzte sie sich an ihre Nähmaschine. Was sollte sie jetzt tun? Die Bücher waren ihr ganzes Kapital. Gut, die Stoffmuster könnte sie noch einmal zusammenstellen lassen. Das würde viel Zeit kosten und viel Mühe, aber sie wären wiederbeschaffbar. Aber ihre Entwürfe!

Malu spürte, wie Tränen in ihr aufstiegen. Mit einem Mal brach alles aus ihr heraus: die Trauer um den Verlust von Janis, ihre Einsamkeit, die Angst um Constanze und der Verlust der Entwürfe. Malu weinte, wie sie seit ihrer Kindheit nicht mehr geweint hatte. Die Tränen strömten aus ihr heraus, ließen sich nicht aufhalten. Malu taumelte zu dem Sofa, auf dem die Mannequins sich zwischen zwei Kleiderproben ausruhten. Sie griff ein Kissen und drückte es sich fest an die Brust. Dann schluchzte sie ihren ganzen Kummer dort hinein und schlief ein, kaum dass die Tränen auf ihren Wangen getrocknet waren.

Sie wusste nicht, wie lange sie geschlafen hatte, doch als sie erwachte, dämmerte es draußen bereits. Benommen stand sie auf und begab sich in das kleine Badezimmer. Sie wusch sich das Gesicht, fuhr sich mit nassen Händen über das Haar – und erstarrte plötzlich mitten in der Bewegung: Von nebenan war ein Stöhnen zu hören. Einen Moment später vernahm sie einen tierischen Laut, gefolgt von einem unterdrückten Aufschrei.

Hatte Constanze Besuch? Was trieb sie nur? Eigentlich hatten sie vereinbart, in ihre Wohnung keine Männerbesuche mitzubringen. Doch Constanze konnte nicht wissen, dass sie bereits zurück war.

Malu lauschte wie erstarrt. Wieder dieses Stöhnen. Nein, das war kein Liebesschrei, sondern ein Mensch in Not.

Malu trocknete sich flüchtig die Hände ab, verließ das Bad und klopfte an Constanzes Zimmertür.

Keine Antwort. Nur ein Geräusch, als wälze sich jemand im Bett, und dieses grässliche Stöhnen.

Malu riss die Tür auf. »Constanze! Um Himmels willen!«

Constanze lag auf dem Bett, hilflos, mit hochgewölbtem Leib und verdrehtem Körper. Zwischen ihren Beinen war eine gelbgrüne Flüssigkeit zu sehen, vermischt mit etwas Blut.

»Mein Gott!« Sofort eilte Malu an Constanzes Lager und befühlte ihre Stirn. Die war mit kaltem Schweiß bedeckt. »Was ist mit dir?«

Constanze blickte sie verwirrt an. »Malu ... du bist zurück.«

»Was ist mit dir los?«

»Ich weiß es nicht«, stammelte Constanze. »Aber bitte hilf mir.« Dann krümmte sie sich aufheulend zusammen.

Malu sah, wie sich der aufgeblähte Leib zusammenzog und nach einer kleinen Weile wieder entspannte. »Du bekommst ein Kind«, stieß sie überrascht hervor. »Du bekommst ein Kind. Warum hast du mir nicht gesagt, dass du schwanger bist? Mein Gott, und wo hatte ich nur meine Augen?« Ihr Blick fiel auf eine weite Tunika, die achtlos auf dem Boden lag und die einen Babybauch gut verbergen konnte.

Constanze erwiderte nichts. Schweißüberströmt lag sie mit geschlossenen Augen in den Kissen und hechelte mit offenem Mund.

Malu, eben noch zu Tode erschrocken, sammelte sich langsam. Sie hatte oft genug gesehen, wie Kühe kalbten. Um eine Hebamme zu holen, war es zu spät; es gab niemanden hier, den sie schicken konnte. Und Constanzes Schoß war bereits weit geöffnet.

Malu atmete einmal tief durch. »Du musst pressen«, erklärte sie. »Bei der nächsten Wehe musst du stark pressen. Ich komme sofort zurück, setze nur Wasser auf und hole ein paar Handtücher.

»Nein!«, flehte Constanze. »Bleib bei mir. Ich sterbe.«

»Unfug! Heutzutage sterben die wenigsten Frauen bei der Entbindung.«

Dann eilte sie hinaus, ließ die Tür jedoch offen und hörte Constanzes Keuchen.

Noch vor wenigen Minuten war sie benommen aufgestanden, doch jetzt waren ihre Gedanken klar, und sie handelte rasch und entschlossen. Malu setzte mehrere Kessel Wasser auf, zerriss ein weißes Bettlaken und holte eine weiche Decke.

Sie hörte Constanze laut aufschreien und lief zu ihr. »Pressen, du musst fest pressen!«, befahl sie mit ruhiger Stimme.

Schon war in Constanzes Schoß ein Büschel dunkles Haar zu erkennen.

»Das Kind, es kommt! Ich kann es schon sehen. Pressen! So press doch!« Malu versuchte, das Köpfchen zu fassen, doch es entglitt ihr.

Constanze schrie auf, ein langer, heulender Schrei, dann glitt das Köpfchen zwischen ihre Beine, und Malu fasste es vorsichtig links und rechts und zog das Kind aus dem Schoß der Mutter.

Constanze keuchte und japste, dann begann sie zu weinen.

»Du hast es geschafft«, sagte Malu sanft. »Es ist vorbei. Schau mal: dein kleines Mädchen.«

Sie durchtrennte die Nabelschnur und zeigte Constanze

das Kind. Doch Constanze drehte sich mit dem Gesicht zur Wand, schlang beide Arme um ihren Körper und zog die Beine an, als wäre sie das Neugeborene.

Malu kümmerte sich zuerst um die Kleine. Sie badete sie, hüllte sie in weiche Handtücher und baute auf ihrem Bett eine Umrandung, sodass der Säugling nicht herausfallen konnte. Dann erst sah sie nach Constanze. Die Freundin lag noch immer in derselben Körperhaltung im Bett.

Malu setzte sich auf den Bettrand. »Du hast ein kleines Mädchen. Es ist wunderschön, weißt du. Bald wird es erwachen und Hunger bekommen. Du musst dich um es kümmern.«

Constanze wälzte sich herum. Sie zitterte am ganzen Leib. »Mir ist so kalt«, flüsterte sie. »Ich friere so erbärmlich.«

»Das kommt von der Anstrengung«, erklärte Malu, doch in Wirklichkeit kam ihr zum ersten Mal der Verdacht, dass dieses beständige Frieren eine andere Ursache hatte. »Freust du dich nicht über deine Tochter?«, fragte sie zaghaft.

Constanze betrachtete Malu mit brennendem Blick. »Ich habe kein Kind«, erwiderte sie fest. »Das musst du geträumt haben.«

Malu nickte und stand auf. »Ruh dich aus, Constanze. Einstweilen kümmere ich mich um alles.«

Sie schloss leise die Tür und seufzte, als sie im Flur stand. Aus ihrem Zimmer hörte sie ein leises Quäken. Sie nahm das in Handtücher gewickelte Baby und drückte es vorsichtig an ihre Brust. Mit ihm zusammen verließ sie die Wohnung und ging eiligen Schrittes zur Concierge-Loge. »Bitte, schicken Sie jemanden zu Isabel von Ruhlow!«, verlangte sie. »Es muss schnell gehen. Sehr schnell.« Sie holte einen Geldschein aus ihrer Börse und legte ihn hin.

»Wie Sie wollen.« Die Concierge betrachtete das Kind, das an Malus Brust schlief. »Ich habe noch eine Wiege auf dem Dachboden stehen. Wenn Sie möchten, verkaufe ich Sie Ihnen.«

Malu nickte. »Bringen Sie sie uns, so schnell Sie können. Doch vorher schicken Sie bitte nach Isabel von Ruhlow.«

Achtundzwanzigstes Kapitel

Berlin, 1923

Isabel von Ruhlow kam schneller, als Malu gedacht hatte. Und sie kam allein, ohne ihre französische Geliebte Anita.

Sie fragte nicht lange, sondern handelte. Zuerst besorgte sie Nahrung für den Säugling und ein paar Sachen zum Anziehen, dazu Windeln, Cremes und alles, was ein Neugeborenes sonst noch brauchte. Auch einen mit ihr befreundeten Arzt ließ sie kommen, der keine Fragen stellte, sondern einfach nur Constanze versorgte und wieder ging, ohne seinen Namen genannt oder nach ihrem gefragt zu haben.

Später, das Kind lag satt und gut gewickelt in der Wiege der Concierge und schlief, saßen Isabel und Malu in deren Atelier.

»Es ist gut, dass Sie mich gerufen haben, Fräulein Mohrmann«, sagte Isabel.

Malu nickte. »Ich wusste mir keinen anderen Rat.«

Beide schwiegen eine kleine Weile und nippten an ihrem Rotwein. Sie maßen sich dabei mit unauffälligen Blicken. »Kann ich dir vertrauen?«, fragten Malus Blicke. Und Isabel schien mit ihren Blicken zu erwidern: »Das musst du selbst entscheiden. Aber wer, wenn nicht ich, kann dir sonst helfen?«

Malu seufzte. »Ich heiße nicht Mohrmann«, sagte sie schließlich leise. »Und auch nicht Constanze. Ich bin Marie-

Luise von Zehlendorf. Und die, die Sie als Malu kennen, heißt Constanze Mohrmann.«

Isabel nickte, als wäre sie nicht wirklich überrascht. »Das macht es leichter«, erklärte sie.

»Wieso leichter? Was macht es leichter?«

Isabel hob ihr Glas und streckte es Malu entgegen. »Wir sollten uns duzen, jetzt, da wir quasi Komplizinnen sind.«

Die beiden Frauen stießen an.

»Was macht es leichter?«, wollte Malu endlich wissen.

»Weißt du, wer der Vater des Kindes ist?«

Malu wollte den Kopf schütteln, hielt aber in der Bewegung inne. »Ruppert?«, fragte sie.

Isabel nickte. »Natürlich weiß ich es nicht mit Sicherheit. Ich habe schließlich die Lampe nicht gehalten. Aber da etwas ist zwischen Malu ... entschuldige ... zwischen Constanze und ihm, das habe ich schon vor Monaten bemerkt.«

»Sie waren schon zu Hause sehr oft zusammen«, sagte Malu ausweichend. »Und ich habe nichts von der Schwangerschaft bemerkt.« Sie schüttelte den Kopf – verwundert darüber, dass ihr Constanzes Zustand nicht aufgefallen war. »Was bin ich nur für eine Freundin?«

»Niemand hat etwas bemerkt. Deine Kleider sind so geschnitten, dass sie eine Schwangerschaft gut verbergen. Überdies ist Constanze sehr schmal. Womöglich konnte sie ihren Zustand deshalb geheim halten.«

Malu nickte. »Ich dachte in den letzten Wochen oft, dass sie so aufgebläht wirkt. Aber an ein Kind habe ich wahrhaftig nicht gedacht.« Sie schlug die Hände vor das Gesicht. »Mein Gott, wie allein sie sich gefühlt haben muss.«

»Aber das ist nicht alles.« Isabel steckte sich eine Zigarette an. »Constanze wird nicht für das Kind sorgen können.«

Malu zog die Augenbrauen hoch. »Wieso nicht? Gut, sie ist im Augenblick noch schwach. Aber wenn sie sich erst einmal erholt hat, wird sie sich schon über ihre Tochter freuen.«

Isabel schüttelte den Kopf. »Sie ist kokainsüchtig.«

Der Satz stand im Raum, durch nichts auszuwischen, und Malu stellte fest, dass sie es die ganze Zeit gewusst hatte, aber nicht hatte wahrhaben wollen. Jetzt nickte sie.

»Weißt du, was das bedeutet?« Isabel sah ihr prüfend in die Augen.

Malu zuckte mit den Schultern. »Ich habe von Kokain gehört. Das ist alles.«

»Kokainsüchtige verhalten sich nicht wie normale Menschen. Sie sind krank. Das weiße Pulver bestimmt ihr Leben. Darüber vergessen sie Mann und Kinder, vergessen sogar sich selbst.«

Malu biss sich auf die Unterlippe. »Was genau willst du damit sagen? Wie lange weißt du schon von Constanzes Abhängigkeit?«

»Schon eine Weile.« Isabel zog an ihrer Zigarette. »Wir alle nehmen hin und wieder etwas Kokain. Constanze aber ist süchtig. Sie kann nicht mehr ohne das Zeug leben. Mir ist es im letzten Vierteljahr aufgefallen. Es gab da einen Vorfall.«

»Was für einen Vorfall?«

»Willst du das wirklich wissen?«

Malu nickte. »Außer einem Bruder, der weit weg von hier wohnt, hat Constanze niemanden mehr als mich. Ihre Eltern sind vor Kurzem gestorben, wie ich vor wenigen Tagen erfahren habe. Ihr Bruder lebt auf dem Land in der Nähe von Riga und hat dort eine eigene Familie. Ich muss alles wissen, damit ich richtig entscheiden kann, wenn Constanze dazu nicht in der Lage ist.«

Isabel nahm einen Schluck aus ihrem Glas. Ihre Augen hatten sich verdunkelt, und Malu erkannte, dass es sie schmerzte, über jenen Vorfall zu berichten.

»Es war vor ein paar Wochen. Wir waren alle zusammen im Gefallenen Engel. Constanze fror, ihre Hände zitterten. Sie bat Ruppert, ihr etwas aus seiner Dose zu geben. Wir alle wussten, was sie meinte. Natürlich auch Ruppert. Er schüttelte den Kopf, und Constanze sank verzweifelt auf ihrem Stuhl zusammen. Eine Weile später holte Ruppert dann die Dose hervor. Constanzes Körper straffte sich. Sie saß da, wie zum Sprung bereit. Es war ihr gleichgültig, dass sie sich in der Öffentlichkeit befand, gleichgültig auch, dass die Freunde allesamt am Tisch saßen. Lothar nahm ihre Hand, hielt sie zwischen seinen beiden Händen und rieb sie warm. Er wollte Constanze auf diese Art zurückhalten, aber es gelang ihm nicht. Constanze stierte auf Ruppert, ihre Blicke schienen Löcher in den Spiegel zu brennen, auf dem er sich eine Linie zog. Dann rollte er einen Geldschein zusammen und sog das Pulver durch die Nase ein, lehnte sich zurück und tat einen tiefen Seufzer. Schneller, als wir reagieren konnten, sprang Constanze über den Tisch, griff nach der Dose, riss daran. Ruppert schlug ihr auf die Hand. Die Dose fiel zu Boden. Constanze stürzte sich darauf, öffnete sie und sog den Rest des Pulvers mit solch verzweifelter Gier ein, dass wir anderen den Blick abwenden mussten. Sie leckte die Dose aus. Unter dem Tisch, auf den Knien. Doch es war nicht genug. Schließlich sprang sie auf, sprang regelrecht auf Ruppert zu. Sie presste sein Gesicht zwischen ihre Hände und leckte gierig die Kokainreste von seiner Oberlippe.«

»Hör auf!« Malu hätte sich am liebsten die Ohren zugehalten. »Hör auf. Es ist zu schrecklich.«

Isabel nickte. »Ich weiß. Aber du sollst es jetzt auch wissen. Constanze ist krank. Sie ist nur noch ein Schatten ihrer selbst. Sie kennt kein Mitgefühl, keine Verantwortung, nichts mehr. Alle ihre Gedanken kreisen um Kokain. Man kann ihr nicht einmal einen Wellensittich anvertrauen. Und ein Kind schon gar nicht. Du bist die Tante des Kindes. Weißt du, was das bedeutet?«

Malu erwiderte nichts. Sie starrte aus dem Fenster, vergaß sogar die Zigarette in ihrer Hand. Sie dachte an früher, als sie mit Constanze und Janis das Gut unsicher gemacht hatte.

»Ich bin schuld. An allem bin nur ich schuld. Ich habe Constanze nach Berlin gelockt und sie für meine Interessen eingesetzt. Ich war es, die sie in die Revuetheater geschickt hat. Es ist alles meine Schuld.«

»Quatsch!« Isabel drückte ihre Zigarette mit Nachdruck im Aschenbecher aus. »Constanze ist erwachsen. Sie kann auf sich selbst aufpassen. Nichts ist deine Schuld. Oder hast du sie etwa gezwungen, mit nach Berlin zu kommen?«

Malu schüttelte den Kopf.

»Hast du ihr befohlen, Kokain zu nehmen?«

Erneut schüttelte Malu den Kopf.

»Constanze ist, wie sie ist. Und sie ist kein Kind mehr. Wir alle haben hin und wieder mit Kokain zu tun, aber niemand von uns anderen ist süchtig danach. Es ist nicht deine Schuld.«

Malu zuckte mit den Schultern. »Wenn Constanze nicht für das Kind sorgen kann, dann tu ich es«, erklärte sie leise. »Das Kind braucht Papiere, es muss auf dem Standesamt gemeldet werden. Ich werde das tun. Das Kind wird eine von

Zehlendorf.« Sie sah Isabel an. »Und das ist gut so, denn schließlich ist sie auch eine von Zehlendorf.«

»Wenn Ruppert der Vater ist, dann ja. Aber wie willst du mit dem Kind hier leben?«

»Ich gehe zurück nach Riga. Meine Zeit in Berlin ist zu Ende. Ich habe mir einen Namen gemacht und werde auch von Riga aus arbeiten können. Das Kind soll geordnet aufwachsen. Ich gehe zurück, sobald alle Angelegenheiten hier erledigt sind.« Sie nickte noch einmal und spürte, wie eine Last von ihrer Schulter fiel. »Ich habe Constanze hierher gebracht und sie hier dem Unglück preisgegeben. Ich werde nicht zulassen, dass ihrer Tochter etwas Ähnliches geschieht. Sie wird als eine von Zehlendorf dort aufwachsen, wo ihre wirkliche Heimat ist. Sie wird eine gute Schulbildung erhalten, sie wird Klavier spielen und sich um nichts sorgen müssen. Das bin ich Constanze schuldig.«

Isabel nickte ebenfalls. »Willst du Ruppert denn gar nicht mit ins Boot holen? Schließlich ist es vermutlich sein Kind.«

Malu schüttelte den Kopf und lächelte dabei kläglich. »Es soll frei sein, das Kind. Nicht belastet mit einem Vater, der sich nicht kümmert.«

Isabel stand auf, trat zu Malu und umarmte sie. »Du bist stark. Du wirst es schaffen. Wenn du mich brauchst, bin ich für dich da. Das verspreche ich. Aber was wird aus Constanze?«

Malu zuckte mit den Schultern. »Ich werde ihr anbieten, mit nach Hause zu kommen. Aber ich befürchte, sie wird nicht wollen. In Riga kommt man schlechter an Kokain als hier. Außerdem kennt sie dort niemanden. Ich wollte sie schon auf meine Reise mitnehmen.« Malu schüttelte den Kopf. »Ich werde ihr ein Angebot machen. Sie soll mitkommen, in eine Klinik gehen und dort gesund werden. Aber wenn sie das nicht will, sind mir die Hände gebunden.«

»Ich wünsche dir viel Glück. Und ich meine das aufrichtig. Lass das Kind wenigstens noch hier taufen. Ich wäre sehr gern seine Patentante.«

Malu lächelte und seufzte zugleich. »Ich habe das Gefühl, dass ich nicht so recht weiß, worauf ich mich da einlasse«, sagte sie leise. »Aber habe ich denn eine andere Wahl?«

Isabel legte ihr eine Hand an die Wange und sah ihr tief in die Augen. »Es heißt, man habe immer eine Wahl. Aber ich fürchte, dieser Spruch trifft nur auf Menschen zu, die kein Gewissen haben. Du aber hast es. Und deshalb hast du keine Wahl. Ab jetzt bist du Mutter. Seit heute hast du eine Tochter, die dich braucht, weil ihre eigene Mutter nicht für sie sorgen kann.« Sie brach ab und lächelte wehmütig. »Und ich weiß nicht, ob ich dir dazu gratulieren oder mit dir weinen soll.«

Als Malu mit ihrem Hab und Gut in den Schnellzug Berlin-Riga stieg, stand nur Isabel von Ruhlow auf dem Bahnsteig, um sie zu verabschieden.

»Gib sie mir noch einmal«, sagte sie und streckte die Arme nach der Kleinen aus. »Viola von Zehlendorf. Du hast wirklich einen schönen Namen für sie ausgesucht.«

Malu nickte. »Trotzdem kann ich es noch immer nicht fassen, dass weder Ruppert noch Constanze bei der Taufe waren.«

Isabel zuckte die Schultern. »Was hast du erwartet? Dass Ruppert seinen Lebenswandel ändert und ab sofort ein zärtlicher Vater wird?«

Malu schüttelte den Kopf. »Nein, natürlich nicht. Aber

dass er das Kind achselzuckend abtut und nur sagt: ›Ich jedenfalls lasse mir den Bastard nicht unterjubeln!‹ Nein, das hätte ich nicht gedacht. Unser Vater war ein Mann mit Ehre. Und dasselbe hätte er auch von Ruppert erwartet.«

»Es ist, wie es ist. Und soviel ich weiß, hat Constanze die Kleine nicht ein einziges Mal im Arm gehabt. Seit der Geburt liegt sie im Bett, weigert sich aufzustehen und hat sogar den Arzt wieder weggeschickt. Sie erhebt sich nur, um an Kokain zu kommen. Eigentlich müsste sie dringend in eine Klinik. Aber wir können sie eben nicht dazu zwingen.« Isabel reichte Malu das winzige Bündel. »Vergiss nicht, du kannst immer auf mich zählen. Wir können telefonieren. Und du musst mir versprechen zu schreiben.«

Die beiden Frauen umarmten sich, dann machte der Schaffner ein Zeichen, dass Malu einsteigen sollte. Kurze Zeit später rollte der Zug aus dem Berliner Bahnhof.

Neunundzwanzigstes Kapitel

Riga, 1923

Als Malu in Riga ankam, hing Nebel über der Stadt. Vom Fluss stiegen Schwaden auf, sodass es aussah, als würde der Fluss kochen.

»Das ist deine Heimat, meine Kleine«, erklärte sie dem schlafenden Säugling. »Hier bist du zu Hause.«

Viola war inzwischen sechs Wochen alt, und Malu fiel es nicht leicht, sich daran zu gewöhnen, dass sie plötzlich ein Kind hatte. In Berlin hatte sie Tag um Tag versucht, Constanze mit Viola zusammenzubringen, doch die Freundin hatte die Kleine nicht ein einziges Mal im Arm gehabt.

»Bring sie weg«, hatte Constanze schmerzvoll gesagt, wann immer Malu mit dem Kind auftauchte. »Ich will sie nicht sehen.«

»Sie ist deine Tochter.«

»Du kannst sie behalten. Ich schenke sie dir.«

»Constanze, einen Säugling kann man nicht verschenken. Du hast Verantwortung für sie. Was würdest du tun, wenn ich nicht wäre?«

Constanze hatte sie aus leeren Augen angeschaut. Also hatte Malu die Kleine gefüttert und gewickelt, war nachts aufgestanden, wenn Viola geweint hatte, war mit ihr im Park spaziert und hatte sie zum Arzt gebracht. Doch erst drei Tage vor ihrer Abfahrt war Malu mit Isabel von Ruhlow auf dem

Standesamt gewesen. Isabel kannte dort jemanden, und deshalb musste Malu nur die dringlichsten Fragen beantworten. Wann ist das Kind geboren? Name der Mutter? Name des Vaters?

Somit war es aktenkundig geworden, dass Marie-Luise von Zehlendorf die Mutter der kleinen Viola war, den Vatersnamen nicht kannte und somit zu den gefallenen Mädchen gehörte. Zu denen, die keine Chancen mehr auf eine standesgemäße Heirat hatten, die schlechte Aussichten auf eine Wohnung besaßen und dem Getratsche der Leute hemmungslos ausgesetzt waren.

Doch das war es nicht, was Malu beschwerte. Sie scherte sich nicht um das Gerede anderer Leute. Und eine Wohnung in Riga hatte sie bereits. Es war die Verantwortung, die ihr zu schaffen machte. Viola war so winzig, so schutzlos. Würde sie als Ziehmutter alles richtig machen? Würde sie dem Kind ein Leben ermöglichen können, das seinen Bedürfnissen entsprach? Und würde ihre Arbeit darunter leiden?

Das Schlimmste aber war, dass Janis sie verurteilen würde. Er könnte glauben, sie hätte gehurt. Am meisten Angst hatte Malu davor, die Achtung des Mannes zu verlieren, den sie liebte und mit dem sie trotzdem nicht zusammen sein konnte. Genauso wenig konnte sie ihm sagen, dass Constanze das Kind zur Welt gebracht hatte – und er somit Violas Onkel war. Sie hätte besser auf die Freundin aufpassen müssen. War sie nicht wenigstens mitschuldig an Constanzes Kokainsucht, der Schwangerschaft und daran, dass Constanze das Kind nicht selbst aufziehen konnte? Immerhin hatte Malu die Freundin mit nach Berlin genommen.

Sie seufzte, drückte die Kleine enger an sich und befahl

schließlich einem Droschkenkutscher, sich um ihr Gepäck zu kümmern. Sie selbst wollte zu ihrer Wohnung laufen.

Ihr neues Zuhause war nicht weit vom Bahnhof entfernt, in der *Màrstalu iela*. Nur ein paar Schritte am Fluss entlang, und dann würde sie schon in der Marstallstraße sein. Das Haus, in dem Malu zwei Etagen gemietet hatte, lag am Rande der Altstadt. Unten waren Geschäftsräume, die Malu als Atelier und Laden zugleich benutzen wollte. Im ersten Stock befanden sich drei Schlafzimmer, ein kleiner Salon, eine Küche, ein Bad und eine winzige Kammer für das Kindermädchen.

Doch als sie in die Straße bog, blieb Malu wie erstarrt stehen. Erschüttert blickte sie auf die beiden großen Schaufenster ihres zukünftigen Ladens. Mit roter Farbe hatte jemand das Glas beschmiert und in riesigen Lettern darauf geschrieben: »Deutsche raus!«

Fassungslos presste Malu die kleine Viola an sich, als müsste sie sie schützen. Ihr schöner Laden. Noch nicht eingerichtet, noch nicht geöffnet, aber schon beschmutzt. Sie konnte den Blick nicht von der Schmiererei wenden, konnte aber auch keinen Fuß vor den anderen setzen.

»Das tut mir sehr leid, Schwester Marie-Luise«, sagte eine Stimme hinter ihr, die ihr bekannt vorkam.

Malu fuhr herum. Hinter ihr stand Dr. David Salomonow, der Arzt aus dem Lazarett, der sie zu ihrem sterbenden Vater geholt hatte.

»Ich bin keine Krankenschwester mehr«, flüsterte Malu gedankenverloren und senkte den Kopf.

»Ich weiß, aber ich wusste nicht, wie ich Sie sonst ansprechen sollte.«

Malu wandte sich ihm zu, die Augen weit aufgerissen. »Ist das jetzt üblich?«

»Sie meinen die Schmierereien?« Salomonow nickte. »Seit dem Krieg und seit den Enteignungen der Großgrundbesitzer haben die Letten einen eigenen Stolz entwickelt. Manchmal schießen sie über das Ziel hinaus. Sie sind gegen die Russen, gegen die Juden, gegen die Deutschen. Am meisten aber gegen die Deutschen.«

Malu schüttelte den Kopf. »Das hätte ich mir niemals träumen lassen«, sagte sie traurig.

»Was?«

»In der Heimat nicht willkommen zu sein.«

Salomonow nickte. »Ich weiß, was Sie meinen. Aber die Menschen hier werden sich an Sie gewöhnen. Sie werden sehr rasch erkennen, dass Sie eine von ihnen sind.«

Malu streichelte Violas Köpfchen. Mit einem Mal erwachte die Kleine und fing an zu weinen.

»Wollen Sie nicht weitergehen?«, fragte der Arzt zögernd. »Die Kleine, sie hat bestimmt Hunger.« Er legte ihr leicht eine Hand auf den Rücken, drängte sie sanft vorwärts.

Malu ließ sich schieben, konnte aber noch immer kaum einen Fuß vor den anderen setzen.

»Kümmern Sie sich nur um die Kleine«, fuhr Salomonow fort. »Ich werde inzwischen die Farbe von den Fenstern waschen.«

Jetzt erst erwachte Malu aus ihrer Starre und schüttelte den Kopf. »Das brauchen Sie nicht. Das werde ich selbst tun.«

Der Arzt lachte. »Was wollen Sie noch alles erledigen? Auspacken mit der linken Hand und mit der rechten die Windel wechseln?«

Mit einem Mal wurde Malu klar, dass Salomonow recht hatte. Sie konnte es nicht alleine schaffen. Nicht alles auf einmal. Und plötzlich vermisste sie Janis so schmerzlich, dass sie beinahe in Tränen ausgebrochen wäre.

»Lassen Sie mich Ihnen helfen. Ich habe Zeit. Meine Praxis ist heute Vormittag geschlossen.«

»Eine Praxis?«

Der Arzt zuckte mit den Schultern. »Ich muss doch auch leben. Also habe ich nach dem Krieg eine eigene Praxis eröffnet. Ich bin Internist. Das wissen Sie doch noch, oder?«

Malu nickte, obwohl sie sich nicht daran erinnern konnte.

Mit zitternden Fingern schloss sie die Haustür auf. Sie wollte gerade mit Viola in den ersten Stock hochgehen, als sie sah, dass die Droschke vor der Haustür hielt.

»Gehen Sie nur, Marie-Luise, ich kümmere mich um Ihre Sachen.« Salomonow gab ihr mit einem Wink zu verstehen, dass sie unbesorgt nach oben gehen sollte.

Malu zögerte kurz, war dann aber froh, dass sie sich nicht mehr um ihr Gepäck kümmern musste. Sie trug Viola die Treppe hinauf, windelte und fütterte sie. Nachdem sie die Kleine zum Schlafen gelegt hatte, wollte sie eigentlich nur kurz bei ihr wachen, bis Viola die Augen schließen würde. Doch dann schlief Malu selbst ein. Als sie zwei Stunden später erwachte, erschrak sie. Sie sprang auf und eilte aus der Wohnung; die Tür ließ sie offen, damit sie die Kleine hören konnte, falls sie schreien würde. Unten im Laden sah Malu, dass die meisten ihrer Truhen und Kisten bereits ausgeräumt waren. Die Stoffballen lagen ordentlich im Regal, und die Fensterscheiben blitzten frisch geputzt.

Salomonow saß auf einer Kiste, die noch ungeöffnet mitten im Raum stand, vor sich einen halben Laib Brot und eine würzige baltische Wurst. Er schnitt mit dem Taschenmesser dicke Scheiben von beiden ab. »Bitte, nehmen Sie.«

»Danke.« Erst jetzt merkte Malu, wie hungrig sie war. Sie hatte seit ihrer Abfahrt aus Berlin keinen Bissen mehr zu sich genommen. Dankbar griff sie nach dem Brot und der Wurst und biss herzhaft hinein.

Nach der Stärkung hatten sich auch ihre Nerven beruhigt. Sie blickte David Salomonow an. »Warum tun Sie das alles?«

Der Arzt zuckte mit den Schultern. »Warum sollte ich es nicht tun?«, entgegnete er. »Im Krieg haben Sie nicht lange gefragt, sondern geholfen, wo Not am Mann war. Jetzt helfe ich Ihnen. Der Mensch ist nicht dafür gemacht, allein zu sein. Die Welt wäre ein schönerer Ort, wenn jeder ein wenig mehr auf den anderen achten würde. Meinen Sie nicht?«

Malu nickte. Und dann räumten sie gemeinsam den Laden ein, und Salomonow erzählte von Riga, von seinen Patienten, kramte Anekdoten aus, und Malu lachte und lächelte und fühlte sich endlich angekommen und zu Hause.

Der Arzt stellte keine Fragen. Er wollte nicht wissen, was sie zurück nach Riga verschlagen hatte, fragte auch nicht nach Violas Vater. Er tat so, als wäre es das Normalste von der Welt, dass sie hier, in der *Màrstalu iela*, ein Ladengeschäft und ein Schneideratelier führen wollte.

Zwei Wochen später eröffnete Malu offiziell den Laden »Malu«. Sie hatte einige Kleider nach neuen Entwürfen genäht, und die meisten davon wurden noch am Eröffnungsabend verkauft. Auch wenn Malu ihr Arbeitsleben nun weiterführen konnte – ihr Alltag unterschied sich sehr von dem in Berlin.

Jeden Morgen gegen sechs Uhr wurde Viola wach. Malu trat an ihr Bettchen, nahm sie heraus und liebkoste die Kleine so lange, bis sie zu weinen aufhörte. Dann fütterte sie Viola, kleidete sie an und frühstückte dabei selbst nebenher. Anschließend ging sie in ihr Atelier. Auch dort stand eine Wiege, in der Viola die nächsten Stunden schlief. Am Nachmittag kam eine Kinderwärterin. Während Malu Besorgungen erledigte und Termine wahrnahm, ging die Kinderwärterin mit dem Baby spazieren. Malus Abend aber gehörte wieder ganz Viola. Sie hatte es sich angewöhnt, der Kleinen ein paar Lieder vorzusingen. Danach legte sie sie in ihr großes Bett und legte sich daneben. Sie betrachtete verzückt das winzige Gesichtchen, die kleinen Hände, mit denen Viola herumfuchtelte. Behutsam streichelte Malu sie in den Schlaf, legte sie dann zurück in das Babybettchen und arbeitete bei offener Tür noch so lange, bis die Müdigkeit sie übermannte. Meist wurde Viola gegen zwei Uhr in der Nacht noch einmal wach. Dann sprang Malu schlaftrunken aus dem Bett, wechselte die Windel, machte Milch warm, fütterte das Kind und wiegte es im Arm, bis es wieder eingeschlafen war.

Einmal pro Monat schickte Malu ein Dutzend Kleider nach Berlin, da sie noch immer in guten Geschäftsbeziehungen zum KaDeWe stand. Das Geld, das sie damit verdiente, stellte sie Constanze zur Verfügung. Ansonsten hörte und sah sie nichts von der Freundin.

Einmal schrieb Isabel von Ruhlow, dass sie sich Sorgen mache, denn Constanze würde immer mehr in die Sucht abrutschen. Daraufhin schrieb Malu an Ruppert einen Brief, doch der fühlte sich nicht zuständig.

»Wenn ich mich um jede Hure der Stadt kümmern müsste, um jede Süchtige, dann würde ich kaum noch zu meinen eigenen Geschäften kommen«, ließ er mitteilen.

Malu sorgte sich um Constanze. Am liebsten wäre sie nach Zehlendorf gefahren, um Janis zu Hilfe zu holen. Doch sie verschob die Reise immer wieder. Der Laden, die Aufträge, die kleine Viola. Immer wieder fielen ihr Ausreden ein.

Salomonow, dem sie sich anvertraut hatte und den sie inzwischen David nannte, drängte sie nicht.

David kam beinahe jeden Abend. Manchmal brachte er Malu Blumen mit. Ein anderes Mal hatte er ein Glas Honig dabei oder eine Zeitschrift. Er saß bei Malu, hörte sich ihre Sorgen an, zärtelte die Kleine und war so selbstverständlich anwesend, dass Malu sich gar nicht mehr vorstellen konnte, wie es ohne ihn gewesen war. Er machte keinen Hehl daraus, dass er sich mehr als eine Freundschaft mit Malu wünschte. Doch immer wenn er am Abend ging und sich von ihr verabschiedete, drehte Malu das Gesicht zur Seite, sodass sein Kuss nur ihre Wange streifte.

Eines Tages aber nahm er ihr Gesicht in beide Hände, küsste sie sanft und mit geschlossenen Augen auf den Mund.

»Du zitterst ja«, stellte er danach fest. »Bin ich dir so zuwider?«

Malu schüttelte den Kopf, lehnte sich an seine Brust und begann zu weinen. Sie hätte nicht sagen können, woher die Tränen rührten, aber sie ließen sich nicht aufhalten. »Ich kann nicht«, bekannte sie schluchzend. »Ich bin wohl nicht in der Lage, einen Mann zu lieben.« Einen Mann, der nicht Janis ist, dachte sie bei sich.

David zog sie an sich und strich ihr über den Rücken. »Du musst mich nicht lieben«, flüsterte er. »Das verlange ich gar nicht von dir. Wenn du mich dich nur lieben lassen würdest, so wäre ich schon glücklich.« Dann löste er sich aus ihrer

Umarmung und strich ihr sanft das Haar aus der Stirn. »Es ist nicht der richtige Zeitpunkt«, fuhr er fort. »Und auch der Ort ist nicht der, den ich mir immer vorgestellt habe. Und doch kann ich nicht länger warten: Marie-Luise von Zehlendorf, möchtest du mich heiraten? Wirst du mir gestatten, dir ein guter Ehemann und Viola ein guter Vater zu sein?«

Malu starrte David an, als hätte er ihr ein unzüchtiges Angebot gemacht. Doch mit einem Mal wurde ihr klar, dass seine Worte richtig waren. Sie hatten in den letzten Wochen jeden Abend, jedes Wochenende gemeinsam verbracht. Sie hatte sich von ihm stärken lassen, hatte seine Hilfe, sein Vertrauen, sein Verständnis und seinen Zuspruch wie selbstverständlich in Anspruch genommen. Aber alles hatte seinen Preis.

David hatte sich getäuscht, hatte auch sie getäuscht, als er an ihrem Ankunftstag sagte, dass ein jeder dem anderen helfen sollte. In Wahrheit wurde immer irgendwann die Rechnung für eine Hilfeleistung präsentiert. Und heute hatte David ihr die seine aufgemacht. Heirate mich, hatte er verlangt. Du musst mich nicht lieben, jedenfalls jetzt noch nicht, aber heirate mich. Ich habe dir viel Gutes getan, jetzt ist es Zeit, dass du dich revanchierst. Sie glaubte nicht wirklich, dass David so etwas auch nur im Entferntesten dachte. Doch das nützte nichts, denn sie empfand es so.

Warum sollte sie ihn denn nicht heiraten? Er gab ihr alles, was sie brauchte. Als seine Frau würde sie vor den Anfeindungen gegen Deutsche geschützt sein. Viola hätte einen Vater, sie einen Freund. Warum also nicht einfach Ja sagen?

Weil er nicht der Mann meines Lebens ist, gab Malu vor sich selbst zu.

Dann beschloss sie, Janis noch ein letztes Mal zu treffen. Einmal nur wollte sie das Glück spüren. Lieben und geliebt werden. Ein einziges Mal nur. Dann konnte kommen, was kommen mochte. Dann würde sie David vielleicht sogar heiraten.

Dreißigstes Kapitel

Baltikum, 1923

Es war noch sehr früh am Morgen, als Malu zum Bahnhof ging und eine Fahrkarte nach Mitau kaufte. Sie hatte Viola bei der Kinderfrau gelassen, einer Lettin mit großen Brüsten und freundlichem Wesen, die selbst schon fünf eigene Kinder aufgezogen hatte.

Im Zug sah sie aus dem Fenster und betrachtete die Landschaft, als wäre sie ihr neu. Die Birkenwälder, der sandige Boden, die Kiefern. Ein Geruch nach Sommer drang durch das Zugfenster. Ein Geruch, der sie daran erinnerte, wie sie in den Sommern ihrer Kindheit mit Ilme in die Pilze gegangen war. Pilze, Heidelbeeren, Brombeeren. Sie hatte den Geruch des Waldes geliebt, das Moos unter ihren Füßen, die Spinnweben im Haar. Sie hatte es geliebt, ihre Zunge und ihre Lippen mit den Heidelbeeren blau zu färben. Und sie hatte das erste Gericht aus Pfifferlingen geliebt. Kartoffeln und Pfifferlinge mit Ei und Speck. In Berlin hatte sie niemals Heidelbeeren und Pfifferlinge gegessen, obwohl die Altmark so nahe gewesen war.

Malu lächelte, als sie kurz vor Mitau an dem alten Bahnwärterhäuschen vorüberkamen und sie den hageren Mann in seiner Uniform dort stehen sah, der die Reisenden mit Ernst und Würde grüßte. Schon immer hatte dieser Mann dort gestanden, und schon immer hatte er den Reisenden feierlich zugenickt, als würde er sie mit Wohlwollen im Städtchen Mitau begrüßen.

Auch der Bahnhof hatte sich nicht verändert. Das kleine graue Gebäude duckte sich wie eh und je an den Gleisen entlang. Ein Kiosk verkaufte Zeitungen, Zigaretten und Getränke. Vor dem Bahnhof hatten sich ein Dutzend alte Frauen versammelt, die frische Eier, Pilze in Körben oder getrocknete Kräuter und Honig verkauften. Sie kamen aus den umliegenden Dörfern, standen seit den frühen Morgenstunden vor dem Bahnhof und würden dort noch stehen, wenn der Abend hereinbrach.

Malu nahm sich eine Droschke. Sie setzte sich neben den Kutscher und befahl ihm, sie die zwanzig Werst nach Gut Zehlendorf zu bringen.

Der Kutscher, ein Mann in mittleren Jahren, zuckte mit den Schultern. »Was wollen Sie dort?«, fragte er verwundert. »Es ist einsam da draußen. Fuchs und Hase sagen sich dort Gute Nacht.«

»Auf das Gut will ich«, erklärte Malu.

»Das Gut. Aha.« Der Kutscher verzog das Gesicht und kratzte sich am Kopf.

»Was ist mit dem Gut?«, wollte Malu wissen.

»Was soll damit sein? Früher, als der Freiherr dort noch das Sagen hatte, war das Gut klug geführt, reich und gepflegt. Nun, da der junge Herr sich nicht darum kümmert, sieht alles anders aus.« Er sah sie an, betrachtete ihre städtische Kleidung und ihren Schmuck. »Ich will nichts gesagt haben, gnädige Frau. Früher war eben alles anders. Und jetzt muss jeder zusehen, wie er zurechtkommt. Die Zeiten sind nicht einfacher geworden. Aber wenn Sie meinen ...«

Er nickte noch einmal, dann ließ er die Peitsche knallen,

und die Pferde setzten sich in Trab. Eine Weile fuhren sie schweigend.

Dann aber fragte Malu: »Und Männertreu, wie steht es damit?«

Der Kutscher sah sie von der Seite an. Er war es offensichtlich nicht gewohnt, dass Damen wie Malu neben ihm auf dem Kutschbock saßen, statt es sich hinten bequem zu machen.

»Männertreu ist gut in Schuss. Man könnte sagen, das Gut läuft wie am Schnürchen. Er ist ein ganzer Kerl, der Janis Balodis.«

»Balodis? Haben Sie Balodis gesagt?«

Der Kutscher nickte. »Er ist ein Lette. Ein waschechter. Kerle wie ihn können Sie lange suchen. Gut möglich, dass er bald Bürgermeister von Mitau sein wird. Und den Namen seiner Mutter hat er auch angenommen. Ein lettischer Name. Wie es sich gehört für einen lettischen Bürgermeister. Früher, da hieß er Mohrmann. Da war er deutsch. Aber jetzt hat er sich seiner Wurzeln besonnen.« Der Droschkenfahrer schnalzte anerkennend mit der Zunge.

»Balodis«, raunte Malu vor sich hin. »Janis Balodis.«

Der Kutscher nickte. »Er ist der Spitzenkandidat der Lettischen Partei. Ich bin sicher, er wird zum Bürgermeister gewählt. Ein Segen wäre das für uns alle.« Er warf Malu einen argwöhnischen Blick zu. »Ablenkungen kann er jetzt jedenfalls nicht gebrauchen.«

Sie seufzte.

Als nach einer Weile das Dach des Herrenhauses von Gut Zehlendorf vor ihr auftauchte, bekam Malu Herzklopfen. »Halten Sie hier«, bat sie den Kutscher und nahm ihre kleine Reisetasche in die Hand. »Ich möchte die letzten Meter zu Fuß gehen.«

»Wie Sie wünschen.« Der Kutscher betrachtete sie misstrauisch. »Sagen Sie, müsste ich Sie kennen?«, fragte er unsicher. »Gehören Sie nach Zehlendorf?«

Malu schüttelte den Kopf. »Machen Sie sich keine Gedanken. Ich bin nur zu Besuch hier.«

Sie zahlte, stieg vom Kutschbock und hob zum Abschied die Hand. Langsam ging sie mit der Tasche die Auffahrt zum Herrenhaus hinauf. An den Wegrändern stand das Unkraut kniehoch. Der Rasen war nicht geschnitten. Einzelne Äste und Zweige, Überbleibsel eines Sturms, lagen auf dem Kies. Der Ast einer Kiefer war gebrochen und hing direkt über dem Weg. Zwischen den Laubbäumen vermoderte das Laub des letzten Jahres.

Malu sah das alles, registrierte jeden Stein, jedes Blatt. Als sie das Rondell vor dem Haus erreichte, blieb ihr fast das Herz stehen. Die Stiefmütterchen, mit denen das Rondell bepflanzt gewesen war, seit sie denken konnte, gab es nicht mehr, stattdessen nur aufgewühlte Erde. Die Steine, die das Rondell eingefasst hatten, lagen umgestoßen auf dem Boden verstreut. Ein einzelner Papierbogen hatte sich in altem Laub verfangen und flatterte im Wind.

Das Haus selbst war in keinem besseren Zustand. Der kleinen geschnitzten Holzbank, die der Kutscher Will in jedem Frühjahr neu gestrichen hatte, fehlte eine Rückenstrebe, und die Farbe blätterte ab. Malu sah an der Fassade hoch, erblickte vor Dreck stumpfe Fensterscheiben und dahinter ergraute Gardinen. Der Messingklopfer an der Tür strahlte nicht, der Abtreter fehlte gänzlich.

Malu atmete einmal tief ein und aus. Es ist wohl so, dachte sie, dass man die Dinge, die man verlässt, niemals mehr im selben Zustand antrifft.

Der Verfall des Herrenhauses tat ihr weh. Wusste Ruppert, wie es hier aussah?

Beklommen betätigte sie den Messingklopfer.

»Ja, was ist denn jetzt schon wieder? Hat man denn nie seine Ruhe?« Es war die Stimme des Verwalters Schwarzrock, die sie hörte. Gleich darauf wurde ihr die Tür geöffnet. Aber der Mann mit den grauen Bartstoppeln, den zerzausten Haaren und der fleckigen Bluse, war das wirklich Schwarzrock?

»Ja?«, herrschte er sie an. Er blinzelte aus trüben Augen, und Malu wurde von einer Wolke aus alkoholischen Ausdünstungen umnebelt.

»Guten Tag, Herr Schwarzrock«, sagte sie steif und betont kühl. »Sie kennen mich sicher noch. Marie-Luise von Zehlendorf.«

Schwarzrock kratzte sich ungeniert am Hintern, während er Malu argwöhnisch beäugte. »Na und?«, fragte er. »Was wollen Sie hier?«

»Ich möchte mich über den Zustand des Gutes informieren.«

Schwarzrock kniff die Augen zusammen. »Das gehört Ihnen nicht. Der Besitzer ist der junge Ruppert von Zehlendorf.«

Malu nickte. »Dann ist Ihnen sicherlich auch bekannt, dass ich auf dem Gut lebenslanges Wohnrecht habe. Und jetzt bitte ich Sie, mir meine Zimmer herzurichten.«

»Wie?« Schwarzrock klappte der Unterkiefer herunter. »Sie wollen bleiben?«

Malu antwortete nicht, doch sie sah dem Verwalter so direkt in die Augen, dass er den Blick schließlich abwandte. »Dann muss ich nach Ilme schicken«, brummte er. »Und die eigene Arbeit muss liegen bleiben. Aber ganz, wie die Herrschaft es wünscht.«

Malu breitete die Arme aus und sah sich um. »Es sieht so aus, als ob man auf Zehlendorf oft Gäste beherbergt, denn Ihre Arbeit scheint schon seit einiger Zeit liegen geblieben zu sein.«

Schwarzrock funkelte sie böse an. »Was wissen Sie denn schon? Niemand will mehr bei den Deutschen arbeiten. Wie soll ich das alles alleine schaffen?«

»Bezahlen Sie die Leute anständig, dann werden Sie auch welche finden, die hier ihr Auskommen suchen.« Malu schlüpfte an dem Mann vorbei ins Haus. Auch hier starrte alles vor Dreck. »Leben Sie jetzt hier?«

Schwarzrock verschränkte die Arme vor der Brust. »Ja, das tue ich. Der junge Herr hat es so gewollt.«

»Fein«, erwiderte Malu. »Dann weisen Sie bitte das Mädchen an, hier gründlich sauber zu machen.«

Schwarzrock musterte sie wieder von oben bis unten. Dann steckte er zwei Finger in den Mund und pfiff so markerschütternd, dass Malu zusammenzuckte.

Gleich darauf kam ein junges Mädchen angelaufen, das Malu noch nie hier gesehen hatte. Das fettige Haar hatte es zu einem unordentlichen Zopf zusammengebunden, auf seinem Kleid prangten Flecke.

»Was ist los, du alter Bock?«, wollte sie von Schwarzrock wissen. Malu würdigte sie keines Blickes.

Schwarzrock wies mit dem Finger auf Malu. »Das gnädige Fräulein ist zurück. Richte ihr das Zimmer.«

Das Mädchen besah sich Malu von oben bis unten. Beinahe hatte Malu den Eindruck, sie würde gleich umrundet werden wie eine Litfaßsäule.

»Nun?«, fragte Malu kühl. »Wirst du mit der Arbeit beginnen?«

Das Mädchen zuckte mit den Schultern. »Dann muss anderes halt liegen bleiben«, erklärte sie.

»Was zum Beispiel?«, wollte Malu wissen.

Wieder zuckte das Mädchen mit den Schultern und wies mit dem Daumen auf Schwarzrock. »Fragen Sie den da. Der sagt, was getan werden muss, wenn er nicht gerade mal wieder besoffen ist.« Sie kicherte, bevor sie sich aufreizend langsam zu einem der großen Wäscheschränke in der Diele begab.

Malu reichte es. »Schwarzrock, ich möchte, dass Sie Ilme hierher holen. Sofort. Und dann sorgen Sie dafür, dass dieser Saustall aufgeräumt wird. Wenn ich wiederkomme, möchte ich mich im Fußboden spiegeln können. Haben Sie verstanden?«

Schwarzrock blinzelte, doch dann nickte er. »Sehr wohl, gnädiges Fräulein.«

»Heute Nachmittag sehe ich mir die Ställe und das Vieh an. Dazu will ich die Scheunen und Scheuern sehen und Einblick in die Bücher erhalten.«

»Ich weiß nicht«, entgegnete Schwarzrock und kratzte sich dieses Mal am Kopf, »ob das dem jungen Herrn so recht wäre.«

Malu kniff die Augen zusammen. »Ich rate Ihnen, Schwarzrock, tun Sie, was ich Ihnen sage. Sonst sind Sie die längste Zeit hier Verwalter gewesen.«

Mit diesen Worten drehte sie sich um und verließ das Herrenhaus.

Draußen kämpfte sie die Tränen nieder. Sie hatte geahnt, dass mit Zehlendorf nicht alles zum Besten stand, aber einen solchen Grad der Verwahrlosung hatte sie nicht erwartet. Sie seufzte. Das Gut kann nicht gedeihen, dachte sie, wenn die Hand des Herrn fehlt. Ruppert sollte sich überlegen, was er tun möchte. Entweder er führt in Berlin irgendwelche Geschäfte oder hier das Gut.

Sie sah über das Land, und unwillkürlich wurde ihr Blick vom Wohnhaus auf Männertreu angezogen. Janis hatte das Haus neu verputzt. Die weißen Wände strahlten in der Sonne. Vor den grün gestrichenen Fensterläden blühten rote Blumen in erdfarbenen Töpfen. Aus dem Schornstein stieg Rauch auf. Das ganze Haus wirkte heimelig und gemütlich. Malu zögerte nur einen Augenblick, dann beschloss sie, Janis zu besuchen. Als alte Freundin und Nachbarin wollte sie kommen.

Trotzdem schlug ihr das Herz bis zum Hals, als sie an die Haustür klopfte. Eine rundliche Frau mit langen blonden Zöpfen und kindlich blauen Augen öffnete ihr. Die Frau strahlte sie an, als würde sie die Besucherin schon ewig kennen. Dann sagte sie: »Bitte treten Sie ein, Frau von Zehlendorf. Ich freue mich, Sie endlich kennenzulernen.«

Malu wunderte sich. »Woher wissen Sie, wer ich bin?«

Wieder lachte die Frau. »Wir haben eine Fotografie von Ihnen und Constanze in unserem Wohnzimmer stehen. Sie haben sich in den letzten Jahren kaum verändert.«

»Vielen Dank.« Malu nickte und ließ sich von der Frau in die Wohnstube führen.

»Ich mache Ihnen einen Tee, ja?«

Malu nickte erneut, hörte wenig später die Frau in der Küche hantieren und sah sich um. Die Möbel waren alt, sie hatten schon im Pfarrhaus der Mohrmanns gestanden, doch die Sessel hatten neue Bezüge und Schondeckchen über den Lehnen. Auf einer Kommode standen tatsächlich Fotos. Eines zeigte Janis zum Schulabschluss. Malu nahm es in die

Hand, konnte sich kaum satt daran sehen. Daneben stand das Hochzeitsfoto von Janis und Marija in einem alten Silberrahmen, den Malu sogleich wiedererkannte; er hatte früher im Salon ihrer Mutter gestanden und war wahrscheinlich das Hochzeitsgeschenk für das junge Paar gewesen. Die Fotografie war vor der kleinen Dorfkirche aufgenommen worden, in der Janis' Vater früher Pastor gewesen war. Marija trug ein weißes Kleid und einen Blütenkranz auf dem Kopf. Sie wirkte so gesund und drall wie das Landmädchen, das sie war. Auf dem Foto blickte sie stolz und strahlend zu ihrem Ehemann auf. Sogar Janis zeigte ein kleines Lächeln.

Malu seufzte, aber insgeheim freute sie sich. Marija war es also gelungen, die bösen Erinnerungen aus seinem Gesicht zu wischen. Malu nahm das Foto in die Hand und betrachtete es. Sie konnte spüren, wie sich etwas in ihrem Inneren verschloss. Janis war auch ohne sie glücklich. Teilnahmslos betrachtete sie Braut und Bräutigam. So teilnahmslos, als stünden da Fremde. Aber war es nicht auch so?

Schon kam die Frau zurück und reichte Malu die Hand. »Entschuldigen Sie, ich habe ganz vergessen, mich vorzustellen. Marija Balodis. Bitte nennen Sie mich doch Marija.«

»Gern.« Malu erwiderte den Händedruck der Frau, der fest und warm war. Eine Hand, die halten kann, dachte Malu. Und ein Händedruck wie ein Versprechen.

»Mein Bruder erzählte mir, dass Janis und Sie ein Kind haben?«

Marija lächelte. »Ja. Es ist ein kleiner Junge. Anderthalb Jahre ist er jetzt alt. Er ist unsere ganze Freude.«

Malu nickte. Die Frau sah so freundlich aus, so herzlich und warm, dass Malu ihr am liebsten von Viola erzählt hätte. Alles, die ganze Wahrheit, einschließlich ihrer Ängste und

Sorgen. Doch sie hielt an sich, trank den angebotenen Tee. »Ist Janis nicht zu Hause?«, fragte sie nach einer kleinen Weile und erst, nachdem sie sich nach Bekannten und Verwandten erkundigt hatte.

Marija schüttelte den Kopf. »In Mitau ist er«, antwortete sie, und Stolz klang in ihrer Stimme. »Er hat im Parlament zu tun. Ich weiß nicht, wann er zurückkommt, aber ich bin sicher, dass er traurig sein wird, Sie verpasst zu haben.«

In diesem Augenblick war aus dem Nebenraum ein Weinen zu hören.

»Der Kleine«, sagte Marija. »Bitte entschuldigen Sie mich einen Augenblick.«

»Ich würde ihn gern sehen.«

Marija nickte und kam wenig später mit dem Kind auf dem Arm zurück. Es war rund und pausbäckig, blickte mit großen Augen in die Welt. Noch müde vom Schlaf rieb er sich mit beiden Fäustchen die Augen, lehnte sich dabei an die Brust seiner Mutter und versteckte das blonde Köpfchen in der Halsbeuge. Marija wiegte ihn, strich ihm sanft über den Rücken.

Sie sind eine Einheit, dachte Malu. Mutter und Kind. Wie auf den alten Gemälden. Sie gehören zusammen. Das gemeinsame Blut verbindet sie so stark, dass nichts sie trennen kann. Und Janis gehörte zu ihnen.

Sie dachte an Viola, von der sie niemals geglaubt hatte, dass sie beide zusammengehörten und nichts sie trennen konnte. Viola war ihr manchmal wie eine Last erschienen, eine Schuld, die es abzutragen galt, manchmal auch wie ein Geschenk. Niemals aber wie etwas, das zu ihr gehörte, auf Gedeih und Verderb. Der Anblick Marijas mit dem Jungen auf dem Arm rührte sie zu Tränen.

»Ich muss gehen.« Sie stand abrupt auf und wollte dem Kind die Wange streicheln, ließ den halb erhobenen Arm aber sinken.

Marija reichte ihr die Hand. »Schön, Sie kennengelernt zu haben. Beehren Sie uns doch einmal wieder.«

»Grüßen Sie Janis, grüßen Sie Ihren Mann bitte von mir.«

Marija lächelte sie freundlich an, doch Malu floh regelrecht vor dem Haus und dem Glück, das darinnen wohnte. Und während sie zum Herrenhaus zurücklief, wurde ihr klar, dass sie Zehlendorf und Janis verloren hatte.

Hier war kein Platz mehr für sie. Niemand hatte sie hier vermisst, niemand sie je gebraucht. Das Leben hier war ohne sie weitergegangen. Ganz so, wie die Mutter es ihr immer vorausgesagt hatte.

Einunddreißigstes Kapitel

Baltikum, 1923

Janis stand bei der Droschkenstation in Mitau. Er lehnte an einem Laternenpfahl, die Beine überkreuzt.

Als der alte Zehlendorfer Kutscher dort anhielt, grüßte Janis ihn herzlich und half Malu aus dem Wagen. All das geschah so selbstverständlich, dass Malu nichts sagte und nichts fragte.

Erst später, als sie in einem kleinen Lokal saßen, wollte sie wissen: »Woher hast du gewusst, dass ich komme?«

Janis lächelte leicht. »Marija. Sie hat mich ihn Mitau angerufen.«

»Marija?« Malu traute ihren Ohren nicht. »Deine Frau?«

Janis nickte. »Sie weiß von uns.«

»Wie... wie?« Malu fand keine Worte.

Janis fasste über den Tisch nach ihrer Hand. »Sie weiß von uns. Sie hat von Anfang an gewusst, dass ich eine andere Frau liebe. Ich konnte und wollte ihr nichts vormachen. Das hat sie nicht verdient.«

»Und da hast du ihr von uns erzählt?« Malu schüttelte den Kopf.

»Ich habe keinen Namen genannt. Und ich habe ihr versprochen, dass ich ihr ein guter Freund, ein guter Kamerad sein werde, solange ich lebe. Aber lieben, das kann ich nur ein einziges Mal. Und als du heute zu ihr gekommen bist, hat sie sofort gewusst, dass du es bist. Und sie hat mich angerufen.«

»Mein Gott!« Malu verbarg das Gesicht vor Scham in den Händen. »Was hat sie gesagt?«

»Sie hat gesagt: ›Wenn du sie noch einmal sehen willst, dann warte an der Droschkenstation auf sie.‹«

»Das war alles? Keine Vorwürfe, keine Tränen?«

Janis schüttelte den Kopf. »Keine Vorwürfe, keine Tränen.«

»Und du bist gekommen.« Noch vor Stunden hätte Malu nicht den geringsten Zweifel gehabt, dass Janis alles unternehmen würde, um sie zu treffen. Aber nun, da sie sein Zuhause gesehen hatte, fragte sie sich, warum er dennoch gekommen war.

Janis schien ihre Gedanken gelesen zu haben: »Weil ich dich liebe. Du bist mein Licht, mein Leben. Das weißt du.«

»Ein Licht kann verlöschen«, entgegnete Malu und versuchte vergeblich, das Bild Marijas mit dem kleinen Jungen auf dem Arm aus ihren Gedanken zu verdrängen.

»Nein.« Janis sprach voller Überzeugung. »Dieses Licht verlöscht niemals. Es wird das Letzte sein, was ich sehe, wenn ich diese Welt verlasse.«

Malu betrachtete ihn. Er besitzt alles, was er sich je erwünscht hat, dachte sie. Er hat eine Frau, die ihn so sehr liebt, dass ihr sein Glück wichtiger ist als das eigene. Er hat einen Sohn und ein kleines, ertragreiches Gut. Und er hat dazu noch mich. Einen Traum, eine Sehnsucht, die sich niemals erfüllen wird. Er hat alles, was er braucht zum Glück. Und er weiß es nicht. Sein Leben ist perfekt. Und ich? Was habe ich?

»Ich werde heiraten.« Sie wusste nicht, wie diese Worte in

ihren Mund gekommen waren. Sie blickte Janis an, suchte nach einem Zeichen von Schmerz, aber da war nichts.

Er sah sie ruhig an und nickte. »Ist er ein guter Mann?«

»Ein Arzt. Er hat versprochen, sich um mich und meine kleine Tochter zu kümmern.«

Jetzt sah sie, was sie hatte sehen wollen. Sein Blick verdunkelte sich, er kniff die Augen zusammen. »Eine Tochter?«

Malu nickte. »Sie heißt Viola.«

Janis' Hände spielten mit dem Glas. Er starrte auf die Tischplatte. »Du warst nicht schwanger, als wir uns das letzte Mal gesehen haben. Und nun hast du eine Tochter.«

»Ja«, erwiderte Malu einfach. Sie wollte nichts erklären, und sie wusste, dass Janis nicht weiter fragen würde.

»Bist du glücklich?«, fragte er und sah auf.

Malu erkannte an diesem Blick, dass sein Leben lange nicht so perfekt war, wie es schien. Ich leide, sagte sein Blick. Jeden Tag aufs Neue. Wenn ich erwache, liegt Marija neben mir, nicht du. Wenn ich meinen Sohn in den Armen halte, dann sieht er mich mit den Augen seiner Mutter an, und es sind nicht deine Augen. Und wenn ich am Abend nach Hause komme, dann wartet Marija auf mich und nicht du.

Malu zuckte mit den Schultern. »Glücklich? Was heißt das schon? Ich lebe. Ist das nicht genug?«

Janis blickte ihr tief in die Augen. »Nein. Das ist nicht genug. Ich dachte es viele Jahre lang. Aber jetzt, da ich dir gegenübersitze, weiß ich, dass es nicht genug ist.« Er stand auf, nahm sie bei der Hand, zog sie hoch. »Komm!«

Und Malu fragte nichts und sagte nichts. Sie folgte ihm blind. Sie wäre ihm überallhin blind gefolgt, doch er führte sie nur in das Hotelzimmer. Stumm zog er sie aus, strich mit geschlossenen Augen und mit beiden Händen über ihren

Körper, als wollte er sich jede Wölbung für immer einprägen. Seine Hände umfassten ihr Gesicht, sein Daumen fuhr die Linien ihres Mundes nach. Er löste ihr Haar, verbarg sein Gesicht darin, und Malu spürte am Zucken seines Körpers, dass er weinte.

Gleich am nächsten Morgen fuhr Malu nach Riga zurück. Die ganze Fahrt über dachte sie an Janis und daran, wie sich ihr Leben an seiner Seite wohl entwickelt hätte. Wäre sie vor lauter Liebe dazu gekommen, Kleider zu entwerfen, die man im Berliner KaDeWe kaufen konnte? Wäre sie mit Janis immer nur seine Frau gewesen und nicht selbstständig, wie sie es jetzt war? Hätte sie ihn viel mehr geliebt als sich selbst? War der Preis einer großen Liebe die Selbstaufgabe? Aber warum dachte sie dann daran, David zu heiraten?

Sie beantwortete sich die letzte Frage selbst: Sie konnte mit David Salomonow die Ehe eingehen, weil sie ihn nicht liebte. Noch heute Abend würde sie seinen Antrag annehmen und dann so schnell wie möglich seine Frau werden.

Als sie später in die *Màrstalu iela* einbog, sah sie es schon von Weitem. Die Fenster ihres Ladens waren zerbrochen, die Fassade mit Ruß geschwärzt. Im Rinnstein lagen ein paar Stoffballen, und das Gerippe einer Nähmaschine hing halb aus dem Schaufenster heraus. Malu schrie auf, presste sich eine Hand vor den Mund.

»Viola!« Sie rannte, als gelte es ihr Leben. Sie dachte nichts dabei, fühlte nichts, sie rannte nur, rannte nicht zu ihrem Laden, sondern einzig und allein zu ihrem Baby, zu Viola.

Ihre Wohnungstür war aufgebrochen, überall waren Spuren von Löschwasser zu sehen. Die Wiege war umgekippt, und Violas Sachen lagen verstreut auf dem Boden.

Malus Herzschlag setzte aus. »Viola!« Sie rief erneut den Namen ihres Kindes. »Viola!« Es war ein Flehen, eine dringliche Bitte an den Himmel, sie mit dem Schlimmsten zu verschonen. »Viola!«

Dann verließ sie die Kraft. Sie sank auf die Knie, krümmte sich zusammen, wiegte sich und flüsterte den Namen des Kindes wie ein Mantra.

Sie hörte die Schritte nicht, die die Treppe hinaufkamen. Erst als sie eine Hand auf ihrer Schulter spürte, nahm sie durch den dichten Nebel des Schmerzes wahr, dass sie nicht mehr allein war.

»Malu, steh auf. Es ist vorbei. Alles wird gut.«

Sie erkannte Davids Stimme, wandte sich um und blickte mit leeren Augen zu ihm hoch. Den Namen ihrer Tochter konnte sie nur noch flüstern: »Viola?«

David hockte sich neben sie, ungeachtet der Nässe und des Rußes. »Sie ist bei meiner Mutter. Es geht ihr gut. Meine Mutter ist ganz verrückt nach Kindern. Die Kleine lacht, sie hat nichts mitbekommen.«

Malu presste eine Hand auf ihr Herz, schloss für einen Augenblick die Augen und stöhnte auf. Dann fasste sie nach Davids Hand. »Heirate mich!«, sagte sie. »Heirate mich so schnell als möglich.«

David strahlte. Er hielt sie umfangen zwischen feuchten Wänden und kaltem Rauch, küsste sie sanft und sagte: »Mit dem größten Vergnügen.«

Erst Tage später erfuhr Malu, dass das Feuer gelegt worden war. Jemand hatte einen Brandsatz durch die Scheiben geworfen. Viola war zu dieser Zeit bei der Kinderfrau gewesen. Ein Nachbar hatte die Feuerwehr gerufen, die Polizei hatte ermittelt, jedoch ohne großes Interesse und natürlich ohne Ergebnis.

»Das Feuer muss von einem neidischen Deutschen gelegt worden sein«, beschied man Malu auf der Wache. »Letten tun so etwas nicht.«

Danach stand Malu in ihrem verwüsteten Laden, betrachtete die verkohlten Stoffe, hielt ihr angesengtes Buch mit den Entwürfen im Arm und dachte: Ich stehe vor dem Nichts. So also fühlt sich das an. Ich habe nichts mehr. Nicht einmal ein Dach über dem Kopf.

Man hatte ihr gesagt, dass Laden und Wohnung nicht mehr benutzbar wären, da der Brand die Balken angesengt hatte.

Also ließ sie den Blick ein letztes Mal durch ihren Laden schweifen und verließ ihn dann, mit nichts in der Hand als ihrem Entwurfsbuch. Sie ging ohne Kleider, ohne Möbel, ohne jeglichen Besitz. Aber als sie ging, waren ihre Schritte leicht. Es ist, dachte sie, als ginge ich in ein neues Leben. Es ist, als hätte ich die Chance bekommen, alles noch einmal zu machen. Und zwar besser.

Das Schöne aber war, dass sie wusste, wohin sie gehen konnte. Dass es jemanden gab, dem ihr Besitz und ihr Stand nichts zählte, der sie und ihr Kind aufnahm und schützte und hielt.

Ich habe mehr gewonnen, als ich verloren habe, dachte Malu, und zum ersten Mal seit vielen Jahren fühlte sie sich frei, unbeschwert und zugleich geschützt und geborgen.

Zweiunddreißigstes Kapitel

Riga, 1923

Am Morgen der Hochzeit, die nur standesamtlich geschlossen werden sollte, brachte der Postbote einen Brief von Isabel von Ruhlow.

Malu stand gerade vor dem Spiegel und schlüpfte in das Kleid, das sie sich zur Hochzeit genäht hatte. Es war im griechischen Stil gehalten, unter der Brust mit einem grünen Band gerafft. Ihre zukünftige Schwägerin Esther stand hinter ihr und steckte ihr das Haar auf.

»Willst du ihn nicht lesen, den Brief? Bestimmt sind es Hochzeitsglückwünsche.«

Malu schüttelte den Kopf. »Ich lese ihn später. Niemand in Berlin weiß, dass ich heirate. Wahrscheinlich braucht jemand Geld.« Sie lachte. »Aber ich habe keines mehr. Nicht einen Rubel, nicht eine Mark. Also kann ich den Brief auch später lesen.«

Esther kniff den Mund leicht zusammen. Sie war eine hilfsbereite junge Frau, gerade mal siebzehn Jahre alt. Und sie bewunderte Malu. »Vielleicht hast du jetzt gerade nicht viel Geld, aber mit deinen Kleidern wirst du sehr bald wieder reich sein«, sagte sie.

Malu zuckte mit den Schultern. »Das ist es nicht, was ich will. Reich sein. Nein, das ist es nicht.«

»Was willst du dann?«

Malu wandte sich zu der jungen Frau um. »Ich möchte ein Zuhause haben. Einen Ort, an den ich gehöre, einen Platz, der zu mir gehört.«

Esther neigte leicht den Kopf nach links. »Ja, aber all das wäre noch schöner, wenn man viel Geld dabei hätte.«

Wieder verneinte Malu. »Geld macht nicht glücklich. Wirklich nicht. Es verkompliziert nur alles, macht abhängig. Verstehst du das?«

Esther schüttelte den Kopf.

Malu legte einen Arm um ihre zukünftige Schwägerin und küsste sie leicht auf die Wange. »Es ist gut, dass du es nicht verstehst. Aber glaub mir, es ist so. Ich wollte nicht ohne einen Heller in diese Ehe gehen. Ich hatte noch Geld. Viel Geld. Hier auf einem Konto in Riga.« Sie breitete die Arme aus. »Aber das ist weg.«

»Weg? Wo ist es hin?«

Malu dachte daran, wie sie auf der Bank gewesen war. Mit glühenden Wangen. Sie wollte ihre gesamten Ersparnisse abheben, auch das Geld der alten Tante. Sie wollte ein neues Haus kaufen, eines, das gegenüber dem Park lag, damit Viola frische Luft hatte. David und sie hatten das Haus besichtigt, die Verträge waren aufgesetzt, es musste nur noch bezahlt werden.

Aber der Bankangestellte sah sie nur mitleidig an. »Es tut mir leid, Frau von Zehlendorf, aber Ihr Vermögen ist aufgebraucht.«

»Aufgebraucht? Wie kann es aufgebraucht sein, wenn ich doch nichts davon angerührt habe! Im Gegenteil. Ich habe mehrfach Geld aus Berlin hierhergeschickt.«

Der Angestellte blätterte in seinen Unterlagen. »Ja, das ist richtig. Einmal eintausend Mark, dann noch einmal zweitausend Mark und so weiter. Aber auch davon ist nichts mehr übrig.«

Malu konnte noch immer nicht glauben, was sie da hörte. »Wo ist das Geld hin?«

Der Bankangestellte blätterte wieder in seinen Unterlagen. »Cäcilie von Zehlendorf hat es abgehoben und nach Berlin weitertransferiert.«

»Meine Mutter?«

Der Bankangestellte nickte. »Ja, sie besaß eine Vollmacht, ausgestellt von Camilla von Zehlendorf.«

»Aber Camilla von Zehlendorf ist schon lange tot!« Malu konnte es nicht fassen.

»Das ist nicht von Belang. Bankvollmachten behalten ihre Gültigkeit über den Tod hinaus, wenn dies so gewünscht wird. Und in diesem Falle war es so.« Der Mann schlug seine Unterlagen zu. »Wenn ich sonst noch etwas für Sie tun kann?«

Malu nickte. »An wen hat meine Mutter das Geld geschickt. An wen in Berlin?«

»Das darf ich Ihnen leider nicht sagen. Bankgeheimnis.«

»Ich verstehe. Und ich will Sie auch nicht in Schwierigkeiten bringen. Also werde ich einen Namen sagen, und Sie brauchen nur zu nicken.«

Der Mann sah sich nach allen Seiten um. »Das ist gegen die Vorschrift!«, erklärte er.

»Ich habe gerade mein gesamtes Vermögen verloren. Davor ist mir der Laden abgebrannt worden. Ich stehe vor dem Nichts.«

Der Mann seufzte.

»Ruppert von Zehlendorf?«

Wieder sah sich der Bankangestellte nach allen Seiten um, dann nickte er.

»Danke.«

Der Mann seufzte. »Das mit Ihrem Laden tut mir sehr leid«, flüsterte er. »Aber denken Sie daran: Wiederaufbau ist der Anfang eines neuen Krieges. Hat mein Vater immer gesagt.«

»Grüßen Sie ihn von mir, Ihren Vater«, hatte Malu erwidert und war aus der Bank geeilt. Ihr nächster Weg hatte sie hinauf zum Stift geführt.

Ihre Mutter war mittlerweile in einem größeren und helleren Zimmer untergebracht worden. Auch ihre Wäsche wirkte gepflegter, das Haar war geschnitten. Trotzdem nahm die Nonne von der Rezeption Malu zur Seite. »Schon wieder stehen die Zahlungen von drei Monaten aus«, erklärte sie vorwurfsvoll.

Malu zuckte mit den Schultern. »Das ist nicht mehr mein Problem. Wenden Sie sich an meinen Bruder.«

»Aber das haben wir! Wir haben sogar nach Berlin geschrieben und keine Antwort erhalten.«

»Tja. Das tut mir leid. Ich kann nichts mehr für meine Mutter tun.«

Die Nonne zog die Augenbrauen in die Höhe. »Wenn nicht innerhalb der nächsten vierzehn Tage der Betrag eingeht, müssen wir Ihre Mutter ins Armenhaus geben.«

Malu lächelte zum ersten Mal an diesem Tag. »Tun Sie das«, sprach sie. »Sie brauchen damit auch gar nicht noch zwei Wochen zu warten. Ich versichere Ihnen, dass kein Geld eingehen wird. Bringen Sie sie heute noch weg. Es ist Ihr gutes Recht, und sie hat es nicht anders verdient.«

Die Nonne wirkte erschüttert. »Aber das vierte Gebot.«

Malu nickte. »Ich weiß, du sollst Vater und Mutter ehren. Wir hatten das Thema schon einmal. Aber steht nicht auch in der Bibel: Auge um Auge, Zahn um Zahn? Glauben Sie mir, meine Mutter hat mir sehr viel mehr als nur die Zähne ausgeschlagen.«

Sie ließ die verdutzte Nonne stehen und eilte zum Zimmer ihrer Mutter. Wie schon bei ihrem ersten Besuch saß Cäcilie am Fenster und schaute hinaus.

»Mach die Tür zu!«, herrschte sie Malu noch vor einer Begrüßung an. »Es zieht! Soll ich mich vielleicht erkälten?«

»Ist mir egal«, entgegnete Malu. »Ich will nur wissen, warum du das Geld, das mir Camilla vererbt hat, und zudem noch meine eigenen Ersparnisse an Ruppert geschickt hast.«

Die Mutter sah sie an ohne einen Funken Schuld im Blick. »Du hast es nicht verdient«, erwiderte sie knapp. »Du hast sie getötet.«

»Nein. Das habe ich nicht. Ruppert war es. Und du weißt das auch.«

Die Mutter zuckte gleichgültig mit den Schultern. »Er hat es gebraucht. Du hättest heiraten können.«

»Mutter!« Beim harschen Klang von Malus Stimme zuckte die alte Frau zusammen. »Ich bin gekommen, um dir zu sagen, dass ich heirate. Einen Arzt aus Riga. Du siehst mich heute zum letzten Mal. Und nicht nur mich. Auch dieses Zimmer siehst du heute zum letzten Mal. Deine Rechnungen wurden nicht bezahlt. Die Nonnen haben beschlossen, dich ins Armenhaus zu geben.«

Cäcilie von Zehlendorf riss die Augen auf. »Nein. Das ist nicht wahr. Das sagst du nur, um mich zu erschrecken!«

»Warte ab.« Leise schloss Malu die Zimmertür hinter sich.

Esther zupfte sie am Ärmel. »Das ganze Geld einfach weg?«
Malu nickte.

»Wer hat es?«

»Mein Bruder.«

»Willst du es dir nicht zurückholen?«

Malu schüttelte den Kopf. »Warum sollte ich? Nichts ruiniert einen Menschen mehr als Geld. Geld ist ein Verderben. Mein Bruder wird das auch noch lernen müssen.« Sie lächelte der Schwägerin zu und ließ sich das Haar aufstecken.

Die Hochzeit war nicht besonders feierlich. Malu betrat allein das Standesamt, sie trug nur Viola auf dem Arm. Esther würde ihre Trauzeugin sein. Für David zeugte ein alter Freund. Außer ihnen war nur noch Davids Mutter gekommen. Sie weinte bei der Zeremonie und wischte sich immer wieder mit einem Spitzentaschentuch über die Augen.

»Ach«, jammerte sie danach. »Wie anders ich mir das doch vorgestellt habe. Ein weißes Kleid, ein großes Fest. Und trotzdem: Ich freue mich, dass mein Sohn doch noch glücklich wird. Ich habe es schon nicht mehr zu hoffen gewagt.«

Malu legte ihr eine Hand auf den Unterarm. »Es tut mir leid. Aber Esther wird es bestimmt besser machen als wir.«

Die Mutter sah sie an. »Kind, ich freue mich, dass du nun zu unserer Familie zählst. Es ist keine einfache Sache, in diesen Zeiten, einen Juden zu heiraten. Denk an Deutschland. Dort wird es uns bald an den Kragen gehen. Du hast Mut. Du bist stark. Vielleicht stärker als mein David. Versprich mir, dass du gut für ihn sorgst.«

Malu nickte und nahm die Hand der alten Frau fest in ihre. »Ich verspreche es. Ich werde immer so gut für David sorgen, wie ich es kann.«

Die kleine Gesellschaft verließ das Standesamt, als wären

sie ganz normale Besucher. Davids Anzug war ohne Blume am Revers und Malus Kleid so schlicht, dass jeder denken konnte, sie hätten nur einen Pass beantragt. Nur das Sträußchen aus Margeriten, das die Braut im Arm hielt, zeugte von einem feierlichen Anlass.

Als sie das Rathausgebäude verließen, musste Malu blinzeln. Die Sonne schien hell an diesem Tag, und der Himmel hing wie ein Marienmantel über der Stadt.

Sie drückte Davids Hand. »Ich bin jetzt deine Frau«, sagte sie.

Er nickte. »Marie-Luise Salomonow. Wie klingt das?«

Malu lächelte und seufzte in einem. »Es fühlt sich gut an.«

Für einen Augenblick erfasste sie ein leichter Schwindel. Sie taumelte, doch sogleich war Davids Arm da, der sie hielt und stützte.

»Ich habe einen Tisch im besten Restaurant der Stadt reserviert«, raunte David ihr zu. »Wenn unsere Hochzeit schon kein großes Ereignis wird, sollten wir doch wenigstens gut und reichlich essen.«

Malu lächelte ihn dankbar an. So ist er, dachte sie. Mein Mann. Er denkt an alles.

Dann ließ sie langsam den Blick über den Platz vor dem Rathaus schweifen, und als sie den Kopf ganz zur Seite gewandt hatte, stockte ihr der Atem: An eine Laterne gelehnt, die Beine über Kreuz, stand Janis. Obwohl zwischen Malu und ihm mehr als zwanzig Meter lagen, konnte sie seinen Blick spüren. Er brannte sich in ihr Herz, hinterließ dort ein schwarzes Loch, das nichts und niemand flicken konnte.

Dreiunddreißigstes Kapitel

Riga, 1923

Der Brief lag noch auf dem Tisch, als Malu nach der Hochzeitsnacht am nächsten Morgen in die Küche kam, um Frühstück zu machen.

Sie war glücklich. Nicht überschäumend, aber auf eine stille, heitere Art. »Feinsliebchen, du sollst mir nicht barfuß gehen«, summte sie, küsste das Kind, strich ihm über die Wange und setzte den Wasserkessel auf den Herd.

Dann nahm sie den Brief auf, drehte ihn und las Isabels Adresse. Etwas in ihr ließ sie zögern, doch dann griff sie nach einem Messer und schlitzte den Umschlag auf.

Liebe Malu,
es tut mir leid, Dir das schreiben zu müssen, aber ich weiß mir keinen anderen Rat mehr. Es geht um Constanze. Es geht um ihre Kokainsucht, und es geht auch um Deinen Bruder Ruppert.
Constanzes Zustand hat sich in den letzten Wochen und Monaten verschlechtert. Sie wurde immer schmaler, alles drehte sich nur noch um die Droge. Schließlich, und das bedrückt mich wirklich, hat Ruppert sie in ein Irrenhaus einliefern lassen. Constanze lebt, nein, sie vegetiert nur in der Städtischen Heil- und Pflegeanstalt Herzberge in Berlin-Lichtenberg. Einmal habe ich versucht, sie dort zu besuchen,

doch der Direktor ließ mich nicht zu ihr. Und so wissen wir alle nicht, wie es ihr geht und ob sie Hilfe braucht. Mit Ruppert ist in dieser Angelegenheit nicht zu sprechen. Für ihn ist sie ein Suchtwrack, das weggesperrt oder ausgelöscht gehört.

Ich weiß nicht, ob Du von ihm Briefe erhältst. Jedenfalls ist er der Nationalsozialistischen Deutschen Arbeiterpartei beigetreten. Er trägt eine Uniform und wettert beständig gegen die Dekadenz, die er in unserem Leben erkannt haben will. Er spricht von Volksgenossen, von der Volksseele und von der Überlegenheit der deutschen Rasse. Malu, ich habe Angst vor ihm. Und ich habe Angst um Constanze. Bitte, tu Du etwas. Wir sind mit unserem Latein am Ende.

In Liebe
Isabel

Malu ließ den Brief sinken. Eine kalte Faust hatte sich um ihr Herz gelegt. Constanze in der Irrenanstalt! Malu wusste noch aus ihrer Zeit als Lazarettschwester, wie es in solchen Einrichtungen zuging. Die Patienten trugen weiße Kittel mit langen Bändern, die bei Bedarf auf dem Rücken verschnürt wurden, sodass die Patienten sich nicht regen konnten. Ansonsten wurden sie eingesperrt wie wilde Tiere. Dreimal täglich bekamen sie etwas Essen aus einem Blechnapf und mussten mit den Fingern essen, weil sie mit einem Besteck sich oder anderen Schaden zufügen konnten. Sie hatten keine Betten, sondern schliefen auf Stroh. Sie hatten keine Ansprache, keine Behandlung, nichts. Es sei denn, sie waren in einer privaten Klinik untergebracht. Doch die Heilanstalt Herzberge war eine öffentliche Einrichtung und somit eher eine Verwahr- als eine Heilstätte.

Malu presste den Brief an ihre Brust. Ein tiefer Schluchzer drang in ihre Kehle, wurde dort zum Schrei.

Viola erschrak und stimmte in Malus Weinen ein.

David kam in die Küche. »Was ist los?«

»Constanze, meine Freundin...« Stockend berichtete Malu ihm, was sie erfahren hatte.

»Du musst mit deinem Bruder telefonieren«, antwortete David. »Nach dem Frühstück gehen wir in die Praxis. Dort habe ich ein Telefon.«

Ruppert war beim zweiten Klingeln am Apparat. Seine Stimme klang schlaftrunken, obwohl es mittlerweile fast Mittag war.

»Wo ist Constanze?«, fragte Malu, ohne sich lange mit der Begrüßung aufzuhalten.

»Sie ist dort, wo man ihr helfen kann.« Rupperts Stimme klang gleichgültig. »Und wenn man ihr nicht mehr helfen kann, so ist sie wenigstens an einem Ort, an dem sie weder für sich noch für andere eine Gefahr darstellt.«

»Was wird dort mit ihr gemacht? Bekommt sie eine Behandlung?«

»Sie wird schon alles haben, was sie benötigt.«

Malu spürte, wie der Zorn in ihr aufstieg. »Ruppert!«, schrie sie in das Telefon. »Du kümmerst dich nicht um deine Mutter. Es scheint dir gleichgültig zu sein, dass sie inzwischen im Armenhaus lebt. Aber kümmere dich wenigstens um die Mutter deines Kindes. Das ist, verdammt noch mal, deine Pflicht. Du hast ein Kind, Ruppert, vergiss das nicht!«

Ruppert lachte scheppernd. »Constanze hat es mit jedem getrieben«, erklärte er kurz und bündig. »Ich habe kein Kind.

Bestimmt nicht. Weiß der Geier, wer ihr den Bastard untergeschoben hat.«

»Kümmer dich um sie!«

»Wie stellst du dir das vor? Ich bin ein Geschäftsmann, habe politische Ämter. Meine Zeit ist ohnehin knapp. Was soll ich mir da die Sorge um eine Süchtige ans Bein binden?«

»Du kennst sie seit Kindertagen!«

»Na und? Auch du kennst sie so lange. Wenn dir etwas an ihr liegt, dann kümmere du dich doch selbst um sie.«

»Das würde ich«, bestätigte Malu. »Oh ja, das würde ich. Aber mir fehlt das Geld. *Mein* Geld, das deine Mutter dir nach Berlin geschickt hat.«

»Es ist unsere Mutter.«

»Oh nein, mein Lieber! Es ist allein *deine* Mutter. Ich hatte niemals eine.«

»Meinetwegen. Das Geld habe ich gebraucht. Wer weiß, vielleicht kann ich dir eines Tages sogar einen Teil davon zurückgeben. Aber du siehst doch ein, dass es geschmacklos wäre, wenn eine Mörderin das Geld ihres Opfers ausgäbe?«

Er lachte, und Malu hieb mit der Faust so fest auf den Tisch, dass ein Bürolocher in die Höhe sprang. Dann warf sie den Hörer auf die Gabel. Sie sprang auf und ging zur Toilette. Dort wusch sie sich die Hände, als klebte etwas an ihnen.

David hatte die ganze Zeit im Türrahmen gelehnt. Er fragte nichts, und er sagte nichts. Doch seine Augen leuchteten. Er trat auf sie zu, umarmte sie und küsste sie. »Ich liebe dich«, sagte er. »Du bist ein so guter Mensch.«

Malu schüttelte den Kopf und wollte protestieren, doch er verschloss ihr den Mund mit einem Kuss. Und als er sie losließ, lächelte er und verkündete: »Es ist Zeit, dass ich dir mein Hochzeitsgeschenk zeige.«

Obwohl Malu ganz und gar nicht an einem Geschenk interessiert war und sie Constanze einfach nicht aus dem Kopf bekam, war sie doch dankbar, dass David an ihrer Seite war. Hand in Hand überquerten sie die Brücke über der Düna. Vom Fluss stiegen Nebelschwaden auf, der Himmel hing so tief, dass es schien, als ruhe er auf den Dächern der Stadt. Malu spürte Davids starke, warme Hand, und plötzlich wurde auch ihr ganz warm.

»Ich werde meinen Laden wiedereröffnen«, sagte sie spontan. »Ich fange ganz klein an, miete mir nur ein winziges Eckchen irgendwo. Meine Verträge mit dem KaDeWe muss ich sowieso erfüllen. Und dann, wenn es uns finanziell etwas besser geht, hole ich Constanze aus der Heilanstalt. Sie braucht eine bessere Klinik, eine, in der ihr geholfen wird. Das hätte längst so sein sollen. Aber in Berlin hat sie sich gegen alles gewehrt. Was meinst du dazu, David?«

Salomonow schwieg und lächelte nur. Aber es war ein gutes Lächeln, ein Lächeln, das ihr sagte: Ich bin für dich da. Was immer du vorhast, ich werde dir helfen.

»Wohin gehen wir?«, fragte sie.

»Nur noch um eine Ecke, dann sind wir da.«

Malu sah sich um. Die Gegend hier lag nicht im Stadtzentrum, aber doch so nahe, dass ihnen viele Leute mit vollgepackten Taschen entgegenkamen.

»Willst du mich zu einem Frühstück einladen?«

Malu wurde langsam ungeduldig, doch David lächelte noch immer.

Sie bogen um die Ecke, und Malu staunte, wie belebt der Boulevard war. Autos fuhren und hupten, eine Straßenbahn kreischte in den Schienen. Laden reihte sich an Laden, Geschäft an Geschäft. Es gab hier Lebensmittelhändler in Hülle und Fülle, ein Möbelgeschäft, daneben eine Buchhandlung und ein kleines, gemütlich wirkendes Weinkontor.

Zeitungsjungen rannten laut rufend an ihnen vorüber, ein Schuhputzer bot seine Dienste an, und auf der gegenüberliegenden Straßenseite kontrollierte ein Mann in Arbeitskleidung die Gaslaternen.

Plötzlich blieb David stehen. »Hier ist es!«, sagte er.

Malu riss den Mund auf, stand wie versteinert, rang nach Luft. Dann fiel sie David um den Hals und küsste ihn auf offener Straße. »Das ist nicht wahr, David!«

Über einem Schaufenster stand in goldenen Buchstaben ihr Name »Malu«.

Sie hielt sich an David fest, weil die Freude ihr die Knie weich gemacht hatte. An seiner Seite betrat sie das Ladengeschäft und sah sich vorsichtig um, als wate sie durch einen Traum, der durch ein Blinzeln beendet werden könnte.

Da waren sechs Nähmaschinen, an denen Frauen saßen und eifrig nähten. Eine Schneiderpuppe wurde von einer älteren Frau so aufgestellt, dass das Tageslicht gut darauf fiel.

Ein Mädchen sortierte Stoffballen in ein Regal, ein anderes ordnete Knöpfe und Spitzen nach Mustern und Beschaffenheit.

»Willkommen bei ›Malu‹«, flüsterte David.

Malu wirbelte herum. »Ich danke dir. Ich danke dir so sehr.«

Vierunddreißigstes Kapitel

Riga, 1926

Malu saß an der Nähmaschine und seufzte. Das Kleid, an dem sie gerade arbeitete, musste bis morgen Abend fertig werden. Morgen Abend wurde das Pessachfest gefeiert. In ihrem Haus. Knapp zwanzig Personen hatten sie eingeladen, nicht alle davon waren Juden. Und Malu wollte schön sein, vor allem für David. Er sollte stolz sein auf sie – stolz vor den anderen.

Malu hatte seit der Hochzeit hart gearbeitet. Und sie war sehr erfolgreich gewesen. Hatte sie in Berlin zwei Jahre gebraucht, um sich einen Namen zu machen, so schaffte sie es hier in einem.

Malu war glücklich. Glücklicher, als sie je zu hoffen gewagt hatte. Sie mochte David und war gern mit ihm zusammen. Inzwischen hatten die beiden auch ein gemeinsames Kind: einen Sohn namens Daniel. Sie hielt David für einen großartigen Arzt, einen wunderbaren Vater und Ehemann. Manchmal beschlich sie ein schlechtes Gefühl, weil das, was sie für ihren Mann empfand, keine Liebe war. Keine Liebe, wie sie zwischen Mann und Frau sein sollte. Malu liebte David wie einen Bruder. Von ganzem Herzen und mit ganzer Kraft. Und doch hatte sie nach einem Jahr Ehe schon durchgesetzt, dass jeder von ihnen sein eigenes Schlafzimmer besaß.

»Du wirst so oft nachts zu deinen Patienten gerufen«, hatte sie ihre Entscheidung begründet. »Ich werde davon wach, und auch die Kinder finden nur schlecht wieder in den Schlaf. Es ist besser, sie schlafen mit mir in einem eigenen Raum.«

Und David hatte genickt. Wie immer. Doch seine Augen waren dunkel vor Traurigkeit gewesen.

Malu hatte es sich verboten, an Janis zu denken. Und doch verging kein Tag, an dem sie es nicht tat. In der *Rigaer Zeitung* las sie stets zuerst die Seiten, die sich mit Mitau und Umgebung befassten. Janis war tatsächlich Bürgermeister geworden. Mit überwältigender Mehrheit hatte man ihn gewählt. Malu hatte sich darüber gefreut und doch nicht verhindern können, dass es in ihrer Brust schmerzte, als sie das Foto von ihm und Marija in der Zeitung sah. Er hatte seinen Arm um die Schulter seiner Frau gelegt, und Marija hatte sich fest an ihn geschmiegt und stolz zu ihm aufgeblickt wie auf dem Hochzeitsfoto.

Von Isabel von Ruhlow hörte Malu regelmäßig. Sie schrieb ihr, dass es Constanze körperlich besserginge in der neuen Klinik, die Malu dank der Gewinne ihres kleinen Unternehmens bezahlen konnte. Doch Constanzes Seele kam nicht zur Ruhe. Noch immer schwirrte sie wie ein Schmetterling durch ihr Leben, noch immer hatte sie kein Ziel und keinen Platz für sich gefunden, noch immer verharrte Constanze in ihrer Kindlichkeit und scheute jede Verantwortung.

Malu beendete die letzten Arbeiten an ihrem Pessachkleid, das aus einem engen roten Rock bestand und von einem Überkleid, nur zwei Handbreit kürzer als der Rock, bedeckt wurde und in Material und Stil einer typischen lettischen Tracht entsprach. Vom Saum zogen sich rote quadratische

Stickereien in die Höhe, die von einem breiten roten Gürtel unterbrochen wurden. Der V-Ausschnitt war gleichfalls mit roten Quadraten bestickt. Dazu würde Malu helle Stiefel tragen, lange Handschuhe in der Farbe des Oberkleides und eine bestickte Kappe.

Knapp eine Stunde vor Beginn des Festes war Malu fertig. Sie eilte aus dem Atelier in ihr Haus. Alle Fenster waren beleuchtet, vor der Tür wartete ein livrierter Diener. Kerzenlicht warf warme Schatten auf das Pflaster vor dem Haus.

In der kleinen Eingangshalle brannten unzählige Kerzen. Ein Kleiderständer aus dem Atelier war hergebracht worden, um die Garderobe der Gäste zu beherbergen. In der Küche schuftete die Köchin, unterstützt von zwei Hilfen.

Malu spähte durch die geöffnete Tür. Die Köchin stand am Herd, das Gesicht hochrot, die eine Faust in die Seite gestützt, mit der anderen Hand rührte sie in einem Topf.

»Das sind mir komische Bräuche«, schimpfte sie vor sich her. »Die Feiertage gleich mit einem Festschmaus zu beginnen.« Sie wandte sich um, ohne im Rühren innezuhalten. »Bituja, hast du den Sedertisch so gedeckt, wie der Herr Doktor es befohlen hat?«

Das Mädchen nickte. »Geschirr, Kerzen und Leuchter und an jedem Platz diese Broschüre, diese Haggada.«

»Gut.« Die Köchin rührte weiter und schüttelte ihren Kopf. »Komische Bräuche, ich sage es ja. Und diese Sederplatte! Herr im Himmel! Wer ist nur auf die Idee gekommen, bei einer Festtagsplatte Bitterkraut zu benutzen.«

»Das Bitterkraut«, hörte Malu eine vertraute Stimme sagen, »ist eine Erinnerung daran, wie bitter das Leben der jüdischen Sklaven in Ägypten war.« Es war die Stimme ihrer Schwiegermutter Shula Salomonowa, die offenkundig in einer Ecke saß, die Malu nicht sehen konnte.

»Aha.« Die Köchin gab sich mit dieser Erläuterung noch nicht zufrieden. »Und wozu dienen die hartgekochten Eier, die jeder Gast bekommt? Hartgekochte Eier! So etwas essen die Bauern zum Frühstück, aber doch nicht zu einem Festmahl! Und dann noch in Salzwasser.«

»Das Ei ist das Symbol für das ewige Leben, und das Salzwasser steht für die Tränen«, erklärte Shula mit Geduld und einem Lächeln in der Stimme.

Wieder schüttelte die Köchin den Kopf. »Tränen, Sklaverei, Bitterkraut. Ihr Juden versteht es wirklich zu feiern.«

»Vergesst die vier Gläser Wein nicht, die man während der Lesung der Haggada trinken muss.«

Jetzt nickte die Köchin. »Die werden Sie auch brauchen, gnädige Frau, wenn ich das mal so sagen darf.«

»Sie dürfen alles sagen, meine Liebe.« Wieder hörte Malu aus Shulas Stimme das vertraute Lächeln.

Am liebsten hätte Malu ihrer Schwiegermutter einen Handkuss zugeworfen. Sie mochte Shula von dem Moment an, als sie sich kennengelernt hatten. Ihre Schwiegermutter hatte Viola als Enkeltochter angenommen, ohne zu fragen, woher das Kind stammte. Und sie liebte Daniel. Zugleich hielt sie sich mit gut gemeinten Ratschlägen zurück und mischte sich nicht in die Angelegenheiten der jungen Familie. Und sie ließ auch keinen Zweifel daran, dass sie stets da war und da sein würde, wann immer ihre Hilfe gebraucht wurde.

Ich habe eine wunderbare Familie, dachte Malu. Und in Shula endlich die Mutter, die ich nie hatte, die ich aber für meine Kinder sein möchte.

Sie huschte die Treppe hinauf in ihr Schlafzimmer und

klingelte nach einem Mädchen, das ihr beim Anziehen helfen sollte. Die ersten Automobile hielten vor dem Haus, als Malu, frisch gekleidet und frisiert, die Treppe hinunterkam.

Neben dem Eingang stand David. Als er sie sah, leuchteten seine Augen. Sein Blick verriet mehr als Worte. Ich liebe dich, las Malu darin. Du bist schöner als je zuvor.

Und sie fühlte sich warm und sicher, geborgen und zu Hause.

Während des Sedermahls bemerkte Malu, dass die Frau von Davids Kollegen, eine Litauerin mit Namen Birute, sie verärgert ansah. Malu konnte keinen Grund für die Verärgerung finden. Der Tisch war reichlich gedeckt, der Wein floss, und die Unterhaltung plätscherte fröhlich und freundlich zwischen den einzelnen Lesungen aus der Haggada dahin.

Als die Hausmädchen die Tafel abräumten, verzogen sich die Männer mit Cognac und Zigarren in Davids Arbeitszimmer, und die Frauen blieben mit Zigaretten und Likören im Salon unter sich. Malu nahm ihren Mut zusammen und sprach Birute an.

»Ist alles zu Ihrer Zufriedenheit?«, fragte sie.

Wieder erntete sie einen verärgerten Blick. Birute sah sogar zu einer Freundin hinüber, die Malu ebenfalls kannte. Und auch diese, Valerija, zeigte einen missmutigen Gesichtsausdruck.

»Es ist schön zu sehen, in welcher Pracht Sie leben«, sagte Birute mit bitterem Unterton.

»Danke«, erwiderte Malu. »Warum habe ich dann den Eindruck, dass Sie ärgerlich sind?«

Birute zuckte mit den Schultern. Valerija stand auf und gesellte sich zu den beiden. Die anderen Frauen unterbrachen ihre Gespräche.

»Ärgerlich, das ist doch nur ein Wort«, versetzte Birute.

Valerija nickte, fasste nach Malus Kleid und erklärte: »Ein guter Stoff, ein guter Schnitt, beste Qualität. Für die eigenen ist nur das Beste gut genug.«

Malu wurde unsicher. »Ich verstehe noch immer nicht, was Sie meinen.«

Birute hielt ihr einen Ärmel hin. »Hier, fassen Sie einmal an, und dann sagen Sie mir, wie viel Wert dieses Kleid in Ihren Augen hat.«

Malu schluckte. Was sollte das? Trotzdem fasste sie nach dem Stoff, rieb ihn zwischen den Fingern und zupfte sogar einen losen Faden weg. »Die Farbe steht Ihnen gut. Das Blau spiegelt sich in Ihren Augen wider. Das beweist Ihren guten Geschmack.«

»Mag sein«, erwiderte Birute. »Ich habe aber gefragt, wie viel Geld Sie für ebendieses Kleid ausgeben würden?«

Malu trat zurück und trank verlegen einen Schluck aus ihrem Glas. Was sollte sie sagen? Der Stoff knitterte schon, wenn man ihn nur ansah. Die Nähte waren nicht ordentlich genäht, der Schnitt nicht akkurat ausgeführt. Keine zehn Rubel würde Malu für dieses Kleid bezahlen. Doch das konnte sie unmöglich sagen. Birute wäre zu Recht gekränkt. »Ich hätte dieses Kleid sicher nicht gekauft. Mir steht der Schnitt nicht«, antwortete Malu schließlich ausweichend.

»Dieser Schnitt steht keiner Frau«, erwiderte Birute. »Der Stoff ist von minderer Qualität, die Knöpfe springen ab, wenn man sie nur berührt.«

Malu schwieg.

»Wissen Sie, wie viel Geld ich dafür ausgegeben habe?«

Malu schüttelte den Kopf.

»Achtzig Rubel. Achtzig Rubel, hören Sie?«

»Nun.« Malu versuchte erneut ein Lächeln. »Das erscheint mir in der Tat zu teuer.«

»Das ist es auch. Und ob es das ist!« Der Ärger brachte Birutes Augen zum Funkeln. »Wie würden Sie jemanden nennen, der ein solches Kleid zu einem solchen Preis verkauft?«

Wieder suchte Malu nach einer Antwort. Valerija kam ihr zu Hilfe.

»Ich würde denjenigen einen Betrüger schimpfen«, erklärte sie und lüpfte an ihrem Kleid den Saum, sodass man sehen konnte, wie dieser an manchen Stellen aufging.

Malu zuckte mit den Schultern. »Sie haben sicher recht. Es ist ärgerlich, wenn ein Stück seinen Preis nicht wert ist.«

Birute nickte. »Und noch ärgerlicher ist es, wenn sich derjenige nicht einmal dafür schämt, sondern mit seinem Reichtum Hof hält.«

Malu wollte wieder nicken, doch mit einem Mal fühlte sie sich, als würde sie angegriffen. Sie schüttelte den Kopf. »Das Kleid haben Sie nicht bei mir gekauft. Das ist nicht möglich. Ich kenne alle meine Kleider. Und ich verbürge mich persönlich für die Qualität.«

Birute trat dicht an Malu heran. »Ach? Wirklich? Und warum steht dann Ihr Name als Markenzeichen in meinem Kleid?«

»Was?« Malu riss die Augen auf. »Das kann nicht sein. Wie ich schon sagte, kenne ich alle meine Kleider. Nicht einmal der Entwurf ist von mir. Er ist nur einem sehr ähnlich, der in einem alten Entwurfsbuch von mir gezeichnet war. Aber dieses Buch ist mir schon vor Jahren in Berlin abhandengekommen.«

»Sie glauben mir also nicht?« Birute sog scharf die Luft ein.

»Ich habe keinen Grund, an Ihrer Ehrlichkeit zu zweifeln. Es muss sich hier um ein Versehen handeln.«

Auch zwei der anderen Frauen waren jetzt aufgestanden. Eine riss an ihrem Kragen und öffnete die beiden oberen Knöpfe. »Hier, sind diese Kleider von Ihnen?«

Malu wich zurück. »Nein, nein. Ich kenne diese Kleider nicht, habe sie nie gesehen.«

Die Frau zog Malu am Ärmel dicht zu sich heran. »Sehen Sie nach! *Ihr* Name steht im Kragen.«

Malu griff nach dem Kragen und sah nach. Tatsächlich! Sie erkannte ihren Namen, ihren Schriftzug.

Jetzt nestelten auch Birute, Valerija und eine vierte Frau an ihren Kleidern. Und sie alle hielten Malu ihren Namen vors Gesicht. Ihren Namen in Kleidern, die so schlampig verarbeitet waren, dass man sich dafür nur schämen konnte!

»Wie kann das sein?«, fragte Malu. »Ich habe Ihnen diese Kleider doch nicht verkauft! Nein, das ist ganz und gar unmöglich.«

»Nein, Sie haben uns diese billigen Klamotten nicht angedreht. Wir haben sie in einem Geschäft auf der anderen Seite des Flusses gekauft. Modehaus Europa heißt der Laden. Hätten wir sofort bemerkt, wie schlecht sie verarbeitet sind, hätten wir sie natürlich niemals gekauft. Doch erst nach dem ersten Waschen wurden die Schäden sichtbar.«

Malu warf beide Arme in die Höhe. »Ich kenne den Laden nicht, ich bin noch nie dort gewesen! Ich schwöre bei allem, was mir heilig ist.«

»Dieser Laden«, erklärte Birute, deren Stimme noch immer sehr verärgert klang, »dieser Laden brüstet sich damit, die neueste Mode aus den europäischen Hauptstädten im Angebot zu haben. Kleider aus Berlin, Schuhe aus Mailand,

Spitze aus Brüssel, Wolle aus Dublin. Dort, genau dort, habe ich dieses Kleid als neuestes Berliner Modell gekauft.«
»Und ich meines«, fügte Valerija hinzu.
»Und ich.«
»Und ich auch.«
Malu fühlte sich in eine Ecke gedrängt. Sie konnte nur immer wieder den Kopf schütteln. »Das ist unmöglich«, wiederholte sie gebetsmühlenartig. »Ich kann mir das nicht erklären. Das muss ein bedauerlicher Irrtum sein.«
»Fast bin ich geneigt, Ihnen zu glauben«, erklärte Birute. »Aber ist es jetzt nicht Ihre Aufgabe, herauszufinden, wer mit Ihrem Namen Schindluder treibt? Und wenn Sie denjenigen gefunden haben, dann richten Sie ihm bitte aus, dass mein Mann sich als Anwalt mit ihm in Verbindung setzen wird.«

Fünfunddreißigstes Kapitel

Riga, 1926

Gleich am nächsten Morgen machte sich Malu auf den Weg ans andere Flussufer zum Modehaus Europa. Sie ahnte längst, wer hinter diesem Betrug steckte. Und nicht nur das. Jetzt war sie sich beinahe sicher, wer damals die Entwurfsbücher aus ihrer Berliner Wohnung gestohlen hatte. Aber sie wollte es mit eigenen Ohren hören.

Der Geschäftsführer des Modehauses empfing sie in seinem Büro und war sehr zuvorkommend. Als Malu ihm die Situation geschildert hatte, erklärte er: »Eine Firma aus Berlin schickt uns die Modelle. Wir verkaufen sie auf Kommission. Ein gutes Geschäft. Für beide Seiten.«

»Wie heißt die Firma?«

Der Geschäftsführer zuckte bedauernd mit den Schultern. »Das kann ich Ihnen nicht sagen, gnädige Frau. Geschäftsgeheimnis, Sie verstehen?«

»Ich bin Malu. In Ihren Kleidern werden mein Name und mein Schriftzug verwendet. Und wenn Sie mir nicht sofort den Namen und Inhaber der Berliner Firma nennen, so werde ich noch heute Anzeige wegen Betruges bei der Polizei erstatten. Gegen Sie.«

Der Geschäftsführer schluckte. »Nun, so weit muss es ja nicht kommen. Schließlich habe auch ich einen Ruf zu verlieren.«

Er öffnete einen Büroschrank und holte einen Ordner heraus. »Zehlendorf Im- und Export Handelsgesellschaft«, las er vor.

Malu nickte. Sie hatte es gewusst. »Der Name des Firmeninhabers lautet Ruppert von Zehlendorf?«, fragte sie.

Der Geschäftsführer nickte. »Ja, so steht es hier geschrieben.«

Malu nahm ihre Handtasche und erhob sich vom Stuhl. »Danke! Sie haben mir sehr geholfen.«

»Ja, und was wird nun mit den Kleidern? Ich habe noch drei Dutzend hier im Laden hängen.«

Malu überlegte einen Augenblick, bevor sie sagte: »Trennen Sie einfach das Etikett heraus. Solange mein Name nicht mit diesen Fummeln in Verbindung gebracht wird, ist mir egal, was Sie damit tun.«

»Und die Polizei?«

Malu schüttelte den Kopf. »Trennen Sie die Etiketten heraus. Jetzt gleich. Ich verzichte einstweilen auf eine Anzeige. Wenn aber nur noch ein einziges Kleid mit meinem Namenszug auftaucht, sind Sie dran.«

»Sehr wohl, die Dame.« Der Geschäftsführer schluckte wieder. Er dienerte vor Malu und geleitete sie unter Bücklingen zur Tür. Malu sah, wie er sich mit einem Taschentuch den Schweiß von der Stirn tupfte, als sie endlich draußen war. Sie ging zum Fluss zurück, blieb auf der Mitte der Brücke stehen und sah hinunter ins Wasser. Ruppert. Er hatte sie betrogen. Erneut. Die eigene Schwester.

Warum überrascht mich das nicht?, überlegte Malu. Er hat die Mutter um alles gebracht, was sie je hatte. Er hat mich um einiges gebracht. Er war schon immer so. Seit er ein kleiner Junge war.

Sie dachte, zum ersten Mal seit vielen Jahren, an jenen Nachmittag zurück, als ihr Schicksal eine so entscheidende Wendung nehmen sollte. Sie sah sich wieder als kleines Mädchen im Zimmer mit Ruppert und der alten Tante, die in einem nach hinten geklappten Lehnstuhl lag und schlief.

Sie hörte zwei Dienstmädchen auf dem Gang tuscheln. Die eine sagte: »Es ist ein Jammer mit der alten gnädigen Frau. Sie vegetiert nur noch dahin.«

Und die andere erwiderte: »Recht hast du. So ohne Würde zu leben ist das Schlimmste, was einem zustoßen kann. Mit den Tieren ist man gnädiger als mit den Menschen. Ihnen gibt man den Gnadenschuss.«

Und Malu sah Ruppert neben sich, der sie angrinste. »Sollen wir die Tante erlösen?«, schlug er vor. »Sollen wir ihr den Gnadenschuss geben?«

»Was ist ein Gnadenschuss?«, hörte sie sich selbst fragen.

»Es ist etwas, womit die Menschen früher in den Himmel kommen.«

Und die kleine Malu hatte genickt und sich den Daumen in den Mund geschoben.

»Wollen wir?«

Malu schüttelte den Kopf. »Ich weiß nicht, ob wir das dürfen. Wir sollten die Kinderfrau fragen.«

Ruppert machte eine wegwerfende Handbewegung. »Ach, die Marenka ist dumm wie die Nacht dunkel. Sie versteht nichts von solchen Dingen. Es wird Zeit, dass die Tante geht. Sie stöhnt und röchelt, und wenn sie vergisst, ihre Zähnen in den Mund zu stecken, dann schaut sie aus wie eine alte Hexe. Glaub mir, Malu, wir würden allen hier auf dem Gut einen Gefallen tun.«

Malu hatte etwas in Rupperts Stimme gehört, das ihr nicht gefiel. Sie ging einen Schritt zurück.

»Also, ich tue es jetzt«, verkündete Ruppert.

Da nahm Malu den Daumen aus dem Mund. »Das kannst du gar nicht. Du hast ja gar keine Pistole und kein Gewehr. Du kannst die Tante nicht erschießen.« Sie war so froh gewesen, als ihr das eingefallen war.

»Und ob ich das kann, du dumme Gans!«, herrschte Ruppert sie an. Und dann kramte er in seinem Spielzeug herum und suchte so lange, bis er seinen Katapult gefunden hatte.

Malu schüttelte sich. Die Erinnerung schmerzte noch immer. Und Ruppert hatte sich nicht gebessert. Er war in einer adligen Familie groß geworden und im Krieg Offizier gewesen, doch ihm fehlten sämtliche Charakterzüge, die ein Edelmann oder jemand haben sollte, dessen Aufgabe es war, andere Menschen zu führen. Sie wusste, dass er ihre Musterbücher gestohlen hatte. Sie wusste, dass er Constanze loswerden wollte. Sie wusste auch, dass er sich niemals um Viola kümmern würde. Niemals. Nur eines wusste sie noch nicht: wie sie Ruppert aus ihrem Herzen tilgen sollte. Ruppert, den Bruder, der niemals ein Bruder gewesen war.

Malu seufzte. Sie starrte in die Strudel, hörte das Wasser nach ihr rufen. Mit aller Kraft stieß sie sich vom Brückengeländer ab und rannte davon.

Malu konnte nicht warten, bis David am Abend nach Hause kommen würde. Sie begab sich auf direktem Wege in seine Praxis, öffnete die Tür zum Behandlungszimmer und erklärte, sie müsse sofort mit ihm reden. Er bat sie, kurz zu warten, bis er die Untersuchung beendet hätte. Kaum hatte der Patient den Raum verlassen, stürzte Malu ins Zimmer.

David sah sie erstaunt an. »Was ist los mit dir?«, fragte er. »Du bist ganz aufgewühlt.«

»Ich muss nach Berlin«, erwiderte Malu. »Ruppert steckt höchstwahrscheinlich hinter den gefälschten Kleidern. Ich muss dorthin, muss so vieles klären, muss mich auch um Constanze kümmern. Bitte, ich weiß, dass der Zeitpunkt nicht gerade günstig ist, aber lass mich nach Berlin fahren. Ich muss es tun! Es ist wichtig für mich. Für mein Leben, für *unser* Leben.«

David schwieg und kratzte sich gedankenverloren am Kinn. »Weißt du, was eine Reise nach Berlin in dieser Zeit bedeutet?«, fragte er.

Malu schüttelte den Kopf. »Ich muss dahin.«

»Die Nationalsozialisten bekommen immer mehr Mitglieder. Nicht mehr lange, dann werden es hunderttausend sein. Du trägst einen jüdischen Namen.«

»Ich weiß, aber noch haben diese Hitlergetreuen nichts zu sagen. Deutschland wird von der Zentrumspartei und anderen bürgerlichen Parteien regiert. Ich habe dort nichts zu befürchten.«

»Es gibt über zwei Millionen Arbeitslose. Viele haben ihr Hab und Gut in der Zeit der großen Inflation verloren. Sie sind unzufrieden und suchen nach einem Sündenbock. Die Juden waren schon immer die Sündenböcke. Schau dir nur die Zeitungen der Rechtsradikalen und Nationalsozialisten an. In diesen Blättern wird den Juden die Schuld an allem gegeben.«

»Ich habe keine Feinde in Berlin«, erwiderte Malu. »Außerdem werde ich nur ein paar Tage dortbleiben. Nur so lange, bis ich alles geregelt habe.«

»Aber dein Bruder. Er ist doch in der NSDAP, sogar in einer führenden Position. Du hast ihn weder zu unserer Hochzeit eingeladen, noch hast du ihm geschrieben, dass du verheiratet bist. Mit einem Juden.«

Malu zuckte mit den Schultern. »Mein Bruder, ja. Er war schon immer anders als ich, hat anders gedacht, hatte andere Werte. Er würde mich nicht verstehen. David, begreif doch. Wir leben im Jahr 1926. Es hat sich einiges geändert in Deutschland.« Sie hob trotzig das Kinn. »Außerdem ist Ruppert trotz allem mein Bruder.«

»Wie du meinst«, erwiderte David und legte Malu beide Hände auf die Schultern. »Wenn du fahren musst, dann fahr. Aber gib gut auf dich acht, Malu. Viola und Daniel brauchen ihre Mutter. Und ich, ich brauche dich ebenfalls.«

Malu lehnte ihren Kopf an seine Brust. »Ich brauche dich auch, David. Ohne dich ist mein Leben nicht halb so glücklich.« Sie meinte, was sie sagte, und als sie in Davids Augen blickte, erkannte sie, dass er ihr glaubte, aber dies manchmal zu wenig für ihn war.

»Ich muss nach Berlin«, wiederholte Malu. »Ich muss dort mein altes Leben zu Ende bringen. Erst wenn ich das getan habe, bin ich ganz frei.« Sie hob den Kopf, suchte seinen Blick. »Erst dann bin ich bereit, dich so zu lieben, wie du es verdienst. Und das zu können, wünsche ich mir mehr als alles andere auf der Welt.«

Sechsunddreißigstes Kapitel

Berlin, 1926

Berlin! Malu roch die Berliner Luft, kaum, dass der Zug am Bahnhof Zoo gehalten hatte.

Isabel von Ruhlow erwartete sie.

Die beiden Frauen umarmten sich. »Wo ist Anita?«, wollte Malu wissen. »Warum ist sie nicht mitgekommen?«

Isabel verzog traurig den Mund. »Sie hat mich verlassen. Sie ist zurück nach Frankreich gegangen. Hier, in Deutschland, könne man nicht mehr leben, hat sie behauptet.«

Malu hob die Augenbrauen. »Was meint sie damit?«

»Wir sind angespuckt worden auf der Straße, und unsere Wohnungstür wurde mit Sprüchen beschmiert. ›Perverse Säue‹ stand darauf. Der Bäcker wollte uns nicht mehr bedienen, und im Gefallenen Engel haben wir sogar Lokalverbot bekommen, weil es sich angeblich nicht gehört, weil es widernatürlich und der deutschen Seele nicht gemäß ist, dass zwei Frauen eng umschlungen miteinander tanzen.«

Malu legte Isabel eine Hand auf den Arm. »Das tut mir leid«, sagte sie.

Isabel nickte. »Es ist möglich, dass ich auch nicht mehr lange in Deutschland bleibe. Ein Vetter von mir ist nach Amerika gegangen. In New York, schrieb er mir, würden Journalistinnen gesucht. Mit meinen Fotos hätte ich sicherlich gute Chancen, zumal ich mittlerweile zwei eigene Ausstellungen hatte.«

»So schlimm steht es?« Malu konnte es nicht glauben.

Isabel sah sie ernsthaft an. »Es wird erst schlimm. Und dann wird es richtig schlimm, glaub mir.«

Sie hatten das Bahnhofsgebäude verlassen und standen auf dem Vorplatz. Malu ließ ihren Blick schweifen. Da stand die Kaiser-Wilhelm-Gedächtniskirche wie eh und je. Auf den ersten Blick konnte sie nichts Ungewöhnliches entdecken.

Doch dann kam eine Horde älterer Hitlerjungen über den Platz. Sie grölten und führten sich auf, als gehöre ihnen die Stadt. Neben dem Bahnhof, an eine Mauer gelehnt, wartete eine ältere Prostituierte auf Kunden. Sie sah müde aus und schenkte den Jungen keine Beachtung.

»Eine deutsche Frau verkauft sich nicht!«, rief einer der Hitlerjungen.

Die Hure schaute gelangweilt auf. Sie schien Beschimpfungen gewohnt zu sein.

Plötzlich stürzten sich vier der Jugendlichen auf sie und zerrten sie von der Wand weg. Zwei hielten sie fest, ein dritter schlug ihr so fest ins Gesicht, dass ihr Kopf zur Seite fiel. Der vierte aber öffnete seine Hose und pinkelte die Frau an.

Dann ließen sie sie los. Die Frau sackte ohne ein Wort, ohne eine Träne neben der Mauer zusammen.

Malu wollte hineilen, aber Isabel hielt sie fest. »Lass das. In diesen Zeiten muss sich jeder selbst helfen. Du handelst dir nur Ärger ein.«

Der Anblick der Frau, die, besudelt und geschlagen, auf dem Boden hockte, brannte sich in Malus Gedächtnis. Ein paar Augenblicke später kamen andere Huren, die sich beim

Auftauchen der älteren Hitlerjungen in Hausnischen versteckt hatten. Sie halfen der Frau auf und brachten sie weg.

»Komm!« Isabel zupfte ihrer Freundin am Ärmel. »Wir fahren erst einmal zu mir. Dort kannst du dich frisch machen und eine Kleinigkeit essen. Den Rest erledigen wir später.«

Isabel hatte inzwischen auch ein Automobil. Sie fädelte sich in den Verkehr ein und fuhr die wenigen Meter bis zu ihrer Wohnung.

Als Malu sich erfrischt und gestärkt hatte, fragte Isabel: »Was willst du nun tun?«

Malu erzählte Isabel von den gefälschten Kleidern. »Ich werde Ruppert zur Rede stellen!«, sagte sie.

Isabel zuckte mit den Schultern. »Er hat sich verändert, weißt du. Hoffe nicht darauf, dass er auf dich hört.«

Malu starrte auf die Tischplatte und fuhr mit dem Finger die Holzmaserung nach. »Ich weiß«, sagte sie nach einer Weile. »Aber er ist mein Bruder. Ich muss es wenigstens versuchen.«

»Wirst du Constanze besuchen?«

Malu nickte. »Ich werde sie mit nach Hause nehmen. Sie kann bei mir leben.«

Isabel zog die Schultern hoch, als ob sie fröre. »Ich fürchte, das wird sie nicht wollen.«

»Aber auch das muss ich wenigstens versuchen.«

»Sie ist auch nicht mehr die, die du einst gekannt hast, Malu. Berlin hat uns alle verändert, hat uns zu schlechteren Menschen gemacht.« Isabel sah Malu beschwörend an und griff nach ihrer Hand. »Fahr zurück, Malu. Reise ab, so schnell du kannst. Hier ist alles verdorben. Ich will nicht, dass auch du davon angesteckt wirst.«

Malu schüttelte den Kopf. »Ich muss erst einiges in Ordnung bringen. Danach werde ich fahren.« Sie sah auf. »Es kann sein, dass ich niemals wieder zurückkehren werde. Dies hier ist eine andere Welt. Eine Welt, in die ich nicht gehöre.«

»Dann lass uns zu Constanze fahren. Ich werde dich begleiten.«

Sie fuhren fast eine Stunde, ließen Berlin hinter sich, fuhren auf Chausseen und waren bereits inmitten der Altmark, als Isabel endlich sagte: »Hier ist es.«

Wenig später betraten Isabel und Malu ein weiß verputztes Gebäude, das ländlich wirkte. Hinter dem Haus schloss sich ein großer Garten an. Malu erblickte Kirsch- und Apfelbäume. Die Eingangshalle war freundlich gestaltet, überall standen Blumen herum. Einfache Sitzgruppen unter farbenfrohen Bildern luden zum Verweilen ein.

»Es ist fast wie in einem Hotel«, sagte Malu staunend.

Isabel nickte. »Und die Preise sind nicht viel niedriger als im Adlon.«

Ein Arzt kam des Weges und begrüßte Isabel, die anschließend Malu vorstellte.

»Sie also sind Marie-Luise«, sagte der Arzt und betrachtete sie von oben nach unten.

»Ja. Ich bin Marie-Luise Salomonowa. Haben Sie kurz Zeit? Ich möchte mit Ihnen über Constanze sprechen.«

»Bitte!« Der Arzt deutete auf einen Tisch mit Stühlen. Er zog zwei von ihnen nach hinten und half den beiden Frauen, sich hinzusetzen, ehe er selbst Platz nahm. »Was möchten Sie wissen?«

Malu kam gleich zur Sache. »Ich möchte Constanze mit mir nach Riga nehmen. Dort ist es ruhig und beschaulich. Sie kann in meinem Atelier arbeiten und hat die Möglichkeit, ihre Tochter zu sehen, wann immer sie mag, ohne die Verantwortung für die Kleine übernehmen zu müssen. Außerdem ist mein Mann Arzt. Er kann ihr helfen, wenn sie Hilfe braucht.«

Der Arzt verzog nachdenklich den Mund. »Fragen Sie sie. Fragen Sie sie, ob sie damit einverstanden ist. Vom medizinischen Standpunkt aus ist gegen einen Umzug nichts einzuwenden. Constanze ist austherapiert. Verstehen Sie, was ich damit sagen will?«

Malu schüttelte den Kopf, Isabel fasste nach ihrer Hand.

Der Arzt schloss kurz die Augen, fasste sich mit Daumen und Zeigefinger an die Nasenwurzel und rieb daran. Erst jetzt fielen Malu die dunklen Ringe unter seinen Augen auf.

»Sie kam zu uns mit einem großen Suchtproblem. Nun, es ist uns gelungen, sie vom Kokain abzubringen. Aber Constanze verweigert jede Mitarbeit. Sie ist ein Suchtcharakter, sie ersetzt eine Sucht durch eine andere.«

»Was ist es jetzt?«, fragte Malu und musste schlucken. Ihre Kehle war plötzlich wie ausgetrocknet.

Der Arzt sah sie ernst an. »Männer. Es sind Männer. Sie ist süchtig nach ihrer Aufmerksamkeit, tut alles, um von ihnen beachtet zu werden.«

»Was tut sie?«

»Nun, letzte Woche erschien sie nackt zum Essen. Sie wusste genau, was sie tat. Sie ist nicht verrückt. Jedenfalls nicht im üblichen Sinn.«

»Und was ist mit ihr?«

Der Arzt seufzte. »Was ich Ihnen jetzt sage, ist keine wissenschaftliche Aussage. Wissen Sie, ich arbeite seit zwölf Jahren in dieser Klinik, seit zwanzig Jahren mit Menschen, die einen kranken Geist oder eine kranke Seele haben. Vielen konnte ich helfen, aber einigen ist nicht zu helfen. Ich nenne sie ›die grauen Seelen‹. Im Grunde verweigern die grauen Seelen das Leben, es erscheint ihnen zu schwierig, und deshalb kann man ihnen nicht helfen. Die meisten von ihnen sterben vor der Zeit. Es tut mir leid, Ihnen das sagen zu müssen.« Der Arzt erhob sich. »Ich muss weiter. Die Arbeit ruft. Wie immer Sie sich entscheiden, bedenken Sie dabei, dass es nicht Ihre Schuld ist.«

Mit diesen Worten ging er weg.

Malu wunderte sich. »Was hat er gesagt? Nicht meine Schuld? Wie hat er das gemeint?«

Isabel nahm erneut Malus Hand und streichelte sanft darüber. »Constanze ist der Ansicht, dass du ihr alles genommen hast. Du hast sie nach Berlin gebracht, hast sie in die Sucht getrieben und hast ihr das Kind weggenommen.«

»Ach!« Malu spürte, wie der Ärger in ihr hochkam. »Habe ich sie auch geschwängert?«

»Sie sieht die Welt nicht, wie sie ist. Sie sieht nur, was sie sehen will. Du weißt, dass sie nicht in der Lage ist, Verantwortung für sich zu übernehmen. Das hat sich nicht geändert. Sie braucht jemanden, dem sie die Schuld für ihr verpfuschtes Leben in die Schuhe schieben kann. Und derjenige bist du.«

Malu riss die Augen auf. Sie öffnete den Mund, wollte etwas sagen, doch ihr fehlten die Worte.

»Wir alle wissen, dass du keinerlei Schuld an dem hast, was Constanze passiert ist. Sie ist erwachsen, niemand hat sie je zu irgendetwas gezwungen. Aber sie sieht die Dinge mit ihrem Blick. Willst du sie trotzdem sehen?«

Malu biss die Zähne zusammen und nickte. »Ja, das will ich.«

»Sie ist im Garten, in dem kleinen Pavillon.«

»Woher weißt du das?«

»Sie ist um diese Zeit immer dort.«

Malu schritt zögernd durch den Garten. Sie hatte Angst. Eine unglaubliche Angst sogar. Schon einmal hatte sie über Jahre hinweg geglaubt, am Schicksal eines anderen Menschen schuld zu sein. Sollte sich das jetzt wiederholen?

»Da ist sie.« Isabel zeigte auf eine magere Frau im hellen Kleid. »Willst du allein sein mit ihr?«

Malu schüttelte den Kopf. »Vielleicht regt sie sich auf. Es ist besser, wenn jemand dabei ist, der sie beruhigen kann.«

Einmal noch atmete sie tief ein und aus, dann betrat sie den Pavillon und rief leise Constanzes Namen.

Constanze sah hoch. In ihrem Blick fehlte jede Überraschung. »Ach, du bist es nur«, sagte sie, als lägen zwischen ihrer letzten Begegnung nicht Jahre, sondern höchstens Tage.

Malu erschrak. Constanzes Gesicht war um Jahre gealtert. Scharfe Falten zogen sich von der Nase bis zum Mund. Ihre Lippen waren schmal geworden, die Augen hielt sie misstrauisch zusammengekniffen. In ihrem wundervollen Haar waren erste graue Strähnen zu erkennen.

Vorsichtig trat Malu zu ihr und setzte sich auf den Stuhl neben Constanze. »Wie geht es dir?«, fragte sie leise.

Constanze schaute sie mit leerem Blick an. »Wie soll es mir schon gehen?«, fragte sie. »Mir geht es, wie du es dir immer gewünscht hast.«

Malu schluckte. »Ich habe mir für dich immer nur das Beste gewünscht.«

Constanze lachte böse auf. Sie deutete mit dem Finger auf Malu. »Du warst neidisch auf mich. Schon immer. Du wolltest mich zerstören. Schon immer. Alles hast du mir genommen. Die Heimat, den Mann, das Kind, sogar den Namen.«

Malu seufzte. Sie wusste nicht, was sie auf die Vorwürfe

erwidern sollte. Deshalb fragte sie: »Von welchem Mann sprichst du?«

»Das fragst du noch? Von Ruppert spreche ich. Wir haben uns geliebt. Ja, das haben wir. Oh, es war eine große Liebe. Sie strahlte heller als alle Sterne am Himmel. Du hast uns diese Liebe nicht gegönnt, hast durch deine Intrigen die Sterne zum Verlöschen gebracht.«

»Nein, das habe ich nicht.« Malus Versuch, sich zu rechtfertigen, war kläglich. »Ich wusste nicht einmal, dass ihr jemals offiziell ein Paar gewesen seid.«

Constanzes Kopf ruckte vor. »Das durften wir ja auch nicht. Wir mussten uns verbergen vor dir. Weil wir schon wussten, dass du die Sterne auslöschen würdest.«

Malu schwieg. Sie sah in Constanzes Augen so viel Hass, dass es ihr die Worte verschlug. Erst nach einer Weile fragte sie vorsichtig. »Was wirst du jetzt tun, Constanze?«

Die Freundin verzog verächtlich den Mund. »Was soll ich schon tun? Nichts. Ich kann nämlich nichts tun. Du musst bestraft werden. Aber der richtige Augenblick dafür kommt erst noch.«

»Wofür willst du mich bestrafen?«

»Pah!«, rief Constanze aus. »Das weißt du nicht? Dann wirst du es auch nie begreifen.« Sie duckte sich in ihren Stuhl, kniff die Augen zusammen und lächelte listig. »Mörderin!«, zischte sie. »Du bist eine Mörderin!«

Malu schloss die Augen. Es tat ihr weh, Constanze so zu sehen. Jedes einzelne Wort tat ihr weh.

Trotzdem streckte sie die Hand nach der Freundin aus.

»Ich bin gekommen, um dich zu holen. Du sollst mit mir nach Riga kommen. Du kannst in meinem Haus leben, deine Tochter aufwachsen sehen. Ich sorge für dich.«

Kaum hatte Malu diese Worte ausgesprochen, sprang Constanze auf und blickte wild um sich. »Du willst mich entführen? Ich soll mitkommen, damit du mich weiter demütigen kannst? Du willst mich stehlen, meinen Körper stehlen, so wie du schon meine Seele gestohlen hast?«

Malu schüttelte den Kopf. Sie war mit einem Mal so kraftlos und erschöpft, als wäre sie den ganzen Tag gelaufen. »Nein«, widersprach sie schwach. »Du kannst tun und lassen, was du willst. Wenn du nicht mit mir kommen möchtest, dann brauchst du es auch nicht zu tun.«

Constanze war noch immer sehr aufgewühlt. Sie deutete mit der Hand auf Malu und schrie, als hätte sie deren letzte Worte nicht gehört: »Bist du der Teufel in Person? Bist du gekommen, um mich in die Hölle zu holen? Weißt du nicht, dass mein Leben eine einzige Hölle war?«

Isabel stand auf und legte den Arm um Constanzes Schultern. »Pscht«, sagte sie. »Sei ganz ruhig. Es ist alles gut.«

Aber Constanze ließ sich nicht beruhigen. Sie riss sich aus der Umarmung und begann, auf Isabel einzuschlagen. »Du bist ihre Gehilfin. Ich wusste es schon immer. Des Teufels Gehilfin.«

Isabel hob die Arme, um ihr Gesicht zu schützen. In diesem Augenblick rannte Constanze los. Sie raffte mit beiden Händen ihr Kleid und rannte davon, ohne zu sehen, wohin sie lief.

»Wir müssen ihr nach.« Isabel raffte ebenfalls ihren Rock und stürzte hinterher.

Malu aber blieb sitzen. Was nützt das denn?, dachte sie. Constanze läuft vor mir davon. Welches Recht habe ich, sie zurückzuholen?

Als der Schrei und das grässliche Krachen ertönten, barg

Malu den Kopf auf ihrer Brust und hielt sich die Ohren zu. Sie dachte nichts, sie fühlte nichts in diesem Augenblick und wusste doch alles. »Mörderin!«, hallte Constanzes Stimme in ihrem Ohr. »Mörderin!«

Dann verlor Malu das Bewusstsein.

Als sie wieder zu sich kam, fand sie sich in einem hellen Zimmer auf einer Liege wieder. Isabel saß neben ihr und blickte sie besorgt an. Im Hintergrund hantierte der Arzt; er zog eine Spritze auf. Als hätte er gespürt, dass Malu erwacht war, wandte er sich um und sah sie entschuldigend an.

»Sie ist tot, nicht wahr?« Malu wunderte sich, dass ihre Stimme so rau klang.

Der Arzt nickte. »Wir konnten nichts mehr für sie tun. Sie hat sich vor den Lastkraftwagen geworfen, der unsere Küche beliefert.«

Malu nickte. Sie fühlte heiße Tränen über ihre Wangen rollen. Der Arzt sah es und setzte sich auf die Kante der Liege.

»Es ist nicht Ihre Schuld«, sagte er leise. »Sie war eine graue Seele. Ihr war nicht zu helfen. Quälen Sie sich nicht mit einem schlechten Gewissen. Sie können nichts dafür. Soweit ich weiß, haben Sie alles für Sie getan. Sie haben ihre Tochter aufgenommen, haben die Klinik für sie bezahlt. Sie haben mehr getan als jeder andere.«

»Aber vielleicht war es nicht das Richtige«, murmelte Malu und schloss die Augen. »Vielleicht nicht das Richtige.«

Siebenunddreißigstes Kapitel

Brandenburg, 1926

Der Arzt hatte empfohlen, Malu über Nacht zur Beobachtung dazubehalten. Isabel würde sie am nächsten Vormittag abholen.

»Wenn Sie mich brauchen, ich bin für Sie da«, hatte der Arzt gesagt und ihr eine Hand auf die Schulter gelegt. »Es ist ein schwieriger Schritt, sich selbst von Schuld loszusprechen.«

Malu hatte ihm in die Augen gesehen. »Das weiß ich. Glauben Sie mir, das weiß ich besser als jede andere.« Und dann war sie in den Pavillon gegangen.

Nun saß sie in Constanzes Stuhl, lehnte ihren Kopf an das Kissen und glaubte für einen Moment, Constanzes Geruch darin zu vernehmen.

Sie ist tot, dachte Malu. Sie ist tot. Sie ist tot. Sie ist tot. Sie glaubte, wenn sie diesen Satz immer wieder aufs Neue denken würde, dann käme irgendwann der Schmerz über den Verlust der Freundin. Aber da war kein Schmerz, nur Traurigkeit, die keine Tränen mehr hatte und keine Schreie brauchte. Eine Traurigkeit, die sie von nun an immer begleiten würde.

Aber da war noch etwas in ihr. Etwas, für das sie sich schämte: Erleichterung. Ja, sie fühlte sich erleichtert, dass Constanze tot war. Warum nur?

Malu dachte an David und an Viola. Und plötzlich wusste sie es: Constanze war ihre beste Freundin gewesen. Von Kindheit an. Aber sie war auch jemand gewesen, für den sie sich verantwortlich gefühlt hatte. An dieser Verbindung war immer etwas gewesen, das sie beschwerte. Etwas, das sie niemals verstehen würde, aber doch dafür verantwortlich war. Einem Nebel gleich, der allen ihren Tagen einen leichten Grauschleier verlieh. Ein Etwas, das sie für immer an Zehlendorf band, an Berlin, an ihr altes Leben, welches jetzt nicht mehr zu ihr passte.

Und mit einem Mal lächelte Malu. Sie strich zärtlich über das Kissen und fuhr mit den Fingerspitzen sanft über die Stuhllehne. »Auf Wiedersehen, Constanze«, flüsterte sie. »Ich hoffe, du hast endlich Frieden gefunden.« Sie verharrte einen Augenblick, dann flüsterte sie weiter: »Und ich hoffe, dass auch ich jetzt Frieden finde.«

Sie hätte ihre Gedanken nicht in Sätze fassen können, doch in ihrem Herzen wusste sie klar und deutlich, dass sie nun frei war, frei von der Vergangenheit. Noch nicht ganz, nicht endgültig, denn da war noch Ruppert. Doch schon jetzt fühlte sie die Erleichterung.

Sie stand auf und schlenderte zum Hauptgebäude der Klinik zurück.

Neben dem Eingang stand der Arzt, rauchte eine Zigarette. »Wie geht es Ihnen?«

»Es geht mir gut«, erwiderte Malu. »Ich weiß nur nicht, ob ich mich darüber freuen oder deshalb schämen sollte.«

»Freuen Sie sich«, erwiderte der Arzt. »Mitmenschen sind eine Last. Immer. Selbst, wenn wir sie lieben. Der Tod hat stets etwas Befreiendes an sich. Aber niemand spricht darüber. Man nennt das Pietät. Hier brauchen Sie nicht pietätvoll zu sein. Freuen Sie sich einfach. Ihr Leben wird von nun an leichter sein.«

Er zog an seiner Zigarette, stieß den Rauch aus und blickte Malu an. »Meins im Übrigen auch.« Er lächelte ein wenig, und Malu staunte, wie jung ihn dieses Lächeln machte. »Sie war zum Sterben geboren, nicht zum Leben. Vergessen Sie das nicht.«

Malu nickte. »Ich weiß«, sagte sie. »Und ich danke Ihnen von ganzem Herzen.«

Als Isabel sie am nächsten Morgen abholte, fühlte sich Malu frisch und ausgeruht, beinahe schon heiter. Isabel aber wirkte erschöpft und blickte sie aus grauem Gesicht an.

»Es ist so furchtbar«, flüsterte sie und nahm Malu in den Arm.

»Es ist folgerichtig«, erklärte Malu. »Sie wollte mich bestrafen. Ihr Tod vor meinen Augen, das schien ihre Gerechtigkeit zu sein. Sie hat mich damit getroffen. Genau, wie sie es gewollt hatte. Aber sie hat vergessen, dass in jedem Schock Heilkraft steckt.«

»So siehst du das?«, fragte Isabel.

»Ja. So sehe ich das.«

Malu spürte Isabels Verwunderung, aber sie konnte und wollte der Freundin gegenüber keine Gefühle heucheln. Also legte sie nur eine Hand auf ihr Herz.

»Hier drinnen, da wird sie ewig leben«, sagte Malu. »Das blondzopfige Mädchen, das so gern geträumt hätte, aber niemals wusste, wovon. Das Mädchen mit den vielen Wünschen, die es nie in Worte fassen konnte. Die junge Frau mit den Sehnsüchten ohne Ziel. Constanze. Meine Constanze.«

Isabel schüttelte den Kopf, noch immer verwundert, aber nach einer Weile nickte sie. »Du wirst Zeit brauchen, diese Dinge zu verarbeiten.«

»Ja. Das werde ich«, erwiderte Malu, anstatt zu sagen, dass sie es längst getan hatte, dass sie seit Jahren schon Abschied genommen hatte von dem Mädchen mit den blonden Zöpfen.

»Jetzt lass uns zu Ruppert fahren.«

Isabel gab Gas, und gut zwei Stunden später klopften sie an die Tür der Import-Export-Gesellschaft, die sich in Wilmersdorf befand.

Ruppert riss die Augen auf, als Malu eintrat. »Du hier? Was machst du hier?«

»Ich wollte sehen, wie es dir geht. Du hast auf meine Briefe nicht geantwortet«, erwiderte Malu leicht und nahm vor seinem Schreibtisch Platz. »Ich hätte gern einen Kaffee.«

»Sofort, sofort!« Ruppert rief nach einem Mädchen und befahl ihm, Kaffee zu bringen. Dann setzte er sich an seinen Schreibtisch, legte die Hände vor sich und sah Malu fragend an. »Du kommst nicht einfach nach Berlin, um zu sehen, wie es mir geht. Was willst du wirklich?«

Malu zuckte mit den Schultern. »Dies und das. Das Gut ist in einem schrecklichen Zustand.«

»Ach, das.« Ruppert winkte ab. »Ich denke schon seit einiger Zeit darüber nach, es abzustoßen. Mit der Landwirtschaft sind keine Geschäfte mehr zu machen. Und das Baltikum ist weit weg. Die Zukunft liegt in Berlin.«

Malu deutete auf die Uniform, die auf einem Bügel an der Garderobe hing. »Meinst du das, wenn du von der Zukunft sprichst?«

Ruppert lachte auf. »Die Uniform meinst du? Ja. Hitler ist

nicht der Hellste, aber er ist der Mann, den Deutschland in diesen Tagen braucht. Er gibt dem Land seinen Stolz zurück. Bald wird er für Arbeit sorgen, für Wohlstand. Ich bin sicher, das Volk wird ihn lieben. Den Faulenzern aber, den Intellektuellen, den Juden und all den anderen Miesmachern, denen wird es an den Kragen gehen.«

»Warum den Juden?«, fragte Malu.

»Bist du blind?«, fragte Ruppert zurück. »Sie halten das Finanzwesen in ihren Händen. Sie haben die Inflation gebracht, haben Millionen in Armut gestürzt.«

»Dann sind sie wohl sehr mächtig, diese Juden?« Malu lächelte naiv.

Ruppert haute die Faust auf den Tisch. »Nicht mehr lange, meine Liebe. Deutschland den Deutschen. So, wie es sich gehört. Und das Gut stoße ich ab. Ich suche bereits nach einem Käufer.«

»Gut. Ich bin einverstanden.«

Ruppert hob fragend die Augenbrauen.

»Ich habe lebenslanges Wohnrecht dort. Es müsste dich freuen, mich hier zu sehen. Ich kann sofort eine Verzichtserklärung unterschreiben. Ohne die kannst du nicht verkaufen.«

Ruppert tätschelte ihr die Hand. »Das ist mir klar. Ich wollte dich auch nicht überfallen. Ich weiß ja, dass du ein wenig sentimental bist, wenn es um Zehlendorf geht. Ich wollte dich nicht ängstigen. Sobald ein Käufer gefunden ist, hätte ich dich darüber informiert.«

Malu lächelte. »Das ist noch nicht alles.«

»Was willst du noch?«

Das Mädchen brachte den Kaffee. Malu ließ sich Zeit und rührte umständlich zwei Stück Zucker in ihr Getränk. Ruppert rutschte unbehaglich auf seinem Stuhl hin und her.

Schließlich hielt er das Schweigen nicht länger aus. »Was willst du noch?«

»Mutter lebt im Armenhaus.«

Ruppert zuckte mit den Schultern. »Es ist nicht meine Schuld, dass Vater für sie keine Vorsorge getroffen hat. Ich bin dabei, mir ein Geschäft aufzubauen. Das ist nicht leicht in diesen Zeiten. Man muss das Geld zusammenhalten.«

»Du wirst Geld genug haben, wenn du Zehlendorf verkauft hast.«

Ruppert lehnte sich zurück. »Als ob es dafür noch viel gäbe! Kein Mensch will mehr Ackerland. Die Preise auf dem Agrarmarkt sind zwar noch recht hoch, doch wenn Hitler erst einmal allen Arbeit und Brot gegeben hat, dann wird es die Landwirtschaft schwer haben.«

»Getreide, Milch und Fleisch wird man immer brauchen.«

Ruppert trommelte mit den Fingern auf seinen Schreibtisch. »Mag sein, aber ich bin es leid, im Kuhmist zu wühlen.« Er rief nach seiner Sekretärin. Als sie kam, befahl er ihr: »Setzen Sie eine Erklärung auf, dass meine Schwester auf all ihre Ansprüche verzichtet, was Gut Zehlendorf betrifft. Meine Schwester wird sofort unterschreiben.«

Nachdem die Sekretärin das Büro verlassen hatte, fragte Malu: »Was gibst du mir als Ausgleich für den Verzicht?«

Ruppert lehnte sich zurück. »Was willst du haben? Geld? Ach, komm, Malu, wir sind doch eine Familie.«

Sie schüttelte den Kopf. »Ich brauche dein Geld nicht. Im Übrigen wäre es ohnehin meins. Aber dazu kommen wir später. Ich möchte, dass du deine Tochter als deine Erbin im Testament einsetzt. Sie soll gut versorgt sein, wenn ich einmal nicht mehr bin. Wenn du schon die Vaterschaft nicht anerkannt hast, so erkenne Viola wenigstens als deine Nichte an. Es kann sein, dass sie es brauchen wird. Und ich möchte außerdem, dass Constanze ein würdiges Begräbnis erhält.«

»Was?« Ruppert riss die Augen auf.

»Ja. Sie ist tot. Es hat einen Unfall gegeben. Gestern, in der Klinik.«

Ruppert entspannte sich. »Wenn es ein Unfall war, wird die Klinik dafür haften müssen. Was habe ich damit zu tun?«

»Es war Selbstmord, Ruppert.«

»Na und? Constanze hat diese Entscheidung getroffen. Sie allein ist für die Folgen verantwortlich.«

»Sie ist tot, Ruppert. Sie kann die Folgen nicht mehr tragen.«

»Ich auch nicht.« Ruppert schlug mit der Hand leicht auf den Tisch, um klarzumachen, dass das Thema für ihn beendet war. »Willst du sonst noch etwas?« Er machte Anstalten aufzustehen. »Ich werde die Papiere holen.«

Malu blieb sitzen. »Das war beinahe alles. Eines fehlt noch.«

»Was?«

»Du hast vor ein paar Jahren hier in Berlin meine Muster- und Entwurfsbücher gestohlen, hast die Entwürfe in einer billigen Textilfabrik nähen lassen und sie zu überhöhten Preisen unter meinem Namen verkauft.« Sie kramte in ihrer Handtasche und holte ein paar zusammengefaltete Papiere hervor. »Hier ist eine Liste, auf der meine Verluste stehen. Du wirst das Geld, das du mir auf diese Weise gestohlen hast, zurückerstatten, indem du ein Treuhandkonto für Viola anlegst. Tust du es nicht, zeige ich dich bei der Polizei und dem Gewerbeamt an.«

Ruppert starrte mit offenem Mund auf die Papiere.

Im selben Augenblick kam die Sekretärin mit der Verzichtserklärung zurück. Malu las sie kurz durch, knickte sie und steckte sie in ihre Handtasche.

»Was tust du da?«, fragte Ruppert.

»Ich bin nicht mehr so naiv, wie ich es früher einmal gewesen sein mag, Ruppert. Du wirst das Konto für Viola anlegen, wirst mir die Kopie deines Testamentes zeigen, und du wirst mir die Rechnung für ein ordentliches Begräbnis für Constanze vorlegen. Du hast bis heute Abend Zeit für alles. Ich erwarte dich in Isabels Wohnung. Wenn du bis um zwanzig Uhr nicht da gewesen bist, gehe ich zur Polizei. Anschließend fahre ich zurück nach Riga. Du wirst nie wieder etwas von mir hören und sehen. Du wirst nicht länger mein Bruder sein.« Sie lachte kurz auf. »Wir tragen ja nicht einmal mehr denselben Namen.«

Ruppert sah aus wie ein gehetztes Tier. »Und wenn ich die Papiere bringe?«

»Dann unterschreibe ich die Verzichtserklärung und wünsche dir im weiteren Leben alles Gute. Auch in diesem Falle wirst du nie wieder etwas von mir hören und sehen. Ab heute Abend, Ruppert, hast du keine Schwester mehr.« Malu stand auf, nickte ihrem Bruder flüchtig zu und verließ das Büro. »Das hast du doch immer gewollt.«

Draußen wartete Isabel auf sie. »Hast du alles geklärt?«, fragte sie.

»Noch nicht«, erwiderte Malu. »Aber das Wichtigste. Und jetzt brauche ich einen Cognac.«

Achtunddreißigstes Kapitel

Baltikum, 1926

Als der Zug sich Riga näherte, dämmerte der Morgen. Malu hatte tief und fest geschlafen, wie schon lange nicht mehr. Jetzt warf sie sich eine Handvoll Wasser ins Gesicht und bestellte bei der *Deschurnaja* einen Kaffee. Dann ließ sie sich auf ihrem Sitz nieder, faltete die Hände in ihrem Schoß und betrachtete die vorüberfliegende Landschaft. Äußerlich mochte sie ganz ruhig sein, doch das täuschte.

Immer wieder hatte Malu die Papiere kontrolliert, die Ruppert ihr gebracht hatte. Sie waren vollständig. Malu hatte die Verzichtserklärung unterschrieben. Mit ihrer Unterschrift hatte sie auf mehr als nur auf das Wohnrecht auf Gut Zehlendorf verzichtet. Sie hatte auf ihre Vergangenheit verzichtet. Damit war sie wirklich frei. Sie hatte keinen Bruder und keine Mutter mehr. Es gab nur noch sie, ihren Mann und ihre Kinder.

Als sie an David dachte, fühlte sich ihr Bauch an, als kribbelten darin tausend Ameisen. Lächelnd legte sie die Hand darauf.

»Ich komme, mein Liebster«, flüsterte sie. »Jetzt bin ich frei, jetzt kann ich wirklich zu dir kommen und dir die Ehefrau sein, die du verdient hast.«

Für einen Moment huschten ihre Gedanken zu Janis. Malu presste eine Hand auf ihr Herz. Dort drinnen war er. Dort drinnen würde er immer bleiben. Janis, die Liebe ihres Lebens, die unerfüllte Sehnsucht. Auch er gehörte zu ihrer Vergangenheit. Er war das Beste daran. Aber die Vergangenheit war vorüber.

Jetzt begann die Zukunft.

Der Zug fuhr in den Bahnhof Riga ein. Malu riss das Fenster herunter und beugte sich weit hinaus.

Ganz hinten sah sie David stehen, die Hände in den Taschen und die Schultern eingezogen, als wäre ihm kalt.

»David!«, rief Malu und winkte mit beiden Armen.

Er sah auf, ein Lächeln erblühte in seinem Gesicht. Mit den Lippen formte er ihren Namen.

Der Zug war noch nicht richtig zum Stehen gekommen, da sprang Malu bereits aus dem Waggon. Sie rannte ihrem Mann entgegen – direkt in seine Arme.

»Willkommen zu Hause«, flüsterte David.

»Danke«, erwiderte Malu. »Ich danke dir für alles. Ab heute beginnt unsere Zukunft.«

Ein fesselndes Abenteuer in der unendlichen Weite Kanadas

Claire Bouvier
DAS LIED DER
WEISSEN WÖLFIN
Kanada-Roman
416 Seiten
ISBN 978-3-404-16673-2

Kanada, 1882. Nach dem Tod ihres Bruders beschließt Marie Blumfeld, nach Kanada auszuwandern, um einen Reverend zu heiraten. Als der Treck, mit dem Marie ihre neue Heimat Selkirk erreichen soll, überfallen wird, bleibt Marie schwer verletzt zurück. Cree-Indianer, die in der Prärie nahe des Saskatchewan River leben, pflegen sie gesund.
Als Marie schließlich bei ihrem Verlobten eintrifft, sorgt ihre Begeisterung für die Indianer für reichlich Zündstoff in ihrer jungen Beziehung. Denn Reverend Plummer ist den Cree alles andere als freundlich gesinnt. Und dann ist da auch noch der Pelzhändler Philipp Carter, den Marie einfach nicht aus ihren Gedanken verbannen kann ...

Bastei Lübbe Taschenbuch